Birgit Rutenberg
Vier Pfoten im Dünensand

LEDA

Die Insel Borkum und alle genannten Schauplätze, die in diesem Roman eine Rolle spielen, gibt es wirklich. Doch die Handlungen und Personen sind meiner Phantasie entsprungen, weshalb Ähnlichkeiten mit lebenden Personen rein zufällig wären.

Birgit Rutenberg: Vier Pfoten im Dünensand
Fräulein Mencke und der Tote am Kaap
Inselkrimi
1. Auflage 2018

ISBN 978-3-86412-213-2

Leda-Verlag, Rathausstraße 23, D-26789 Leer
info@leda-verlag.de
www.leda-verlag.de

Lektorat: Maeve Carels
Titelillustration: Jutta Berend
Gesamtherstellung: cpi books GmbH

Birgit Rutenberg

Vier Pfoten im Dünensand

Inselkrimi

LEDA

Für Lea,

weil mein erster Roman sie so begeisterte

und sie nicht ganz unbeteiligt an diesem war.

1.

Das Wetter war perfekt. Die letzte Kälte des Winters kroch langsam tiefer ins Meer, grundabwärts, weil ein zarter Wind übers Wasser strich wie eine warme Berührung. Erste Segelboote durchkreuzten die gleichmäßig wogenden Wellen, als wollten sie das Meer mit ihren Kielen in Kuchenstücke teilen oder mit ihren Masten spitzmutig etwas in den Himmel schreiben. Fähren eilten wie fleißige Bienen hin und her und beförderten kostbare Fracht über brackiges Wasser von Hafen zu Hafen.

Die Fahrgäste sandten sehnsüchtige Blicke über kräuselnde Wellen, wie schwebende Möwen getragen vom Wind. Bis sie endlich das Eiland ausmachten. Münder formten lachende Wellen in glückliche Gesichter, zerzauste Haare wurden geglättet, Gepäck gerafft und die Aufregung trieb alle eng zusammen wie einen Heringsschwarm.

Als das Schiff sich öffnete, ergoss sich die Last ans Ufer und verwandelte sich in eine Masse, die aussah wie eine bunte Tischdecke mit Frühlingsblumen. Alles bewegte sich Richtung Kleinbahn, deren endlos scheinende Reihe von bunten Anhängern die Menschen einfach einzusaugen schien. Dann ratterte das Ungetüm in Richtung Stadt.

Man schaute aus Fenstern auf vorbeifliegende Landschaften. Links das Meer, rechts das Watt. Gänse und Möwen flatterten über den Zug hinweg, schnatternd wie die Kinder in den Abteilen. Blaue Augen geheftet an blauen Himmel mit Wolken wie zerrissene Watte.

Endstation Bahnhof, mitten in der Stadt. Alles quoll aus den Abteilen, wie Schlagsahne aus einer Sprühflasche, die sich fett und süß auf die Insel verteilte.

Die Borkumer waren abhängig von dieser fetten Sahne. Sie war ihre Nahrung, von der sie das ganze Jahr zehren mussten. Deshalb waren sie in ebenso freudiger Aufregung wie die Urlauber selbst. Sie hatten den ruhigen Winter genutzt, um zu renovieren, neue Läden zu eröffnen oder umzubauen. Nun hofften sie auf gute Geschäfte.

Es war April, die Ferien hatten bereits vor einer Woche begonnen. Da das lange Osterwochenende vor der Tür stand, kamen heute an Gründonnerstag die Kurzurlauber hinzu, die ein paar Tage am Meer verbringen wollten. Dass Gründonnerstag eigentlich ein ernster Tag war – der Tag des letzten Abendmahls, vor der Kreuzigung Jesu – schien niemanden zu interessieren.

Hauptkommissarin Pia Seemann, achtundvierzig Jahre, stand mit ihrer kleinen Mischlingshündin Fräulein Mencke am Bahnhof und achtete auf besonders ratlos dreinschauende Personen. Sie half, wo sie konnte, um das Gewusel schnellstmöglich zu entkrusseln.

Es gehörte weiß Gott nicht zu Pia Seemanns Aufgaben, die Gäste persönlich zu begrüßen oder ihnen die Richtung ihrer Unterkunft zu weisen, doch sie war der festen Überzeugung, dass ein erster überprüfender Blick auf die Gestrandeten für die Polizeiarbeit sehr hilfreich sein konnte. Sie interessierte sich für alles, was auch nur ansatzweise nach Ärger aussah, obwohl sie wusste, dass oftmals ganz unscheinbare Leute die meisten Scherereien verursachten.

Fräulein Mencke guckte eher sparsam aus dem zotteligen braunen Fell. Sie blinzelte verhalten in die Menschenmenge, wobei sie ihre schwarze Nase Richtung Zug reckte wie eine ausgestreckte Hand, die in der Lage war, Gerüche abzutasten. Pia fragte sich, ob das nicht eine völlige Überreizung für eine so kleine Hundenase war, doch Fräulein Mencke schien sich mehr für den Zug selbst als für die Fracht zu interessieren. Der glänzende Nasenknopf wackelte vor sich hin, als sei er nicht richtig am Hund festgenäht, und die Augen starrten wie gebannt auf die Kleinbahn, um beim kleinsten Mucks des Ungetüms in Habachtstellung zu gehen.

Pia sprach beruhigend auf Fräulein Mencke ein, bis die sich wieder setzte und mit gesenktem Kopf von neuem mit dem Nasengewackel begann. Sie respektierte die Abneigung ihrer

Hündin gegen die Borkumer Kleinbahn und vermutete, dass eine schlechte Erfahrung der Grund war. Vielleicht war sie sogar während der Fahrt aus dem Abteil geworfen worden, denn schließlich hatte Pia die Hündin aus dem Tierheim geholt – herrenlos und arg zerschunden. Sie hatte das Häufchen Elend aufgepäppelt und umsorgt, bis es wieder auf eigenen Pfoten stehen konnte. Und irgendwo dazwischen hatte sich das bisschen Hund in Pias Leben geschummelt wie eine fremde Pflanze in einen Garten, die so schön war, dass man sie unmöglich ausreißen konnte. Fräulein Mencke war der Farbklecks in Pias Leben, der bis dahin gefehlt hatte.

Als die vorerst letzte Lieferung an Touristen für diesen Tag aus den Waggons platzte, fiel Pia nichts weiter auf als eine kleine Gruppe tätowierter Männer sowie eine Horde Frauen, die grell und aufreizend gekleidet waren. Bei genauerer Inaugenscheinnahme wirkten alle recht harmlos. Die Tätowierten entpuppten sich als eine Graffiti-Gruppe, die hier einen Sprühkunstkurs absolvieren wollte, und bei den Frauen handelte es sich um den Kegelclub *Genial daneben* aus Nordrhein-Westfalen, der eine Verabredung mit dem Borkumer Verein *Holzköppe* hatte.

Pia wollte schon den Bahnsteig verlassen, als ein kleiner, magerer Nachzügler aus dem Abteil hüpfte. Seine viel zu große Reisetasche rutschte ihm dabei von der Schulter auf die Gleise. Sie erkannte sofort die Gefahr, sprang herbei und angelte die leuchtend blaue Tasche zwischen Waggon und Bahnsteigkante herauf. Das Ding war erstaunlich schwer.

»Oh, danke!« Der zierliche Mann griff mit einer Hand hastig nach seiner Tasche und streckte ihr sein anderes blasses Ärmchen entgegen. Einen braunen Aktenkoffer hatte er zwischen seinen Füßen abgestellt.

Pia ergriff automatisch seine Hand und erschrak über den festen Griff der mageren Finger. Es fühlte sich an, als greife ein riesiger Vogel nach ihr. Und auch seine stechend blauen Augen erinnerten Pia an den Blick einer Silbermöwe.

»Edzard Brand«, stellte sich die Silbermöwe resolut vor,

als spräche der Name für sich. Aber ihr sagte der nichts und auch das Gesicht, in dem jegliche Mimik fehlte, schien ihr fremd. Der Mund glich einem Schnabel, der lediglich auf und zu schnappte. Innerlich verdrehte sie die Augen – noch so ein Wichtigtuer.

Kleine Männer waren Pia im Allgemeinen nicht geheuer – ein Vorurteil natürlich ... Aber sie hatte im Laufe ihrer Dienstzeit einige Erfahrungen mit Miniaturausgaben der männlichen Spezies gesammelt und die waren allesamt nicht gerade erbaulich gewesen.

Das vor ihr stehende Exemplar schoss jedoch den Vogel ab. Es war höchstens einen Meter sechzig und trug eine dunkelgraue Stoffhose mit Bügelfalte und einen beigen Blouson, dessen elastisches Strickbündchen sich eng um seine schmale Hüfte schmiegte und ihn dadurch etwas aufgeblasen erscheinen ließ. Die Ärmel waren bis zum Ellenbogen hochgeschoben, was sicherlich lässig und unternehmungslustig wirken sollte, aber lächerlich aussah. Der weiße Hemdkragen des Winzlings war bis oben hin zugeknöpft, das mittelbraune Haar brav gescheitelt. Er trug keinen Ehering und sah aus wie ein kleiner Klugscheißer, der mit seinen mindestens vierzig Lenzen immer noch bei Mutti lebte.

Pia hätte sich am liebsten sofort umgedreht und wäre gegangen, doch stattdessen hörte sie sich fragen: »Kann ich Ihnen helfen?«

Sein »Nein« klang wie ein Möwenschrei im Wind. Er hopste kurz auf, um den Riemen seiner Reisetasche auf der Schulter neu zu positionieren, und stapfte davon. Pia schüttelte den Kopf und ging zurück zum Polizeigebäude.

Fräulein Mencke:
Menschen sind merkwürdige Zugvögel. Statt in der Nähe ihres Baus zu bleiben, werden sie – sobald der Frühling beginnt – von Wandergefühlen übermannt und besetzen unsere Insel in großen Schwärmen. Hier breiten sie sich aus wie Fliegen und verändern alles. Sie sind zwar nicht so lästig wie Flöhe, die einen jucken und regelrecht nerven, aber wenn sie erst mal da sind, wird man sie so schlecht wieder los wie Zecken. Mein Frauchen scheint eine Vorliebe für diese Wanderzecken zu haben und studiert sie genau. Ja, sie geht sogar so weit, dass sie hier und da Kontakt aufnimmt, was meines Erachtens ein ziemlich sinnloses Unterfangen ist. Sie sollte lieber klarstellen, dass dies unser Revier ist und Besucher sich dementsprechend zu verhalten haben. Ein paar unmissverständliche Duftmarken an strategischen Punkten wären da sicherlich hilfreicher als das bloße Beäugen. Obwohl – bekanntlich haben Menschen ein sehr unterentwickeltes Riechorgan – da würde auch die aggressivste Duftnote zu nichts führen, vermute ich.

2.

Abgesehen von einigen Einsätzen wegen Streitigkeiten, die auf zu viel Alkoholgenuss zurückzuführen waren, blieb es über Gründonnerstag und Karfreitag relativ ruhig. Gut, man musste einige Sonderstreifenfahrten organisieren und wachsam sein, weil Altkanzler Gerhard Schröder nebst Gemahlin Doris Schröder-Köpf und den Adoptivkindern Viktoria und Gregor sich entschlossen hatten, die Ostertage hier zu verbringen, aber dafür hatte man Extrapersonal.

Seit die Schröders auf Borkum ein Haus besaßen, waren sechs Kollegen eingestellt worden und die Polizeistation plötzlich rund um die Uhr das ganze Jahr besetzt, ob die Schröders da waren oder nicht – und meistens waren sie nicht da.

Viele Borkumer fanden diese hohe Polizeipräsenz auf ihrem schönen Sandhaufen in der Nordsee übertrieben und fragten sich, ob es nicht wichtigere Dinge zu tun gab und was so ein Altkanzler das Land Niedersachsen wohl kostete. Sie rechneten immer wieder aus, was man mit all dem Geld stattdessen für die Insel tun könnte. Doch die Diskussionen, die wie Ebbe und Flut regelmäßig anrollten, verliefen letztendlich im Sande, weil man auf die Prominenz auch irgendwie stolz war.

Nicht nur für die Insulaner war es witzig, hier und da auf den Altkanzler zu stoßen oder Doris mal im Bikini zu bewundern. Nein, man war sich einig, dass auch den Urlaubern das gefiel und sie vielleicht gerade deshalb hier ihre Ferien verbrachten.

Einige wenige waren sogar davon überzeugt, dass die Schröders eines Tages ihre reichen Freunde mit auf die Insel bringen würden. Sie sahen sich bereits mit Millionär Carsten Maschmeyer Fasanenbrause trinken oder mit Veronica Ferres bei Sonnenuntergang auf der Promenade wandeln – natürlich umringt von Kameras aller Fernsehsender.

Doch es blieb bei den Schröders, die sich recht unspektakulär benahmen wie ganz gewöhnliche Urlauber. Selbst die Borkumer Polizisten waren enttäuscht. Denn normalerweise musste der Altkanzler sein Kommen bei ihnen ankündigen, aber zu ihrer Überraschung sahen sie ihn plötzlich in irgendeinem Café am Strand sitzen und kamen sich recht überflüssig vor.

Am Ostersamstag, als die Dämmerung sich über Borkum legte und der Wind unerwartet frisch über die Nordsee gen Festland wehte, wurden die drei Osterfeuer der Insel angezündet. Eines an der Reedestraße hinter dem Bauhof, das andere an der Julianenstraße hinter Markant und das dritte und größte in den Dünen am Großen Kaap an der Boeddinghausstraße.

Seit Weihnachten hatte der Verein *Borkumer Burschen e.V.* hölzernes Strandgut, Baumschnitte, Tannenbäume und anderes brennbares Material gesammelt und gelagert. Am Karfreitag waren die von der Stadtverwaltung gestifteten Holzstämme aufgestellt und das Brennmaterial dazwischen nach einem Muster aus uralten Zeiten sorgfältig zu einem hohen Strauchturm aufgeschichtet worden. Eine mühevolle Arbeit, bei der zum Schluss in rund sieben Metern Höhe von der Leiter aus gearbeitet werden musste. Die Sträucher und Äste stapelte man über Kreuz, damit sie nicht herunterfielen, und die Stämme rahmten den quadratisch angelegten Turm und sicherten ihn gegen Wetterkapriolen. In der Mitte des Strauchturms wurde ein Schlot gelassen, der dafür sorgte, dass das Feuer richtig brannte.

Schlussendlich hisste man in schwindelnder Höhe an allen vier Ecken Fahnen und fesselte dazwischen »Tom Dooley«, eine bekleidete Puppe aus Stroh. Nach alter Borkumer Tradition muss jedes Jahr ein »Tom Dooley« in Flammen aufgehen, als Zeichen des Verrats des Apostels Judas und symbolisch für das Verbrennen aller Sorgen vor dem Fest der Auferstehung. Warum diese Puppe den Namen des Frauenmörders aus dem amerikanischen Folk-Song *Hang down your head, Tom Dooley* trug, den man an einem weißen Eichenbaum erhängt hatte, war selbst den *Borkumer Burschen* nicht ganz klar.

Mehrere Hundert Besucher fanden sich an den Feuerstellen ein und als es hier und da knallte, zischte und bunte Funken in den Abendhimmel flogen, waren einige Gäste sehr überrascht, dass in den Flammen offensichtlich ein Feuerwerk versteckt war.

Feuchtfröhlich wurde gefeiert, Bratwürstchen gegessen und so viele hartgekochte Eier gepult, dass die Insel mit all den herumliegenden bunten Schalen am nächsten Morgen aussehen würde, als hätten Graffiti-Künstler ganz Borkum besprüht.

Für die Polizeistation hieß dieses Fest: Sonderschicht. An jedem Osterfeuer positionierten sich je zwei Beamte in voller Montur samt Kopfbedeckung. Nicht jeder trug gerne den sogenannten »Leuchtturm«, aber es war nun einmal so, wie es war: Kleider machen Leute, und die auffällige Polizeimütze sorgte für den nötigen Respekt – jedenfalls bei den Urlaubern. Außerdem bestand der neue Dienststellenleiter Jörg Heiter darauf, die Mütze zumindest in der Saison ständig zu tragen. Er betonte zwar gerne, dass er nicht kleinkariert oder gar ein Vorschriften-Fetischist sei, aber er ließ unmissverständlich durchblicken, dass Köpfe ohne Hutbedeckung leichter abzureißen seien.

Pia Seemann war mit dem Kollegen Wilfried Brummer bei Feuer zwei – also hinter dem Markant-Markt. Es war etwas kleiner als die anderen und einen brennenden »Tom Dooley« gab es auch nicht, so dass es sich perfekt für Familien mit Kindern eignete.

Beide trugen Uniform plus Kopfbedeckung, so wie Heiter es liebte. Wilfried Brummer sowieso und Pia Seemann ausnahmsweise. Als Kriminalhauptkommissarin war sie üblicherweise als Ermittlungsperson der Staatsanwaltschaft unterwegs und trug Zivil. Doch wenn sie nicht gerade mit schweren Straftaten wie Mord, Totschlag, Sexualverbrechen,

Geiselnahme, Entführung oder Vermisstenfällen beschäftigt war, schob sie genauso Dienst wie ihre Kollegen bei der Schutzpolizei – in Uniform.

Der bisherige Abend war vorhersehbar verlaufen. Nur wenige Urlaubsgäste hatten sich über Qualm und Funkenflug beschwert, die anderen amüsierten sich ausgelassen, ließen ihre Hunde herumtoben und die Kinder mit Stöcken am Feuer spielen.

Wilfried Brummer war wie immer die Ruhe selbst. Sein Blick schweifte regelmäßig über die Menge wie der Lichtstrahl eines Leuchtturms übers Meer, wobei er hier und da einer Frau zuzwinkerte oder mit dem Mundwinkel zuckte und gleichzeitig die Augenbrauen hochschnellen ließ.

Pia beobachtete das sehr gerne und fragte sich oft, warum gerade die auffallend attraktiven Frauen darauf abfuhren. Sie vermutete, dass es an seiner mächtigen Statur, den himmelblauen Augen und den blonden Locken lag, die verwegen unter seiner Mütze hervorlugten. Der leichte Silberblick schien niemanden zu stören und der etwas zu aufgeblasene Bauch spielte allem Anschein nach ebenfalls keine Rolle.

Wilfried Brummer, kurz Willi genannt, war 47, also ein Jahr jünger als Pia, und eine einzigartige Mischung aus ganzem Kerl und liebem Trottel, fand sie. Er bekräftigte zwar gerne, glücklich verheiratet zu sein und behauptete, sein Flirten diene lediglich dem Testen seines aktuellen Marktwertes, doch Pia bezweifelte das inzwischen. Sie selbst war nicht verheiratet, hatte keine Kinder und kokettierte selten oder nie. Ihr haselnussbraunes Haar war nur deshalb so lang, weil sie keine Lust auf Friseurbesuche hatte und sie schnell zusammenzubinden waren. Die grauen Strähnen darin störten sie nicht.

»Schöne Frauen ziehen Unheil an«, meinte sie beiläufig, als Willis Blick sich an einer Dame mit zu kurzem Rock und ungeeignet hohen Absätzen festzubeißen schien.

Er drehte sich zu ihr um und lächelte versonnen. »Halb zog sie ihn, halb sank er hin. Das sagte schon Goethe.«

»Tse, fuck you, Goethe«, lachte Pia zurück.

Abgesehen von seinen mehr oder weniger nervigen Zitaten und Sprüchen war Willi ein hilfsbereiter, netter Bursche. Er war der einzige gebürtige Borkumer unter der fünfzehnköpfigen Belegschaft. Das verschaffte ihm einige Vorteile – nicht nur wegen der plattdeutschen Sprache, in der sich die Einheimischen gerne unterhielten. Er kannte auch die alteingesessenen Inselfamilien und ihre Strukturen, wusste, wer sich für wen hielt und wie man über wen dachte und konnte daher oftmals zwei und zwei besser zusammenzählen als seine zugereisten Kollegen. Für ihn schien alles berechenbar und logisch. Hier war er aufgewachsen und verwachsen. Jedes Haus, jede Düne war ihm vertraut, so wie auch das Wetter für ihn niemals eine Überraschung bot. Er behauptete, dass die Gezeiten durch seine Adern flossen wie das besondere Blut der Borkumer, auf das sie alle so stolz waren. Pia war zwar keine Borkumerin, aber sie stammte von der nahen Küste, so dass sie sich irgendwie verwandt fühlte.

Der einzige Nachteil bei Willis inniger Verbindung zu seinen Landsleuten war, dass er gerne mal ein Auge zudrückte, wenn sie sich in Schwierigkeiten verstrickten.

Beißender Rauch stieg auf und Besucher wechselten hustend die Seiten. Alles brannte lichterloh. Pia behielt die Kinder im Blick, die gefährlich nah am Feuer standen und folgte Willi an die Bratwurstbude, die leider keine vegetarischen Variationen anbot. Also sah sie ihm beim Essen zu.

»Na, hoffen wir mal, dass alles ruhig bleibt«, nuschelte er mit halb geöffnetem Mund und ließ ein heißes Stück Bratwurst in einer Senflake auf seiner Zunge hin- und herkullern. Pia befürchtete, dass gleich alles auf seine Uniform gleiten würde, doch in letzter Sekunde legte er seinen Kopf ruckartig in den Nacken und schluckte die Masse herunter wie ein gieriges Tier. Danach hustete er wie ein Ertrinkender und ließ das letzte Stückchen Wurst für Fräulein Mencke ins Gras fallen. Die unterbrach für einen Moment ihr Zittern. Auch ihr Schwanz, der die ganze Zeit eingeklemmt gewesen war, entspannte sich etwas, bis mit einem weiteren Knall ein Meer aus Funken dem Feuer entwich.

Nachdem sich Willi noch zwei Ostereier einverleibt hatte und seine Zähne so verschmiert waren, dass Pia kaum noch hinsehen konnte, schaute sie auf ihre Uhr. »Wo bleiben bloß Anne und Stefan? Ist schon nach zehn und ich hab morgen ab sieben Uhr wieder Dienst.«

Willi reagierte nicht.

»Außerdem ...«, wollte sie erneut ansetzen, als er mit einer Kopfbewegung über ihre Schultern wies. Sie wandte sich um. Ihre Kollegen nahten. Fräulein Mencke zog an der Leine und wedelte zum ersten Mal an diesem Abend heftig mit dem Schwanz.

»Hey, Mencke, da bist du ja!« Anne steuerte auf die Hündin zu und streichelte ihr über den Kopf. »Sorry, dass wir so spät sind, aber wir waren beim falschen Feuer. Am Großen Kaap ist der Bär los, dagegen ist es hier ja richtig gemütlich.« Sie ließ ihren Blick über das Terrain schweifen.

Pia zog überrascht ihre Augenbrauen hoch. »Echt? Sollen wir auf dem Rückweg da noch vorbeischauen?«

»Nee, die Kollegen sind ja da. Und nun macht euch mal vom Acker.« Anne fuchtelte mit den Händen, als wolle sie ein paar Möwen verscheuchen. Und als habe Fräulein Mencke jedes Wort verstanden, zerrte sie so sehr an der Leine, dass Pia sich schneller entfernte, als sie gewollt hatte.

Willi verschwand in anderer Richtung. »Ich geh noch kurz zum Großen Kaap«, rief er in den Wind.

Wenn Pia geahnt hätte, was sie am nächsten Tag erwarten würde, wäre sie ihm mit Sicherheit gefolgt.

Fräulein Mencke:
Menschen sind Barbaren. Sie brennen unsere Insel ab und mein Frauchen guckt seelenruhig zu. Unfassbar! Meinen Fluchtinstinkt konnte ich nur im Zaum halten, indem ich meinen Schwanz ganz fest unter meinen Bauch drückte. Jetzt liegt mein Frauchen im Bett und schnarcht zufrieden vor sich hin, obwohl alles verbrannt riecht – sogar mein Fell. Ich krieg kein Auge zu.

3.

Pia befand sich im Tiefschlaf, als ihr Handy die *Tatort*-Titelmusik spielte. Den Klingelton hatte sie sich erst vor ein paar Tagen runtergeladen. Vorher hatte ihr Telefon immer *An der Nordseeküste* gespielt. Sie hatte das passend gefunden, aber ihre Kollegen hatten es als langweilig bezeichnet. In der Borkumer Polizeistation herrschte in letzter Zeit ein Wettbewerb um die tollste Krimi-Melodie. Willis Telefon bimmelte wie *Der Kommissar*, Stefan hörte *James Bond 007* und Anne grinste, wenn die Titelmelodie von *Miss Marple* ertönte, Ute war in Gedanken in Hawaii bei *Magnum* und Kathrin mit *Derrick* unterwegs. Sogar der Chef hatte sich anstecken lassen und sich das Intro von *Stahlnetz* besorgt.

Zunächst versuchte Pias Unterbewusstsein, die dramatische Melodie in ihren Traum einzubauen, doch irgendwie passte es nicht und sie schreckte auf. Hatte sie verschlafen?! Sie fühlte sich ertappt und ihr Herz pochte wild. Warum hatte der Wecker denn nicht geklingelt? Pia schaltete die Lampe an, stellte fest, dass es erst viertel vor fünf war und griff zum Telefon. Fräulein Mencke stand kerzengerade auf der Bettdecke und starrte sie an, als wolle sie ebenfalls eine Meldung machen. Pia war völlig irritiert.

»Ja«, stammelte sie mit rauer Stimme und räusperte sich.

»Pia?« Anne Berger klang zögerlich, als müsse sie sich genau vergewissern, dass sie auch die richtige Person am Telefon hatte. Pia war sofort genervt.

»Ja! Was ist denn?« Sogleich bereute sie ihren scharfen Ton, weil sie Anne wirklich gern mochte, aber dieses Herumdrucksen löste in ihr jedes Mal eine Anspannung aus, von der sie sich nur auf diese Weise befreien konnte.

»Am Großen Kaap hängt ein Toter!«

»Was?« Pia hatte den Eindruck, es habe ihr jemand mit einer Latte an den Kopf geschlagen. »Das soll wohl ein Witz sein!«

»Nein, das ist kein Witz. Am Großen Kaap hängt wirklich jemand. Du musst sofort hin. Heiter ist auch schon da.«

Ein kleines Klicken war zu hören, dann war es still.

Heiter ist auch schon da, na prima, dachte Pia und sprang aus dem Bett. So schnell sie konnte, schlüpfte sie in ihre Uniform, die von gestern Abend noch ziemlich nach Qualm roch, band ihr Haar ungekämmt im Nacken zusammen, setzte die Polizeimütze auf und schnappte sich die Hundeleine. Sie rannte die Treppe hinab und Fräulein Mencke folgte mit kühnen Sprüngen.

Im schlecht beleuchteten Schuppen verhakte sich ihr Fahrrad mit dem ihres Vermieters und sorgte für ziemlichen Tumult. Pia hielt kurz inne, horchte und schickte ein Stoßgebet gen Himmel. Ihre Vermieter waren zwar sehr tolerante Leute, aber mit Ruhestörern kannte das alte Ehepaar kein Mitleid. Sie hatte Glück. Alles blieb still.

So schnell es die Dunkelheit zuließ, radelte sie durch die Wilhelm-Bakker-Straße in Richtung Norddünen ins Westland. Fräulein Mencke galoppierte so selbstverständlich nebenher, als würden sie jeden Tag mit einem solchen Sprint beginnen.

Das Große Kaap stand an der Boeddinghausstraße direkt vor der Knappschaftsklinik auf einer Düne. Schon aus großer Entfernung erkannte Pia die Silhouette des riesigen Seezeichens, die sich vom fahlen Morgenhimmel abhob. Darunter waren einige Menschen auszumachen, die mit Lampen herumfuchtelten und undefinierbare Schatten tanzen ließen. Alles wirkte irgendwie surreal.

Pia formte ihre Augen zu Schlitzen, konnte aber keinen Gehängten am Großen Kaap baumeln sehen.

Am Fuß der Düne stellte sie ihr Fahrrad ab, nahm Fräulein Mencke an die Leine und ging schnellen Schrittes den kleinen Pfad hinauf zum Kaap. Ihr Blick heftete sich an Heiter, der die Hände tief in seine Jackentaschen gesteckt hatte und verkrampft wirkte.

»Morgen«, sagte er harsch und ging auf sie zu, als wolle er sie davon abhalten, den Tatort zu betreten. Er griff nach ihrem Oberarm und krallte sich regelrecht darin fest. Mit eindringlichem Blick warnte er: »Wir haben ihn gerad erst runter. Kein schöner Anblick!«

Pia schielte an ihm vorbei. »Was ist denn?«

Heiter schaute sich nervös um. »Ich hab den Arzt gebeten, die Leiche so schnell wie möglich wegzuschaffen, also halt ihn nicht auf, klar?« Sein Griff wurde noch fester. »In einer Stunde will ich hier nichts mehr sehen. Denk an die Touristen.«

»Klar, Chef«, sagte sie mit Blick auf ihren schmerzenden Arm.

Er ließ sie los. »Falls sie noch länger brauchen, wird die Spurensicherung eine Baustelle vortäuschen, und du …«, mit weit aufgerissenen Augen blickte er auf ihre Uniform, »zieh dir was anderes an und nimm die alberne Mütze vom Kopf!«

Pia war sprachlos, aber Fräulein Mencke knurrte.

Heiters Stimme wurde milder. »Wir sehen uns gleich im Büro. Du hast eine halbe Stunde!« Damit ließ er sie stehen und hastete Richtung Polizeistation.

Vollidiot, dachte Pia und rieb sich den Arm. Der hat sie

wohl nicht alle. Nur weil sich jemand erhängt, muss man doch nicht gleich aus einem Stint einen Hai machten. Sie wünschte sich, er würde wieder mit dem Rauchen anfangen. Zu Jahresbeginn war er auf Elektrozigarette umgestiegen, was noch einigermaßen erträglich gewesen war ... bis das Ding durch Überhitzung explodiert war – direkt vor seinem Gesicht. Jetzt befand Heiter sich mitten im Entzug und bei der kleinsten Kleinigkeit geriet er in Stress und schien selbst kurz vor einer Explosion zu stehen.

Pia schaute auf ihre Hündin hinab. »Und du, Fräulein Mencke, darfst den Chef nicht anknurren. Das tut man nicht.«

Zwei bernsteinfarbene Augen schauten sie verständnislos aus dem wuscheligen Fell an. Anschließend schüttelte sich die Hündin, als könne sie damit den Vorwurf von sich weisen, und zog an der Leine Richtung Tatort. Pia hob das Absperrband hoch, das sich surrend im Wind um sich selbst drehte.

Der Leichnam, der bäuchlings auf einer Plastikplane lag, schien ein junger Mann, vielleicht ein Jugendlicher zu sein. Er war klein und schmal, fast wie ein Kind. Na, Gott sei Dank ist es nicht unser Altkanzler, dachte Pia, denn es wurde gemunkelt, dass die Schröders mit einem handfesten Ehestreit nach Borkum gereist waren.

Bekleidet war der Tote mit einer grauen Stoffhose, beiger Jacke und dunklen Schuhen, allerdings war alles fleckig und es klebte so viel Sand an ihm, als habe er sich vor dem Erhängen noch am Strand gewälzt. Trotzdem erinnerte er Pia an jemanden, den sie schon mal gesehen hatte, sie kam nur nicht darauf, an wen. In diesem Moment drehte der Arzt die Leiche auf den Rücken.

»Ach du Scheiße!«, entfuhr es ihr und ihre Hand schlug wie von selbst auf ihren Mund.

»Gucken Sie einfach nicht hin«, murmelte der Mediziner und zog den Reißverschluss zu. Damit war die Leiche in einem Sack verschwunden.

Pia hatte die Silbermöwe vor Augen, die sie vor drei Tagen

am Bahnsteig getroffen hatte. »Ich ... ich ...«, stammelte sie und versuchte sich an den Namen des kleinen Mannes zu erinnern. Es gelang ihr jedoch nicht. Der Arzt sah sie fragend an.

»Pia Seemann, Hauptkommissarin. Guten Morgen.« Sie streckte ihm die Hand entgegen.

Der Arzt richtete sich auf, zupfte einen Handschuh von seiner Rechten und reichte sie ihr. »Dr. Harms. Knappschaftsklinik.« Er wies mit dem Kopf zur Kurklinik vis à vis des Großen Kaaps. Ein riesiges gelb-weißes Gebäude mit vielen Fenstern, in denen sich das erste Morgenlicht spiegelte.

Pia kannte einige Ärzte auf der Insel, aber Dr. Harms nicht. Sie vermutete, dass er ein Zugezogener war. »Kann ich die Leiche noch mal sehen?«

»Aber nur, wenn Sie nicht gleich zusammenklappen.« Dr. Harms schaute besorgt, machte sich aber daran, den Sack zu öffnen.

»Platz! Und bleib«, befahl Pia und hob eine flache Hand. Fräulein Mencke gehorchte. Pia ließ die Leine sinken und ging zum Toten.

Der zweite Anblick war schlimmer als der erste. Das Gesicht war fürchterlich angeschwollen. Rot unterlaufene Augen traten hervor, eine dicke Zunge quoll aus dem weit geöffneten Mund. Pia musste an einen überfahrenen Frosch denken, dessen Eingeweide einen letzten Ausweg aus dem Maul gesucht hatten. Ekelhaft. Alles war blau, violett, rot – tot. An einer Hälfte des Gesichts klebte Sand, an der linken Schläfe ein wenig geronnenes Blut. Das zerzauste braune Haar wirkte verfilzt.

Pia war sich ganz und gar nicht mehr sicher, ob dieser Mann tatsächlich der war, der sich ihr am Bahnsteig vorgestellt hatte. Trotzdem fahndete ihr Gehirn immer noch nach dem Namen der Silbermöwe. Vielleicht waren es auch nur die beige Jacke und die zierliche Statur ... Sie schob den Gedanken beiseite und versuchte sich zu konzentrieren.

Am Hals war das Würgemal gut erkennbar, allerdings nicht

so ausgeprägt, wie sie es bei einem Erhängten erwartet hatte. »Und? Können Sie schon was sagen?«

»Nein, leider. Da müssen Sie die Autopsie abwarten. Ich möchte keinesfalls vorgreifen.« Dr. Harms' Stimme klang ganz anders als Heiters. Vorsichtig, matt und ruhig, vor allem aber sachlich. »Mit Erhängten habe ich nicht so oft zu tun, aber ein Selbstmord war es wohl nicht.«

Pia war erstaunt. »Wieso nicht?«

»Der hing da ganz oben.« Dr. Harms wies auf das Große Kaap. Die über 23 Meter hohe steinerne Bake, die einst den Schiffsführern zur Navigation ins Fahrwasser der östlichen Ems gedient hatte, war die schönste Bake, die Pia kannte. Heute hatte sie zwar keine nautische Bedeutung mehr, da sich die Fahrwasser mit der Zeit geändert hatten und es moderne Funkortungssysteme gab, doch der Verein *Borkumer Burschen e.V.* hatte sie gekauft und erhalten.

»Ein Seil war nach unten gespannt. Damit hat man die Leiche allem Anschein nach hinaufgezogen«, erklärte Dr. Harms. »War ganz praktisch, da konnten wir sie auch wieder runterlassen, ohne sie abschneiden zu müssen.«

»Aha.« Pia ließ die Aussage so stehen. Nicht immer hatten die Mediziner mit ihren ersten Vermutungen recht.

Dr. Harms schaute auf seine Uhr, und Pia verstand den Hinweis. Sie holte ihr Handy aus der Jackentasche und machte mehrere Fotos – vor allem vom aufgequollenen Gesicht. Dann gab sie die Leiche frei. »Gut, warten wir die Obduktion ab.«

»Ich bin nur froh, dass der Tote keiner meiner Patienten ist«, gab Dr. Harms zu und schloss den Reißverschluss ein zweites Mal. Er rief einen Kollegen heran.

Pias leerer Magen drehte sich wie das rote Flatterband im Wind, das sie automatisch hochhielt, damit die Herren den Tatort mit der Leiche verlassen konnten. Ein Hubschrauber würde den Toten direkt zur Gerichtsmedizin nach Oldenburg bringen. Sie war gespannt auf die Ergebnisse.

Die Kollegen von der Spurensicherung, die im Umkreis

von ungefähr zehn Metern den Fundort abgesperrt hatten, suchten mit kleineren Lampen nach Anhaltspunkten. In ihren weißen Anzügen sahen sie aus wie Mondbesucher und verhielten sich ähnlich. Sie steckten Gegenstände in Tütchen und kleine Schildchen in den Boden, die anzeigten, wo sie was entdeckt hatten, und das Blitzlicht ihrer Kameras wirkte wie Wetterleuchten.

Pia wandte sich an Jens Heibült, den Leiter der Spusi, und erkundigte sich, ob es bereits etwas Brauchbares gab.

»Lockerer Sand und Dünengras – da kann man keine Spuren finden«, sagte er resigniert. »Außerdem war da unten gestern Nacht das Osterfeuer.« Er wies auf einen riesigen schwarzen Fleck unweit des Kaaps. In der vergangenen Nacht hatten Hunderte Menschen hier gefeiert. Die Buden standen noch da und auch ein Trecker, der die Überreste des Feuers zusammengeschoben hatte. »Abgesehen von ziemlich vielen bunten Eierschalen ist dies alles, was wir gefunden haben.« Jens drehte sich zum Kofferraum seines Wagens um und holte einige Tütchen aus einem silberfarbenen Koffer.

Pia nahm eins nach dem anderen in die Hand, war sich aber sicher, dass keines der kleinen Dinge darin etwas mit dem Toten zu tun hatte. Es gab einen silberfarbenen Kettenanhänger, der aussah, als habe er bereits ein ganzes Jahr im Sand gelegen, ein kleines grünes Spielzeugauto, einen Schnuller und ein kariertes Taschentuch, das auch ein Halstuch hätte sein können. Alles in allem waren es Dinge, die man überall auf der Insel fand.

Pia gab das letzte Tütchen mit dem Taschentuch an Jens zurück, als Fräulein Mencke plötzlich hochschnellte und Männchen machte, als vermute sie eine Leckerei in dem knisternden Beutel. Jens konnte gerade noch die Tüte in die Luft reißen und steckte sie wieder zu den anderen in seinen Koffer.

Erschrocken zog Pia Fräulein Mencke zurück. Sie fragte sich, ob es an dem fehlenden Frühstück lag oder ob die Hündin bereits eine Spur verfolgte.

»Das ist alles?«, frage sie enttäuscht.

»Nein.« Jens grinste und griff zu einem anderen Beutel. »Die hier lagen direkt unter dem Gehängten im Sand.«

Pia zog mit den Fingern das Plastik glatt, um den Inhalt besser begutachten zu können. Drei runde Druckknöpfe mit verschiedenen Ornamenten waren zu erkennen. Ungefähr ein Zentimeter im Durchmesser.

»Kann natürlich auch nur Zufall sein, aber ich denke, sie sind dem Toten aus der Tasche gefallen.«

»Echt? Hatte er sonst noch was bei sich? Portemonnaie, Papiere, Handy?«

»Nein, leider. Gar nichts.« Er nahm Pia die Tüte mit den Schmuckknöpfen ab und erklärte, dass er alles zunächst dokumentieren und auf Fingerabdrücke untersuchen müsse. »Ihr kriegt die Sachen so schnell wie möglich.« Dann deutete er auf eine große Plastiktasche neben dem Koffer. »Hier«, sagte er und öffnete sie, »das ist die Leine, an der der Tote hing. Sieht wie eine Festmacherleine eines Bootes aus. Ist ungefähr fünfzig Meter lang.«

»Na, dann haben wir ja wenigstens etwas, womit wir anfangen können.« Pia fotografierte sie mit ihrem Handy, wobei ihr fast der Apparat aus der Hand gefallen wäre, weil sich unverhofft die Hundeleine spannte. Willi stand hinter ihr, und Fräulein Mencke gab keine Ruhe, bis er sie beachtete.

Er streichelte sie kurz und schaute dann zum Kaap hinauf. »Ein ziemlich schwieriges Unterfangen, wenn du mich fragst.«

Der Kollege sah ziemlich übernächtigt aus, fand Pia. Seine Haare waren verstrubbelt und seine Augen glasig. Sie sah ebenfalls hoch. »Wo genau hing er denn?«

Willi wies ganz nach oben. »Da unter dem Topzeichen, wo das Mauerwerk anfängt. Mit dem Kopf nach unten.«

»Mit dem Kopf nach unten?« Pia war davon ausgegangen, dass der Tote wie alle Erhängten am Hals befestigt gewesen war. Nun stand ihre ganze Vorstellung auf dem Kopf. »Dann war es ja tatsächlich kein Selbstmord.«

Willi schnaubte. »Wohl kaum.«

»Und wer hat ihn gefunden?«

Er wies zur Knappschaftsklinik. »Ein Patient, der nicht schlafen konnte. Hat aus dem Fenster gesehen und ihn entdeckt. War ja Vollmond.« Er zog den Kragen seiner Jacke fest um seinen Hals. »Lass den Chef nicht warten. Mit dem ist heute nicht gut Matjes essen«, brummelte er und ging die Böschung hinunter.

Pia sah ihm verdattert nach.

Fräulein Mencke:

Menschen lesen Spuren ganz anders als Hunde. Mein Frauchen und ich sind heute in aller Frühe Hals über Kopf und ohne Frühstück zu einem Toten gehetzt. Er lag unter dem Großen Kaap, da wo wir Hunde immer gerne eine nette Geruchsmarke für Kollegen hinterlassen. Ein idealer Platz, um anzuzeigen, wer sich so alles auf der Insel herumtreibt. Doch heute lag ein herrlich aufregender Duft nach Schweiß und Angst über allem. Es zwickte regelrecht in meiner Nase. Metallisches Blut und Urin hab ich gerochen – eine atemberaubende Mischung. Meine Nackenhaare reckten sich sofort aufgeregt in den Himmel, in den mein Frauchen schaute, als glaube sie, der Tote sei vom selbigen gefallen. Ziemlich naiv.

4.

Um punkt sechs betrat Pia das Polizeigebäude, was nur zu schaffen gewesen war, weil ihre Wohnung gleich um die Ecke lag. Sie hatte Fräulein Mencke gefüttert und sich umgezogen. In Jeans, einem dünnen Pulli und ihrem Lieblingsanorak fühlte sie sich wesentlich wohler als in der Uniform, die sie in eine Plastiktüte für die Reinigung gesteckt hatte.

Anne Berger saß immer noch in der Zentrale hinter dem Tresen, so dass Pia nur ihren Kopf sehen konnte. Das reichte, um festzustellen, dass die Kollegin ziemlich müde war.

»Guten Morgen«, lächelte Pia.

»Gut ist was anderes.« Anne zog bedeutungsvoll ihre Augenbrauen hoch, die Mundwinkel herunter und wies mit einer schrägen Kopfbewegung in Richtung Besprechungszimmer. »Sieh zu, dass du reinkommst. Heiter ist auf hundertachtzig.«

Selbst Fräulein Mencke schien die Anspannung zu spüren. Sie steuerte konzentriert und gefasst auf die verschlossene Tür zu, als erwarte sie dort ein Ungeheuer oder zumindest ein Donnerwetter.

Pia öffnete leise die Tür. Der große runde Tisch, der fast den ganzen Raum ausfüllte, war umrahmt von Kollegen. Dass sich alle zum gleichen Zeitpunkt in einem Raum befanden, war selten. Das letzte Mal bei der Neujahrsansprache von Heiter.

Gespenstische Stille. Alle Augen richteten sich auf Pia. Fräulein Mencke huschte zu den vielen Füßen unter die Tischplatte und begrüßte wild hechelnd die Kameraden. Augenblicklich ging ein Lächeln durch den Raum, wie ein Frühlingssonnenschein.

Der Einzige, der stand und kein bisschen lächelte, war Jörg Heiter, der sich das Ende eines Kulis in den Mund gesteckt hatte – wahrscheinlich als Ersatz für eine Zigarette. »Na endlich!« Er steckte den Kuli in seine Brusttasche. »Setz dich. Ich habe bereits mit der Staatsanwaltschaft in Emden gesprochen. Wir stellen gerade die MK zusammen.«

MK stand für Mordkommission, die Einheit, die gebildet werden musste, um Kapitalverbrechen aufzuklären. Pia steuerte den letzten freien Stuhl an. Sie war die am besten ausgebildete Polizeivollzugsbeamtin und wurde im gesamten Landkreis eingesetzt, wenn es um Mord oder Totschlag ging. Dass sie ausgerechnet auf Borkum lebte, einer Insel, die zwar zum Kreis Leer gehörte, aber dennoch ziemlich isoliert in der Nordsee lag, passte längst nicht jedem, doch in diesem Fall war es natürlich von Vorteil.

Es war klar, dass ihr die Ermittlungsleitung zufiel, doch Heiter fügte unnötig streng hinzu: »Aber ich bin der Kommissionsleiter, vergiss das nicht. Alles geht über meinen Tisch. Klar so weit?«

Pia nickte und blieb freundlich. »Klar, und wer ist im Team?«

»Firek hat sich bereit erklärt, die Aktenführung zu machen. Willi unterstützt dich bei den Ermittlungen und Kathrin und Ute helfen euch. Wenn du mehr Leute brauchst, müssen wir die vom Festland anfordern, aber vielleicht schaffen wir das ja auch ohne weitere Hilfe. Ist das in Ordnung für dich?«

Mit einem kurzen Nicken in Richtung der genannten Kollegen signalisierte sie ihre Zustimmung. »Alles gut.«

Sie wunderte sich allerdings, dass Stefan Firek, den Willi und sie lediglich Viereck nannten, weil er so quadratisch aussah, freiwillig den Papierkram übernahm. Als sie ihm in die braunen Augen schaute, wandte er den Blick ab, als sei es ihm peinlich. Irgendetwas stimmte hier nicht.

Heiter atmete tief aus, als sei das Wichtigste geschafft. »Okay, dann können die anderen gehen. Das heißt aber nicht, dass der Fall euch nichts angeht. Im Gegenteil, er hat absolute Priorität. Firek wird euch mit den aktuellen Informationen versorgen und umgekehrt erwarte ich das auch.«

Unruhe kam auf, Stühle wurden gerückt und die übrigen Kollegen verließen den Raum. Ute, die leicht übergewichtig war und eher wie eine Kindergärtnerin aussah, ging in die angrenzende Küche, um Tee anzusetzen. Fräulein Mencke folgte ihr.

»Hast du auch ein paar Kekse da?«, rief Pia ihr hinterher. »Mein Magen hängt mir bis in die Kniekehlen.«-

Heiter tippte ungeduldig mit dem Kuli auf seine Armbanduhr. »Leute, ein bisschen mehr Konzentration bitte. Es gibt Dinge, die keinen Aufschub dulden.« Er setzte sich und griff nach dem Fährplan, der auf dem Tisch lag. »Die erste Fähre geht um viertel nach sieben. Niemand darf unbemerkt die Insel verlassen. Von jedem, der die Fähre betritt, will ich die Personalien. Den Flughafen habe ich bereits informiert.«

Konzentriertes Nicken.

Ute kam mit beladenem Tablett herein, von dem aus sich ein herrlicher Geruch nach Tee verbreitete. Scheppernd stellte sie es auf den Tisch, verteilte das Geschirr und klemmte sich eine Strähne ihres schulterlangen braunen Haares hinters Ohr. »Und die Häfen dürfen wir nicht vergessen«, sagte sie fröhlich.

Heiter stöhnte. »Ja, die auch. Kathrin, du übernimmst die Fähren, Ute, du die Privat-Yachten.«

Beide Frauen wechselten einen schnellen Blick.

»Jetzt gleich?«, fragte Kathrin, eine Blondine, die im krassen Gegensatz zu Ute auch auf einem Laufsteg eine gute Figur abgegeben hätte. Sie verfolgte, wie Ute den appetitlich glitzernden Tee einschenkte und die Flüssigkeit sanft in die kleinen Tassen plätscherte. Das Einschenken und das knisternde Geräusch des zerspringenden Kandis hatten auf jeden Ostfriesen eine beruhigende Wirkung, allerdings nicht auf Heiter.

»Ja, sicher jetzt gleich, wann denn sonst!«, hetzte er. Sein Nervenkostüm schien wie ein defektes Fischernetz, aus dem der Fang bereits zu entwischen drohte.

Kathrin schob sich im Aufstehen einen Keks in den Mund, spülte ihn mit einem Schluck Tee hinunter, wobei ihr Pferdeschwanz tanzte, und schnappte sich den Fahrplan der Fähren. »Okay«, nuschelte sie und verließ mit Ute das Zimmer. Pia sah den beiden nach. Sie waren so verschieden wie Ebbe und Flut.

Willi rief noch: »Ute, Hochwasser war um halb fünf, da könnte schon jemand abgelegt haben – wenn er denn will. Lass dir vom Hafenmeister eine Liste aller Yachten geben.«

»Genau«, stimmte Heiter zu, der ziemlich wild in seiner Tasse rührte. Ein weiteres Zeichen dafür, dass er definitiv kein Ostfriese war. Als die Tür ins Schloss fiel, sprang er auf. »So, und nun zum Toten.«

Er stellte sich vor die weiße Tafel, die fast eine ganze Wand einnahm. Darunter stand eine Anrichte, auf der bunte Stifte und Zettel lagen. Normalerweise hingen an dieser Wand lediglich Dienstpläne sowie Vorschriften und Anweisungen, die ohnehin jeder kannte. Deshalb wurde die Tafel meist für Kritzeleien, lustige Sprüche oder Nachrichten an die Kollegen genutzt. Jetzt war alles blitzeblank und sogar die Magneten waren nach Form und Farbe sortiert links an den Rand geschoben worden. Typisch für Heiter, dessen Aufräumtick durchaus als zwanghaft zu bezeichnen war.

Er wählte den grünen Edding und schrieb ganz oben in Großbuchstaben auf die Tafel: *TOM DOOLEY*. »Das ist unser Arbeitstitel.«

Pia schaute unauffällig zu Willi, der mit einer Augenbraue zuckte und melodisch sagte: »*Hang down your head, Tom Dooley* … Passt genau. Find ich gut, kann man sich leicht merken und jeder weiß gleich Bescheid.«

Heiter guckte irritiert auf die Tafel und griff zum Schwamm. »Hast recht, Tom reicht auch.«

Er wischte das *DOOLEY* weg. Aktenführer Firek schrieb vorne auf seine Mappe *TOM*, ebenfalls in Großbuchstaben, womit es wie ein Akronym aussah. Dann setzte er hinter jeden Buchstaben noch einen kleinen Punkt. T.O.M. – jetzt wirkte es tatsächlich wie eine Abkürzung. Pia fiel als erstes *Tod ohne Mord* ein und als zweites *Tat ohne Motiv*.

Heiter wechselte den Stift und zeichnete mit ein paar gekonnten Strichen das Große Kaap. Wenn Pia etwas an ihm bewunderte, dann seine Zeichenkunst. Sie hätte das niemals so schnell und vor allem nicht ohne Vorlage auf die Wand bringen können. Heiter war bekannt für seine Aquarellzeichnungen typischer Borkumer Ansichten, die in mannigfaltigen Ausführungen sein Büro schmückten. Wer malt, nimmt seine Umgebung bewusster wahr, sagte er immer und damit hatte er wohl recht.

»Hier hing der Tote.« Er zeichnete einen an den Füßen Gehängten in den oberen Fensterbogen der Bake, was ihm ebenfalls sehr gut gelang. Obwohl er mit wenigen Strichen auskam, hatte man einen lebhaften Eindruck davon, wie die Leiche vorgefunden worden war. Die Füße zeigten nach oben, die Hosenbeine waren heruntergesackt und legten Socken und Waden frei. Der Blouson wurde durch das Strickbündchen in der Taille gehalten und bauschte sich auf. Details des Gesichtsausdrucks zeichnete Heiter glücklicherweise nicht. »Aufgehängt hat man ihn mit einem Seil, das man über den obersten Bogen des Kaaps gezogen hat.«

»Wie hat man das denn geschafft?«, wollte Firek wissen.

»Ganz einfach.« Heiter strahlte wie ein Kind. »Hier ...« Er zeigte auf eine der vier Standbeine des Kaaps. »Hier sind eiserne Steige ins Mauerwerk eingelassen. Da kann man raufklettern und das Seil einfach durch die Öffnung stecken.«

»Ach«, staunte Pia. Ihr waren die Steigeisen vorher nie aufgefallen.

Heiter zeichnete das Seil in die Skizze. »Ich stelle mir das so vor: Man legt den Toten unten ab, befestigt das eine Ende an den Füßen, klettert mit dem anderen Ende hinauf und führt es über die oberste Kante, klettert wieder runter und zieht ihn hoch. Und zack, hängt der Tote oben.«

»Hört sich einfacher an, als es ist, glaube ich«, meldete sich Willi zu Wort. »Dafür braucht man Bärenkräfte.«

Heiter stimmte ihm zu. »Ja, ich gehe davon aus, dass mehrere Personen an dieser Aktion beteiligt waren.«

Er setzte sich zurück an den Tisch und sprach so schnell weiter, dass Pia keinen klaren Gedanken fassen konnte. Vor knapp einer Stunde war sie noch von einem einfachen Selbstmord ausgegangen und nun war die Sprache bereits von mehreren Tätern. Zudem suchte ihr Gedächtnis immer noch nach dem Namen der Silbermöwe.

Das größte Problem sah Heiter darin, dass die Insel voller fremder Menschen war. Er vermutete, dass es sich bei dem Toten ebenfalls um einen Touristen handelte, dessen Verschwinden erst nach Ende der Ferien auffallen würde. »Und wie sollte man einen Mörder finden, wenn man nicht einmal weiß, wer die Leiche ist?«, rief er ratlos und rührte aufgebracht in seiner zweiten Tasse Tee. Mehrmals schaute er zum Fenster, als sei dort draußen ein Verbrecher, der sich im Anbruch des Tages einfach aufzulösen drohte. Je heller es wurde, desto hibbeliger wurde er. Am liebsten hätte Pia ihn an seinen Schreibtisch geschickt. Mit einer Packung Zigaretten.

»Dass die Insel voller Urlauber ist, kann auch von Vorteil sein«, sagte sie beruhigend. »Mehr Menschen – mehr Augen, die was beobachtet haben können.«

Willi schloss sich ihrer Meinung an, aber Heiter sah das nicht so. »Urlauber sind Unbekannte. Gaffer, die nichts Besseres zu tun haben, als im Weg rumzustehen und Fotos zu machen. Was glaubt ihr eigentlich, was hier los sein wird, wenn die von dem Mord erfahren? Wahrscheinlich werden wir mit Vermutungen und Beschuldigungen nur so bombardiert.«

Er schnappte nach Luft, als es glücklicherweise an der Tür klopfte und Anne ihren Kopf hereinsteckte.

»Poldi ist am Telefon«, sagte sie vorsichtig.

»Scheiße!«, rief Heiter. »Wie hat der denn so schnell davon erfahren?« Poldi war der Spitzname des Journalisten vom *Inselblatt*, der einzigen Zeitung auf Borkum. Heiter war blass geworden und sammelte hektisch seine Zettel vom Tisch. »Okay, ich komm gleich. Pia, du veranlasst alles Weitere.

Wir müssen wissen, wer der Tote ist. Ich kümmere mich um die Presse.« Damit verließ er den Raum und knallte die Tür hinter sich zu.

Fräulein Mencke erschrak und hob den Kopf, doch als Pia tief durchatmete und ihre Teetasse von sich schob, senkte sie ihn wieder und rollte sich mit einem Stöhnen noch mehr in sich zusammen.

Willi und Firek schauten Pia gespannt an.

»Wir gehen noch mal zum Großen Kaap«, entschied sie, »und gucken uns die nähere Umgebung an. Vielleicht finden wir etwas, das auf einen Kampf hinweist. Der Fundort ist ja allem Anschein nach nicht der Tatort. Und danach sprechen wir mit dem Patienten, der nicht schlafen konnte. Vielleicht hat er noch mehr beobachtet oder etwas gehört.«

»Guter Plan«, zeigte sich Willi einverstanden. »Aber was ich echt nicht verstehe: Wieso hat man den Typen falsch rum aufgehängt? Hat so was eine tiefere Bedeutung?«

Firek schrieb fleißig mit. »Ich kann ja mal im Internet nachgucken, ob es einen besonderen Grund für so was gibt«, sagte er und setzte ein Ausrufezeichen unter seinen Text. Dann spielte er mit dem Kuli herum. »Und wenn es die *Borkumer Burschen* waren?«, stellte er in den Raum. »Die sind doch für das Osterfeuer am Großen Kaap zuständig und bekannt für ihre wilden Feiern bis in die Morgenstunden.«

»Gar kein dummer Gedanke.« Pia lächelte ihm zu.

»Seid ihr bescheuert?«, protestierte Willi. »Für wie blöd haltet ihr die Borkumer eigentlich? Wenn ein Borkumer jemanden umbringt, findet ihr die Leiche nie. Es gibt ja wohl tausend bessere Verstecke auf der Insel, als jemanden ans Große Kaap zu hängen.«

Pia ignorierte ihn. Ihr war klar, dass es von seiner Seite immer Einwände geben würde, sobald seine Borkumer Freunde unter Verdacht gerieten. Ermittlungen unter Bekannten waren stets schwierig. Sie überlegte kurz, Willi von diesem Teil der Arbeit auszuschließen, entschied sich aber dagegen und nahm sich vor, ein Auge auf ihn zu haben. »Kennst du jemanden von denen?« Eine rein rhetorische Frage. Ihr war klar, dass Willi sie alle kannte.

»Hartog«, sagte er kaum hörbar.

Pia sackte in sich zusammen und stöhnte. »Ja, Willi, ganz toll. Sehr hilfreich. Heißt hier nicht jeder zweite Hartog?«

»Magnus. Magnus Hartog.«

»Der von *Pizza & Meer*?«, wollte Firek wissen.

»Genau. Mit Sonne im Herzen und Pizza im Bauch ist man glücklich und satt ist man auch«, nuschelte Willi den Werbespruch, den sogar Pia kannte. Magnus Hartog hatte nicht nur die leckerste Pizza, sondern lieferte sie auch frei Haus und besonders oft in die Polizeistation.

»Gut, dann schmeißen wir Hartog auch gleich aus dem Bett«, bestimmte sie.

Stefan Firek klappte die Akte zu, stand auf und setzte seine Polizeimütze auf.

»Warum machst du eigentlich freiwillig den Schreibkram?«, fragte Pia und erhob sich ebenfalls, womit sie Firek überragte. Er war der kleinste unter den Kollegen, da halfen auch seine Plateau-Schuhe und die hochstechende Polizeimütze nichts.

»Einer muss es ja machen.« Sein Lächeln gelang ihm nicht.

Willi grinste umso mehr. »Ja, einer, der was gutzumachen hat beim Chef.«

Fireks Blick war messerscharf. »Wer sich zu wichtig hält für kleine Arbeiten, ist oft zu klein für wichtige Arbeiten«, blaffte er, raffte seine Siebensachen zusammen und verließ ohne ein weiteres Wort den Raum.

»Dicke Luft?«, wunderte sich Pia. Normalerweise verstanden Willi und Viereck sich prächtig. Sie waren sich sogar ziemlich ähnlich, auch wenn man das auf Anhieb nicht erkennen konnte.

Willi zuckte mit den Achseln, nahm seine Jacke von der Stuhllehne und zog sie an. »Er hat von Heiter einen Anschiss bekommen wegen seiner schlampigen Berichte. Weißt ja, wie Viereck ist, er stolziert lieber auf der Promenade herum, als sich hinter seinen Schreibtisch zu klemmen.«

»Aha«, Pia schlüpfte in ihren Anorak, »da kenn ich aber noch jemanden.«

»Ja, aber ich schreib erst meine Berichte und außerdem reiß ich meine Klappe nicht so weit auf.«

Pia schob Willi in Richtung Tür. »Nimm ein bisschen Rücksicht. Er ist nun mal ein kleiner Gockel. Es soll sogar Hähne geben, die glauben, dass ihretwegen die Sonne aufgeht.«

Willi lachte. »Ja, zu der Kategorie gehört er wahrscheinlich.«

Fräulein Mencke sprang auf und war vor ihnen im Flur.

Fräulein Mencke:
Nervosität ist ein schlechter Berater. Ich als direkter Verwandter des Wolfes bin da sozusagen Fachmann. Wenn ich nervös bin, spanne ich jeden Muskel an und versteife mich. Das beruhigt die Nerven. Menschen sind da ganz anders. Wie unerfahrene Welpen lassen sie sich von allem ablenken und rennen von einer Richtung in die andere. Bin gespannt, wohin es jetzt geht.

5.

Es war halb acht. Die Frühlingssonne vertrieb mit aller Kraft die Kälte der Nacht und ließ das Große Kaap einen langen Schatten Richtung Meer werfen. Der Himmel war bereits hellblau und man konnte davon ausgehen, dass es wieder ein schöner Tag werden würde. Lediglich vom Strand wehte ein frischer Wind herüber, der Pia veranlasste, den Reißverschluss ihrer Jacke vollends zu schließen. Sie schmeckte die salzige Luft und dachte an das Anschwimmen, an dem sie vor ein paar Tagen teilgenommen hatte.

Eiskalt war das Wasser gewesen. Und obwohl sie nur ein paar Züge gemacht hatte und sofort wieder an Land geschwommen war, hatte sie sich wie schockgefroren gefühlt. Danach hatte ihre Haut gebrannt, als sei sie durch ein Feld von Feuerquallen gekommen.

»Vielleicht kann Fräulein Mencke ja eine Fährte aufnehmen«, sagte Willi plötzlich. Er grinste, als traue er der Hündin nicht viel zu.

Pia ließ ihren Blick nochmals über das Gelände schweifen und sah, dass die Kollegen von der Spurensicherung bereits das rot-weiße Band rund um das Große Kaap entfernten. Sie blickte auf ihre Hündin, die tatsächlich im Dünensand schnüffelte, wo vorhin noch die Leiche gelegen hatte. »Such«, probierte Pia es spaßeshalber, erntete jedoch nur einen erstaunten Blick der Hündin und ein lautes Lachen von Willi.

Sie bückte sich, entfernte die Hundeleine und legte sie über ihren Nacken. Dann zuckte sie mit den Schultern. »Lass uns am Strand anfangen.«

Fräulein Mencke nahm ihre Spur wieder auf und lief voran.

Sie gingen an der Knappschaftsklinik vorbei, hinter deren Fenstern die ersten Kurgäste frühstückten. Pia sah überwiegend ältere Damen und Herren, die an hübsch gedeckten Tischen saßen, auf denen gelbe Osterglocken strahlten. Sie konnte förmlich die frischen Brötchen riechen und ihr Magen meldete sich mit einem tiefen Grollen. Dann – als hätte der Anblick älterer Menschen unwillkürlich eine gedankliche Verknüpfung hergestellt – fiel ihr siedend heiß Tante Lotte ein.

Der Gedanke explodierte in ihr und wie nach einer echten Explosion folgte eine trügerische Stille, als habe sie einen Hörsturz erlitten. Wie vom Donner gerührt blieb sie stehen. Ihr gerade noch knurrender Magen krampfte sich zusammen und ihr gesamtes Blut schien in die Füße zu sacken. Ihr wurde ganz flau. »Mist, ich hab Tante Lotte vergessen! Die reist heute an!«

Willi blieb stehen und drehte sich um. »Was?! Ach du grüne Neune, wann denn?«

Pia schaute auf ihre Uhr. »Um halb eins.« Ihre Gedanken überschlugen sich. Der Mordfall würde sie gänzlich in Beschlag nehmen und keine Zeit für Tante Lotte lassen. Absagen? Ging nicht. Tante Lotte hatte natürlich kein Handy und saß wahrscheinlich längst am Fähranleger in Emden.

»Das kriegen wir schon hin«, meinte Willi und stapfte den rot gepflasterten Weg weiter entlang, direkt auf die *Dünen-Klause* zu. Fräulein Mencke überholte ihn und steckte ihre Nase in eine Höhle am Wegesrand, aus der gerade noch ein Kaninchen gesprungen war. Pia setzte sich ebenfalls in Bewegung, doch sie war jetzt völlig aus dem Tritt und konnte sich kaum mehr konzentrieren.

Pia war nach dem Tod ihrer Eltern bei Tante Lotte aufgewachsen. Zweimal im Jahr besuchte die alte Dame die Insel, eine Woche zu Ostern und eine Woche im Herbst – wegen der Blumen und der Farben, wie sie behauptete. Aber Pia wusste, dass sie nur ihretwegen kam. Bis gestern Abend hatte Pia das auf dem Schirm gehabt, aber dann, ja ... Dann hatte sie keinen Gedanken mehr daran verschwendet. Wie konnte sie nur!

Bei der *Dünen-Klause* bog sie um die Ecke und sah Fräulein

Mencke die sandigen Stufen hochhüpfen. Willi wartete unten am Geländer auf sie. »Da kriegt Tante Lotte eben mal ganz nah mit, wie deine Arbeit aussieht!« Er lachte Pia entgegen und legte freundschaftlich einen Arm um ihre Schultern, als sie ihn erreichte. Er ruckelte sie aufmunternd. »Ich bin ja auch noch da.«

Pia schüttelte den Kopf. Gemeinsam stapften sie die Treppe hoch, an deren Ende Fräulein Mencke stand und mit dem Schwanz wedelte.

Oben auf der Düne holten sie Luft und genossen den Ausblick. Das Meer hatte sich bereits weit zurückgezogen. Halbe Tide. Ganz entfernt sahen sie winzige weiße Wellen auf den jetzt endlos breiten Strand zurollen. Pia bildete sich ein, das Rauschen der See zu hören. Zwei vorbeiflatternde Austernfischer kreischten so laut, als wollten sie vor einer Gefahr warnen. Trotzdem beruhigten sich Pias Nerven.

»Tja, dann ist das eben so«, meinte sie ergeben und ließ mit einem Seufzer die Schultern sacken. »Vielleicht schaffe ich es ja, mich zwischendurch ein bisschen um Tante Lotte zu kümmern, ansonsten muss sie sich eben mal alleine die Zeit vertreiben.«

Plötzlich huschte Fräulein Mencke mit einem übermütigen Satz ins hohe Dünengras. Sie verschwand, als sei sie verschluckt worden. Pia wunderte sich. Es war total untypisch für die Hündin, den Weg zu verlassen und sich in die Büsche zu schlagen. Im Gegenteil, Pia hatte sich schon mehrfach über den fehlenden Jagdtrieb von Fräulein Mencke gewundert. Sie steckte zwar gerne ihre Nase in Kaninchenhöhlen, aber wenn tatsächlich eins an ihr vorbeiflitzte, schaute sie nur verdattert hinterdrein. Eine Verfolgungsjagd hatte es noch nie gegeben.

Pia machte zwei Schritte zur Seite und stand sofort vor einer ziemlich großen Senke, die wie ein kleines Tal in der Düne lag. Die Schatten ließen es wie eine Schlucht erscheinen und Fräulein Mencke befand sich mitten darin.

»Was machst du denn da? Komm hier!«, rief Pia, aber die

Hündin reagierte nicht. Sie schnüffelte aufgeregt herum und schien ihre Umwelt ausgeblendet zu haben. »Ich geh mal nachsehen«, sagte Pia und stapfte los.

Als sie näher kam, legte Fräulein Mencke die Ohren an, winselte kurz und zog sich zurück, als habe sie was Verbotenes getan. Sie schlich förmlich an Pia vorbei und blieb in sicherer Entfernung stehen. Neugierig besah sich Pia die Stelle, die ihre Hündin so interessant gefunden hatte. »Willi, komm mal!« Das Dünengras war plattgedrückt und ein Sanddornbusch lag abgeknickt am Boden. »Das ist doch ungewöhnlich, oder? Hier läuft doch eigentlich niemand herum.«

»Ja, merkwürdig«, stimmte Willi zu.

Sie schauten sich an und dachten das Gleiche.

»Ich guck eben, ob die Spusi noch beim Kaap ist, die sollen sich das mal ansehen.« Mit eiligen Schritten machte sich Willi auf den Rückweg.

»Ich geh noch schnell zum Strand runter!«, rief Pia ihm hinterher und leinte Fräulein Mencke an.

Der feuchte Sand war übersät mit Fußabdrücken. Einige tief, einige flach. Hier und da sah es aus, als sei jemand gejoggt, es konnte sich aber auch um Spuren eines sehr schweren Spaziergängers handeln. Pia fiel nichts Ungewöhnliches auf, also ließ sie sich von Fräulein Mencke nach rechts ziehen und folgte ihrer Hündin, die immer schneller wurde. Einige Spuren im Sand endeten an einem kleinen Weg, der zum Hintereingang der Knappschaftsklinik führte.

Dann rief Willi aus weiter Ferne nach Pia, die sofort kehrtmachte. Fräulein Mencke folgte widerwillig. Sie wäre wohl lieber schnurstracks in den Frühstücksraum der Klinik gerannt, aber als sie Willi sah, der ihnen entgegenlief, löste Pia die Leine und ließ Fräulein Mencke vorwegrennen.

»Die Spusi meint auch, dass das sehr verdächtig aussieht.« Willi war außer Atem.

Jens und seine Kollegen befestigten gerade das Flatterband, um den Platz abzusperren, als sie das Dünental erreichten. Fräulein Mencke hüpfte auf die Männer zu und begrüßte sie stürmisch.

»Könntest du sie BITTE an die Leine nehmen?«, regte sich Jens auf.

Kleinlaut entschuldigte sich Pia und fummelte die Leine ans Halsband. Konsterniert schaute die Hündin von einem zum anderen, als verstünde sie die Welt nicht mehr.

Aber Jens war noch nicht fertig. »Pia, so geht das nicht. Du kannst den Hund nicht immer frei rumlaufen lassen – schon gar nicht an einem Tatort. Und zu deiner Information: Ab ersten April ist sowieso Leinenpflicht – für ALLE Hunde! Da solltest du als Polizistin mit gutem Beispiel vorangehen. Und jetzt geht bitte hinter die Absperrung.«

Fräulein Mencke ließ schuldbewusst den Kopf und die Ohren hängen. Sie schielte reumütig zu Jens, so dass das Weiß ihrer Augen aufblitzte – der typische Dackelblick. Pia machte es ihr nach und versprach in devotem Ton Besserung. Erst als sie hinter dem Absperrband standen, war Jens zufrieden – ein kleines Zucken am linken Mundwinkel verriet das.

»Hältst du dies denn für den Tatort?«, fragte Willi.

»Ich glaube schon.« Jens' Stimme hatte einen triumphierenden Unterton. »Hier«, rief er so begeistert, dass Fräulein Mencke mutig die Nase vorstreckte. »Das ist Blut.«

Zwei weitere Nasen reckten sich nach vorne. Willi und Pia erkannten zwar nichts, aber laut Jens waren Blutspuren an dem Sanddornbusch – klitzekleine, aber immerhin. Pia stupste Willi mit dem Ellbogen an. »Wenn das der Tatort ist, dann sind wir einen ganzen Schritt weiter. – Gut gemacht, Jens!«, rief sie. Vor ihrem inneren Auge lief sofort ein Film wie aus *XY … ungelöst* ab: eine Verfolgungsjagd am Strand – eine Flucht in die Dünenschlucht – ein Kampf – Blut – ein erdrosselter Toter, und dann das Aufhängen am Großen Kaap.

Willi schien noch Zweifel zu haben. »Das Blut könnte auch von einem Tier stammen. Hier laufen doch massenhaft Karnickel rum.«

»Das weiß ich selber«, nuschelte Jens genervt und steckte kleine Zweige in eine Tüte. »Das untersuchen wir gleich, ist eine unserer leichtesten Übungen. Es wäre gut, wenn ihr mich in Ruhe arbeiten lasst und nicht weiter stört. Bericht folgt.« Er wandte sich ab und seinem Kollegen zu, der gerade das Absperrband verknotete.

Willi zog an Pias Ärmel und meinte leise: »Komm, lass ihn mal machen. Der weiß schon, was er tut. Wir kümmern uns erst mal um den Patienten, der die Leiche gemeldet hat.« In diesem Moment dröhnte aus seiner Jackentasche laut das Intro der Serie *Der Kommissar*. Er ließ Pias Ärmel los, holte sein Telefon heraus und ging zurück zum Dünenweg. Die Melodie verstummte.

Pia starrte ein letztes Mal in die Senke hinab und zückte ihr Handy, um die genaue Lage des vermeintlichen Tatorts bildlich festzuhalten. Als Fräulein Mencke an der Leine zog, folgte sie der Hündin zu Willi, der gerade sein Telefon einsteckte.

»Das war Kathrin. Sie und Ute sind zurück und wollen Bericht erstatten. Brötchen haben sie auch mitgebracht. Wir sollen frühstücken kommen.«

»Gute Idee«, erwiderte Pia, doch ihr Blick und ihre Gedanken hefteten sich weiterhin an das Tal. »Warum hat man wohl die Leiche nicht einfach hier liegen lassen? Man hätte sie wahrscheinlich erst nach Tagen gefunden. Es war doch ziemlich riskant, sich die Mühe zu machen, sie ans Kaap zu hängen.«

Willi reagierte nicht, sondern schirmte seine Augen mit der Hand ab wie ein Pirat, der nach etwas Ausschau hält. »Ah, wer kommt denn da?«

Pia sah in die gleiche Richtung. Ein schlaksiger Mann mit auffällig schulterlangem rotem Haar steuerte auf sie zu. Er trug eine lilafarbene Jacke, die so gar nicht zur Haarfarbe passen wollte, und an seiner Schulter baumelte eine schwarze Tasche. Die eckigen Brillengläser funkelten orange im Morgenlicht. Poldi, der Insel-Journalist. An seine Farbkombinationen konnte Pia sich partout nicht gewöhnen. Sie vermutete, dass er farbenblind war.

»Ich rede mit ihm.« Sie drängelte sich an Willi vorbei und baute sich direkt vor dem Journalisten auf. »Na, ermittelt Poldi wieder?«, frotzelte sie.

Poldi ermittelt war eine seinen Rubriken im *Inselblatt*. Poldi, das Blaulicht eines Polizeiautos, beantwortete Kindern Fragen rund um die Polizeiarbeit. Letzte Woche hatte Peter Onnen – wie Poldi im wirklichen Leben hieß – den Kindern erklärt, warum Polizeiuniformen nicht mehr grün, sondern jetzt dunkelblau waren. Das hatte sich die EU ausgedacht, um europaweit ein Erkennen der Polizei zu vereinfachen, hatte er geschrieben und auch dargelegt, dass Polizisten, die in einem Mordfall ermittelten, keine Uniform trugen, um unauffälliger arbeiten zu können.

»Dir auch frohe Ostern!«, antwortete Poldi fröhlich und versuchte, hinter Pia und Willi zu blicken. »Was sucht ihr denn in den Dünen, ganz ohne Uniform – Ostereier?«

Pia grinste spöttisch. »Du weißt doch genau, was wir suchen.«

Poldi lächelte. »Und? Schon was gefunden?«

»Poldi, ich weiß, dass du bereits mit Heiter gesprochen hast. Mehr kann ich dir auch nicht sagen.« Pia biss sich auf die Lippen. Heiter würde sie in der Luft zerreißen, wenn sie mehr preisgab als er. Presse-Gespräche sind dem Chef vorbehalten, sagte er immer.

Poldi beherrschte den Dackelblick ebenso wie Fräulein Mencke. »Na komm schon. Ich sag's auch nicht weiter.«

Pia lachte verächtlich. »Nee, aber schreiben tust du's und jeder kann es lesen.«

Er grinste. »Morgen ist Ostermontag, da gibt es gar keine Zeitung.«

Pia machte eine wegwerfende Handbewegung und wies mit

den Augen in Richtung Dünental. Sollte er doch schreiben, was los war. Sie konnte es eh nicht verhindern. »Halt dich bitte an die Regeln. Du weißt ja, wie das ist mit den Touristen. Zu viel Aufregung wäre nicht gut.«

Den Wink mit dem Zaunpfahl hatte Poldi offensichtlich verstanden. Sein dünnes, strähniges Haar flatterte aufgeregt im Morgenwind und er grinste so breit, dass man sogar seine kleinen Zähne sehen konnte. Sie waren etwas zu weit hinten im Mund angeordnet, so dass man beim ersten Blick die Vermutung hegte, er habe gar keine. Pia wusste dennoch, dass er den nötigen Biss für eine Story hatte. In der Hoffnung, dass er es nicht vermasseln würde, gab sie den Weg frei und ließ Poldi ermitteln.

Fräulein Mencke:
Menschen halten sich nicht an die Rangordnung. Ständig vertauschen sie die Rollen und jeder macht, was er will. Das kann auf Dauer nicht gutgehen. Eben in den Dünen hat uns ein Kollege ohne Grund angefaucht wie eine Katze und mein Frauchen hat sich klein gemacht wie eine Maus. Sie hat mich sogar angeleint und von der Stelle weggezogen, wo es genauso roch wie heute Morgen am Kaap.

6.

Er konnte seinen Blick nicht abwenden. Es war unmöglich. Wieso war ihm nie zuvor aufgefallen, was für einen sinnlichen Mund sie hatte – selbst jetzt, wenn sie kaute – oder gerade deshalb?

Plötzlich sah sie ihn an. Mit ihren dunkelblauen Augen. Eine Farbe wie das Meer. Ein Wimpernschlag zog darüber hinweg wie eine Welle, die über ihn hereinbrach und ihn in die Tiefe zog. Er bekam keine Luft mehr.

Sie hob langsam einen Arm und strich sich über das goldblonde Haar – ein unmissverständliches Zeichen. Dann griff sie, ohne den Blick von ihm zu lassen, zum Körbchen mit den Brötchen und hielt es ihm entgegen. »Nimm dir.«

Ihre Stimme klang auffordernd, ja regelrecht aufreizend. Ihm wurde ganz heiß. Bildete er es sich ein, oder flirtete sie mit ihm? Scheiße. Er griff in den Korb und konzentrierte sich darauf, das Brötchen mit Butter zu bestreichen.

Beim ersten Bissen wanderten seine Augen aber wie von selbst erneut zu ihr. Mist. Sie sah ihn immer noch an! Sie lächelte. Zuckersüß. Verführerisch. Die reinste Einladung. Dazu der Schlafzimmerblick. Er schluckte. Ungefragt schaltete sich sein Kopfkino ein. Ein erotischer Film lief ab.

Unversehens sprang die Tür auf und ihre Blicke zerrissen wie ein Segel unter zu viel Druck. Sein Herz flatterte aufgeregt. Unbändig knallte es gegen seine Brust.

Pia und Ute platzten herein, gefolgt von Firek. Fräulein Mencke kam unterm Tisch hervor und freute sich. Pia setzte sich mit den Worten: »Manno, hab ich einen Schmacht!«, neben ihn und griff sofort nach einem Brötchen. Firek hielt seine Tasse in die Höhe und Ute schenkte Tee ein.

Verstohlen wagte Willi einen weiteren Blick auf Kathrin, aber die schmunzelte in sich hinein und tat so, als bemerke sie das nicht. Im Hintergrund seiner Gedanken lief immer noch der Film, in dem sie die Hauptrolle spielte.

Wieso passierte das gerade jetzt, fragte er sich. Er kannte Kathrin doch bereits ein halbes Jahr. Sie war letzten Herbst zur Borkumer Truppe gestoßen und ja, natürlich war sie ihm aufgefallen. So eine Schönheit war nicht zu übersehen. Aber hatte sie ihm jemals solche Blicke zugeworfen?

Mit vollem Mund erzählte Pia vom mutmaßlichen Tatort in den Dünen. Das gab Willi die Gelegenheit, seine Gedanken herunterzuschlucken und den Film in seinem Kopf abzuschalten. Er nahm sich noch ein Brötchen. Sich vollzustopfen schien ihm genau das richtige Beruhigungsmittel.

Als Kathrin berichtete, dass es bei den wenigen Fahrgästen auf der Fähre ein Kinderspiel gewesen war, alle Namen zu notieren, konnte er sie wieder ansehen, ohne dass sein Herz raste oder sein Magen sich verknotete.

Kathrin überreichte Pia die kurze Liste. »Wer reist auch schon an Ostersonntag ab?«

Pia studierte die Namensliste so akribisch, als suche sie nach einer bestimmten Person. Weshalb, erschloss sich Willi nicht. »Borkumer waren nicht dabei?«, fragte sie.

»Doch, einer. Steht ganz unten«, war sich Kathrin sicher.

Pia las den Namen laut vor: »Hartog.«

Willi verschluckte sich. »Hartog? Welcher?«

»Gerrit. Kennst du den auch?«

In Willis Kopf ratterte es. Was machte Gerrit denn am Ostersonntag auf dem Festland?

Gerrit war der erfolgloseste Hartog aller Zeiten auf der Insel. Es hieß, er sei etwas zurückgeblieben, selbst Willi hielt ihn für total beschränkt. So lapidar wie möglich sagte er: »Ja, der arbeitet bei seinem Bruder Magnus.« Dass Gerrit bei *Pizza & Meer* nur eine Art Küchenhandlanger war und zu mehr wahrscheinlich auch nicht zu gebrauchen, verriet er nicht. Er war schließlich Borkumer, da hielt man zusammen, auch wenn man selbst nicht den Namen Hartog trug.

»Gut«, sagte Pia, »mit Magnus Hartog wollen wir ja sowieso nachher sprechen. Dann fragen wir ihn mal, was sein Bruder auf dem Festland macht. Kam er dir irgendwie nervös vor?«

Kathrin lachte. »Nee, nervös ist was anderes. Eher fix und fertig. Der hatte eine ziemliche Fahne und schien übernächtigt zu sein. Hat wahrscheinlich durchgefeiert.«

»Apropos durchgefeiert …« Pia schaute zu Willi herüber. Er ahnte, welche Frage jetzt kam und biss vorsorglich ins Brötchen, damit er den Mund voll hatte. »Du wolltest doch gestern noch zum Feuer am Großen Kaap gehen. Wie lange warst du denn da?«

Kauend ließ er sich mit der Antwort Zeit. »Mitternacht, glaube ich. Hab nicht auf die Uhr gesehen.« Das musste reichen, der Rest ging sie nichts an.

»Und dir ist nichts aufgefallen?«

»Nee. War alles wie immer. Hab mich ein bisschen unterhalten und bin, kurz nachdem die Kollegen gegangen sind, auch weg. War ja kaum noch was los.«

Kathrin wechselte Gott sei Dank das Thema. »Pia, meinst du, es macht Sinn, die nächsten Fähren auch noch zu kontrollieren? Soll ich nicht lieber die Hotels und Ferienwohnungen befragen, ob jemand Hals über Kopf abgereist ist?«

Pia zögerte kurz. »Hast recht. Ist wahrscheinlich klüger. Kannst auch gleich fragen, ob ein Gast vermisst wird. Schließlich muss der Tote ja auch irgendwo gewohnt haben.«

Kathrin lächelte. Und wie sie lächelte. Einfach umwerfend, dachte Willi und fragte sich erneut, ob er wirklich Chancen bei ihr hatte.

Eine silberne Teekanne schob sich in sein Blickfeld. »Möchtest du auch noch?«, fragte Kathrin. Er konnte nicht sprechen, nur nicken.

Pia streckte ihre Tasse ebenfalls vor.

Firek räusperte sich. »Ich hab rausbekommen, was es mit dem Erhängen an den Füßen auf sich hat.« Er suchte in seiner T.O.M.-Akte nach einem bestimmten Blatt.

»Echt? Gibt es dafür eine Erklärung?« Pia schien überrascht.

»Ja, das Internet spuckt zum Thema Erhängen, Erdrosseln und Erwürgen eine ganze Menge aus. Ich hab mich natürlich nur auf die Hinrichtungsmethode Erhängen konzentriert. Dabei spielt die Länge des Seils eine entscheidende Rolle.« Mit einem Blick in die Runde überprüfte Firek, ob alle ihm zuhörten.

Wichtigtuer, dachte Willi, war aber gespannt, was folgen würde.

»Früher – so um 1800 – zog man lediglich einen Gegenstand unter einer Person weg, um sie zu erhängen. Muss man sich wie bei einem Selbstmord vorstellen: Seil an der Zimmerdecke befestigen, auf den Stuhl stellen und wegschubsen. Nach fünf bis zehn Sekunden wird man bewusstlos und durch das Zusammenschnüren der Halsarterien tritt ein Zirkulationsstopp im Gehirn ein und letztendlich der Tod. Manchmal drückt auch der Zungengrund gegen die Rachenhinterwand und verlegt so die Atemwege.« Firek wies auf seinen Hals.

»Später wurde die Leine etwas länger und der Fall etwas tiefer«, erklärte er. »Das Gewicht des Körpers drückte den Strick auf den Adamsapfel, die Drossel, und schnürte dabei die Luftröhre ab. Der Tod gleicht einem langsamen Erwürgen. Erst 1872 wurde eine neue Form des Erhängens eingeführt, die als wissenschaftliche Verbesserung galt: der lange Fall am Galgen. Die Länge des Seils wurde anhand von Körpergröße und Gewicht genau bestimmt und konnte bis zu zwei Meter sechzig betragen. Der Delinquent fiel durch eine Falltür im Boden hinab, bis der Strang den Sturz ruckartig abbremste. Die beabsichtigte, aber nicht immer eintretende Folge war eine Fraktur des Genicks, wobei durch die Verschiebung der Bruchstücke dieses Knochens die Medulla oblongata – also das verlängerte Rückenmark – durchtrennt werden sollte, die sowohl den Kreislauf als auch die Atmung reguliert. Diese Form des Erhängens führte bei Männern häufig zu einer postmortalen Erektion. Neurophysiologisch gesehen hat es denselben Effekt wie das Enthaupten. War der Strick zu lang bemessen, kam es zum Abreißen des Kopfes.«

»Igitt«, rief Ute und hielt sich die Hand vor den Mund, »das ist ja gruselig.«

»Kommt noch besser«, lachte Firek, der ganz in seinem Element zu sein schien.

Willi ärgerte das. Besonders, weil Kathrin Firek so interessiert anlachte.

»Früher nannte man das Erhängen übrigens *Richten mit trockener Hand*, im Gegensatz zum Enthaupten, das nannte man *Richten mit blutiger Hand*. Im Gegensatz zur ehrenvollen Enthauptung, die meistens den Verurteilten höheren Ranges vorbehalten blieb, wurde das unehrenhafte Erhängen bei Menschen niederen sozialen Ranges angewandt – vor allem bei den Vogelfreien, die dann oft am Galgen den Vögeln zum Fraß überlassen wurden.«

»Oh Gott«, entfuhr es Ute.

»Na ja«, beschwichtigte Firek, »das ist ja lange her. Das Todesurteil *death by hanging* gibt es bei uns ja nicht mehr.« Er lächelte ihr zu.

Willi war genervt. Er hatte nur die Hälfte verstanden. »Und was hat das jetzt mit unserem Fall zu tun? Der hing doch an den Füßen«, sagte er barsch.

Kathrin legte beruhigend eine Hand auf seinen Unterarm. »Nun lass ihn doch eben, ist doch interessant.« Sie zog die Hand wieder weg und schaute Firek aufmunternd an, der völlig aus dem Konzept gebracht zu sein schien.

Willi ging es nicht besser. Kathrins sanfte Berührung hinterließ ein schmerzhaftes Prickeln in seinem Arm, als sei der eingeschlafen gewesen. Außerdem pumpte sein Herz dermaßen viel Blut in seinen Kopf, dass sein Hals regelrecht anschwoll und er sich fühlte, als hinge er selber an einem Strick.

Firek blätterte um und las noch mehr vor. »Eine Sonderform, die nichts mit Strangulation zu tun hat, ist die *Judenstrafe* – das Kopfüberhängen an den Füßen. Dies wurde in der frühen Neuzeit an Juden praktiziert, um sie zum Übertritt zum Christentum zu zwingen. Wenn der Hängende versprach, ab sofort Christ zu sein, wurde die Strafe in Enthauptung umgewandelt – ansonsten ließ man ihn einfach hängen.«

Firekt schob die aufgeschlagene T.O.M.-Akte in die Mitte des Tisches. »Hier ist ein Bild davon. Als Verschärfung der Strafe hängte man neben den Juden manchmal sogar noch einen Hund. Wohl deshalb, weil die Tora Hunde als unrein, gefährlich und blutrünstig bezeichnet.« Er tippte auf das arme Tier, das an den Hinterbeinen ebenfalls kopfüber an einem Holzbalken baumelte.

Die drei Frauen schauten angewidert auf die Zeichnung, nur Willi nicht. Er sah keinen Grund, sich so was anzugucken.

»Das ist ja abartig«, meinte Ute und Pia nuschelte: »Wie krank ist das denn?«

Sie nahm Fräulein Mencke auf ihren Schoß und drückte sie so fest, dass die Hündin verlegen zur Seite schaute, als gefiele ihr dieser plötzliche Liebesbeweis ganz und gar nicht.

»Und was nützt uns dieses Wissen jetzt?«, warf Willi ein. »Das sind doch olle Kamellen. So was macht doch heute keiner mehr. Oder glaubt ihr allen Ernstes, der Tote ist ein Jude und irgendwelche Nazis haben ihn aufgehängt?« Er griff zum nächsten Brötchen und belegte es mit zwei fetten Scheiben Kochschinken, um zu demonstrieren, dass ihm solche absurden Dinge nicht den Appetit vermiesen konnten.

Pia zuckte mit den Schultern. »Können wir ja im Hinterkopf behalten. Wer weiß.« Dann wandte sie sich Ute zu. »Und, was hast du am Hafen rausbekommen?« Sie setzte Fräulein Mencke wieder auf die Erde.

Ute reichte ihr ein DIN-A4-Blatt. Der Hafenmeister des *Port Henry* hatte ihr einen Computer-Ausdruck von allen Schiffen mitgegeben, die gestern im Yachthafen gelegen hatten. Darauf standen die Namen der Boote, der Eigner und die der Heimathäfen sowie die Länge der Schiffe. Vier davon hatten im Morgengrauen die Insel verlassen.

»Der Hafenmeister hatte bei keinem von den vieren den Eindruck, dass sie auf der Flucht waren. Er meinte, die wollten zum Musikfestival auf die Nachbarinsel Juist und im Hafen ist ihm gestern nichts Ungewöhnliches aufgefallen.« Ute zuckte mit den Schultern. »Also Fehlanzeige, schätze ich. Er war allerdings gestern Abend nur bis acht am Hafen, danach ist er mit seiner Familie zum Osterfeuer hinter Markant gegangen.«

»Ja, das stimmt, da hab ich ihn gesehen«, bestätigte Willi.

Pia griff zu ihrem Handy. Sie wischte ein paarmal über das Display und hielt das Gerät vor Utes Nase. »So sah der Strick aus, an dem das Opfer aufgehängt worden ist. Geh doch nachher noch mal hin und mach einen Gang über die Stege. Befrag die Leute, ob ihnen was aufgefallen ist und achte beiläufig darauf, ob eines der Boote so eine Leine hat.«

Willi konnte sich auch ohne Foto an das Seil erinnern. Es war schwarz und ein roter Faden lief durch das Tauwerk. Er wusste sogar, warum der rote Faden darin war. Die Marine hatte sich das ausgedacht, weil früher oft Taue gestohlen worden waren. Eine geniale Idee. Danach war mit den Diebstählen Schluss gewesen. Er entschied sich aber, diese Weisheit nicht zum Besten zu geben. Firek hatte seiner Meinung nach die Sitzung eh schon überstrapaziert.

»Okay. Mach ich«, sagte Ute und knibbelte gedankenverloren an dem Brötchen auf ihrem Teller herum.

Pia schaltete das Telefon aus und legte es vor sich auf den Tisch. Sie griff zur Leberwurst und bestrich eine weitere Brötchenhälfte. Willi wunderte sich. Sie war doch Vegetarierin. Erst als sie es in kleine Stücke schnitt und Fräulein Mencke sich sabbernd neben Pias Stuhl setzte, begriff er, für wen das Brötchen war. Die Häppchen verschwanden in Fräulein Menckes Maul. Sie schmatzte laut. Ute gab ein ähnliches Geräusch von sich. Sie hatte sich verschluckt und wedelte entschuldigend mit der Hand vor ihrem Mund herum.

Ute, dachte Willi, tja, die konnte Kathrin nicht das Wasser reichen. Würde es niemals können. Sie war zwar eine tolle Kollegin, kümmerte sich wie eine Mutter um alle, aber sie war so unerotisch wie ein Staubsauger. Praktisch, aber nervig.

Er nahm sich das letzte Brötchen. Wollte es gerade aufschneiden, als er Kathrins Blick auf seiner Haut spürte. »Ohne Mampf kein Kampf«, lachte er verlegen in ihre Richtung, doch sein Grinsen erstarrte, als sie auf seinen runden Bauch schaute.

Fast tonlos flüsterte sie: »Du solltest es vielleicht mal mit einer Frühlingsdiät versuchen.«

Sein Appetit war dahin. Fand sie ihn etwa zu dick?

Pia schob die Liste mit den Bootsnamen neben seinen Teller. »Kennst du vielleicht jemanden davon?«

Er schaute darauf, konnte sich aber nicht konzentrieren, las die Schiffsnamen *Marie*, *Hanni*, *Jantine* und *Heike*, dachte aber nur an Kathrin.

»Und?«, drängelte Pia ungeduldig.

»Nee, aber ich guck mir die Liste gerne später noch mal an. Jetzt muss ich erst mal für kleine Kapitäne.« Er stand auf, verließ den Raum und ging zur Toilette.

Dass er seinen kleinen Willi ertasten, aber wegen seines dicken Bauches nicht sehen konnte, störte ihn auf einmal gewaltig.

Fräulein Mencke:
Menschen benehmen sich überhaupt nicht hündisch. Welcher Hund würde schon einen anderen umarmen? Das kommt höchstens mal im Kampf vor. Wir Hunde sehen das als Einschränkung der Bewegungsfreiheit und somit eher als eine Bedrohung als einen Liebesbeweis. Mein Frauchen hat mich auf ihren Schoß genommen und mich ganz doll an sich gedrückt. Kein Hund mag das. Ich habe versucht, ihr das zu zeigen, indem ich die Ohren angelegt und zur Seite geschaut habe. Aber keine Reaktion. Dann hab ich mit meiner Zunge die Lippen beleckt und den Halbmond-Blick gemacht. Der heißt so, weil man dann unter den Augäpfeln eine weiße Mondsichel sieht, und soll so viel bedeuten wie »Bitte lass es schnell vorübergehen«, aber auch das hat sie nicht verstanden.

Ich sag immer: Pfoten auf den Grund – Hund bleibt Hund!

Ansonsten dürfen sich die Zweibeiner nicht wundern, wenn ein Vierbeiner mal zuschnappt. Glücklicherweise gab es ein Leberwurstbrötchen – damit ist natürlich alles verziehen.

7.

Die gelbe Knappschaftsklinik strahlte jetzt um halb zehn mit der Sonne um die Wette. Das Gebäude leuchtete förmlich vor dem blauen Himmel und zeigte sich von seiner besten Seite. Einige Kurgäste wandelten im Garten der Klinik herum, andere saßen in Strandkörben unter wollenen Decken. Pia beneidete sie und dachte wieder an Tante Lotte, die es ebenfalls fertigbrachte, einen gesamten Tag im Strandkorb zu verbringen. Sie behauptete, es könne einem da drin niemals langweilig werden, man müsse nur die Beine hochlegen, die Augen schließen und den Möwen und dem Meer zuhören.

Pia hatte ihr mal einen Strandkorb für ihren Garten geschenkt, aber diese Überraschung war vollends in die Hose gegangen. Tante Lotte hatte gesagt, ein Strandkorb gehöre an den Strand und nicht in den Garten, er hieße ja schließlich nicht Gartenkorb, und sie solle das sperrige Ding wieder mit auf die Insel nehmen.

Ohne ein weiteres Wort hatte Pia ihn zurück nach Borkum verfrachten lassen und nun stand er hinter der Polizeistation, was auch nicht schlecht war.

»Ich glaube, du darfst Fräulein Mencke nicht mit reinnehmen«, sagte Willi, als sie den Eingang der Kurklinik erreicht hatten.

»Wieso das denn nicht? Sie ist doch ein Polizeihund. Hast doch selber gesehen, wie sie den Tatort erschnüffelt hat. Die darf überall rein.«

Willi verdrehte die Augen.

Im gleichen Moment schwang die Tür von alleine auf. Elektrisch. Sehr praktisch, da brauchte man den Türgriff gar nicht anzufassen. Die zweite Tür öffnete sich ebenfalls wie von Geisterhand und gab den Weg in eine riesige Eingangshalle frei. Hell und freundlich strahlten die frisch geputzten Fußbodenfliesen und im linken hinteren Bereich standen gelbe und grüne Dreh-Ledersessel vor kleinen runden Glastischen, doch niemand saß darin.

Abgesehen von einem Mann im grauen Kittel – wahrscheinlich der Hausmeister –, der gerade eine Tür verschloss und ihnen den Rücken zuwandte, war kein Mensch weit und breit zu sehen.

Pia steuerte den Empfangstresen in der Nähe der Sitzgelegenheiten an.

»Keine Hunde! Bitte verlassen Sie sofort das Gebäude!«, brüllte der Kittelmann plötzlich in einem Ton, dass alle drei augenblicklich den Rückzug antraten. Aufgebracht zeigte er zur Ausgangstür und rief ihnen nach: »Sorry, aber das Letzte, was wir hier brauchen können, ist eine bakterienbesetzte Fellnase!«

»Hab ich doch gesagt«, lachte Willi, als sie draußen waren.

Jetzt verdrehte Pia die Augen. »Bakterienbesetzte Fellnase … Tse. Dann befrag du den Zeugen alleine, ich schau mich da unten ein bisschen mit der Fellnase um.« Sie deutete auf die Stelle, wo das Osterfeuer einen Fleck aus Asche hinterlassen hatte.

Willi nickte und betrat das Gebäude ein zweites Mal.

Pia spazierte am Teich vorbei, schaute rechts zum Großen Kaap und bog nach links ab. Wie gewöhnlich waren die Überreste des Osterfeuers sofort beseitigt worden, um Verwehungen der Aschereste zu vermeiden. Abgesehen von einem Brandmal auf dem Boden zeugte nichts mehr vom Fest. Die Bier- und Wurstbuden waren weg und auch der Trecker war verschwunden.

Pia umrundete die Fläche und suchte auf dem Boden nach etwas, wobei sie nicht hätte sagen können, wonach. Vielleicht imitierte sie auch nur Fräulein Mencke, die das Terrain abschnüffelte. Der Aufräumdienst hatte seine Arbeit gut gemacht und jeglichen Müll entfernt. Sie fand nichts weiter als ein paar zertretene bunte Eierschalen.

Am Ende des kleinen Rundgangs kam sie an das Denkmal des *Drinkeldodenkarkhof:* ein abgebrochener Mast eines

Schiffes, der aus dem Sand ragte, und eine Welle aus Sandstein, die sich daran brach.

Eine zierliche alte Dame in einem beigen Sommermantel und mit Kopftuch stand auf einen Gehstock gestützt davor. Fräulein Mencke blieb stehen und setzte sich neben die Frau, als wolle sie mit ihr um die Toten trauern, die hier einst begraben worden waren. Pia blieb ebenfalls stehen.

Die Alte schaute sie an. Ihr Gesicht war faltig und blass, aber es lächelte, als sie Fräulein Mencke entdeckte. »Hier liegen die Toten, die das Meer ausgespuckt hat. Die Seelen sind noch da draußen.« Sie wies mit ihrem Stock auf die Nordsee. »Früher hat man die angeschwemmten Toten in dieser Düne begraben. Deshalb nennt man diesen Platz Ertrunkenenfriedhof. Man war derzeit ziemlich fremdenfeindlich und wollte die Namenlosen nicht auf dem eigenen Friedhof haben. Man durchsuchte die Toten nach Schmuck und Geld und wenn man was fand, bekamen sie einen einfachen Brettersarg. Fand man nichts, wickelte man sie in Stroh und bedeckte ihren Kopf mit einem Dachziegel. Hunderte von Leichen liegen hier. Kann man sich gar nicht vorstellen, oder?«

»Nee.« Pia schüttelte den Kopf und war verwundert, was die Frau alles wusste.

Die ließ ihren Blick über die Düne schweifen und setzte sich langsam in Bewegung. Sie machte kleine Schritte in Richtung Klinik.

Fräulein Mencke und Pia folgten.

Vor einem großen Stein hielt die Frau abermals an und benutzte ihren Stock, um auf die Kupferplatte zu zeigen, die auf dem Stein befestigt war. »Hier ist auch ein Hund drauf.«

Pia kannte die Tafel, die ein gestrandetes Schiff und fliegende Möwen zeigte. Daneben stand: *In diesen Dünen fanden die an den Borkumer Stränden angespülten unbekannten Toten ihre letzte Ruhe.* Zu ihrer Überraschung entdeckte sie tatsächlich einen kleinen Hund ganz unten im Bild, der ihr vorher nie aufgefallen war. »Vielleicht sind ja auch ertrunkene Hunde hier beerdigt worden«, vermutete sie.

»Ich hatte auch mal einen.« Die alte Dame beugte sich zu Fräulein Mencke hinunter, um sie zu streicheln. Die Hündin wedelte sehr höflich, legte die Ohren brav nach hinten und zwinkerte freundlich.

Mühsam richtete sich die Alte wieder auf und strich sich das Blümchentuch vom Kopf, so dass es ihr wie ein Schal um den Hals wehte. Ihr weißes Haar war zu einem Knoten gebunden, doch einige Strähnen schwirrten um das Gesicht wie die Möwen um das untergehende Schiff auf dem Bild.

Sie stellte sich als Elli Patschek vor und erzählte von ihrer Englischen Bulldogge Maggie, die an einer Lungenkrankheit gestorben war. »Und jetzt hat es mich erwischt«, lachte sie. »Pneumologie.« Sie hob ihren Stock in Richtung Klinik und setzte ihren Gang fort.

»Es hat alles damit angefangen, dass ich Blut gehustet habe«, erzählte sie, und es folgte die Geschichte ihres erkrankten Atmungsorgans. Einige lateinische Ausdrücke aus der Lungenheilkunde fielen und die Worte Bronchialkarzinom und Lungentumor, Bezeichnungen, auf die Pia gerne verzichtet hätte. Sie hasste Krankheitsgeschichten.

Glücklicherweise war Elli Patschek eine Person, die mit ihren klapprigen Beinen fest im Leben zu stehen schien und sich ihrem Schicksal stellte, ohne sich selbst zu bemitleiden. Genauso unverhofft, wie sie das Thema angefangen hatte, wechselte sie es mit einem Husten, der sich nicht gut anhörte. »Die ganze Klinik ist durcheinander«, sagte sie. »Heute Morgen hat's einen Toten gegeben. Bianca war völlig aus dem Häuschen und hat mich auf dem Klo vergessen.« Sie lachte rasselnd. »Armes Mädchen. Ist ein bisschen labil, glaube ich. An den Tod muss sie sich wohl erst noch gewöhnen.« Sie schüttelte den Kopf, hustete nochmals und stapfte mutig auf die kleine Brücke zu, die über den Teich vor der Klinik führte.

Pia griff nach ihrem Arm und hakte ihn über ihren, um sie beim Gehen zu unterstützen. »Wer ist denn gestorben? Ein Kurgast?«

Mitten auf der Brücke blieb Elli Patschek stehen und

schaute nach links. »Nein, da oben am Großen Kaap hat sich jemand erhängt.« Sie lachte bitter. »Ist manchmal komisch. Die einen hängen am Leben, die anderen hängen sich auf.«

»Der hat sich nicht selber aufgehängt«, rutschte es Pia raus. »Den hat man da hingehängt.«

Elli Patschek wirkte verwirrt, ja, regelrecht schockiert. »Was?!«, stieß sie hervor und hustete sich gleich danach die Seele aus dem Leib, so dass Pia drauf und dran war, in die Klinik zu rennen und einen Arzt zu rufen. Selbst Fräulein Mencke schaute besorgt aus dem Fell und ging auf Abstand.

Doch genauso schnell, wie der Anfall gekommen war, verschwand er wieder. Ein leichtes Rasseln blieb jedoch. »Das erklärt natürlich einiges«, nuschelte die Alte leise und umklammerte krampfhaft das Brückengeländer.

Pia machte sich ernsthafte Sorgen um die Standfestigkeit der dürren Dame, die völlig erschöpft wirkte, und sie machte sich darauf gefasst, sie eventuell auffangen zu müssen. Trotzdem fragte sie: »Was erklärt das?«

Der Blick von Elli Patschek schweifte ins Leere oder sie hatte etwas vor Augen, was Pia nicht sehen konnte.

Nach einem kleinen Moment der Stille wischte ein Lidschlag den starren Blick weg und die kleinen Faltenhände ließen das Geländer los. Elli Patschek griff nach Pias Arm und ließ sich wortlos die Brücke hinunterführen, als hätte es keine Frage gegeben. Pia versuchte es nochmals. »Frau Patschek, ich bin Polizistin.«

Weiter kam sie nicht. Die alte Frau glitt ihr vom Arm. Pia griff mit beiden Händen beherzt zu und hielt sie so fest, dass ein Umkippen unmöglich war. »Könnten Sie bitte mal helfen?«, rief sie einer Frau zu, die sofort heraneilte.

Gemeinsam verfrachteten sie Elli Patschek in den Strandkorb im Eingangsbereich vor der Klinik und legten ihr die Füße hoch. Ihr Gesicht war so blass wie das tote Fleisch eines Fisches, selbst die blauen Augen schienen grau.

»Ich hol einen Arzt«, sagte die Frau und verschwand in der Klinik.

Pia starrte Elli Patschek an.

»Kein Wunder, dass Bianca so verwirrt war. Vielleicht kannte sie den Toten ja«, flüsterte Elli Patschek kraftlos.

»Wer ist denn Bianca?«

»Eine Pflegerin. Bianca Diekmann. Normalerweise eine ganz nette und zuverlässige, aber heute …«

Ein Mann in einem weißen Kittel kam angerannt und griff sofort nach Elli Patscheks Handgelenk. Pia machte Platz und beobachtete, wie zwei Pfleger mit einer rollenden Liege herbeieilten. Frau Patschek wurde ruckzuck auf die Liege verfrachtet und ins Gebäude gerollt.

Pia war sich sicher, dass einer weitergehenden Befragung nicht zugestimmt würde. Sie blieb draußen und ließ sich in den Strandkorb plumpsen, in dem eben noch die bedauernswerte alte Dame gesessen hatte. Sie holte ihr Notizbuch aus der Jackentasche und notierte sich die Namen. Hinter *Bianca Diekmann* setzte sie ein großes Fragezeichen.

Die Tür summte und schwang erneut auf. Willi kam auf sie zu. Fräulein Mencke hüpfte herum. Pia hätte ihn am liebsten gleich wieder in die Klinik zurückgeschickt, um nach der Pflegerin Bianca zu fragen, aber als sie sein Gesicht sah, verzichtete sie darauf. Sie stand auf und folgte ihm in Richtung Leuchtturm.

Willi platzte mit seinem Bericht heraus. Bei dem Patienten, der nicht hatte schlafen können, handelte es sich um den fünfundsiebzigjährigen Herrn Wolters – ebenfalls ein Lungenpatient – dem es aufgrund seiner »beschissenen Atmung« nicht vergönnt gewesen war, eine einzige Nacht »durchzuratzen« und der gegen vier Uhr den Toten am Großen Kaap hatte hängen sehen.

»Er hat sofort den Alarmknopf gedrückt und die Nachtschwester gerufen. Die hat dann die Polizei und Dr. Harms benachrichtigt. Aber gehört hat er nichts, weil sein Hörgerät auf dem Nachttisch lag. Ich bin froh, dass ich da wieder raus bin«, sagte Willi und atmete tief durch. »Der alte Zausel wollte mir seine ganze Krankengeschichte erzählen.«

Pia lachte. »Ich hab mich auch mit einer Lungenkrankheit unterhalten.«

Willi schaute sie fragend an und Pia erzählte von Elli Patschek.

»Der Wolters ging auch von Selbstmord aus«, fiel er ihr ins Wort. »Vielleicht denken todkranke Menschen eher daran, sich umzubringen, als ermordet zu werden.«

»Kann sein, aber die Patschek war dermaßen schockiert über den angeblichen Mord, dass sie quasi zusammengeklappt ist«, erwiderte Pia und erzählte von der Pflegekraft Bianca.

Willi blieb abrupt stehen. »Soll ich noch mal zurückgehen und mich nach ihr erkundigen?« Er drehte sich bereits um.

»Nee, lass mal. Das möchte ich lieber selber machen. Ich besuch die Patschek später noch mal und nehme mir dann auch gleich Frau Diekmann vor. Lass uns man erst zu Hartog gehen. Ich will wissen, was gestern Abend am Osterfeuer los war.«

Fräulein Mencke:
Menschen sind nicht sehr standfest. Ich hab mich schon oft gefragt, warum sie ständig nur auf den Hinterbeinen herumlaufen. Wir Hunde tun das zwar auch ab und an, aber nur, wenn wir uns nach etwas recken. Menschen machen sich immer und überall möglichst groß. Wahrscheinlich, weil sie sich so wichtig fühlen. Dumm nur, wenn sie umfallen. Dann sehen sie gar nicht mehr so wichtig aus. Ich rate zum Vier-Pfoten-Stand.

8.

Um punkt zehn klopfte Willi recht laut an die Tür von *Pizza & Meer,* an der groß und deutlich geschrieben stand, dass das Restaurant erst um halb zwölf öffnete. Nichts tat sich.

Pia spähte durch die Scheibe, konnte aber niemanden entdecken. Die Tische reihten sich bis zur Theke im hinteren Teil. Alles war menschenleer. Willi schlug nochmals gegen die Scheibe – so heftig, dass Pia Angst hatte, sie würde zerspringen.

Fräulein Mencke machte einen Schritt nach hinten und beobachtete das Geschehen eher ängstlich. Pia wich ein Stückchen zur Seite, wobei ihr Blick auf die ausgehängte Speisekarte fiel. Das Grün-rot-weiß suggerierte sofort italienisches Flair, doch die Bezeichnungen der Pizzen klangen ganz anders als in Italien. *Platter Butt, Komischer Knurrhahn, Möchtegern Makrele, Hein Hering* und *Krumme Krabben* stand dort zu lesen und die Spezialität des Hauses – ein absoluter Renner, wie Pia wusste – nannte sich *Kutter-Pizza.* Auf ihr war alles zu finden, was ein Kutter aus der Nordsee fischte. Wahrscheinlich war es gerade diese Mischung, die große Schwärme von Urlaubern in den Laden lockte.

Pia fand das sehr einfallsreich, bestellte aber immer vegetarisch. Ihre Lieblingspizzen hießen *Gemeines Gemüse* und *Borkum Pur*. Auf der kullerten sogar Sanddornbeeren herum.

»Guck mal«, sagte sie, »die haben eine neue Pizza: *Lecker Watt* – mit Meeresalgen an Salzkruste. Klingt gut, oder?«

Willis Nase kräuselte sich angewidert. »Na ja … Wie sagt Hartog immer? Der Wurm muss dem Fisch schmecken, nicht dem Angler.«

Plötzlich bewegte sich ein größer werdender Schatten auf die Glasscheibe zu. Willi schlug reflexartig nochmals an die Tür und fuchtelte mit den Armen. Hartogs Gesicht erschien und ein Schlüssel rasselte im Schloss. Die Tür öffnete sich.

»Geht's noch?«, fragte Hartog wütend.

»Hallo, Magnus, wir müssen mit dir sprechen. Können wir reinkommen?« Willi drängelte sich bereits an ihm vorbei und Pia folgte mit Fräulein Mencke.

»Guten Morgen, Herr Hartog.«

Magnus Hartog war Mitte fünfzig und sah grundsätzlich sympathisch aus. Seine riesigen Hände passten zur überdimensionalen Körperfülle und vermittelten das Gefühl, dass er ohne großes Zögern jederzeit bereit war zuzupacken. Das pralle runde Gesicht ließ vermuten, dass er gerne lachte, auch wenn das jetzt nicht der Fall war. In seinem linken Ohrläppchen steckte ein goldener Ring, der ihm etwas Piratenhaftes verlieh.

»Hat das nicht Zeit, bis wir öffnen?«, maulte er und musterte die Hündin, die freudig schwanzwedelnd an ihm vorbeilief, als sei sie zum Essen eingeladen worden.

Hier drinnen roch es tatsächlich sehr appetitlich, stellte Pia fest.

»Was gibt's denn?«, brummelte Hartog und schloss die Tür ab, bevor er den Polizisten an den Tresen folgte.

»Heute Nacht ist jemand ans Große Kaap gehängt worden«, fiel Willi mit der Tür ins Haus.

Hartogs Blick senkte sich und mit den Händen strich er seine schmuddelige grüne Schürze glatt. In Bauchhöhe prangte das Motiv einer Pizza, auf der ein großer Fisch lag, der so freundlich lächelte, als sei es das Ziel eines jeden Fisches, auf Hartogs Pizza zu landen. »Hab ich schon gehört.«

»Ach ja? Von wem?«

»Gerrit.«

Willi zog die Augenbrauen hoch. »Gerrit?«

»Ja, Gerrit.«

Pia hatte sich im Lauf der Zeit an die Borkumer gewöhnt, aber ihre Wortkargheit ärgerte sie immer noch. Alles musste man ihnen mühselig aus ihren Nasen fummeln, wie Krebse aus einem Fischernetz. »Herr Hartog, wir ermitteln in einem Mordfall und benötigen Ihre Hilfe. Würden Sie bitte in vollständigen Sätzen antworten?«

Hartog hob den Kopf, zog eine Augenbraue hoch und grinste übertrieben freundlich auf sie hinab: »Was willste denn wissen, Mädchen?«

Oh Gott, dachte Pia, nun geht das wieder los. Sie holte tief Luft und setzte ein ebenso arrogantes Gesicht auf wie der Hausherr. »Als Erstes möchte ich wissen, wie und wann Sie von der Leiche erfahren haben und dann den ganzen Rest.«

Hartogs Lächeln verschwand. »Was denn für 'n Rest?« Nervös schaute er zu Willi.

»Dazu kommen wir gleich.« Pia fixierte Hartog streng und holte betont langsam ihr Notizbüchlein aus der Innentasche ihrer Jacke. Hartog verfolgte das genau und sah für einen Moment so aus, als befürchte er einen Haftbefehl.

Willi hielt sich glücklicherweise zurück, so dass die Spannung sich ganz nach Pias Wunsch aufbauen konnte. Doch leider fiel die augenblicklich in sich zusammen, als Fräulein Mencke sich mit einem quietschenden Gähnen zu Boden plumpsen ließ. Alle Blicke richteten sich auf die Hündin.

Hartog nutzte diesen Augenblick und krempelte seine Hemdsärmel auf. »Beeilt euch«, sagte er unwirsch, »hab nicht den ganzen Tag Zeit. Gleich ist hier die Bude voll.«

Pia wollte sagen, dass ihr das schnurzpiepegal sei und sie ihn ebenso gut in der Polizeistation vernehmen könne, aber Willi kam ihr zuvor: »Wo ist Gerrit denn?«

Hartogs Augenbrauen zuckten einen Millimeter nach unten und seine blauen Augen bekamen einen grünlichen Schimmer, was bei Hunden bedeutet, dass sie in den Kampfmodus umschalten. Pia war gespannt wie eine Hundeleine, an deren Ende ein Dobermann zerrte.

Hartog schaute rasch in Richtung Küche und der grüne Schimmer verflüchtigte sich. »Der kommt gleich.«

»Ach!«, wunderte sich Pia. »Wir wissen aber, dass er heute früh mit der Fähre aufs Festland gefahren ist.«

»Na und?« Der grüne Schimmer war wieder da.

»Was macht er denn da?«, mischte sich Willi ein, als wolle er Hartogs Wut auf sich lenken.

Magnus Hartog explodierte: »Was weiß ich. Kennst Gerrit doch, der macht eh, was er will!« Er riss ein Tuch aus seiner Schürzentasche und begann hektisch, den Tresen abzuwischen, obwohl der blitzeblank schien.

»Magnus, nun beruhig dich mal wieder«, lenkte Willi ein. »Können wir uns nicht eben hinsetzen und vernünftig miteinander reden? Dauert auch nicht lange.«

Die Schwingtür der Küche öffnete sich mit einem dumpfen Luftzug und Gerrit erschien. Alle starrten ihn an wie einen Geist. »Was ist?«, fragte er irritiert und knotete umständlich seine Schürze zu.

»Nichts!« Hartog knüllte das Tuch zusammen und schmiss es seinem Bruder ebenso heftig entgegen wie seine Worte. »Sieh zu, dass du an die Arbeit kommst!«

Gerrit fing das Tuch auf und machte auf dem Absatz kehrt, doch in dem Augenblick öffnete sich die schwingende Tür ein weiteres Mal und drei Leute in gleichen Schürzen traten hervor: Hartogs Frau Susanne, Sohn Alberto und Tochter Isabella betrachteten neugierig die Polizisten, Gerrit blieb wie angewurzelt stehen. Alle Gesichter hatten den gleichen Hartogschen Ausdruck: als könnten sie kein Wässerchen trüben.

Fräulein Mencke sprang auf und begrüßte die Neuankömmlinge, was dafür sorgte, dass sich die Situation entspannte. Alles drehte sich plötzlich um den Hund und Isabella, die trotz ihres Namens kein bisschen italienisch aussah, ging in die Hocke und streichelte begeistert die Hündin.

Pia baute sich vor Gerrit auf, stellte sich vor und reichte ihm die Hand. »Herr Hartog, wir haben ein paar Fragen zum Toten am Großen Kaap. Setzen wir uns doch.«

Gerrit warf einen schnellen, prüfenden Blick auf seinen Bruder Magnus, der wiederum seiner Frau mit einer energischen Kopfbewegung zu verstehen gab, sich zu verdünnisieren. Sofort zogen sich Susanne und die Kinder zurück.

Etwas zögernd setzte sich auch Gerrit in Bewegung und folgte Magnus an einen runden Tisch, der für vier Personen eingedeckt war. Fräulein Mencke verschwand darunter und endlich kehrte Ruhe ein.

Die einzelne rote Tulpe in der Mitte des Tisches stellte Pia zur Seite. Die knallige Farbe lenkte sie ab. »Herr Hartog«, wandte sie sich an Gerrit, »wann und wie haben Sie von dem Toten am Großen Kaap erfahren?« Sie klappte ihr Notizbüchlein auf und zückte einen Kuli. Niemand rührte sich. »Und bitte in vollständigen Sätzen«, fügte sie hinzu, wobei sie Gerrit anschaute.

Aber Magnus ergriff das Wort. Er erklärte, dass Gerrit heute Morgen in aller Frühe beim abgebrannten Osterfeuer gewesen war, um dort aufzuräumen, dass er dort auf die Spurensicherung der Polizei gestoßen sei und augenblicklich seinen Bruder – also ihn selbst – informiert habe. »Das war alles. Mehr gibt es nicht zu sagen. Mit dem Toten haben wir nichts zu tun.«

Gerrit nickte.

Pia machte eine Notiz. »Dann beschreiben Sie mir bitte, wie der gestrige Abend am Feuer verlaufen ist.« Sie schaute so streng wie möglich zwischen den beiden Hartogs hin und her.

Wieder war es Magnus, der antwortete. Er holte weit aus, erzählte, dass er früher der Vorsitzende der *Borkumer Burschen* gewesen sei, aber den Verein bei seiner Heirat hatte verlassen müssen. »Nur Junggesellen dürfen Mitglieder sein. Wenn man heiratet, fliegt man raus«, stellte er klar und erklärte, dass er es sich jedoch nicht nehmen ließe, jedes Jahr den *Tom Dooley* fürs Osterfeuer beizusteuern.

Die Strohpuppe hatte er am Freitag zur Feuerstelle gebracht, doch beim Aufbau und Abbrennen am Samstag sei er nicht dabei gewesen. »Ich muss mich schließlich um den Laden kümmern«, tat er sich wichtig. »Bin aber gestern nach Feierabend – so gegen dreiundzwanzig Uhr – doch noch eben hingegangen. Da waren die meisten Besucher schon weg und ich hab eine Flasche Grappa für die Jungs spendiert. Danach war Schluss. Gegen eins sind wir nach Haus.«

Gerrit nickte ein weiteres Mal.

»Können Sie auch sprechen oder übernimmt das immer Ihr Bruder?«, frage ihn Pia.

Gerrit wurde rot.

Er sah wesentlich jünger aus als Magnus, Pia schätzte ihn auf vierzig. Am linken Ohr trug er ebenfalls einen goldenen Ring, der bei jeder Bewegung aufblitzte. Willi hatte ihr mal erzählt, dass alle *Borkumer Burschen* so einen trugen.

»Sind Sie auch gegen eins nach Hause?«

Gerrit räusperte sich. Den Blick senkte er auf seine Hände, die auf dem Tisch vor ihm immer noch das Tuch hielten. Als er aufsah, wirkte er schuldbewusst, was jedoch an seinem einfältigen Gesichtsausdruck liegen mochte. Pia hatte immer Schwierigkeiten, in Gesichtern zu lesen, die grundsätzlich dumm aussahen. Hinzu kam, dass er völlig übermüdet wirkte. Dunkle Schatten lagen unter seinen Augen und das Weiß um die blaue Iris schimmerte gelblich. Was sie jedoch am meisten irritierte, war die Warze. Sie prangte mitten auf Gerrits Stirn und trat beachtlich weit vor. Auffällig wie der aufgemalte farbige Punkt in Höhe des ›dritten Auges‹ einer Inderin zog sie Pias Blick magisch an.

Er klemmte seine Unterlippe zwischen die Zähne und hob die Schultern. Dann ließ er die Schultern wieder sacken und die Lippe flippte nach vorn. »Ich musste ja am nächsten Morgen früh raus und es war ja nichts mehr los.«

Gerrits Stimme war tief, aber er klang kleinlaut und schüchtern. Seine Sprachgeschwindigkeit lag weit hinter der Normalität, was den Eindruck erweckte, er stünde neben sich. Man hätte auch denken können, er sei bekifft, betrunken oder aus irgendwelchen anderen Gründen neben der Spur. Pia entging das winzige Zittern nicht, das seinen ganzen Körper kaum merklich beben ließ.

Ein zögerndes Winseln von Fräulein Mencke nahm sie zum Anlass, unter den Tisch zu schauen. Gerrits rechter Fuß stand auf den Zehenspitzen und wippte wie verrückt auf und ab. Fräulein Mencke guckte verstört. Das Wippen hörte auf.

Als Pia wieder aufsah, starrten sie alle an, sogar Willi. Sie hatte den Eindruck, sie habe oberhalb der Tischplatte etwas verpasst. Leicht irritiert stellte sie die nächste Frage. »Und während der ganzen Feier ist nichts Außergewöhnliches vorgefallen? Kein Streit, keine Zankerei oder eine Schlägerei?«

»Nö. Wir haben nur richtig gut gefeiert. Alle waren knallevoll – so wie es sein soll.« Er lachte angeberisch.

Bruder Magnus mischte sich ein: »Ihre Kollegen waren doch auch da. Die hätten doch mitbekommen, wenn irgendwas vorgefallen wäre.«

Damit hatte er natürlich recht. »Und zum Ende der Feier? Sind Ihnen Geräusche aufgefallen, ein Geschrei aus Richtung Strand oder Dünen vielleicht? Haben Sie überhaupt noch jemanden gesehen?«

Die Brüder schauten sich prüfend an, zogen zeitgleich die Mundwinkel nach unten und schüttelten ihre Köpfe. »Nö.«

Gerrit wippte wieder mit dem Fuß.

Als jemand leise an die Eingangstür klopfte, schaute Magnus auf die Uhr und erhob sich. Er suchte an seinem Schlüsselbund nach dem passenden Türöffner. »So, das war's. Die Kundschaft geht vor. – Gerrit, in die Küche mit dir!«

Sein Bruder stolperte los und Fräulein Mencke schoss unter dem Tisch hervor. Sie trippelte schnurstracks mit angelegten Ohren auf die Tür zu und als Magnus Hartog sie öffnete, flitzte die Hündin zwischen den Gästen hindurch, als sei der Teufel hinter ihr her. Pia und Willi blieb nichts anderes übrig, als ihr zu folgen.

Fräulein Mencke:
Fight or flight. Kampf oder Flucht. Hunde rennen weg oder greifen an, wenn ihnen etwas nicht gefällt. Und mir gefiel hier so einiges nicht. Als Rudelführerin ist es die Aufgabe meines Frauchens, für ein ausgeglichenes Klima zu sorgen und solche Situationen zu vermeiden. Aber sie hat nur einmal unter den Tisch geschaut und anscheinend nicht ansatzweise bemerkt, wie brenzlig die Sachlage hier unten war. Am liebsten hätte ich in das wippende Bein gebissen.

9.

Je weiter sich Fräulein Mencke von der Pizzeria entfernte, desto ruhiger wurden ihre Schritte und auch ihr Schwanz kam aus der Deckung hervor.

Pia und Willi holten sie am Leuchtturm ein. Sie setzten sich kurz auf eine Bank und ließen sich die Sonne aufs Gesicht scheinen. Pia nahm die Hündin auf den Schoß und tröstete sie mit ein paar Streicheleinheiten.

»Was ist denn mit der los? Die ging ja ab wie Schmitz' Katze«, erkundigte sich Willi.

Pia schenkte ihm nur einen abfälligen Blick. »Ich frag mich, was mit dir los war.«

Er guckte entgeistert. »Mit mir? Wieso?«

»Glaubst du etwa die Geschichte von Warze?«

Willi lachte. »Warze ist gut. Sieht echt Scheiße aus, ne? Als wenn das Ding immer ›hier‹ ruft. Man muss ständig hingucken, ob man will oder nicht.«

»Widerlich, wenn du mich fragst. Aber mal ehrlich, irgendetwas stimmt doch mit dem nicht.«

Willi stöhnte. »Hm, na ja, Gerrit eben. Der hat 'ne Klatsche, das ist nun mal so.«

»Eine Klatsche nennst du das? Unterm Tisch hat sein Bein gewippt, als bekäme es elektrische Stöße. Fräulein Mencke hat sich überhaupt nicht wohlgefühlt. Vielleicht hat er sie sogar getreten«, regte sich Pia auf. »Wenn du mich fragst: Der hat nicht alle Tassen im Schrank. Wie der schon redet! Und dann die Angeberei mit dem Feiern. Wahrscheinlich das Einzige, was er kann: feiern und saufen.«

Willi lehnte sich zurück und verschränkte die Arme. »Jeder Mensch hat eine schwache Seite und Gerrit ist 'ne arme Wurst, das kannst du mir glauben.«

Pia sah ihn über ihre Schulter hinweg an und summte ein abfälliges »Hmhm.«

Das veranlasste Willi, zu erklären, wie das mit den Hartogs

auf Borkum so lief und dass sie das Geschehen auf der Insel ziemlich fest im Griff hatten. Das Einzige, was ihrem Griff ständig entglitt, war Gerrit. Seine gnadenlose Beschränktheit, die er gerne im Alkohol ertränkte, brachte ihn meist in verzwickte Lagen, aus denen ihn die Dynastie Hartog regelmäßig befreien musste. »Ohne die säße der arme Tropf wahrscheinlich ständig in unserer Arrestzelle«, vermutete Willi.

Pia zog die rechte Augenbraue hoch und die linke etwas herunter, um ein möglichst schräges, verständnisloses Gesicht zu machen. »Klingt für mich nach Mafia und du hörst dich an, als würdest du die auch noch bewundern.«

Willi lachte. »Ach Pia, reg dich ab. Wenn du eine Borkumerin wärst, würdest du das verstehen. Auf Borkum ist eben alles anders. Das müsstest du doch langsam mitbekommen haben.«

Statt etwas darauf zu sagen, blies Pia Fräulein Mencke beruhigend ins Fell.

»Mist«, rief sie auf einmal. »Wir haben vergessen zu fragen, was er auf dem Festland gemacht hat.« Sie hob die Hündin hoch und platzierte sie auf Willis Schoß. Die Leine befestigte sie am Halsband und ließ das Ende neben die beiden auf die Bank fallen. Dann stand sie auf. »Ich geh noch mal hin. Nimm du Fräulein Mencke mit ins Büro. Ich komm gleich nach.«

Das Restaurant war bereits rappelvoll, obwohl es noch vor zwölf war. Magnus stand mit einer frischen Schürze hinter der Theke und zapfte Bier, Isabella schwebte leichtfüßig mit mehreren riesigen Tellern durch den Raum. Alle sahen ihr nach. Entweder, weil sie so attraktiv war oder weil man hoffte, dass es sich um die eigene Bestellung handelte.

Pia sah sofort, dass Isabella die Arbeit Spaß machte und sie ihren Job beherrschte. Ihr seidenglänzendes blondes Haar war zu einem Pferdeschwanz zurückgebunden und wippte fröhlich auf und ab. Auf ihrem Gesicht stand ein Lächeln, das mit ihrer eng anliegenden weißen Bluse um die

Wette strahlte. Die lange weinrote Schürze, die ihr von den Hüftknochen bis auf die Füße reichte, war im Rücken mit einer Schleife gebunden und ein breiter Schlitz sorgte dafür, dass man ihren knackigen Hintern bewundern konnte, der in einer hautengen Jeans steckte. Ein absoluter Hingucker.

Als die Tür ins Schloss zurückfiel, guckten beide Pia an. Magnus verdrehte die Augen, aber Isabella zwinkerte ihr zu, stellte schnell die Teller vor die Gäste und kam ihr entgegen. »Noch was vergessen?«, fragte sie. »Oder wollen Sie was essen?« Dann schaute sie auf den Boden. »Wo ist denn Ihr Hund?«

»Der wartet draußen. Ich muss noch mal kurz mit Ihrem Onkel Gerrit sprechen. Wo ist der?«

»Kommen Sie mit.« Isabella drehte sich um und marschierte los. Pia konnte kaum Schritt halten.

Magnus blieb glücklicherweise hinter der Theke und hielt sie nicht auf, obwohl sein argwöhnischer Blick sie verfolgte.

In der Küche herrschte Chaos. Pia erkannte sofort, dass sie störte. Alberto schob einige Pizzen in den Ofen, Susanne stand am Herd und rührte in einem riesigen Topf. Gerrit hielt sich in der hintersten Ecke auf und schnitt Tomaten für die Salate klein. Er war so vertieft in seine Arbeit, dass er Pia nicht bemerkte. Erst als sie direkt neben ihm stand, schreckte er zusammen und seine Augen weiteten sich.

Pia lächelte ihn an und starrte automatisch auf die Warze. »Herr Hartog, ich habe noch eine Frage. Sie sind heute Morgen mit der Fähre zum Festland gefahren. Wohin ging die Reise?«

Er ließ das Messer auf die Arbeitsfläche fallen, wischte sich die Hände an der bereits schmuddeligen Schürze ab und stammelte verlegen: »Ich, äh, war in Leer.«

»Aha. Und was wollten Sie da?«

Er schluckte, nahm das Messer wieder zur Hand und machte mit seiner Arbeit weiter, ohne zu antworten.

»Herr Hartog, ich habe Sie etwas gefragt. Was haben Sie in Leer gemacht?«

»Das ist Privatsache.«

Plötzlich stand Magnus hinter ihr. »Frau Seemann, Sie sehen doch, dass es jetzt nicht passt. Gerrit muss arbeiten. Was wollen Sie denn noch?«

»Ich will wissen, was Ihr Bruder in Leer gemacht hat. Eine ganz einfache Frage, finden Sie nicht?«

Magnus packte sie an den Schultern und schob sie Richtung Seitenausgang. »Kommen Sie mit.«

Pia gab nach und fand sich innerhalb weniger Sekunden an der frischen Luft im Sonnenschein wieder, wo neben der Tür ein Stuhl und ein übervoller Aschenbecher standen.

Magnus Hartog nahm sie streng ins Visier. »Frau Seemann, ich denke, es reicht jetzt. Sie glauben doch nicht ernsthaft, dass unser Gerrit was mit dem Toten zu tun hat. Der kann doch keiner Fliege was zuleide tun.« Er rückte näher und flüsterte verschwörerisch: »Sehen Sie denn nicht, dass er etwas unterbelichtet ist?«

Pia verzog den Mund. »Ja, das sehe ich schon, aber dennoch bleibt die Frage: Was hat er in Leer gemacht?«

Magnus' Augen schauten in den strahlend blauen Himmel. »Mein Gott, was schon. Er hat eine Freundin in Leer, die hat er abgeholt. Ist das ein Problem? Oder gar ein Verbrechen?«

Pia konnte es nicht glauben. »Eine Freundin?«

»Ja, schon mal davon gehört? Mann, Frau, Frühling, Liebe?« Provokativ lächelte Magnus sie an. »So, jetzt muss ich wieder rein. Schönen Tag noch.«

Er verschwand hinter der Tür und ließ Pia sprachlos draußen stehen. Sie kam sich vor wie der letzte Trottel. Wütenden Schrittes machte sie sich auf den Weg ins Büro.

10.

Die zehn Japanischen Kirschen, Bäume, die zu den Rosengewächsen zählten und den gleichnamigen Blumen in punkto Pracht alle Ehre machten, verwandelten die Wilhelm-Bakker-Straße in Höhe der Polizeistation in ein Meer aus rosaroten Blüten. Bereits von weitem bildete sich Pia ein, den schlichten Duft der Kirschblüte riechen zu können. Je näher sie kam, desto intensiver wurde er, und das Summen der Insekten, die die Blüten umwoben wie Möwen einen Fischkutter, schwoll zu einem herrlichen Brummton an, der Pia beruhigte, bis – ja, bis ihr einfiel, dass Tante Lotte in einer halben Stunde eintreffen würde. Eilig betrat sie das Gebäude.

Fräulein Mencke stand direkt hinter der Tür des Eingangsbereiches. Sie machte einen Freudensprung und wedelte vergnügt mit dem Schwanz, der Pia wie ein Pinsel ein Lächeln ins Gesicht malte.

»Na, du Künstlerin!«, rief sie lachend und der Stress fiel von ihr ab.

»Hellseherin!«, sagte Anne, die hinterm Empfangstresen auftauchte. »Sie ist eine Hellseherin. Die kann die ganze Zeit hier auf ihrer Decke liegen und sich nicht rühren, aber zehn Sekunden bevor du kommst, rennt sie zur Tür und wedelt.«

Pia glaubte nicht an Hellseherei. Sie war überzeugt, dass Fräulein Mencke entweder die Art ihrer Schritte erkannte oder ihre Aura spürte, lange bevor sie in Sicht war. Pia bedauerte es, nicht selbst solch scharfe Sinne zu besitzen, die es ihr ermöglichten, unangenehmen Begegnungen im Vorfeld aus dem Weg zu gehen – so wie der folgenden.

Heiter betrat den Flur, hetzte in Richtung Besprechungszimmer und befahl im Vorbeigehen: »Mitkommen!«

Anne verdrehte die Augen und warf Pia einen genervten Blick zu. Die folgte der Anweisung und Fräulein Mencke trippelte hinterher.

Willi, Ute und Kathrin saßen bereits am runden Tisch.

Aktenführer Firek kam ebenfalls herein und legte die Mappe T.O.M auf die Tischplatte.

Heiter baute sich vor der Tafel auf, ließ einen ernsten Blick über die Kollegen schweifen und fing plötzlich an zu lächeln wie ein zufriedener Lehrer, der seinen Schülern den Beginn der Sommerferien ankündigen darf. Alle entspannten sich.

Dein Chef, das unbekannte Wesen, dachte Pia amüsiert. Fräulein Mencke hechelte erfreut.

»Die Gerichtsmedizin hat gerade angerufen. Wir wissen jetzt, wer der Tote ist.« Heiter grinste triumphierend. »Sie haben §81 angewandt und seine Fingerabdrücke durch alle Register laufen lassen, und siehe da, es gab eine Übereinstimmung. Das Opfer heißt Edzard Brand. Ein Finanzbeamter aus Leer. Fünfundvierzig Jahre alt. Er hat vor sechs Monaten einen neuen Ausweis beantragt und seine Fingerabdrücke einlesen lassen.«

Ein Raunen ging durchs Zimmer, doch die ratlosen Blicke verrieten, dass niemand etwas mit dem Namen anfangen konnte. Außer Pia. Bei ihr war endlich der Groschen gefallen. Es war wie bei einem Spielautomaten, der plötzlich drei gleiche Symbole anzeigte und eine laute Gewinnermelodie anstimmte.

Doch bevor sie etwas sagen konnte, pinnte Heiter mit Hilfe von zwei Magneten ein Foto an die Tafel und erklärte: »Das ist er. Ich habe das Bild auf der Internetseite des Finanzamtes gefunden.«

»Das ist Silbermöwe!«, platzte es nun doch aus Pia heraus. Alle sahen sie an. »Ich hab ihn am Donnerstag auf dem Bahnsteig gesehen. Seine Tasche fiel auf die Schienen und ich hab ihm geholfen, sie wiederzubekommen.«

»Das ist ja interessant. Und wieso Silbermöwe?«, wollte Heiter wissen.

Pia verzog das Gesicht. »Der hatte einen Griff wie ein Greifvogel und einen stechenden Blick wie eine Silbermöwe.«

Alle Köpfe drehten sich dem Foto zu, als wollte jeder das Gesagte überprüfen. Doch auf dem Bild war der Blick von

Edzard Brand alles andere als durchdringend. Vielleicht, weil er es nur von Amts wegen hatte aufnehmen lassen müssen, guckte er so langweilig wie ein Lohnsteuerformular in die Kamera. Das fiel selbst Pia auf.

»Ist ja auch egal«, lenkte sie von sich ab, »ich hab ihn nur ganz kurz gesehen und weiß auch nicht, wohin er wollte.« Sie schaute Heiter an. »Hat Google sonst noch was über ihn ausgespuckt?«

»Leider nicht.« Heiters Lächeln löste sich auf. »Er war weder bei Facebook angemeldet noch sonst in irgendwelchen Foren oder Netzwerken unterwegs. Entweder war er ein Eigenbrötler oder ein Hinterwäldler. Aber«, er hob den Zeigefinger, »die Spurensicherung hat einiges gefunden.« Er legte die Tütchen mit den Fundstücken vom Tatort auf den Tisch, so dass jeder sie sehen konnte.

Pia griff zu den Schmuck-Druckknöpfen, die Jens ihr bereits am Großen Kaap gezeigt hatte.

»Die Druckknöpfe lagen direkt unter dem Erhängten«, erklärte Heiter. »Sie sind ihm mit aller Wahrscheinlichkeit aus der Tasche gefallen. Es sind lediglich Bruchstücke von Fingerabdrücken darauf festgestellt worden. Sie werden mit denen des Toten abgeglichen, um Gewissheit zu haben.«

Pia las die Beschriftung der Tüte laut vor: »*Noosa Amsterdam, Modeschmuck*. Wenn die tatsächlich dem Toten gehörten, wäre es interessant zu wissen, was er damit wollte. Er wird ja nicht selbst so einen Schmuck getragen haben«, vermutete sie. »Vielleicht handelte es sich um ein Geschenk. Fragt sich nur, warum die Dinger dann nicht verpackt waren.«

Heiter befestigte einen weiteren Ausdruck am Bord. Jeder Schmuckknopf war einzeln fotografiert und vergrößert worden. Auf der Vorderseite befanden sich unterschiedliche bunte Ornamente. Die Rückseiten waren identisch: silberfarben mit den eingravierten Worten *Noosa Amsterdam*.

»Ich hab solche Knöpfe schon mal gesehen«, meinte Ute. »Es gibt Lederarmbänder, auf die man sie stecken kann. Sieht echt schön aus. Wenn ich mich nicht täusche, gibt es die hier auch auf Borkum zu kaufen.«

»Echt?«, fragte Pia erstaunt, die für solchen Schnickschnack nicht viel übrig und in ihrem ganzen Leben höchstens dreimal ein Schmuckgeschäft betreten hatte – und das auch nur, um neue Batterien in ihre Uhr einsetzen zu lassen.

Ute lächelte. »Ich glaube *Chic* hat die. Soll ich mal hingehen und nachfragen? Vielleicht kann sich die Bedienung ja an Herrn Brand erinnern.«

Alle stimmten zu. Ute steckte die Tüte mit dem Schmuck ein.

Heiter zeichnete derweil eine Zeitschiene an die Tafel. Er zog eine Linie von ganz links nach rechts. Am Ende des Striches setzte er eine Markierung und schrieb darunter: *Sonntag, vier Uhr.* »Hier haben wir die Leiche gefunden.« Er drehte sich um. »Pia, wann genau ist Brand auf Borkum angekommen?«

»Das war Gründonnerstag gegen zwei.«

Heiter zeichnete die Ankunftszeit an den Beginn der Linie und legte den Stift weg. »Also müssen wir rausbekommen, was in der Zwischenzeit passiert ist.«

Willi räusperte sich, sah Pia an und tippte auf seine Armbanduhr. Sie verstand sofort.

»Gut«, sagte sie, »dann kann es ja endlich losgehen. Ute, du machst für uns alle Kopien vom Foto des Toten und versuchst rauszubekommen, was es mit den Schmuckknöpfen auf sich hat. Hast du schon was über die Leine rausbekommen?«

Ute schüttelte den Kopf. Sie griff zur Festmacherleine. »Kann ich mir da ein Stück von abschneiden? Dann nehme ich das mit zum Hafen und frag herum.«

Heiter zückte sein Taschenmesser und fing an, am Tau herumzusäbeln.

»Kathrin, du wolltest doch die Hotels und Ferienwohnungen anrufen«, sagte Pia. »Hast du schon was erreicht?«

Kathrin hielt den Ausdruck einer Liste mit allen Mietunterkünften Borkums hoch und meinte, das könne noch eine Weile dauern. Sie habe zwar angefangen, die abzutelefonieren, aber bislang nichts erreicht. Kein Gast war verschwunden oder überhastet abgereist.

»Okay, du machst da weiter. Und da du jetzt den Namen hast, müsste es relativ einfach herauszufinden sein, wo Brand gewohnt hat. Frag auch bei den Taxis nach, vielleicht hat er ja eins benutzt.«

Kathrin nickte ergeben und Ute, die das Stück Tau einsteckte, tat es ihr nach. Sie sahen aus wie zwei Pfadfinderinnen, die auf eine Spur geschickt wurden.

Pia sah Willi an. »Du kümmerst dich um das private Umfeld von Brand. Ruf die Kripo in Leer an, die sollen zu seiner Adresse fahren und gucken, was sie dort vorfinden. Nachbarn befragen und das Übliche. Wir brauchen Namen und Kontakte von Leuten, mit denen Brand zu tun hatte. Und kümmere dich um die Familie, sofern es eine gibt. Frau, Kinder, Eltern, Geschwister. Wer muss benachrichtigt werden? All das.«

Sie fühlte sich in ihrem Element und freute sich über die konzentrierten Blicke ihrer Kollegen, die sie von dieser Seite nicht zu kennen schienen. Selbst Heiter war still und hörte aufmerksam zu.

»Stefan, du kümmerst dich um die Kollegen beim Finanzamt. Die sind zwar über Ostern nicht im Büro, aber ich will so viele Privatnummern wie möglich – vor allem von den direkten Kollegen von Brand. Vielleicht hat sein Tod ja mit seinem Beruf zu tun.«

Pia ließ den Blick ein letztes Mal über alle Gesichter wandern und schaute dann auf ihre Armbanduhr. »Es ist jetzt halb eins, wir treffen uns um zwei wieder hier.«

Sie schnappte ihre Jacke vom Stuhl und drehte sich zu Ute um: »Bestellst du uns ein paar Pizzen? Dann können wir gemeinsam Mittag machen und gleichzeitig die Ergebnisse besprechen. Ach so …« Sie wandte sich Heiter zu. »Wäre gut, wenn wir dann auch wüssten, ob das Blut am Sanddornbusch in der Düne von Brand stammt.«

Er nickte.

So schnell, dass niemand die Gelegenheit hatte nachzufragen, womit sie selbst sich in der Zeit beschäftigten würde, verließ sie den Raum.

Fräulein Mencke:
Meine Güte, was für eine Aufregung. Was soll bloß diese Eile? Mein Frauchen ist losgeprescht wie ein Windhund. Ich wäre fast in der Eingangstür eingeklemmt worden. Sie sollte sich besser an das Sprichwort halten: ›Nichts mit Eile außer der Floh-Jagd!‹

11.

Die bunten Waggons der Borkumer Kleinbahn standen bereits in Reih und Glied am Bahnsteig. Jeder trug einen typischen Borkumer Namen. *Bantjedünen*, *Muschelfeld*, *Tüskendöör*, *Ostland*, *Olde Dünen*, *Hohes Riff*, *Hopp*, *Kiebitzdelle* und *Hooge Hörn*. Doch alle Abteile waren leer. Stattdessen wimmelte es nur so von Touristen auf dem Bahnsteig. Pia kam sich vor wie in einem Ameisenhaufen. Tante Lotte schien sich nicht darin zu befinden.

Fräulein Mencke, die sich äußerst vorsichtig an den Waggons vorbeischlich, befestigte sie sicherheitshalber an der Leine.

»Mist«, fluchte Pia leise. »Warum hat sie auch kein Handy?«

Tante Lotte war mit ihren einundsiebzig Jahren zwar noch fit und rege, aber sobald Pia versuchte, ihr ein Handy schmackhaft zu machen, bekam sie zu hören, dass Lotte nicht gewillt sei, sich so ein Ding ins Haus zu holen, geschweige denn, ein so gefährliches Strahlenteil mit sich zu führen. Tante Lotte lehnte alles ab, was mehr als drei Tasten hatte – wobei die Fernbedienung ihres Fernsehers die absolute Ausnahme bildete. Sie stand mit allen Elektrogeräten – wie sie auch Mobiltelefone und Computer nannte – auf Kriegsfuß.

Pia ärgerte das sehr. Besonders jetzt. Und als würde sich ihre Anspannung auf die Hündin übertragen, knurrte diese wütend den Zug an. Der Hund ist dein Spiegelbild, hatte mal ein Hundespezialist im Fernsehen gesagt. Pia erinnerte sich, was zu tun war. Mit dem Fuß stupste sie leicht gegen Fräulein Menckes Flanke, um sie von ihrem Frust abzulenken, und atmete dann selber tief durch. Es klappte. Fräulein Mencke entspannte sich und machte Sitz – allerdings lediglich für ein paar Sekunden, dann sprang sie erneut auf. Tante Lotte kam auf sie zu.

Pia strahlte und ließ die Leine los. Die Hündin trippelte voran und wedelte so stark, dass sie aussah wie ein wackeliges Fragezeichen. Sie liebte Tante Lotte, was eventuell damit zu tun haben konnte, dass diese immer ein paar Leckereien in ihrer Tasche hatte.

Die Gelassenheit, die Tante Lotte ausstrahlte, war unglaublich. Sie hatte etwas Elegantes, Majestätisches an sich und schien von einer unsichtbaren Grenze umgeben zu sein, die niemand zu überschreiten wagte. Selbst Fräulein Mencke tänzelte in gebührendem Abstand um sie herum. Doch Tante Lotte ignorierte die Hündin, bis sie Pia begrüßt und in die Arme geschlossen hatte. Erst dann kraulte sie Fräulein Mencke und zauberte ein Leckerli aus der Tasche.

»Kindchen, was bin ich froh, dass ich endlich hier bin!« Sie lachte laut. Wesentlich leiser fügte sie hinzu: »Aber ehrlich gesagt muss ich mich dringend etwas frisch machen, wenn du weißt, was ich meine.«

Pia wusste natürlich, was sie meinte, doch sie war sich sicher, dass nicht die Toilette der Grund war, warum Tante

Lotte schnellstmöglich ihre Unterkunft beziehen wollte. Nein, das war pure Neugier.

Es war nämlich zur Sitte geworden, dass Pia das Hotel aussuchte und buchte, ohne zu verraten, wo Tante Lotte ihren Urlaub verbringen würde. Grundsätzlich war es der alten Dame zwar wurscht, wo sie schlief, solange das Zimmer sauber und ordentlich war, aber sie wollte unter keinen Umständen ein zweites Mal im selben Hotel absteigen. Das fand sie langweilig. Pia hatte sich schon eine Liste angelegt, um ja keinen Fehler zu begehen.

Tante Lotte sah Pia an wie ein Kind den Weihnachtsmann und endlich platzte es aus ihr heraus wie ein kleiner Schrei: »Wo wohn ich denn?«

Pia versuchte, die freudige Erregtheit etwas in die Länge zu ziehen. Äußerlich so gleichgültig wie möglich sagte sie: »Gleich hier um die Ecke«, wobei sie in Richtung Leuchtturm wies. Sie hätte vor Freude kreischen mögen, denn sie war sich sicher, dass Tante Lotte zufrieden sein würde.

Die alte Dame straffte die Hundeleine und marschierte mit Fräulein Mencke los. Pia griff nach dem Rollkoffer und folgte mit ratterndem Getöse.

Vor dem Leuchtturm blieb Tante Lotte wie immer stehen. Sie schaute zur roten Kappe des Backsteinturms empor, als müsse sie sich überzeugen, dass diese immer noch an Ort und Stelle war. Wegen dieser roten Haube nannte sie den Leuchtturm liebevoll Pudelmütze. Für Tante Lotte war er der Mittel- und Orientierungspunkt der Insel und sie bedauerte es sehr, dass sie die 315 Stufen nicht mehr hinaufschaffte, um aus schwindelnden Höhen Borkum zu betrachten.

»Ich wohn ja wohl nicht in der Pudelmütze?«, scherzte sie.

»Nein, nein«, sagte Pia und verriet: »Ich hab dir ein Zimmer im *Haus Rote Erde* gebucht.«

Tante Lotte strahlte. Für das *Haus Rote Erde* hatte Pia sich entschieden, weil es frisch renoviert und modernisiert worden war und die Zimmer einen Ausblick auf die Pudelmütze boten.

Nach ein paar Schritten waren sie am Ziel. Leichtfüßig und glücklich betraten Tante Lotte und Fräulein Mencke die *Rote Erde* und Pia hievte den schweren Koffer die Eingangsstufen hinauf.

Während sie die Formalitäten an der Rezeption erledigte, schnappte sich Tante Lotte die Schlüsselkarte, tauschte Hund gegen Koffer und verschwand in Begleitung eines Pagen, der jetzt den Koffer schleppen durfte, auf ihr Zimmer. Pia und Fräulein Mencke warteten fünfzehn Minuten draußen auf der Treppe, dann trat Tante Lotte mit einem zufriedenen Grinsen aus dem Hotel.

»Und was habt ihr für tolles Wetter hier«, juchzte sie, »auf dem Festland ist es wesentlich ungemütlicher. Wir hatten bis letzte Woche nur Regen und einmal hat es sogar gehagelt«, schnatterte sie. Das Wetter war ihr absolutes Lieblingsthema.

Unternehmungslustig hakte sie sich bei Pia unter, die dabei kurz an Elli Patschek denken musste. Gemeinsam schlenderten sie in Richtung *Inselcafé*, wo Tante Lotte Pia immer zu einem Begrüßungseis einlud. Auch das war ein Ritual. Im Frühling aßen sie hier ihren ersten gemeinsamen Eisbecher und im Herbst bestellten sie sich Sahne-Sanddorn-Torte.

Das Café befand sich genau gegenüber der Polizeistation, was Pia gut in den Kram passte. Sie setzten sich an einen kleinen Tisch am Fenster, unter dem Fräulein Mencke ein ruhiges Plätzchen fand, und warteten auf ihre Bestellung.

»Nun erzähl doch mal, wie geht's dir denn, Kindchen?«

Pia wusste gar nicht, wie sie anfangen sollte. Es war bereits halb zwei und in einer halben Stunde musste sie ins Meeting zu ihren Kollegen. Sie befürchtete, dass Tante Lotte die Nachricht sehr enttäuschen würde, dass Pia gar keine Zeit für sie hatte. Schließlich gehörte es zu deren Frühlingsbesuch dazu, die Tage überwiegend gemeinsam zu verbringen. Normalerweise hielt Pia sich vorsorglich die Nachmittage frei, aber durch den T.O.M-Fall war das natürlich hinfällig geworden.

»Lotte, ich muss dir was sagen«, begann sie ernst.

Tante Lotte guckte verdattert. Gleich darauf entspannten

sich jedoch ihre Gesichtszüge und machten einem Lächeln Platz. »Nur raus mit der Sprache, Kindchen. Haste dich verliebt?« Das »iebt« klang wie ein Fiepen und drückte höchste Freude aus.

Jetzt guckte Pia verdattert. »N...nein«, stammelte sie.

»Ach komm, mir kannste es doch sagen. Ich weiß es eh schon.«

»Was weißt du?«

Tante Lotte beugte sich etwas über den Tisch, als dürfe niemand mitbekommen, was sie zu sagen hatte. »Ich hab ihn gesehen.«

»Wen?«

Sie lehnte sich zurück und verkündete laut und deutlich: »Hans.«

Pia traf fast der Schlag. »Was?!«

Die Kellnerin stellte die Eisbecher auf den Tisch und wünschte guten Appetit. Pia starrte auf die riesige Portion und den noch riesigeren Berg Schlagsahne und war augenblicklich satt.

Hans war ihr Ex. Ihre Jugendliebe. Nach zehn Jahren war es ihr endgültig zu eng und Hans nicht eng genug gewesen. Pia hatte sich nur mit einem endgültigen Schlussstrich von ihm trennen können, der bei Hans eine tiefe Wunde hinterlassen hatte.

Er war für viele Jahre nach Bayern gezogen, doch seit einiger Zeit lebte er wieder in Weener, seinem und Pias Heimatort. Einige Male war sie ihm dort bereits über den Weg gelaufen. Hans hatte sich zwar nett und freundschaftlich verhalten, aber in seinen Augen hatte Pia die alte Sehnsucht und Begierde entdeckt, die ihr regelrecht Angst eingejagt hatte.

»Kindchen, nun iss erst mal«, forderte Tante Lotte sie auf und Pia griff automatisch zur kleinen Waffel, die im Sahneberg steckte. Sie legte sie an den Rand des Tellers und wünschte sich, sie könne das Thema Hans ebenfalls zur Seite legen, denn sie war nicht gewillt, es mit Tante Lotte zu diskutieren.

Mit dem Löffel grub sie eine Delle in die Sahne und fing von vorne an: »Lotte, es hat nichts mit Hans zu tun. Ich muss arbeiten.«

Tante Lotte ließ den Löffel sinken und schluckte mühsam die fette Creme herunter. »Das kann doch wohl nicht wahr sein!« Ihre Stimme klang mehr als enttäuscht.

Pia griff über den Tisch hinweg nach ihrer Hand. »Wir kriegen das schon hin. Ich hab hier im Moment nur einen Fall, der mich sehr in Anspruch nimmt. Verstehst du?«

Tante Lotte entzog ihr die Hand, griff zur Serviette auf ihrem Schoß und putzte sich den Mund ab. Und als habe sie auch die Enttäuschung einfach weggewischt, sagte sie beruhigend: »Ist schon gut, Kindchen. Ich verstehe das.«

Merkwürdigerweise fühlte Pia sich kein bisschen besser.

Beide ließen langsam ihren Atem entweichen und sahen betreten auf ihr Eis.

Tante Lotte begann als Erste wieder zu löffeln und Pia tat es ihr nach. Manchmal musste man halt das tun, was man eben noch gewollt hatte, um wieder in die Normalität zu finden.

»Und was ist das für ein Fall?«, fragte Tante Lotte etwas schnippisch.

Pia ließ ihren Blick durchs Lokal schweifen.

»Etwa ein Mord auf der Insel?«

»Schsch«, machte Pia schnell und warf ihr einen vorwurfsvollen Blick zu.

»Das ist so ein gruseliger Beruf, den du da hast, Kindchen, ich weiß nicht, ob das gut für dich ist«, flüsterte Tante Lotte kopfschüttelnd.

Pia schob den kaum angerührten Eisbecher von sich, als könne sie das leidige Thema damit beenden. Es hatte keinen Sinn, mit Tante Lotte darüber zu streiten, das hatten sie schon zu oft gemacht.

Lotte griff nach der Waffel auf Pias Teller, tunkte sie in die Sahne und hielt sie unter den Tisch. Mit einem Happs ließ Fräulein Mencke den Leckerbissen im Maul verschwinden.

Dann rief Lotte nach der Kellnerin, die sich bestürzt erkundigte, ob irgendetwas mit dem Eis nicht stimme.

»Ein Notfall«, erklärte Tante Lotte knapp, zahlte und stand auf.

Schnurstracks gingen sie über die Straße zum Margarethe-Giese-Platz und setzten sich dort auf eine der abgelegensten Bänke. »So, nun sag doch mal. Wer wurde denn umgebracht? Ein Tourist etwa?«

Pia erzählte vom toten Finanzbeamten, den man an den Füßen ans Große Kaap gehängt hatte und bemühte sich, die Geschichte so klingen zu lassen, dass Tante Lotte nicht um ihr Leben bangen musste. Außerdem beteuerte sie, alles zu tun, um das Verbrechen schnellstmöglich aufzuklären, so dass ihnen noch genügend Zeit bliebe, ein paar gemeinsame Tage zu verbringen.

Tante Lotte reagierte ganz unerwartet. Sie zuckte mit den Achseln und setzte eine gleichgültige Miene auf. »Um einen Finanzbeamten ist es ja nun wirklich nicht schade.«

»Tante Lotte, wie kannst du so was sagen? Es spielt doch keine Rolle, wo er gearbeitet hat. Er ist tot!«

»Tut mir leid«, gab sie klein bei. Danach kam sie allerdings erst richtig in Fahrt: »Aber mal ehrlich, wer beim Finanzamt arbeitet, sollte sich nicht darüber wundern, eines Tages umgebracht zu werden. Die machen sich doch elendig viel Feinde mit ihren ganzen Kontrollen und Forderungen. Mich würde es jedenfalls kein bisschen wundern, wenn ein armes Huhn, dem sie die letzten Federn ausgerupft haben, sich gerächt hat.«

Pia lachte. Sie konnte diese Auffassung zwar nicht ganz nachvollziehen, aber ihr saß die Zeit im Nacken und sie wollte keinen Streit. »Ich muss jetzt los. Lass uns doch heute Abend zusammen essen gehen. Ich hol dich um sechs ab, okay?«

Damit ließ sie Tante Lotte auf der Bank sitzen, schnappte sich die Hundeleine und zerrte Fräulein Mencke von ihr weg.

Ebenso widerspenstig wie die Hündin waren die Gedanken an Hans. Wo hatte Tante Lotte ihn eigentlich gesehen? Etwa hier auf der Insel?

Fräulein Mencke:
Sobald eine erfahrene Hündin ins Rudel kommt, läuft es wie geschmiert. Alle Regeln scheinen wie von selbst zu funktionieren und vom Futter hab ich auch was abbekommen. Mit starkem Widerstand habe ich meinem Frauchen klarmachen wollen, dass es besser wäre, zusammenzubleiben, aber sie hat mich mitgeschleift wie eine störrische Bulldogge – sehr unangenehm.

12.

Die gesamte Polizeistation roch nach Fisch, Käse und warmer Pappe. Das Ermittlungsteam saß am runden Tisch und aß. Sogar Heiter war mit von der Partie, der normalerweise mittags zum Essen nach Hause radelte. Ohne Zigaretten und seinen geliebten Mittagsschlaf wird er nicht lange durchhalten, dachte Pia, und setzte sich betont langsam zwischen Willi und Firek. Die erwartungsvollen Blicke, die sie verfolgten, ignorierte sie mit einem fröhlichen: »Mahlzeit!«

Fräulein Mencke verschwand unter dem Tisch und legte sich halb auf Pias Füße. Ute schenkte Tee ein. Kathrin lächelte Willi zu und Heiter wischte sich mit einer Serviette den Mund ab.

Vor jedem Teller lag ein Foto von Edzard Brand. Der vorhin noch langweilig scheinende Blick wirkte plötzlich vorwurfsvoll. Pia schob es ein wenig zur Seite, bevor sie sich ein Stück aus ihrer Lieblingspizza schnitt. Sie dachte dabei an Tante Lottes Vermutung. War Edzard Brand wirklich ein Beamter, der mit seiner Kundschaft in Streit geraten und deshalb umgebracht worden war?

»Die Kollegen aus Leer sind bereits zur Wohnung von Brand unterwegs«, sagte Heiter. »Sie schauen sich dort um und befragen die Nachbarn. Bis heute Abend wird ein Bericht vorliegen, und …«, er machte eine wichtigtuerische Pause, »das Blut am Sanddornbusch stammt tatsächlich von Brand, womit wir jetzt den genauen Tatort kennen.« Er lächelte.

»Sehr gut, das ist doch schon was«, sagte Pia. »Haben sich noch mehr Spuren ergeben, die vielleicht auf einen Täter schließen lassen?«

»Nein, bis jetzt noch nicht, leider, aber die Kollegen suchen weiter.« Heiter schob seinen Teller zur Seite, als sei ihm der Appetit vergangen. »Stefan hat eine Liste der Mitarbeiter des Finanzamtes erstellt.«

Stefan Firek schob hastig die Auflistung vor Pias Teller und zeigte mit fettigen Fingern auf drei gelb markierte Namen. »Mit denen saß Brand in einem Zimmer.« Er säbelte an seiner Pizza herum, die dabei halb vom Teller glitt.

Zwei Frauen- und ein Männername. Pia stellte sich sofort ein graues Büro vor, in denen vier schweigende Beamte saßen und Akten wälzten. »Mit denen werde ich selber sprechen, wenn ich aufs Festland fahre, aber zunächst möchte ich hier vor Ort weitermachen.« Den Zettel legte sie auf das Foto. Der störende Blick war weg und sie fühlte sich gleich ein bisschen wohler. »Und? Was haben wir sonst noch?«

Ute meldete sich wie eine brave Schülerin, die sich besonders viel Mühe mit ihren Hausarbeiten gemacht hatte und auf ein Lob hoffte. »Ich war bei *Chic* und habe mich nach den Schmuckknöpfen erkundigt.«

Sie schob ihren Teller zur Seite und zog eine Werbebroschüre aus ihren Unterlagen, in der sämtliche Noosa-Druckknöpfe aus Amsterdam aufgelistet und abgebildet waren. Zugleich zeigten die Bilder, was man alles mit den sogenannten Chunks anfangen konnte.

»Man befestigt die Dinger auf Lederarmbändern, Handtaschen, Gürteln und sogar auf Sandalen«, erklärte Ute. »Oder man trägt sie als Kettenanhänger. Scheinen ziemlich beliebt zu sein und wahre Sammelleidenschaften auszulösen.«

»Für Männer oder für Frauen?«, wollte Firek wissen.

»Wohl eher für Frauen – obwohl – das weiß ich jetzt nicht so genau.« Ute schien verunsichert und gab Pia das Heftchen.

Überwiegend Leder-Armbänder waren darauf abgebildet, die durch ständiges Wechseln der Knöpfe zu immer neuen Accessoires wurden und sich dem jeweiligen Kleidungsstil perfekt anpassten. »Geniale Idee«, sagte sie und reichte es an Kathrin weiter.

»Hm, echt schön. Würde mir auch gefallen.« Mit einem gefälligen Lächeln und einem tiefen Blick reichte Kathrin das Büchlein an Willi, der anerkennend pfiff und dabei etwas rot wurde.

»Darauf kommt es gar nicht an«, meinte Ute ein wenig patzig und legte vor jeden einen Zettel. »Dies sind die drei Chunks, die in der Nähe der Leiche gefunden worden sind und daneben steht die jeweilige Bedeutung des Symbols.«

Der erste Chunk hatte die Nummer 260 und hieß *Zulu*. Er hatte ein Muster aus Dreiecken in Brauntönen und goldenen Umrandungen. *Südafrikanische Zulu-Körbe werden von der angehenden Braut geflochten oder einem frisch vermählten Paar als Geschenk überreicht*, hieß es in der Beschreibung. *Das traditionelle Muster feiert gute Neuigkeiten.*

Der zweite Chunk mit der Nummer 263 trug den Namen *Butterfly* und zeigte einen goldenen Schmetterling, der über einer schwarz-goldenen Blüte flatterte. *Weltweit ist der Schmetterling ein Symbol der Schönheit und steht für das Anbrechen eines neuen Lebensabschnittes,* war daneben zu lesen.

Der letzte Chunk hatte keine Nummer. Es handelte sich um eine Sonder-Edition, die seit dem Valentinstag in limitierter

Auflage angeboten wurde. Er zeigte ein Mosaik aus goldenen und rosa Steinbruchstücken, auf denen ein goldenes und ein silbernes Herz übereinanderlagen. Der dazugehörige Text lautete: *Zwei verwobene Herzen, die durch die Einbindung in den ewigen Knoten endlose Liebe und Verbundenheit symbolisieren.*

»Na, wenn da nicht jemand verliebt war«, meinte Pia.

Heiter erkundigte sich, ob die Chunks wohl tatsächlich wegen der Bedeutung ausgesucht worden waren und Ute platzte mit ihrem Wissen heraus, als habe sie nur darauf gewartet. »Das hab ich die Verkäuferin auch gefragt. Viele Kunden lassen sich von den Beschreibungen der Zeichen beeinflussen – vor allem, wenn es sich um Geschenke handelt. Die Symbolik scheint eine wichtige Rolle zu spielen. Die Zeichen stammen aus aller Herren Länder und stehen für Glück, Gesundheit, Kraft, Freundschaft und all so was – und natürlich für die Liebe. Manche Symbole sollen den Träger sogar vor unfreundlichen Geistern schützen.«

Ute schob den rechten Ärmel ihres Pullovers etwas hoch und streckte ihren Arm in die Mitte des Tisches. »Ich konnte nicht widerstehen und hab mir auch ein Armband gekauft!«, quietschte sie.

Heiter räusperte sich und bremste missmutig Utes Freude. »Wir wissen doch nicht mal mit Sicherheit, ob die Knöpfe überhaupt zum Toten gehören.«

Ute zuckte zusammen. »Doch, das weiß ich. Ich hab Steffi, also der Verkäuferin vom *Chic*, das Bild von Brand gezeigt und sie erinnerte sich sofort. Er war am Freitagvormittag über eine Stunde im Laden und hat sich alle Texte zu den Chunks durchgelesen – und nun der Knaller!« Ute schaute in die Runde. »Er hat sich erkundigt, welche Knöpfe man einer Frau schenken könne, die man beabsichtige zu heiraten.«

»Dann war Brand also auf Brautschau«, hauchte Kathrin und fing an zu kichern, woraufhin Willi aus unersichtlichen Gründen ebenfalls lachte.

Heiter blätterte kopfschüttelnd im Katalog herum.

Ute fiel in das Lachen ein. »Ja, scheint so. Steffi hat mit ihm die Chunks ausgewählt. Den Namen seiner Angebeteten hat Brand allerdings nicht verraten – jedenfalls nicht, soweit sich Steffi erinnern konnte.«

»Hat er auch ein Armband gekauft oder nur die Chunks?«, fragte Pia.

»Nur die Chunks. Steffi hat sie in eine kleine Geschenkbox gesteckt und sie zusätzlich in weißes Geschenkpapier gewickelt und mit einer goldenen Schleife versehen. Ein Armband sei schon vorhanden, hatte Brand erklärt – übrigens ein schwarzes – also genau so eines wie meins.« Ute streckte abermals stolz ihren Arm vor, damit es alle sehen konnten.

»Gute Arbeit, Ute«, lobte Pia und sagte an alle gerichtet: »Dann sollten wir die Augen nach Frauen offenhalten, die ein schwarzes *Noosa*-Armband tragen.«

Kathrin legte ihr Besteck zu Seite und bewunderte Utes Schmuckband, indem sie ihr Handgelenk ergriff und sich alle Knöpfe genau ansah. Ins Schwärmen geriet sie beim Anblick eines silbernen Salamanders auf hellblauem Grund, der laut Ute für Feuer und Leidenschaft stand. Deren eigenes Lieblingssymbol stammte allerdings aus dem Orient und versinnbildlichte durch Spiralen die perfekte Balance zwischen Körper und Seele.

Die wurde jedoch von Heiter gestört, indem er das Heftchen auf den Tisch warf und verärgert sagte: »Okay, dieses Schmuckgedöns ist eine Sache, aber hast du auch was über die Festmacherleine rausbekommen?«

Ute lief rot an und ihr Hals wurde fleckig – eine gewisse Ähnlichkeit mit einem Feuersalamander war durchaus erkennbar. Sie hatte zwar mit einigen Bootseignern gesprochen und sich auch nach einer ähnlichen Leine umgesehen, war aber nicht fündig geworden. Kleinlaut versprach sie, gleich noch mal ins *Restaurant am Yachthafen* zu gehen und sich weiter umzuschauen.

Heiter nickte. »Und, Kathrin, was hast du?«

Kathrin setzte sich kerzengerade hin, als wolle sie eine bestmögliche Figur abgeben. Ihr blondes Haar, das sie erstmalig offen trug, fiel bis in Brusthöhe über die dunkle Uniform und schimmerte golden. Das Haar auf der Seite, die Willi zugewandt war, warf sie mit dem Handrücken nach hinten und erklärte: »Ihr werdet es nicht glauben, aber ich weiß, wo Brand gewohnt hat.« Eine winzige Pause, in der sie mit der Zunge über ihre Unterlippe wischte, endete mit »Im *Haus Rote Erde* am Leuchtturm.«

»Was?«, entfuhr es Pia. Fräulein Mencke sprang auf und kam unter dem Tisch hervor.

»Ja, er hat Donnerstag eingecheckt. Die Rezeptionistin konnte sich ziemlich gut an ihn erinnern. Ich hab ihr gesagt, dass sie das Zimmer nicht mehr anrühren sollen, bis wir da sind.«

»Warum hast du das nicht gleich gesagt?« Pia war sauer. Sie hatte den braunen Aktenkoffer vor Augen, den Brand am Bahnsteig bei sich gehabt hatte und ihr Herz verdoppelte aufgeregt den Takt. »Schick sofort Jens rüber. Er soll das Zimmer auf den Kopf stellen und gucken, ob es Hinweise auf Miss *Noosa* oder andere Personen gibt. Sag ihm, dass ich auch gleich da sein werde.«

Kathrin schien endlich aufgewacht zu sein. Im Gegensatz zu Ute wurde sie ganz blass und sprang hastig auf. Hals über Kopf verließ sie das Zimmer.

Heiters Geduldsfaden riss im gleichen Moment. »Das ist ja wohl die Höhe. Statt uns lang und breit über diese *Noosa*-Scheiße zu unterhalten, hätten wir schon längst da sein können!« Er sprang so heftig auf, dass sein Stuhl umkippte.

Willi sah aus, als wolle er für Kathrin Partei ergreifen, doch Pia griff nach seinem Arm.

Das lenkte Heiters Aufmerksamkeit auf sie. »Und was hast du die ganze Zeit gemacht?«, fragte er ziemlich schroff.

Sie hielt es nicht für ratsam, zu sagen, dass sie mit Tante Lotte Eis essen gewesen war. »Ich hab in eine andere Richtung ermittelt«, antwortete sie so selbstsicher wie möglich, während sie aufstand. »Ist aber noch sehr vage.«

Damit beendete sie das Thema und folgte Willi, der über Fräulein Mencke hinwegstolperte und hastig die Polizeistation verließ.

»Manno, ist der schlecht drauf«, murmelte er, als sie draußen waren.

Pia warf ihm einen vorwurfsvollen Blick zu. »Na ja, er hat doch recht.« Im Stechschritt legte sie ein ordentliches Tempo vor und Fräulein Mencke flitzte vorweg. »Nun komm. Deiner Kathrin wird er schon nicht den Kopf abreißen.«

Willi blieb stehen. »Wieso meiner Kathrin?«

»Du benimmst dich merkwürdig, sobald sie in der Nähe ist.«

Nagel auf den Kopf getroffen. Willi lief rot an.

»Was ist das denn für ein Blödsinn? Kathrin und ich verstehen uns nur gut, das ist alles«, verteidigte er sich, doch gleich darauf drehte er den Spieß um. »Bist du etwa eifersüchtig?«

Pia schnaubte durch die Nase und gab ein quietschendes Geräusch von sich. »Nee, ganz bestimmt nicht. Ich dachte nur wegen Heiter … Der sieht das nicht gerne, wenn was zwischen den Kollegen läuft.«

»Ach der, der merkt doch eh nichts.«

»Also stimmt es? Läuft da was zwischen euch?«

Wieder blieb Willi stehen. Er sah sie ernst an. Pia konnte nicht begreifen, warum Männer nicht wenigstens das zustande brachten: gehen und sprechen gleichzeitig.

Er wechselte das Thema: »Hör mal, Pia, glaubst du etwa, dass die *Borkumer Burschen* Ärger mit dem Finanzamt haben könnten?«

Keine Antwort ist auch eine Antwort, dachte Pia und ließ das Thema Kathrin fallen. »Warum nicht?«

Willi hastete hinter ihr her. »Ich weiß nicht, aber mir kommt das absurd vor. Wegen finanzieller Unregelmäßigkeiten bringt man noch nicht gleich den Finanzbeamten um.«

»Tja, du vielleicht nicht, aber du kannst dich ja mal vorsichtig umhören bei deinen *Borkumer Burschen*.«

Willi maulte. »Das sind nicht ›meine‹ *Borkumer Burschen*.«

Pia steckte Daumen und Zeigefinger in den Mund und erzeugte damit einen gekonnten und vor allem lauten Pfiff, mit dem sie Fräulein Mencke zu sich rief. Sie legte ihr die Leine an und befahl »Fuß«, woraufhin die Hündin brav neben ihr her trippelte.

»Was hältst du davon, wenn ich Fräulein Mencke zu einem richtigen Polizeihund ausbilden lasse?«, wechselte sie jetzt ebenfalls abrupt das Thema.

Willi zuckte mit den Schultern. »Wozu denn? Mir gefällt sie, wie sie ist.«

Fräulein Mencke:
Hunde leben im Moment. Wir haben die Gabe, uns mit allen Sinnen ganz und gar auf das Jetzt zu konzentrieren. Menschen leider nicht. Statt sich ausschließlich mit dem Futter zu beschäftigen, bellen, jaulen und knurren sie während des Fressens, und wenn jegliche gute Stimmung dahin ist, zerstreuen sie sich in alle Richtungen. Kein Wunder, wenn's drunter und drüber geht und der Kollege über mich stolpert, als wäre ich gar nicht da. Gut, dass ich kein nachtragender Mensch bin.

13.

Im *Haus Rote Erde* herrschte um halb vier nachmittags großes Gedränge am Kuchenbuffet. Der Geruch von Bohnenkaffee mit Sahne und Obstkuchen war sogar im Eingangsbereich wahrzunehmen.

An der Rezeption wiesen Pia und Willi sich aus und verlangten den Schlüssel des Zimmers von Edzard Brand.

»Das ist die Nummer 123.« Die junge Frau zog eilig ein Kärtchen aus einer Schublade. »Es ist im ersten Stock. Ich hab es natürlich sofort sperren lassen, aber die Putzfrau war heute Morgen schon drin«, gab sie kleinlaut zu und legte die Schlüsselkarte vor Pia auf den Tresen.

»Tja, das ist wohl nicht mehr zu ändern.« Pia bedankte sich und nahm die Karte. »Ein Kollege von der Spurensicherung kommt gleich noch vorbei. Schicken Sie ihn dann bitte rauf? Wir warten auf ihn.«

Die Empfangsdame nickte eifrig.

Pia drehte sich um und Fräulein Mencke zog sie in Richtung Treppe.

»Hallo? Tut mir leid, aber den Hund dürfen Sie nicht mitnehmen. Das sind Allergiker-Zimmer.« Die Dame machte ein betretenes Gesicht und zuckte mit den Schultern.

Immerhin hatte sie nichts von bakterienbesetzten Fellnasen gesagt. Pia drückte Willi die Leine in die Hand und riet ihm, einen Kaffee trinken zu gehen.

»Ins Lokal dürfen Sie den Hund gerne mitnehmen.« Die Frau lächelte und schien erleichtert.

Fräulein Mencke schaute sich mehrfach zu Pia um, ließ sich aber anstandslos von Willi mitführen.

Der Flur im ersten Stock war unglaublich lang. An den Wänden hingen riesige Fotografien, die Borkum in allen Facetten zeigten. Wütende Wellen, die sich im Herbst über der Strandpromenade brachen und aussahen, als wollten sie sich den Musik-Pavillon oder gleich die ganze Insel holen, faszinierten Pia ebenso wie das sommerliche Himmelblau, das am Horizont in unendlicher Ferne mit dem Grün des Ozeans verschwamm, so dass man erahnen konnte, dass Himmel und Erde im Grunde eins waren.

Der absolute Hingucker war jedoch die Auslegeware. Der dicke, weiche Teppich hatte einen originellen Aufdruck. Er zeigte Holzplanken, die auf Sand lagen, so dass man das Gefühl hatte, man befände sich auf dem Weg vom Hauptstrand zum Ostland. Pia lächelte. Hauptsache, ich bin jetzt nicht auf dem Holzweg, dachte sie.

Das Zimmer 123 befand sich in der Mitte des Weges. Pia hielt die Schlüsselkarte vor das Schloss. Es klickte leise, dann öffnete sich geräuschlos die Tür. Es sah aus, als sei das Zimmer unbewohnt. Alles war aufgeräumt, nichts lag herum. Pia machte ein paar Fotos von dem Raum, in dem sich ein Doppelbett und eine kleine Sitzecke mit Sofa und Sessel befanden. Außerdem gab es einen riesigen Schrank, einen Tisch und eine Anrichte. Die Möbel aus hellem Kiefernholz spiegelten den Strand wider, der Teppich war blau und so gewebt, als befänden sich die Wellen des Meeres darin. Grüne Kissen rundeten das Bild ab. Auf Ostfriesisch begrüßt wurde der Besucher durch vier große, weiße Buchstaben, die über dem Kopfende des Bettes prangten: MOIN.

Im Bad war ebenfalls alles blitzeblank. Die weißen Handtücher hingen akkurat an den Haltern und die Dusche war trocken und sauber. Allerdings lag ein Rasierer beim Waschbecken und ein Kulturbeutel zeugte von der Anwesenheit eines Mannes, der eine Vorliebe für *Old Spice* hatte.

Pia ging zurück ins Zimmer, wo ihre Augen nach dem braunen Aktenkoffer suchten, der jedoch nirgends zu sehen war. Sie wollte gerade die Schranktür öffnen, als es klopfte.

»Du hast hoffentlich nichts angefasst?« Jens stellte einen Koffer ab und streifte Plastikhandschuhe über. Er sah sich um. »Obwohl – so sauber wie hier alles ist, wird es wahrscheinlich keine Spuren geben. Hast du schon mit der Putzfrau gesprochen? Vielleicht kann sie sich erinnern, wie es hier vor der Reinigung aussah.«

»Gute Idee. Mach ich gleich, aber könntest du mal den Schrank aufmachen?«, bat Pia. »Ich suche einen braunen Aktenkoffer.«

Jens schob die Schranktür zur Seite und da stand er. Mit spitzen Fingern holte er ihn hervor und legte ihn aufs frisch gemachte Bett. Pia war gespannt wie ein Flitzebogen, doch ein Zahlenschloss verhinderte das Öffnen.

»Ich sicher die Fingerabdrücke und brech ihn dann auf, wenn du willst«, schlug Jens vor.

»Ja, mach das.« Pia wandte sich erneut dem Schrank zu. Drei weiße Oberhemden hingen darin und zwei Flanellhosen. Brands leuchtend blaue Reisetasche befand sich in der anderen Ecke.

»Die kannst du ruhig durchsuchen«, meinte Jens und fummelte in seinen Utensilien herum. »Aber zieh dir trotzdem Handschuhe an.« Er warf ihr ein Paar zu.

Pia streifte sie über und holte die Reisetasche heraus, wobei sie erneut feststellte, dass die schwerer war, als sie aussah. Mit einem Ruck hievte sie das Ding ebenfalls auf das Bett.

Mehrere weiße Unterhosen waren darin, zwei Paar Socken, zwei Flaschen Sekt, ein Knirps-Regenschirm und ein ganzer Haufen Prospekte.

Pia ging damit zum Tisch und sah sie sich näher an. Es waren Werbeinformationen über verschiedene Hotels, Pensionen, Cafés und Restaurants auf Borkum, aber auch Flyer von allen möglichen Angeboten, die man auf der Insel wahrnehmen konnte. Kutschfahrten, Saunagänge, Kino- und Theater- und Schwimmbadbesuche, Wattwanderungen, Seehundbeobachtungen, Kutterfahrten und Kunstkurse. Ein Telefonbuch von Borkum lag auch dazwischen, sowie einige Visitenkarten von Taxi-Unternehmen und verschiedenen Geschäften.

»So, das war's«, rief Jens.

Pia starrte den Aktenkoffer an.

Jens brach ihn auf, es knackte und der Deckel flippte hoch. Oben auf lag ein Taschenrechner – ein ziemlich großes Ding, als habe Brand es aus dem Büro mitgehen lassen. Darunter lagen einige Papphefter in verschiedenen Farben. *Pizza & Meer* stand auf dem obersten. Pia holte ihn heraus. Darin befanden sich ellenlange Ausdrucke und Formulare.

Auf dem zweiten Aktendeckel stand *Kutschfahrten Bruns* und auf dem dritten *Pension Deichblick*. In jeder Mappe waren quasi die gleichen Unterlagen: Abrechnungsnachweise und Steuererklärungen – natürlich mit jeweils anderen Zahlen.

»Kann ich den Koffer mitnehmen?«, fragte Pia.

Jens nickte. »Nimmst du mal die Sachen vom Bett?«

Pia räumte alles zusammen und schaute zu, wie Jens das Lager in Augenschein nahm. Er schlug die Decke zurück und fuhr mit einer Art Schwarzlichtlampe über das Laken, wodurch einige Flecken sichtbar wurden.

»Das ist gut«, meinte er und grinste. »Frisch bezogen ist es jedenfalls nicht.«

»Sind das etwa Spermaspuren?« Pia ekelte sich und trat einen Schritt zurück.

»Muss nicht, kann aber.«

»Nee, ne? Das muss ich jetzt echt nicht haben.« Sie packte hastig alle Unterlagen zurück in den braunen Aktenkoffer, zog die Handschuhe aus und machte sich zum Gehen bereit. »Ich beschäftige mich erst mal hiermit und warte auf deinen Bericht. Ich frag mal unten nach, ob Brand mit jemandem gesehen worden ist, und mit der Reinigungskraft spreche ich auch.«

»Ja, mach das«, nuschelte Jens, der vollkommen in seine Arbeit versunken war und mehr als Pia zu sehen schien.

Die Rezeptionistin konnte sich an Brands Einchecken am Donnerstag tatsächlich gut erinnern, weil er sich so akkurat verhalten hatte, wie sie sagte. Sie verglich ihn mit einem

Soldaten, der sich bei einem neuen Standort meldete. Und am darauffolgenden Freitagvormittag hatte er sich mit den Worten »Ich bin jetzt außer Haus« verabschiedet.

»Ein komischer Vogel war das, aber irgendwie auch sympathisch«, fand die junge Frau. »Er schien so unternehmungslustig.« Sie lächelte mitfühlend, doch gleich darauf fing ihr Kinn an zu zittern und das Lächeln verzerrte sich. »Danach habe ich ihn nicht wiedergesehen. Es tut mir wirklich leid, dass ich nicht mehr auf ihn geachtet habe«, sagte sie weinerlich.

»Das muss Ihnen nicht leid tun«, tröstete Pia sie. »Es wäre nur interessant zu wissen, wann er wiedergekommen ist und ob er vielleicht Besuch hatte oder ob er sich mit jemandem getroffen hat. Vielleicht hier im Restaurant?«

Die Rezeptionistin schüttelte den Kopf. »Nein, wie gesagt, ich hab ihn nicht mehr gesehen.«

Pia erkundigte sich nach der Raumpflegerin, die Brands Zimmer aufgeräumt hatte, woraufhin eifrig in den Computer getippt wurde. »Frau Schoepke muss das gewesen sein. Wollen Sie mit ihr sprechen?«

Pia nickte.

»Sie kommt in einer halben Stunde. Morgens macht sie die Zimmer und abends hilft sie in der Küche.«

»Sehr gut, ich werde im Restaurant auf sie warten. Schicken Sie sie doch bitte gleich zu mir, ja?«, bat Pia und ging ins Lokal.

Willi saß rechts am Fenster und schaute zum Leuchtturm. Fräulein Mencke beobachtete den Eingang und sprang auf, als sie Pia sah. Der Ruck an der Leine holte Willi aus seinen Gedanken und ließ ihn aufstehen.

»Setz dich wieder«, sagte Pia, »wir warten noch auf die Putzfrau, die das Zimmer aufgeräumt hat.«

Sie erzählte von den Spuren auf Brands Bettlaken, von den Prospekten in der Reisetasche und klopfte auf den Koffer, als sie berichtete, dass darin Unterlagen vom Finanzamt seien. Nebenbei trank sie eine Tasse Kaffee und verputzte ein Stück Pfirsichtorte.

»Was für Unterlagen denn? Kann ich mal reingucken?«, fragte Willi sehr interessiert, doch Pia entschied aus dem Bauch heraus, ihn noch im Ungewissen zu lassen.

Sie klemmte den Koffer zwischen ihre Beine. »Nicht hier.« Er musste ja nicht gleich wissen, dass es eine Akte von *Pizza & Meer* gab. Ihr war zwar nicht wohl dabei, ihm die Informationen vorzuenthalten, aber sie traute ihm zu, dass er Hartog warnte, bevor sie selbst wusste, worum es genau ging.

Als Frau Schoepke an den Tisch trat, war Pia froh, das Thema nicht vertiefen zu müssen. »Setzen Sie sich doch bitte einen Moment«, bat sie und rückte etwas zur Seite. Fräulein Mencke beschnüffelte den Neuankömmling kurz und zog sich dann, soweit sie konnte, zu Willis Füßen zurück. Pia wunderte sich darüber, aber vielleicht roch die Frau einfach zu sehr nach Putzmitteln.

Frau Schoepke hingegen schien Fräulein Mencke gar nicht wahrgenommen zu haben. Sie schaute sich mehrfach um und wirkte sehr nervös und verunsichert. Pia konnte sich gut vorstellen, warum. Schließlich arbeiteten Reinigungskräfte immer im Verborgenen und machten sich, so gut es ging, unsichtbar. Die arme Frau musste sich zwischen all den Hotelgästen völlig fehl am Platz fühlen.

Ihr blond gesträhntes, kurzgeschnittenes Haar war dick und struppig, ihr Gesicht fleischig, und sie hatte das größte Doppelkinn, das Pia je gesehen hatte. Der Hals war gar nicht mehr auszumachen. Lediglich eine Falte zeigte an, wo das Gesicht aufhörte. Ihre Ohren waren ebenfalls gigantisch, wogegen ihre Augen und ihr Mund eher mickrig wirkten. Zu Birkenstocksandalen trug sie ein ärmelloses schwarzes Kleid, das nicht dazu beitragen konnte, die dicken Oberarme zu kaschieren.

Zunächst behauptete Frau Schoepke, sie könne sich an gar nichts erinnern, und erläuterte, wie viele Zimmer sie tagtäglich aufräume und putze. Doch dann fiel ihr ein, dass am Tag zuvor – also am Samstagmorgen – zwei benutzte Gläser auf dem Tisch des Zimmers 123 gestanden und sich eine leere Sektflasche im Mülleimer befunden hatte.

»Den Sekt müssen die Gäste selber mitgebracht haben, er stammte nicht aus unserem Haus«, stellte sie fest und zuckte mit den Achseln, als sei es nicht ungewöhnlich, dass Besucher eigene Getränke mitbrachten.

»Zwei Gläser standen auf dem Tisch? Das wissen Sie genau?«

Frau Schoepke nickte, wobei das Doppelkinn noch mehr hervorquoll. »An einem war Lippenstift. Das weiß ich noch, aber mehr ist mir nicht aufgefallen. Das Bett war notdürftig gemacht, nicht so picobello, aber immerhin. Und im Bad sah es auch ganz gut aus.«

Sie beugte sich vor, soweit es ihre Körperfülle zuließ, und flüsterte: »Es gibt ja Gäste, die einen Saustall hinterlassen mit Bremsspuren im Klo und so was, aber in Zimmer 123 war das nicht der Fall. Müssen ganz ordentliche Leute gewesen sein.«

Pia bedankte sich, drückte ihr eine Visitenkarte in die Wurstfinger und bat sie, anzurufen, sofern ihr noch etwas einfiele.

Frau Schoepke nickte mit schnellen, kleinen Bewegungen, stand auf und verabschiedete sich. Sichtlich erleichtert verließ sie eiligen Schrittes den Raum.

Nachdem Willi die Rechnung beglichen hatte, machten sie sich auf den Weg zurück ins Büro. Pia war froh, Tante Lotte nicht über den Weg gelaufen zu sein.

»Also stimmt es, dass Brand wegen einer Frau auf Borkum war«, sagte Willi. »Demzufolge Mord aus Eifersucht. Wahrscheinlich ist seine Angebetete verheiratet und der Mann hat davon Wind bekommen – und zack war Brand tot. Wie heißt es so schön: Eifersucht ist eine Leidenschaft, die mit Eifer sucht, was Leiden schafft.«

Pia schüttelte den Kopf. »Geh mir weg mit deinen klugen Sprüchen. Du guckst definitiv zu viel Rosamunde Pilcher. Die

Verkäuferin vom *Chic* hat doch gesagt, dass er die Schmuckknöpfe einer Frau schenken wollte, die er beabsichtigte zu heiraten. Oder denkst du, Brand macht einer Verheirateten den Hof?! Für so blöd halte ich ihn ehrlich gesagt nicht.«

Fräulein Mencke:
Mein Frauchen hat ein eckiges Ungetüm mitgebracht, mit dem ich mir den Platz unter dem Tisch teilen musste. Sie hat es getätschelt wie einen Hund und es zwischen ihre Beine geklemmt. Was soll das? Sie hat doch mich! Mir geht das alles gegen den Strich.

14.

Kurz vor siebzehn Uhr betraten Pia, Willi und Fräulein Mencke das Büro. Stefan Firek, der gerade nach Hause gehen wollte, fragte mit Blick auf den braunen Aktenkoffer, ob er noch bleiben solle. Pia hielt das für unnötig, fragte allerdings, ob es was Neues gäbe.

Firek zeigte auf ihren Computer. »Der Gerichtsmediziner hat einen Bericht geschickt und die Leeraner Kollegen eine Mail, aber wenn du mich fragst, kann das bis morgen warten. Der Tag war ja wohl lang genug«, sagte er erschöpft.

Sie war schlagartig müde und wünschte einen schönen Feierabend. Fräulein Mencke trottete mit ihm auf den Flur und ließ sich auf ihr Kissen beim Eingangstresen fallen – ein Zeichen dafür, dass sie ihre Ruhe haben wollte. Kein Wunder. Seit fünf Uhr waren sie jetzt auf den Beinen.

»In den Koffer gucken wir aber noch, oder?«, fragte Willi.

»Nein, Viereck hat recht, morgen ist auch noch ein Tag.« Pia stellte den Koffer unter ihren Schreibtisch und fuhr den Computer hoch. »Geh nach Hause, ich guck noch kurz, was die Kollegen geschrieben haben. Wir sehen uns morgen um sieben.«

Enttäuscht gab Willi ein »Wenn du meinst ...« von sich und machte sich aus dem Staub. »Bis morgen!«

Die Mail des Leeraner Kollegen war eine Aneinanderreihung von Fakten.

Edzard Brand, 45 Jahre, ledig, wohnhaft Edzardstraße 61. Vater unbekannt, Mutter: Maria Brand, gestorben im vergangenen Herbst auf Borkum (!!!) in der Knappschaftsklinik.

Bruder Conrad, 48 Jahre, ebenfalls ledig, wohnhaft in Berlin, Beruf Anwalt.

Nachbarn beschreiben Edzard Brand als diskret, unauffällig, häuslich und kontaktarm. Eine Nachbarin, die bereits mehr als dreißig Jahre neben den Brands in Leer wohnt, sagte aus, dass die beiden Brüder schon als Kinder recht schüchtern gewesen seien – besonders Edzard. Den in Berlin lebenden Conrad habe sie zuletzt im vergangenen Herbst auf der Beerdigung der Mutter gesehen, danach nicht wieder.

Untendrunter standen noch Conrad Brands Kontaktdaten in Berlin und der Hinweis, dass dieser bereits über den Tod seines Bruders informiert worden sei. *Conrad Brand reist Montag nach Oldenburg, um seinen Bruder zu identifizieren. Die Tage danach wird er sich in Leer aufhalten, um sich um die Beerdigung et cetera zu kümmern. Alles weitere im persönlichen Gespräch am Montag! Gruß vom Marten.*

Am interessantesten fand Pia, dass Brands Mutter in der Knappschaftsklinik auf Borkum verstorben war. Merkwürdiger Zufall. Vielleicht war das ein Verbindungspunkt, an dem sie anknüpfen konnte. Sie machte sich eine Notiz mit drei Ausrufezeichen, genau wie es der Kollege gemacht hatte.

Martens Mails waren normalerweise nicht so sachlich,

doch da sie an einen größeren Verteiler gegangen war, fehlten die üblichen privaten Bemerkungen, die Pia sonst immer so erfrischend fand.

Marten Tielemann war der Hauptgrund, weshalb Pia auf der Insel Borkum lebte und nicht in Leer. Sie war seit Jahren heimlich in ihn verliebt. Da Beziehungen unter Kollegen untersagt waren, sah sie es als sicherer an, ihm nicht jeden Tag in die Arme zu laufen, in die sie sich liebend gern gestürzt hätte. Die Nordsee zwischen sich und ihm zu wissen, beruhigte ihre Nerven ungemein. Vielleicht auch deshalb, weil sie beim besten Willen nicht sagen konnte, ob Marten ebenfalls in sie verliebt war. Manchmal hatte sie den Eindruck, er flirte mit ihr, doch gleich darauf war er wieder kühl wie ein Fisch in der Nordsee und sie kam sich lächerlich und dumm vor.

Ihm ihre Liebe zu gestehen, kam für Pia nicht in Frage und daher hatte sie im Laufe der Zeit gelernt, mit ihren plötzlich aufwallenden Gefühlen und Begierden zu leben. Auf der Insel funktionierte das hervorragend. Kritisch wurde es nur, wenn sie aufs Festland musste und Marten gegenüberstand.

Mit dem Gedanken an den morgigen Tag, an dem sie wohl oder übel nach Leer reisen würde, um Conrad Brand kennenzulernen, krampfte ihr Herz sich vorsorglich auf Minimal-Größe zusammen.

Um nicht in Gefühlsduseleien zu versinken, überflog Pia rasch den Bericht des Gerichtsmediziners. Nach ellenlangen Beschreibungen, welche Untersuchungen durchgeführt worden waren, konnte man zusammenfassen, dass Edzard Brand angegriffen worden war. Diverse Blutergüsse, eine kleine Platzwunde an der linken Schläfe unterhalb der Hutkrempenlinie und ein Rippenbruch waren festgestellt worden.

Allerdings waren unter den Fingernägeln keine Hautpartikel gefunden worden und die Finger waren nicht gebrochen, was dafür sprach, dass das Opfer lediglich versucht hatte, die Schläge abzuwehren. An den dafür typischen Stellen waren Blutergüsse vorhanden. Der Gerichtsmediziner vermutete, es müsse sich um einen ungleichen Kampf gehandelt haben.

Der Tod war durch Erwürgen mit bloßen Händen zugefügt worden. Die nur spärlich ausgeprägten Leichenflecke sprachen dafür, dass der Tote nicht lange gelegen hatte und eine Leichenverbringung erfolgt war. Der Körper war dann erneut bewegt und letztendlich an den Füßen aufgehängt worden, wodurch das Blut in den Kopf gesackt war. Suizid und Unfall schienen deshalb ausgeschlossen. Ein Tötungsdelikt wurde diagnostiziert. Der Auffindeort war mit Sicherheit nicht der Tatort, stellte der Mediziner fest.

Mittels Licht in unterschiedlichen Wellenlinien waren zudem diverse Kontaktspuren sichergestellt und zur weiteren Untersuchung ins Labor geschickt worden. Nach dem Absatz, in dem der Gerichtsmediziner die Fliegeneier in den Augenlidern erwähnte, schloss Pia das Programm und fuhr den Rechner runter.

Sie griff nach dem braunen Aktenkoffer und nahm ihn kurzerhand mit – sicherheitshalber. Es war zwanzig nach fünf, als sie das Büro verließ. Ihr blieben noch vierzig Minuten bis zum Treffen mit Tante Lotte.

15.

Während Fräulein Mencke ihr Abendbrot wegknabberte, machte Pia sich frisch und zog sich um. Sie wollte Tante Lotte eine Freude machen und entschied sich für ihre weiblichste Hose und eine nette Bluse, auch wenn sie lieber ins Bett gekrochen wäre und sich die Finanzamt-Akten genauer angesehen hätte. Mit einem Seufzer und einer Hündin, die nicht gerade erfreut aus dem Fell sah, verließ sie die Wohnung.

Tante Lotte stand bereits vor der Tür des Hotels und hielt Ausschau nach ihr. Gemeinsam gingen sie zum Busbahnhof und fuhren zum *Restaurant am Yachthafen*, wo Pia einen Tisch für halb sieben bestellt hatte.

»Du hast mir gar nicht erzählt, dass der Ermordete im *Haus Rote Erde* gewohnt hat«, empörte sich Tante Lotte leise, als sie am Yachthafen ausstiegen. »War das Absicht?«

»Woher weißt du das denn schon wieder?«

»Ich hab das Zimmer direkt gegenüber. Mir wäre das gar nicht aufgefallen, aber ein überaus netter Herr, der nebenan wohnt, hat es mir auf dem Flur erzählt. Ein ehemaliger Kapitän oder so was. Auf jeden Fall hat er die sieben Meere bereist und ist jetzt Witwer.« Tante Lotte lachte. »Wenn ich nicht mit dir verabredet gewesen wäre, hätte ich glatt ein Rendezvous für heute Abend gehabt.«

Pia schaute prüfend. »Du wärst mit dem ausgegangen? Ich dachte, du stehst auf Frauen.«

Jetzt guckte Tante Lotte fragend.

Pia ließ ihre Augenbrauen hochfahren. »Lotte & Lissy?«

Sie hatte das alte Foto vor Augen, das Tante Lotte ihr vor einiger Zeit ohne weitere Erklärung geschenkt hatte. Ein Bild von Lotte und Pias verstorbenen Mutter Elisabeth, genannt Lissy, aufgenommen in einem Fotostudio und verwahrt in einem Passepartout. Erst später war Pia die Aufschrift auf der Rückseite aufgefallen: *Lotte & Lissy, unsere Verlobung*. Pia hatte bis dato nur gewusst, dass Tante Lotte die Busenfreundin ihrer Mutter gewesen war, nicht aber von einer Liaison oder gar einer Verlobung der beiden vor der Ehe ihrer Mutter mit ihrem Vater. Vielleicht war ja heute der Tag, an dem sie die ganze Geschichte hören würde, dachte Pia und sah Tante Lotte aufmunternd an.

»Ach das. Na ja, das ist ja lange her und deine Mutter sagte immer: Ein bisschen bi schadet nie.«

»Was? War meine Mutter bi?«, entfuhr es Pia.

»Offensichtlich!« Tante Lotte schüttelte den Kopf. »Sonst wärst du wohl nicht auf der Welt, Kindchen.«

Die Tür des Yachthafen-Gebäudes stand sperrangelweit offen und Fräulein Mencke betrat bereits den Flur, an dessen Ende sich die Duschräume und Toiletten für die Bootstouristen befanden. Es roch nach Shampoo und feuchtwarmer Haut. Ihr Gespräch verstummte.

Eine Frau mit einem Handtuch auf dem Kopf und einem Kulturbeutel unter dem Arm kam ihnen entgegen, als Lotte die Tür zum Lokal öffnete. Fräulein Mencke ließ ihr den Vortritt.

Durch den exklusiven Standort mit Blick aufs Meer lockte das *Restaurant am Yachthafen* viele Touristen an. Der Koch verstand sein Handwerk und seine Gerichte schmeckten genauso gut, wie sie aussahen. So abgelegen, wie es war, schien das Lokal eine kleine Insel für sich zu sein. Der Slogan lautete: Willst du Borkum nicht vergessen, geh in den *Yachthafen* essen.

Bootseigner saßen an der Theke und spannen Seemannsgarn. Von der Decke baumelten Fischernetze und allerlei Gerätschaften, die man sonst nur auf Schiffen findet. Alles wirkte sehr maritim – auch die Gäste. Blau- und rot-weiß gestreifte Pullis dominierten den Raum, der gut besetzt war. Ein Stimmenwirrwarr übertönte leise Musik.

Der Tisch, der für sie bereitstand, befand sich direkt vor einem der großen Fenster mit Ausblick auf den Hafen, so wie Pia es gewollt hatte.

Auf die Speisekarte konnte sie sich kaum konzentrieren und bestellte kurzerhand ein Sellerieschnitzel mit Salat. Tante Lotte entschied sich für eine Fischplatte und orderte zwei Fasanenbrausen.

»Willst du mir nicht endlich mal erzählen, wie das zwischen dir und meiner Mutter war?«, fragte Pia, nachdem die Bedienung die Getränke serviert hatte und an einen anderen Tisch weitergegangen war.

Tante Lotte schaute auf die Boote, die leicht auf dem Wasser schaukelten. Die Sonne hatte sich in einen orangefarbenen Ball verwandelt und in weiter Ferne konnte man bereits den Leuchtturm blinken sehen.

»Da gibt es nicht viel zu erzählen«, fing sie an. »Deine Mutter und ich waren beste Freundinnen – na ja, vielleicht ein bisschen mehr als das. Jedenfalls wollten wir immer zusammenbleiben und deshalb ist auch das Foto entstanden. Wir waren noch jung und ich hab dir ja schon erzählt, wie deine Mutter war: ein absoluter Wirbelwind, der immer alles ausprobierte. Tja, und als dann dein Vater auf der Bildfläche erschien, war es um sie geschehen. Sie wollte es erst nicht zugeben, aber es war offensichtlich – sie war hin und weg. Wir verbrachten viel Zeit zu dritt und ich erlebte aus nächster Nähe mit, wie sich die beiden immer mehr ineinander verliebten. Sie waren wie geschaffen füreinander, das hätte selbst ein Blinder erkannt.« Tante Lotte lächelte, als sähe sie die beiden Glücklichen direkt vor sich.

»Warst du denn gar nicht eifersüchtig?«

»Nein, merkwürdigerweise nicht. Im Gegenteil, ich habe sie sogar noch ermuntert, auf die Liebesbekundungen deines Vaters einzugehen, denn sie erstrahlte regelrecht in seiner Nähe. Allerdings«, Tante Lotte hob einen Zeigefinger, »sie musste schwören, mich niemals im Stich zu lassen. Und das tat sie, ohne zu zögern. Zwischen uns änderte sich also nichts, außer, dass dein Vater dazu kam.«

»Aber sie haben geheiratet. Und du? Fühltest du dich nicht wie das fünfte Rad am Wagen?«

»Hör mal, Pia, das waren andere Zeiten. Deine Mutter wurde schwanger und da heiratete man natürlich. Außerdem wusste dein Vater von Anfang an, worauf er sich einließ. Er heiratete mich sozusagen mit, nur dass ich nicht mit in euer Haus zog, sondern eine eigene Wohnung hatte. Deine Mutter verbrachte die ein oder andere Nacht bei mir, wenn du verstehst, was ich meine.« Tante Lottes Augen funkelten.

Pia war baff. »Er wusste von eurer Beziehung und hat das toleriert, meinst du?«

Tante Lottes Augenbrauen zuckten erstaunt in die Höhe. »Ja, natürlich, nichts und niemand hätte deine Mutter und mich trennen können.«

Sie lachte laut und Pia hatte das Gefühl, ausgelacht zu werden. Vor allem aber war sie nicht in der Lage, sich eine Dreierbeziehung vorzustellen – es sei denn, Fräulein Mencke wäre die dritte Person.

Tante Lotte griff nach Pias Hand. »Es gibt viele Arten der Liebe und für uns war diese die einzig richtige. Wir waren sehr glücklich – alle drei, ehrlich.« Die Hand löste sich von Pias. »Und nach dem schrecklichen Unfall war es selbstverständlich, dass du bei mir bleiben würdest.«

Pia schluckte und nickte. Sie fühlte sich plötzlich schuldig, weil sie allem Anschein nach der Grund war, dass Tante Lotte ihr Leben auf sie ausgerichtet und sich niemals wieder verliebt oder gar geheiratet hatte.

Glücklicherweise wurde das Essen serviert, und das Thema löste sich im Dampf der appetitlich dekorierten Speisen auf. Als Erstes griffen sie zur Fasanenbrause, stießen an und kniffen die Augen zusammen, als der Sanddornlikör säuerlich durch ihre Kehlen rann.

Tante Lotte schüttelte sich, setzte das Gläschen ab und bestellte umgehend Nachschub. Dann nahm sie ihr Besteck und schaute Pia an. »Kindchen, du warst das Beste, was mir je passiert ist. Wir beide hatten so schöne Zeiten, wie ich sie mir nie hätte träumen lassen.«

»Aber ...«

»Nichts aber! Guten Appetit.« Sie spießte mit der Gabel in ihren Salat und wechselte mit vollem Mund das Thema: »Und was ist jetzt mit Hans?«

Pia blieb ihr erster Bissen des Sellerieschnitzels im Halse stecken. Hans war nun wirklich das Letzte, worüber sie reden wollte. Sie schluckte schwer und griff zum Wasserglas, um Zeit zu gewinnen. Doch dann entschied sie spontan, ebenfalls offen und ehrlich zu sein und erklärte während des Essens, warum eine erneute Beziehung mit Hans für sie unvorstellbar war.

Es war für Pia eine ganz neue Erfahrung, das Dilemma mit ihrem Ex in Worte zu fassen und auf den Punkt zu bringen. Und je mehr sie preisgab, umso leichter wurde es, darüber zu sprechen. Sie plapperte Dinge aus, die sie noch nie jemandem erzählt hatte und es fühlte sich merkwürdig befreiend an. Es war ein Gefühl wie Schwimmenlernen: erst ängstlich, dann erstaunt und letztendlich sicher.

Nach einer weiteren Fasanenbrause erzählte sie sogar von ihrer heimlichen Liebe zu ihrem Kollegen Marten Tielemann und wie aussichtslos alles war.

Tante Lotte hörte gut zu und unterbrach sie kein einziges Mal – außer um an der einen oder anderen Stelle nochmals eine Fasanenbrause zu bestellen. Natürlich nur wegen des Vitamin C darin. Letztendlich sagte sie: »Für die Liebe lohnt es sich zu kämpfen, Kindchen – friedlich natürlich. Vor allem solltest du mit allen Beteiligten offen umgehen. Reden kann da sehr hilfreich sein.«

Die weise Tante grinste wie eine Jugendliche und zwinkerte ihr zu. Pia fühlte sich leicht und unbeschwert – obwohl sie pappsatt war – und versprach hoch und heilig, sowohl mit Marten als auch mit Hans das Gespräch zu suchen.

Um darauf anzustoßen, bestellte Tante Lotte eine letzte Fasanenbrause und sie schauten verträumt zu, wie die Sonne ebenso orangefarben wie der Sanddornlikör verschwand. Langsam aber sicher schaltete der Alkohol in Pias Kopf alle Lampen aus.

Als Fräulein Mencke unter dem Tisch hervorkam, sich streckte und gähnte, erschraken beide Frauen geradezu.

»Es wird Zeit fürs Bett«, meinte Tante Lotte mit Blick auf die Hündin. »Geh man schon mit ihr raus. Ich bezahl noch eben.« Sie griff nach ihrer Tasche und verschwand Richtung Theke.

Ein frischer Wind schlug Pia entgegen, als sie die Tür öffnete. Fräulein Mencke reckte ihre Nase hinein und schnupperte, als befänden sich darin interessante Düfte aus aller Welt, was vielleicht auch stimmte, denn die gehissten Flaggen vor dem Lokal verrieten, dass Niederländer, Engländer, Schweizer und sogar Schweden den Hafen aufgesucht hatten. Die Boote klapperten und surrten im Wind und der entfernte Schrei eines Austernfischers war zu hören.

Pia war ganz schwindelig. Sie versuchte nachzurechnen, wieviel Fasanenbrausen sie intus hatte, kam aber zu keinem Ergebnis. Sie wusste nur mit Sicherheit, dass es eine zu viel war.

Sie fuhr regelrecht zusammen, als Tante Lotte aufgeregt hinter ihr ins Freie trat und sagte: »Oh Gott oh Gott, nichts wie weg hier.« Sie griff nach ihrem Arm und marschierte los.

Pia ließ sich anstandslos mitziehen. »Was ist denn?«

Erst an der Bushaltestelle folgte eine Antwort. »Hans sitzt am Tresen. Und der hat mindestens so einen Schwips wie wir zwei Hübschen. Ich glaub, er hat mich nicht gesehen.«

Gut war, dass der Bus eine Minute später vorfuhr und sie einfach einstiegen, denn Pia hatte ernsthaft erwogen, noch mal ins Lokal zu gehen und mit Hans zu sprechen, getreu dem Motto: je früher, desto besser.

»Bist du bescheuert?«, meinte Tante Lotte. »So was macht man nüchtern und mit allen sieben Sinnen, ansonsten landet man allzu schnell zwischen zerwühlten Laken und fragt sich am nächsten Morgen, wie das passieren konnte.«

»Sprichst du aus Erfahrung?«, kicherte Pia und ließ sich in den Sitz fallen.

Fräulein Mencke:
Menschen sind Rudelfresser. Sie kennen keinen Futterneid. Bei Hunden ist das anders, wir verzehren unsere Beute am liebsten im Stillen, weil wir uns schon gestört fühlen, wenn Artgenossen auf unser Futter schielen. Doch Menschen fressen gerne in Gesellschaft. Deshalb gibt es öffentliche Futterstellen, wo gemeinsam gefressen wird. Dass es da nicht häufiger zu Raufereien kommt, ist sehr verwunderlich. Ich hatte sogar das Gefühl, dass mein Frauchen sich außerordentlich entspannte.

16.

In dieser Nacht träumte Pia so wirres Zeug, dass sie noch vor dem Weckerklingeln die Augen aufriss – und direkt in Fräulein Menckes Antlitz schaute, als habe die Hündin sie wachgestarrt. Im nächsten Moment folgte ein begeistertes Schlecken durch ihr Gesicht, womit jegliche Erinnerung an den bescheuerten Traum weggeputzt war.

Pia fragte sich, ob Hunde Träume sehen oder riechen konnten. Es hätte sie nicht gewundert.

Nach einem Blick auf den Wecker – es war halb sechs – knuddelte sie Fräulein Mencke und versuchte, nochmals in den Schlaf zu finden. Das war allerdings unmöglich, weil die Hündin sie ununterbrochen angaffte, was die gleiche Wirkung hatte wie der Blick eines Stalkers, den man als beklemmend wahrnahm. Pia musste sofort an Hans denken und sprang fluchtartig aus dem Bett, wobei sich ihr Kopf anfühlte wie eine Wassermelone. Warum war er auf der Insel? Spionierte er ihr etwa nach?

Eine Aspirin später dachte sie nicht mehr an Hans, sondern an Edzard Brand und beim Zähneputzen an die Akten, die immer noch ungelesen im braunen Koffer ruhten. Außerdem schoss es ihr durch den Kopf, dass sie aufs Festland reisen musste, um mit seinem Bruder Conrad zu sprechen.

Die Aufregung, die Pia erfasste, übertrug sich deutlich auf Fräulein Mencke, die ihr Frühstück verschlang, als würde es kein zweites geben. Pia ließ ihres ausfallen, packte den Papierkram aus dem Aktenkoffer in ihren Rucksack und prüfte, ob sie alles andere fürs Festland dabei hatte.

Mit leerem Koffer, vollem Rucksack und grummelndem Magen lief sie auf Umwegen zur Polizeistation, so dass Fräulein Mencke genügend Möglichkeiten für große und kleine Geschäfte blieb.

Anne Berger, die eigentlich in der Zentrale sitzen sollte, klapperte in der Küche mir Geschirr. Fräulein Mencke legte sich sofort auf ihre Decke im Flur und Pia ging in ihr Büro. Den leeren Koffer stellte sie an genau die gleiche Stelle unter ihren Schreibtisch, wo er gestern Abend gestanden hatte. Sie steckte die Liste mit den Adressen von Brands Arbeitskollegen ein und schrieb in Windeseile einen Zettel für Willi. Sie bat ihn, nun doch die Erkundigungen nach der mysteriösen Bianca in der Knappschaftsklinik zu übernehmen und sich nochmals mit Elli Patschek zu unterhalten.

Im Flur kam ihr Anne entgegen, die gerade noch in der Küche herumgewurschtelt hatte. Sie balancierte eine sehr volle Tasse Kaffee, die etwas überschwappte, als sie aufeinanderstießen.

»Ich fahr nach Leer und bin am frühen Abend wieder da«, sagte Pia knapp, leinte Fräulein Mencke an und marschierte los.

Anne schüttelte den Kopf und nuschelte ein kaum hörbares »Tschüss«.

Als habe die Kleinbahn nur auf Pia gewartet, schlossen sich gleich nach ihrem Eintreten die Türen und sie zuckelte los. Fräulein Mencke hatte nicht mal die Gelegenheit bekommen, Schwierigkeiten zu machen. Sie war einfach in den Zug gehüpft und saß jetzt völlig entspannt neben Pias Sitz, als sei Zugfahren das Normalste von der Welt. Vielleicht, überlegte Pia, sollte sie die Macke ihrer Hündin zukünftig immer ignorieren.

Da es noch früh und zudem Ostermontag war, saßen gerade mal fünf weitere Fahrgäste im Abteil. Pia genoss in Ruhe die vorbeifliegende Landschaft und ihr Blick heftete sich an eine Schar Wildgänse, die übers Watt flogen. Der graue Himmel zerfloss wie in einem Aquarell mit dem Horizont, und dennoch hatte Pia das Gefühl, es würde wieder ein sonniger Tag werden.

Als sie in weiter Ferne die Masten der Segelboote im Hafen sah, dachte sie wieder an Hans. Wahrscheinlich war er auf einem davon, denn er hatte mal erwähnt, sich wieder ein Segelboot angeschafft zu haben. Sie nahm sich vor, das nach ihrer Rückkehr vom Festland zu überprüfen.

Auf der Fähre tummelten sich die wenigen Gäste unter Deck. Quasi jeder lief zunächst zum Getränketresen, bestellte sich einen Kaffee und suchte sich einen geeigneten Platz, um sich dort in eine Zeitschrift oder ein Buch zu vertiefen.

Pia kaufte ein mit Käse und Tomaten belegtes Brötchen und setzte sich damit an einen Tisch, den sie ganz für sich hatte.

Sie holte die Akten von Edzard Brand aus ihrem Rucksack. Am meisten interessierte sie die Akte *Pizza & Meer*, die sie deshalb als erste aufschlug. Einige wenige Belege über Ein- und Ausgaben besah sie sich näher, konnte jedoch nichts Ungewöhnliches feststellen, außer, dass das nicht alles sein konnte. Vielleicht waren das nur die Belege, mit denen etwas nicht stimmte?

In der Steuererklärung standen alle Zahlen langweilig in kleinen Fächern und wirkten dadurch nichtssagend. Pia blätterte zum Ende, um das Jahresergebnis ablesen zu können. Sie war neugierig, was der Laden so abwarf. Die Zahl, die dort stand, war jedoch alles andere als das, was sie vermutet hatte.

»Tse, das hätte ich jetzt nicht gedacht«, flüsterte sie in sich hinein und griff zu ihrem Kaffee.

Bei der Akte von *Kutschen Bruns* ging es ihr genauso und das dünne Mäppchen der *Pension Deichblick* zeigte ein ähnliches Ergebnis.

Pia schienen die Unterlagen dennoch belanglos, eigentlich alltäglich, ja geradezu trivial und läppisch. Enttäuscht stopfte sie sie zurück in ihren Rucksack, wobei etwas im Weg zu sein schien und die Akten partout nicht nachrücken wollten. Sie schaute nach und fand eine mehrseitige Aufstellung, die zusammengeheftet und jetzt ziemlich zerknickt war.

Hier fand sie die Antworten auf ihre Fragen. Edzard Brand hatte zu den drei Unternehmen Notizen angefertigt und sein Misstrauen in Worte gefasst.

Bei *Pizza & Meer* bezweifelte er die Höhe des Umsatzes, weil wesentlich mehr Mehl bestellt worden war als dafür nötig. Nach seinen Berechnungen hätte man aus dem gekauften Weizenstaub erheblich mehr Pizzen backen können.

Bei *Kutschen Bruns* hatte er den Verdacht, dass die angegebene Anzahl von Fahrgästen nicht stimmte und bei der *Pension Deichblick* war der Wasserverbrauch exorbitant hoch. Daraus hatte Brand geschlossen, dass die Zimmer häufiger vermietet worden waren als deklariert.

Pia schüttelte den Kopf. Sollten diese eventuellen kleinen Betrügereien wirklich der Grund sein, warum Brand auf die Insel gekommen war? Kümmerte sich das Finanzamt immer derart intensiv um so kleine Fische? Pia hätte gerne gewusst, ob die sich bei großen Haien genauso viel Mühe gaben oder ob es Edzard Brands Kleinkariertheit zu verdanken war, dass man diese drei Unternehmen so genau unter die Lupe genommen hatte.

Die Fähre fuhr eine scharfe Linkskurve in den Hafen von Emden, und Fräulein Mencke wachte auf. Pia brachte ihr Geschirr zurück zum Tresen und folgte der Hündin zum

Ausgang. Es war halb acht und die Sonne kämpfte sich durch das Morgengrau in den Tag.

Im Hafen war nicht viel los, dennoch roch es nach Industrie und Maschinenöl.

Pia entschied sich für einen kleinen Hyundai als Mietwagen, der ihr beim letzten Mal gut gefallen hatte. Fräulein Mencke saß auf dem Beifahrersitz und genoss die Fahrt, während Pia das gestrige Gespräch mit Tante Lotte noch mal durch den Kopf ging. Sie hatte sozusagen versprochen, Marten über ihre Gefühle in Kenntnis zu setzen. Gestern war ihr das leicht und selbstverständlich erschienen, doch heute schwand ihr Mut mit jedem Kilometer, dem sie sich der Polizeistation Leer näherte.

Vielleicht hat er ja gar keinen Dienst, beruhigte sie sich, und wenn er doch da ist, muss ich ja nicht unbedingt heute mit ihm reden. Sie versuchte zu entspannen, doch Fräulein Mencke sah sie an, als wolle sie sagen: Feigling!

Pia ignorierte das und schoss ihre ambitionierten Pläne vom Vorabend in den Wind. Schließlich war sie ziemlich betrunken gewesen und unter Alkoholeinfluss hatten Versprechen keinerlei Bedeutung. Basta. Sie wollte sich nicht länger verrückt machen, sondern sich auf den toten Edzard Brand konzentrieren, beziehungsweise auf die bevorstehende Unterhaltung mit dessen Kollegen und seinem Bruder Conrad.

Auf dem Parkplatz der Polizei Leer standen wie immer viele Autos, doch Pia fiel nur ein Vehikel auf: das von Marten. Mist, dachte sie und atmete zweimal tief durch, bevor sie ausstieg und sich in die Höhle des Löwen begab.

Fräulein Mencke trippelte ebenso unsicher auf das Gebäude zu wie Pia selbst und wurde fast von der selbstschließenden Tür zerquetscht.

Im Besprechungszimmer trafen sie auf Chef Heiko Voß, den Kollegen Hermann Battermann und – wie konnte es anders sein – auf Marten Tielemann. Gut daran war, dass sie nicht mit Marten alleine im Raum war und noch besser, dass sich erst einmal alle auf Fräulein Mencke stürzten.

Die Leeraner Kollegen hatten einen Narren an der Hündin gefressen und buhlten regelrecht um ihre Aufmerksamkeit. Fräulein Mencke genoss das und begrüßte alle der Reihe nach, ohne Rücksicht auf Dienstgrade oder menschliche Rangordnungen.

Dieses Tohuwabohu beruhigte Pia und als die Kollegen sich ihr zuwandten, lächelte sie und schüttelte jedem die Hand – auch Marten, dessen Griff ihr wie immer durch Mark und Bein ging. Seinem Blick wich sie aus und setzte sich neben den bulligen Hermann Battermann, in der Hoffnung, dass dessen körperliche Größe und Präsenz sie abschirmte.

Battermann war eine Art Bodybuilder, der sehr auf seinen gestählten Körper achtete. Vielleicht diente ihm seine Muskelmasse dazu, vom vernarbten Pockengesicht abzulenken. Die vielen Dellen und Unebenheiten seiner Haut wirkten wie ein vom Sturm aufgewühltes Meer, und wenn er böse guckte, hatte man Angst, ein Orkan könne über einen hereinbrechen.

Doch Hermann Battermann guckte nur in Notfällen böse. Er lachte gerne und seine blauen Augen waren sanft wie ein ruhiger See. Harte Schale, weicher Kern – das traf auf Battermann absolut zu.

Heiko Voß schenkte Tee ein und kam gleich zur Sache. Er wollte alles über den Gehängten auf Borkum wissen und Pia berichtete in allen Einzelheiten.

Die drei Männer nickten und griffen synchron zu ihren Teetassen. Sie schienen zu überlegen.

»Warum hat man ihn wohl an den Füßen aufgehängt?«, wunderte sich Hermann Battermann, der als Erster seine Tasse absetzte und Voß ließ wissen, dass er so was in seiner ganzen Laufbahn noch nie erlebt habe.

Marten meinte: »Vielleicht war es einfacher, oder der Täter hatte Skrupel, die Schlinge um den Hals des Toten zu legen. Das würde dafür sprechen, dass es sich vielleicht um eine

Täterin handelt. Frauen gehen manchmal seltsame Wege.« Er stützte seine Ellenbogen auf den Tisch und beugte sich vor, um Pia anzusehen.

Frauen gehen manchmal seltsame Wege? War das eine Anspielung? Pia wurde hibbelig. Sie lehnte sich an die Stuhllehne, so dass Marten aus ihrem Blickfeld verschwand.

»Ehrlich gesagt traue ich einer Frau den Mord nicht zu – jedenfalls keiner einzelnen«, sagte sie. »Ein Kollege hat zum Thema ›Erhängen an den Füßen‹ bereits das Internet durchforstet, aber nur rausbekommen, dass so etwas früher eine Strafe für Juden war.« Das Bild des Erhängten und des armen Hundes tauchte vor ihrem Auge auf und sie schüttelte den Kopf, um es loszuwerden.

Battermann schien ganz aus dem Häuschen zu sein. »Ist Brand denn ein Jude?«

»Weiß ich nicht«, nuschelte Pia beiläufig und hievte ihren Rucksack auf den Schoß. Sie hielt diese Vorstellung für ziemlich abwegig, holte die Liste mit Brands Kollegen vom Finanzamt raus und wollte das Thema wechseln.

Doch Battermann meinte: »Hallo ...?! Borkum war schon lange vor dem Krieg eine Hochburg des Antisemitismus. Die Hotels dort haben doch als Erste die Schilder aufgehängt *Juden und Hunde dürfen hier nicht rein*. Die wollten absolut keine Juden auf ihrer Insel haben!« Er regte sich sichtlich auf, und weil alle ihn nur erstaunt ansahen, sprach er weiter: »Lange bevor Hitler an die Macht kam, haben die das Borkumlied schon umgedichtet und die Kurkapelle hat jeden Abend gesungen: *Wer dir naht mit platten Füßen, mit Nasen krumm und Haaren kraus, der soll nicht deinen Strand genießen, der muss hinaus, der muss hinaus! Borkum, der Nordsee schönste Zier, bleib du von Juden rein, lass Rosenthal und Levinsohn in Norderney allein.*«

»Ach du Scheiße«, entwich es Voß. »Du glaubst aber nicht ernsthaft, dass das jetzt wieder anfängt, oder?«

Battermann atmete tief durch. »Ich hoffe nicht.« Er wandte sich an Pia. »Aber du solltest das nicht außer Acht lassen und überprüfen, ob Edzard Brand ein Jude war oder jüdische Vorfahren hatte.«

Sie nickte und wollte was sagen, aber Marten kam ihr zuvor: »Ich hab zu Hause Tarot-Karten und da gibt es eine, die einen an den Füßen Gehängten zeigt. Das hat aber nichts mit Juden zu tun. Die Karte bedeutet, dass man ein Opfer bringen muss und danach eine große Veränderung eintritt. Beziehungsweise, das Leben erst mal auf den Kopf gestellt werden muss, bevor man es durchblicken kann.«

Laut scheppernd ließ Voß seine Teetasse auf den Teller fallen. »Jetzt reicht es aber! Das geht mir wirklich zu weit. Wir sind Polizisten und keine Hellseher oder Kartenleger.« Böse blickte er in die Runde und zeigte dann auf Pia. »Du sprichst gleich erst mal mit Conrad Brand. Und die Spusi sollte sich das Haus auch noch ansehen.«

Pia hob die Liste vom Tisch und hielt sie wie ein wichtiges Beweisstück in die Höhe. »Kennt jemand von euch diese Finanzbeamten?«, fragte sie und las die Namen der direkten Kollegen von Edzard Brand vor: »Gundula Schirmer, Thomas Arends und Talea de Buhr? Alle wohnhaft in Leer.«

Kopfschütteln.

»Ich werde denen gleich mal einen Besuch abstatten und sie zu Brand befragen. Hab ja noch etwas Zeit vor dem Termin mit dem Bruder.«

»An Ostermontag?« Heiko Voß kratzte sich am Kopf. »Sollen wir das nicht besser auf morgen verschieben, wenn alle wieder im Büro sind? Marten könnte das machen.«

»Nein«, sagte Pia schnell, »ich möchte lieber selber mit ihnen reden und vor allem will ich sie nicht während der Arbeitszeit befragen. Nach meinen Erfahrungen spricht es sich in einem privaten Umfeld sehr viel besser.«

»Pia hat recht«, meinte Marten. »Auf einen Feiertag braucht man bei einer Mordermittlung wohl keine Rücksicht zu nehmen.«

»Okay«, lenkte Voß ein, »aber du gehst nicht alleine. Marten begleitet dich.«

»Gerne!«, platzte es aus Marten heraus.

Für Pias Geschmack klang es ein wenig zu enthusiastisch. Ihr Herz fing an zu zappeln wie ein Fisch, den man an Land geworfen hatte und sie wusste nicht, was sie dagegen tun sollte.

Fräulein Mencke:
Menschen sind nicht immer bei der Sache. Sie denken zu viel, wobei sie entweder in vergangenen Zeiten verweilen oder der Zeit so weit vorauseilen, dass sie den Überblick völlig verlieren. Das ist sehr verwirrend für uns Hunde, denn wir können ihnen dorthin nicht folgen. Wir leben einzig und allein in der Gegenwart. Für uns zählt nur das Hier und Jetzt. Zukunft und Vergangenheit sind für uns unerreichbar. Fazit: Je mehr mein Frauchen sich gedanklich von mir entfernt, desto eher werde ich von Türen zerquetscht.

17.

Um eins waren Pia und Marten mindestens so erschöpft wie Fräulein Mencke, die bei den Befragungen der Finanzamt-Kollegen einen wichtigen Teil beigesteuert hatte: Sie hatte den Part einer Seelsorgerin übernommen und tröstend ihr Fell zur Verfügung gestellt. Der gewaltsame Tod von Edzard Brand hatte jeden einzelnen auf verschiedenste Weise schockiert und die Hündin hatte instinktiv immer das Richtige getan.

Die dicke Gundula Schirmer, die einen merkwürdigen talgigen Geruch verströmt hatte, war über den Tod ihres Kollegen bis auf die Knochen erschüttert gewesen und wie ein Hefeteig in sich zusammengesackt. Sie lebte allein in einer Wohnung, die völlig überdekoriert war mit österlichem Schnickschnack.

Unter theatralischem Schluchzen hatte sie vorgegeben, Brand sei ein wunderbarer Kollege gewesen, den sie sehr wertschätzte. Erst als Fräulein Mencke sich neben sie auf das Sofa gesetzt hatte, war der Schmerz von ihr abgefallen und die Tränen versiegten.

Dann hatte Gundula Schirmer zugegeben, dass Edzard Brand ein eher introvertierter Mensch gewesen war, der nicht viel Mitgefühl gezeigt hatte, weder bei seinen Kunden noch bei den Kollegen. Er hatte sich nie an Tratschereien beteiligt und war ihr – Gundula Schirmer – vollkommen aus dem Weg gegangen, obwohl sie sich mehrfach bemüht hatte, ihn zu integrieren. Es schien sie extrem zu stören, dass sie so gut wie nichts Privates von ihm wusste, außer dass seine Mutter im letzten Jahr gestorben war.

»Er hat sich immer nur auf die Arbeit konzentriert. Wahrscheinlich war er eine Art Genie und lebte in seiner ganz eigenen Welt«, hatte sie seinen unzugänglichen Charakter und seine freudlose Haltung ihr gegenüber zu erklären versucht. Doch Pia hatte den Eindruck gehabt, sie war enttäuscht, nicht behaupten zu können, eine engere Beziehung zu Brand gehabt zu haben.

Die athletische Talea de Buhr war das krasse Gegenstück zu der pfundigen Gundula. Achtundzwanzig Jahre jung, dynamisch und strahlend vor Fröhlichkeit und Elan. Ihre kurzen blonden Haare waren wellig und ließen sie burschikos und selbstbewusst aussehen. Sie hätte viel besser hinter die Theke eines Fitnessstudios gepasst als in ein Finanzamt.

Ihr Freund, ein kräftiger, braungebrannter Typ, war ebenfalls anwesend gewesen und hatte schützend seinen Arm um sie gelegt, als Pia und Marten die traurige Nachricht überbracht hatten.

Nach dem ersten Schock, der nicht länger als dreißig Sekunden gedauert hatte, hatte er angeboten, Tee zu machen und war in die Küche verschwunden. Ersatzweise hatte Talea de Buhr sofort Fräulein Mencke auf ihren Schoß gehoben und sie mit gleichmäßigen, ruhigen Bewegungen massiert.

Sie hatte erklärte, dass sie Edzard Brand für ›krank‹ gehalten habe, wie sie es nannte. »Ich glaube, der war Autist oder so was. Völlig emotionslos und nur mit seinen Zahlen beschäftigt. Und wenn er doch mal was sagte, dann imitierte er die Verhaltensweisen anderer. Irgendwie eigenartig. Ich kann nicht sagen, dass ich ihn nicht mochte, aber er war schon sehr speziell. Ich habe ihn weitestgehend ignoriert, aber Gundula hat sich sehr um ihn bemüht. Allerdings erfolglos. Und Thomas, der hat sich nur über ihn aufgeregt«, hatte sie preisgegeben.

Thomas Arends war achtundvierzig, passte nach Pias Ansicht im Gegensatz zu Talea de Buhr sehr gut in ein Finanzamt und hatte bei Marten und ihr einen sonderbaren Eindruck hinterlassen. Seine arrogante Art hatte irgendwie verschlagen gewirkt, als habe er etwas zu verbergen. Sein schütteres Haar war bereits grau, vor allem aber fettig und ungepflegt. Der Schnitt war völlig aus der Fasson geraten, genau wie der dunkle Trainingsanzug, den er getragen hatte.

Die Wohnung war dekofrei und es war unschwer zu erkennen gewesen, dass eine Frau im Hause fehlte. Als Thomas Arends erwähnt hatte, er sei geschieden, konnte Pia sich kaum vorstellen, dass es mal eine Frau gegeben haben sollte, die sich in so einen Mann verliebt hatte. Sie hatte sich regelrecht abgestoßen gefühlt und war froh gewesen, dass Marten die Befragung übernommen hatte.

Dass sein Kollege Edzard Brand ermordet worden war, hatte Thomas Arends schweigend zur Kenntnis genommen. Er hatte lediglich nervös auf seiner Unterlippe herumgeknibbelt und von einem zum anderen geschaut. Erst als Fräulein

Mencke ihre Vorderpfote auf sein Knie gelegt hatte, war er aus seiner Trance erwacht und hatte die Hündin gestreichelt – hingebungsvoller als erwartet. Das hatte ihn fast sympathisch wirken lassen, bis er angefangen hatte, über Edzard Brand herzuzuziehen, den er als lästig, schwierig und überflüssig beschrieb.

Er hatte keinen Hehl daraus gemacht, dass er ihn nicht hatte leiden können, hatte aber versichert, dass Brand solch einen Tod natürlich nicht verdient habe und es ihm wirklich leid täte.

Kurzum: Alle drei Kollegen waren ahnungsloser gewesen als gewünscht. Keiner von ihnen hatte etwas von Brands Reise nach Borkum gewusst oder mitbekommen, dass Brand sich für eine Frau interessiert hatte.

Der Vorteil dieser anstrengenden Unterhaltungen war gewesen, dass Pia die Anspannung verloren hatte, die sie sonst in Martens Gegenwart empfand. Inzwischen konnte sie völlig gelassen neben ihm hergehen.

Die Fußgängerzone war menschenleer, der Himmel strahlend blau und Fräulein Mencke trottete hechelnd vorweg. Pia und Marten schlenderten hinterdrein.

»Wenn Fräulein Mencke nicht gewesen wäre, wär es bestimmt nicht so gut gelaufen«, unterbrach Marten die wunderbare Stille.

»Ja, sie ist wirklich ein toller Hund«, gab Pia zu und heftete ihren Blick an die Hündin.

»Na ja, sie hat ja auch ein tolles Frauchen.« Marten zwinkerte ihr zu.

Pia blieb abrupt stehen. »Du, Marten, sag mal, flirtest du mit mir?«

Sie wusste nicht, woher sie den Mut genommen hatte, diese Frage zu stellen, aber jetzt war sie heraus und Pia war gewillt, endlich reinen Tisch zu machen. Egal, ob gleich jemand sein Gesicht verlieren oder sich lächerlich machen würde, sie musste endlich wissen, woran sie war.

Marten wandte sich ihr zu. »Wieso fragst du das?«

»Das ist keine Antwort, Marten. Ich will wissen, ob du was von mir willst.« Sie schaute ihm entschlossen in die Augen.

Er war offensichtlich perplex und lief sogar ein bisschen rot an. »Pia, ich weiß nicht, was ich darauf antworten soll. Wenn ich ja sage, dann krieg ich vielleicht die Antwort, dass du das nicht willst und sage ich nein, dann würde ich lügen.«

Es dauerte ein paar Sekunden, bis Pia die komplizierte Antwort verstand. Dann hörte die Welt auf, sich zu drehen. Ein eingefrorener Augenblick mitten in der sonnigen Mittagszeit.

Das Einzige, was sich bewegte, waren Martens Schultern, die sich hoben und gleich darauf wieder herabfielen. »Ich kann's auch nicht ändern«, gab er dann zu, drehte sich um und ging einfach weiter.

Pia hastete hinter ihm her und holte ihn ein, doch bevor sie etwas sagen oder tun konnte, griff er im Gehen nach ihrer Hand, so selbstverständlich, als täte er das immer.

Sie konnte sich nicht wehren, es fühlte sich einfach zu gut an. Schon waren sie im Gleichschritt. Pia wagte nicht, etwas zu verändern und genoss den Augenblick. Bis Marten plötzlich nach links in einen schmalen Gang zwischen zwei Geschäften abbog. Sie stolperte hinterdrein und fand sich in seinen Armen wieder. Ihr Herz raste, kam aus dem Takt, seine Lippen legten sich auf ihre und schon spürte sie seine suchende Zunge.

Völlig überrumpelt drückte sie ihn von sich weg. »Sag mal, spinnst du?«

Sein Atem ging schwer. Er blickte sie verklärt an und reichte ihr langsam die Hand. Eine bittende Geste, der sie sich nicht entziehen konnte. Langsam, ja zeitlupenartig, näherte sie sich ihm, um letztendlich in seinen Armen und einem langen Kuss zu versinken.

Fräulein Mencke:
Menschen sind mitunter doch nicht so hoffnungslose Wesen wie angenommen. Der Frühling hat plötzlich zugeschlagen und Instinkte in meinem Frauchen geweckt, die sie sonst geflissentlich unterdrückt. Paarungsbereit hat sie sich mit dem Rüden aus unserem heutigen Rudel an ein schattiges Plätzchen zurückgezogen und mit den typischen Vorspielen begonnen. Etwas zu lasch und freudlos, wie ich finde, aber immerhin. Ein Anfang ist gemacht.

18.

Um punkt zwei parkte Pia ihr Auto unter den riesigen Kastanien, die die Straße vor dem Haus Nummer einundsechzig von Edzard Brand in eine Allee verwandelten. Auf der Auffahrt stand kein Auto, dennoch klingelte sie zweimal, aber niemand öffnete.

Sie entschied sich für einen kurzen Spaziergang und versuchte dabei, das Haus im Auge zu behalten. Mehrfach drehte sie sich um, aber die Straße blieb menschenleer. Fräulein Mencke schnüffelte die Umgebung und jeden einzelnen Baum ab. Pia dachte an Marten.

Seit dem Geknutsche in der kleinen Gasse schwebte sie auf Wolke sieben, völlig losgelöst und glücklich. Gleichzeitig hatte sie jedoch das Gefühl, sie habe die Bodenhaftung verloren. Das gehörte zwar auf Wolke Nummer sieben dazu, dennoch empfand sie es als störend.

Pia war ein Kontrollmensch. Sie hielt die Fäden, die ihr

Leben zusammenhielten, fest in den Händen und ließ sie niemals los. Sie hätte sich als Baum beschrieben, der seine Wurzeln tief ins Erdreich streckt, um gegen die Stürme des Lebens gewappnet zu sein. Das Kribbeln in ihrem Bauch und ihr hüpfendes Herz konnte sie kaum ertragen. Was gerade noch so stark und überwältigend gewesen war, stellte sie jetzt bereits in Frage.

Wie sollte das weitergehen mit ihr und Marten? War es ihm überhaupt ernst? Oder riskierten sie beide ihren Job wegen eines Techtelmechtels?

Er hatte vorgeschlagen, sich nach Feierabend bei ihm zu Hause zu treffen – um zu reden. Aber Pia hatte ohne Zögern abgelehnt. Sie wisse nicht, wie sie eine Übernachtung auf dem Festland begründen solle, hatte sie erklärt und den Fall Brand vorgeschoben. In Wirklichkeit hatte sie Angst, völlig die Kontrolle zu verlieren.

Das Holpern von Autoreifen auf Kopfsteinpflaster riss sie aus ihren Gedanken. Sie sah einen Wagen mit Berliner Kennzeichen auf sich zukommen. Pia drehte um und folgte dem Auto, das tatsächlich auf die Auffahrt des Hauses Nummer einundsechzig fuhr.

Conrad Brand wollte gerade das Haus betreten. Er lächelte freundlich, wirkte allerdings verspannt. »Ach, dann ist das Ihr Wagen an der Straße«, stellte er fest, nachdem Pia sich vorgestellt und ihr Beileid ausgesprochen hatte.

»Ja. Darf der Hund mit rein?«

Es schien, als sei es Conrad Brand unangenehm, vielleicht hatte er sogar Angst vor Hunden. Dennoch sagte er »Natürlich« und schloss die Tür auf. Im Flur wies er in Richtung Wohnzimmer, wobei unter seinem Arm ein großer Schweißfleck auf dem schwarzen T-Shirt sichtbar wurde, das er zur ebenfalls schwarzen Jeans trug.

Vielleicht hatte er Pias Blick bemerkt, denn er sagte rasch: »Ich zieh mir schnell was anderes an. Setzen Sie sich. Ich komme gleich wieder.«

Sie nickte und betrat das große Wohnzimmer, das mit einer

breiten Schiebetür vom Esszimmer getrennt werden konnte. Sie war geöffnet, so dass ein doppelter Raum entstanden war. Die riesigen Blumenfenster gaben den Blick in den Garten frei und auf die Terrasse, auf der ein blau-weiß gestreifter Strandkorb stand. Pia musste lächeln. Ob Edzard Brand den von Borkum mitgebracht hatte?

Fräulein Mencke steuerte sofort die Terrassentür an und hechelte gegen die Scheibe, die daraufhin in Schnauzenhöhe beschlug. Pia hätte die Tür gerne für sie geöffnet, auch weil es hier drinnen sehr warm und stickig war, aber sie traute sich nicht.

Auf den Fensterbänken standen keine Blumen, sondern nur allerlei Firlefanz. Edzard Brand hatte sie zu Ablageflächen umfunktioniert und auch die Gardinen abgenommen. Pia war sich sicher, dass das zu Lebzeiten der Mutter anders gewesen war.

Dass der grelle Sonnenschein ungebremst in den Raum fiel, war nicht gerade vorteilhaft. Die Scheiben hätten längst geputzt und der Teppich auf dem Parkett gesaugt werden müssen.

Die beige Sitzgarnitur wirkte altbacken, die Lampe über dem Couchtisch plump. Der Tisch war aus dunkler Eiche, genau wie der Schrank an der Wand, dessen Fenstertüren ebenfalls matt aussahen. Die Möbel waren vielleicht mal teuer gewesen, aber inzwischen hätten sie gut ins Soziale Kaufhaus gepasst, dachte Pia. Trotzdem fand sie es nicht ungemütlich, nur ein wenig vernachlässigt.

Der angrenzende Esszimmerbereich sah ganz anders aus. In der Mitte stand ein heller Tisch mit sechs Stühlen. Das weiße Bücherregal an der Wand quoll schier über, und auf der Anrichte gegenüber lagen noch mehr Bücher, sowie ein großer Haufen Zeitungen. *Frankfurter Allgemeine*, *Süddeutsche Zeitung*, die *Welt* und natürlich die *Ostfriesen-Zeitung*. Pia war beeindruckt. Brand schien ein interessierter Mensch gewesen zu sein.

Das Schönste an diesem Raum waren jedoch die beiden

handgemalten großformatigen Bilder über der Anrichte. Pia erkannte sofort, dass sie von Nicole Wenning waren, der Malerin, die ihr Atelier an der Promenade auf Borkum hatte. Die Farben und der Stil waren unverwechselbar. Das eine Bild zeigte das Meer mit schäumenden Wellen, das andere ein buntgestreiftes Strandzelt und eine Möwe. Wennings Malereien wirkten immer leicht und fröhlich, und auch hier verströmten sie ihren besonderen Charme.

»Die hat Edzard unserer Mutter geschenkt«, sagte plötzlich Conrad Brand, den Pia gar nicht hatte zurückkommen hören. Sie drehte sich um.

»Hübsch ist es hier«, lächelte sie.

Das verschwitzte schwarze T-Shirt hatte er gegen ein identisches ausgetauscht, das jedoch ziemlich verknittert war. Die schwarze Jeans hatte er nicht gewechselt.

Conrad Brand war achtundvierzig, also drei Jahre älter als sein kleiner Bruder, und hatte wenig Ähnlichkeit mit ihm. Er war mindestens einen Kopf größer, wesentlich kräftiger und hatte ein lang wirkendes Gesicht, was an dem üppigen Kinnbart liegen mochte. Das Kopfhaar war dagegen spärlich und wurde von mächtigen Geheimratsecken verdrängt. Seine Augenbrauen hatten die Form eines V, in dessen Mitte sich eine tiefe Denkerfalte gegraben hatte, und die Nase war lang und schmal, so dass er sehr ernst aussah. Unter den Augen lagen dicke Tränensäcke.

Hässlich war Conrad Brand zwar nicht, aber an einem Schönheitswettbewerb hätte er auch nicht teilnehmen können.

Seine Stimme war angenehm tief, klang jedoch monoton. »Ich verkauf das Haus. Wenn Sie Interesse haben, sagen Sie es, dann kann ich mir eine Menge Arbeit sparen. Wollen Sie was trinken? Ein Wasser vielleicht?«

»Ja, danke.«

Im gleichen Augenblick kratzte Fräulein Mencke an der Terrassentür.

»Kann ich mir kurz den Garten ansehen?«

»Nur zu!« Brand ging in die Küche und kam sehr schnell mit zwei Gläsern Wasser zurück, von denen er Pia eines in die Hand drückte. Sie standen auf der Terrasse, nahmen gleichzeitig einen Schluck und schauten Fräulein Mencke hinterher, die durch die Beete schnüffelte.

»Nicht, dass Sie das jetzt falsch verstehen«, begann Brand nach einer kleinen Pause, »aber wie eine zugelassene Diensthunderasse sieht Ihr Hund nicht aus.«

Pia musste lachen. »Kennen Sie sich aus mit Diensthunderassen?«

Brand ging zum Strandkorb und bot ihr den Platz neben sich an. »Ich bin ja Anwalt und da hatte ich mal einen Fall, in dem es um Diensthunde ging. Es gibt sechs bevorzugte Rassen, wobei es um gute Nasenleistung, Freude beim Unterordnen und den Schutztrieb geht.« Brand zählte mit Hilfe seiner Finger auf: »Deutscher und belgischer Schäferhund, Riesenschnauzer, Rottweiler, Dobermann und Airedaleterrier.« Mit seinem Glas zeigte er auf Fräulein Mencke. »Und wenn ich mich nicht völlig irre, gehört Ihr Hund zu keiner dieser Rassen.«

»Da haben Sie recht. Fräulein Mencke ist eine Promenadenmischung. Ich hab sie aus dem Tierheim. Sie ist also nicht dienstlich hier.«

Brand lächelte traurig und wirkte irgendwie verloren. Auf Pia machte er den Eindruck, als bemühe er sich sehr, ein wenig Smalltalk zu betreiben, bevor es zum wesentlichen Gespräch kommen würde.

»Wissen Sie eigentlich, woher der Name Promenadenmischung kommt?«, fragte er.

»Nein, aber Sie hatten mal einen Fall, wo es um eine ging?«

Brand entspannte sich und lächelte sogar. »Das Wort Promenade kommt aus dem Französischen und heißt so viel wie Spaziergang. Und weil früher die Dienstmädchen die Hunde ihrer Herrschaften spazieren führten und dabei nicht immer so genau aufpassten, konnten verschiedene Rassen sich paaren. Daher nannte man diese ungewollten

Mixturen scherzhaft Promenadenmischung, also Spaziergangmischung.«

»Das ist ja ein Ding«, sagte Pia, obwohl sie gar nicht richtig zugehört hatte. Sie stellte ihr leeres Glas ab und räusperte sich. »Es kommen gleich noch zwei Kollegen von der Spurensicherung dazu«, wechselte sie das Thema.

Brand sah erschrocken auf und sein Lächeln verschwand. Er griff nach ihrem Glas und erhob sich mühsam. »Wir können in die Küche gehen, da ist es etwas kühler«, schlug er vor und lief los. »Und die Nachbarn müssen auch nicht alles mitbekommen«, sagte er etwas lauter.

Pia rief Fräulein Mencke, die sich ein schattiges Plätzchen unter einem Busch gesucht hatte, und folgte Brand in die Küche.

Hier war es tatsächlich angenehm frisch, da der Raum an der Nordseite lag und zur Straße ausgerichtet war. Pia setzte sich an den Tisch direkt vor dem Fenster. Eine weiße Gardine dämpfte das hereinfallende Licht. Es war mucksmäuschenstill. Pia kam sich vor wie die Requisite eines Stilllebens. Die taubenblau gestrichenen Wände wirkten grau und ihr Blick wurde automatisch auf den einzigen Farbklecks im Zimmer gelenkt: ein weiteres Bild von Nicole Wenning, allerdings keine Strandidylle, sondern vier bunte Krüge auf einem Regal.

Brand schenkte nochmals Wasser nach und füllte auch für Fräulein Mencke eine kleine Schüssel, die er vor die Küchenzeile stellte. Dass die Hündin eine sandige Spur mit reingebracht hatte und auch beim Trinken ziemlich rumsaute, schien ihn nicht zu stören. Er sah gar nicht hin, sondern setzte sich zu Pia an den Tisch und starrte auf das volle Glas, das er mit beiden Händen festhielt.

»Ich hatte nicht viel Kontakt zu meinem Bruder«, sagte er, ohne den Blick vom Glas abzuwenden. »Drei Jahre Altersunterschied können viel sein und weil Edzard so klein war, hat meine Mutter ihn ziemlich verhätschelt. Außerdem bin ich schon früh nach Berlin gezogen.«

Pia nickte.

Brand sah sie an. »Das heißt aber nicht, dass ich nicht trauere. Im Gegenteil – es hat mich ziemlich mitgenommen, ihn heute so zu sehen.« Er hob langsam das Glas und nahm einen kleinen Schluck, dann drehte er seinen Kopf zum Fenster. Eine ältere Frau spazierte vorbei und verschwand im Schatten der Kastanien.

Pia hatte ebenfalls das Bild des toten Edzard Brand vor Augen und versuchte, es gegen ein lebendiges auszutauschen. »Wann haben Sie Ihren Bruder denn zuletzt gesehen?«

Conrad brauchte nicht lange zu überlegen. »Bei der Beerdigung unserer Mutter.« Er blickte zu Pia. Seine Augen waren kurz vor dem Überlaufen. »Im letzten November«, sagte er mit erstickter Stimme.

»Woran ist Ihre Mutter gestorben?«

»An ihrer schwachen Lunge. Sie war fast jedes Jahr in einer Klinik auf Borkum.« Er räusperte sich. »Ist schon merkwürdig, dass mein Bruder auch auf Borkum gestorben ist.«

Das V der Augenbrauen löste sich auf, weil Conrad Brand seine Stirn in ratlose Falten zog. Dann schüttelte er den Kopf, als störe ihn ein Gedanke, den er allerdings nicht aussprach.

»Könnte es sein, dass Ihr Bruder eine Freundin auf der Insel hatte?«, probierte Pia, ihn zum Weiterreden zu bewegen.

Conrad verzog den Mund. »Das würde mich sehr wundern. Eigentlich verbrachte er seine freie Zeit immer nur mit unserer Mutter. Die beiden waren so.« Er bog seinen Mittelfinger über den Zeigefinger, um die enge Verbundenheit zu demonstrieren.

»Dann muss der Verlust für Ihren Bruder extrem schlimm gewesen sein«, stellte Pia in den Raum.

»Ja.« Conrad griff zum Glas und nahm einige kräftige Schlucke, als wolle er damit etwas hinunterspülen. Dann setzte er es ab und sagte: »Nach der Beerdigung hab ich ihn ein paarmal angerufen, weil ich mir Sorgen gemacht habe, aber er war jedes Mal ziemlich einsilbig.« Er ließ den Kopf sinken und stöhnte. »Es tut mir im Nachhinein echt leid, dass ich mich nicht mehr bemüht habe. Aber ich hatte den Eindruck, er wolle lieber in Ruhe gelassen werden. Ich glaube, er hat sich nach dem Tod unserer Mutter nur noch mit seiner Arbeit beschäftigt.« Wieder wanderte sein Blick aus dem Fenster.

»Wann haben Sie ihn denn zuletzt gesprochen?«

»Noch gar nicht so lange her.« Conrad schaute zur Decke, als hinge dort ein Kalender. »Muss Anfang März gewesen sein. Er rief mich an, was schon ungewöhnlich genug war, und er war sogar außergewöhnlich redselig. Er hatte eine Frage zu einem Fall, den er bearbeitete, doch als ich nach dem geschäftlichen Teil ins Private wechselte, blockte er gleich wieder ab. Ich weiß nicht, vielleicht lag es auch an mir.« Conrad kniff den Mund zusammen und die Barthaare am Kinn fingen an zu zittern. »Das war das letzte Mal, dass ich mit ihm gesprochen habe«, sagte er verkrampft.

Der große Mann, der ein wenig geschrumpft schien, ließ sich erschöpft gegen die Lehne seines Stuhls sinken, atmete hörbar aus und sackte noch mehr in sich zusammen.

»Was wollte er denn von Ihnen wissen?«

Kopfschüttelnd strich Conrad Brand seinen Bart glatt. »Es war ziemlich lächerlich. Er fragte, welche Beweismittel vor Gericht zugelassen sind.« Seine lange Nase gab ein fiependes Schnauben von sich. »Als sei er einem Riesenverbrechen auf der Spur, aber davon konnte nicht die Rede sein.«

»Wieso nicht?«

Mit einer missbilligenden Handbewegung in Pias Richtung erklärte er: »Weil es sich um ein klitzekleines Unternehmen handelte, das ohnehin ums Überleben kämpft.«

»Um welche Firma ging es denn?«, fragte Pia so belanglos wie möglich, aber Conrad Brand fiel nicht darauf rein. Er sah sie mit fest verschlossenem Mund und gekräuselter Stirn an.

»Das werde ich Ihnen nicht sagen. Ich nehme meine Schweigepflicht sehr ernst. Da müssen Sie schon beim Finanzamt nachfragen.«

Pia sah ihm tief in die Augen. »Ich habe Unterlagen von einigen Borkumer Firmen im Gepäck Ihres Bruders gefunden.«

»Tja, dann wissen Sie ja, für wen er sich interessierte.« Er stand auf, als sei ihm das Thema gleichgültig, und öffnete nacheinander ein paar Küchenschranktüren. Hinter der dritten fand er, was er gesucht hatte und riss eine laut knisternde Verpackung auf. Fräulein Mencke hob interessiert ihren Kopf. »Aber deswegen ist er bestimmt nicht nach Borkum gereist.«

Die Kekse stellte Brand vor Pia auf den Tisch, steckte sich selber einen in den Mund und nahm wieder Platz. Mit vollem Mund nuschelte er: »Mein Bruder scheute unangenehme Kontakte. Er war eher ein ängstlicher Typ.«

Als Pia ebenfalls einen Keks nahm, stand Brand nochmals auf. Diesmal ging er ins Wohnzimmer. Sie nutzte die Gelegenheit und steckte einen Keks in Fräulein Menckes Maul. Seit dem Knistergeräusch hatte die quasi auf ihren Füßen gesessen. »Jetzt aber Platz!«, befahl sie im Flüsterton und die Hündin verzog sich, als Brand wieder hereinkam.

»Hier«, er schob die Gläser und die Kekse zur Seite und legte ein Fotoalbum auf den Tisch. »Er hat jedes Jahr meine Mutter nach Borkum begleitet. Ich glaube, deshalb ist er hingefahren.« Brand blätterte hektisch die Seiten um.

»Wonach suchen Sie denn?«

»Vielleicht existiert ja ein Bild, auf dem doch eine Freundin drauf ist.« Seine euphorische Aufregung verflog so schnell, wie sie gekommen war. Er fand kein einziges Foto, das auch nur ansatzweise auf eine Freundin hingedeutet hätte. Die meisten Aufnahmen zeigten Landschaften, Sonnenuntergänge, den Strand, die Promenade, Blumen und natürlich die Mutter. Nach deren Tod im letzten Herbst waren keine Bilder dazugekommen.

»Ich weiß aber, dass er Weihnachten noch mal nach Borkum gefahren ist. Ich hatte ihn über die Feiertage nach Berlin eingeladen, weil er mir so einsam vorkam, aber er wollte lieber nach Borkum reisen – zum Gedenken an Mama, hat er gesagt.«

Pia blätterte zurück. Ihr war da gerade etwas Interessantes

ins Auge gefallen. Sie tippte auf ein Gruppenfoto. »Was ist das?«

Brands langes Gesicht beugte sich über das Bild. »Scheint im Foyer der Klinik aufgenommen worden zu sein. Das in der Mitte ist meine Mutter. Und hier ist Edzard.« Er tippte auf die beiden Personen. »Die anderen kenn ich nicht. Aber es scheint das Personal der Klinik zu sein. Vielleicht ein Abschiedsbild?«

Beide lasen den Text darunter: *Hier ist man in den allerbesten Händen.*

»Von wann ist das?« Pia suchte nach einem Datum.

Brand blätterte eine Seite zurück. »Vom April letzten Jahres.«

»Kann ich es mitnehmen?«

Er riss das Bild aus dem Album und besah es lange, bevor er es Pia reichte.

»Sie bekommen es später wieder«, versicherte sie und steckte es in ihr Notizbüchlein.

Brand wirkte so erschöpft, als habe er mit dem Foto seine letzte Kraft weggegeben. Unglücklich ließ er das Album zufallen und schob es zur Seite. Seine Hände plumpsten schwer auf seine Oberschenkel, wo die eine Hand die andere suchte. »Hat mein Bruder sehr leiden müssen, bevor er starb?«

Diese Frage hatte Pia längst erwartet und war trotzdem überrascht. »Nein«, sagte sie mit ruhiger, aber fester Stimme und legte eine Hand auf Conrads Unterarm. »Denken Sie nicht darüber nach.«

»Aber ich will wissen, was genau passiert ist«, klagte er und fing an, nervös mit dem rechten Bein zu wippen.

Pia zog die Hand weg. »Es hat allem Anschein nach einen kurzen Kampf in den Dünen gegeben und dann hat man ihn ans Große Kaap gehängt.«

Conrad Brand war sichtlich schockiert. »Man hat ihn aufgehängt? Wieso das denn?«

»Das wissen wir noch nicht, aber ich kann Ihnen versichern, dass er das nicht mehr erlebt hat. Zu dem Zeitpunkt war er bereits tot.«

Sein Bein wippte immer schneller. Sein Rücken verlor an Spannung und der Kopf knickte schwer auf die Brust.

Pia stand auf und füllte nochmals sein Glas mit Leitungswasser. Sie stellte es vor ihm ab. »Hier«, flüsterte sie und wollte sich gerade setzen, als sie den Wagen ihrer Kollegen vorfahren sah. »Ich lass eben meine Kollegen rein. Die sehen sich hier kurz um. Ist das okay für Sie?«

Brand nickte und griff zum Wasser. Pia schloss die Küchentür hinter sich, damit Fräulein Mencke ihr nicht folgen konnte.

Als sie zurückkam, saß die Hündin direkt hinter der Tür und sprang erschrocken zur Seite.

Brand bewegte sich nicht. Das Glas war leer und sein Bein hatte mit dem Gewackel aufgehört. Er war wie versteinert, starrte mit leerem Blick aus dem Fenster und schien weder Pia noch Fräulein Mencke wahrzunehmen, die sich vor die Tür plumpsen ließ.

Pia setzte sich. Die Stille im Raum war noch bedrückender geworden, nur das Ticken der Küchenuhr war zu hören und das leise Hecheln von Fräulein Mencke.

Lange Zeit sagte niemand etwas. Brand schien tief in Gedanken versunken, nur sein Bart zuckte ein paarmal, wenn er sich auf die Unterlippe biss.

Irgendwann holte Pia eine Visitenkarte heraus und schob sie vor ihn. »Ich lege Ihnen hier meine Telefonnummer hin, für den Fall, dass Ihnen später noch etwas einfällt, was wichtig sein könnte. Ich bin rund um die Uhr erreichbar.«

Er reagierte nicht. Pia wartete kurz und wollte dann wissen: »Herr Brand, gehörte Ihr Bruder einer besonderen Glaubensgruppe an?«

Der Kopf drehte sich ihr zu. Er schien die Frage nicht einordnen zu können und guckte entsprechend. »Nicht, dass ich wüsste. Wir sind evangelisch. Wieso?«

Pia schüttelte den Kopf, als könne sie damit die Frage ungeschehen machen. »Dann wird Ihr Bruder auf dem evangelischen Friedhof beigesetzt?«

Das V fraß sich tief in die Stirn von Conrad Brand, was ihn extrem böse aussehen ließ, doch seine Stimme war genauso monoton wie am Anfang ihres Besuches. »Natürlich. Neben unserer Mutter. Ich denke, das hätte er so gewollt.«

»Ja, wahrscheinlich«, nickte sie und trank den Rest ihres Wassers aus. »Nur noch eine Frage: Hatte Ihr Bruder ein Handy? Wir haben nämlich keines bei ihm gefunden.«

»Weiß ich nicht. Ich hab ihn immer auf dem Hausanschluss angerufen.« Brand wandte sich wieder dem Fenster zu, doch seine Haltung änderte sich. Er setzte sich gerader hin, als sehe er draußen etwas Interessantes, drehte seinen Kopf zurück und sagte mit lebhaftem Blick: »Aber jetzt, wo Sie fragen … Er hat sich mal erkundigt, was ich für ein Handy habe und ob ich damit zufrieden bin. Vielleicht hat er sich ja doch eins gekauft. Das würde dafür sprechen, dass er eventuell tatsächlich eine Freundin hatte. Wenn man verliebt ist, schreibt man sich doch SMS und ist ständig in Kontakt.«

Aufgeregt sprang er auf. »Ich guck mal, ob es einen Handy-Vertrag gibt.«

Pia hielt ihn fest. »Das machen die Kollegen schon«, sagte sie schnell.

Er blieb stehen. »So ein Handy kann man doch orten. Wenn der Mörder es behalten hat, könnte man ihn doch ruckzuck finden.«

»Ja, das ist auch unser Plan.«

Es klopfte an der Küchentür und gleich darauf schaute ein Gesicht herein. »Wir sind dann so weit. Können wir noch kurz die Küche inspizieren?«

Pia nickte, Fräulein Mencke wedelte und die Kollegen kamen herein. Brand drängelte sich an ihnen vorbei und ging schnellen Schrittes ins Wohnzimmer. Pia und die Hündin folgten.

»Wenn es so was wie einen Handy-Vertrag gibt, dann muss er hier drin sein.« Brand zog eine Schublade des Eichenschrankes auf. Sie war leer. »Wo sind denn die ganzen Papiere?«

»Die haben meine Kollegen sicherlich eingesteckt. Sie bekommen sie wieder, sobald wir mit den Untersuchungen fertig sind.«

Enttäuscht schloss er die Schublade wieder. »Ach so.«

Die Durchsuchung der Küche dauerte lediglich ein paar Minuten und die Kollegen verließen das Haus.

Wortlos gaben sich Conrad und Pia die Hand. Sein Griff war kraft- und mutlos und ihr tat es leid, ihn so zurücklassen zu müssen.

Fräulein Mencke:
Die Stimmung ist im Arsch.

19.

Nach ihrem Besuch bei Conrad Brand blieb Pia keine Zeit mehr, nochmals in der Polizeistation Leer vorbeizuschauen. Es war bereits vier und um viertel vor fünf ging der letzte Katamaran, den sie unbedingt erwischen musste.

Sie fuhr viel zu schnell die Deichstraße nach Emden entlang und hoffte, dass sie nicht geblitzt würde. Ihre Hände umkrampften den Lenker und sie starrte auf die Fahrbahn, so dass ihr die Augen wehtaten. Wie auf einer Flucht kam sie sich vor. Mit Ach und Krach schaffte sie es in letzter Sekunde, die Fähre zu betreten.

Erst als sie in einem der gemütlichen Sitze saß, fiel alles

von ihr ab und sie fühlte sich leer und müde. Ihr Adrenalin schien vollends aufgebraucht, ihre Energie gleich null und Fräulein Mencke wirkte genauso erschöpft.

Pia stierte aus dem Fenster auf die Wogen und Wellen des Meeres, bis ihre Augenlider sich im gleichen Rhythmus senkten und hoben. Letztendlich schlossen sie sich und sie schaukelte durch ihre eigene Dunkelheit in einen tiefen Schlaf.

Erst die *Tatort*-Melodie und das Vibrieren ihres Handys katapultierten sie aus einem Traum, in dem der traurige Conrad sie vorwurfsvoll angestarrt hatte, als trüge sie persönlich die Schuld daran, dass sein kleiner Bruder ans Große Kaap gehängt worden war. Marten, der als eine Art Tröster aufgetreten war, hatte sie fest in die Arme genommen, doch das hatte sie merkwürdigerweise kein bisschen beruhigt.

Aufgeregt wischte sie über das Display.

Willi war dran. »Pia? Wo bist du?« Sie wusste sofort, dass er sauer war. Wahrscheinlich, weil sie ihn nicht mitgenommen hatte. »Heiter flippt hier gerade aus. Wann kannst du hier sein?«

Sie sah auf ihre Uhr – es war kurz nach halb sechs – und dann aus dem Fenster. »Bin gleich da. Kann Borkum schon sehen. Aber warum flippt er denn aus?«

Willi atmete hörbar. Seine Stimme beruhigte sich etwas, doch sie klang immer noch verärgert. »Ach, wahrscheinlich wegen der ganzen Presseanfragen. Hier bimmelt ständig das Telefon und nebenbei herrscht der allgemeine Inselwahnsinn. In der letzten Nacht wurden mehrere Gullideckel in der Deichstraße ausgehoben und in die anliegenden Gärten geworfen, beim Abreisetrubel gab es dann drei Verkehrsunfälle mit leicht Verletzten, wobei wir auch auf einen Fahrer unter Drogeneinfluss gestoßen sind, und am Strand geisterte ein Typ mit 3,8 Promille rum, der nach seinem Hund suchte, den wir aus Seenot retten mussten.«

»Ach du Scheiße«, entfuhr es Pia.

»Ja, das kannst du laut sagen. Und wie ist es bei dir gelaufen?«

»Auch nicht so toll, aber das erzähl ich dir gleich. Der Katamaran legt in zehn Minuten an. Bin um viertel vor sechs da.«

»Ich hol dich ab«, hörte Pia noch. Es machte Klick und die Verbindung war beendet. Sie fühlte sich beschissen, kramte ihre Sachen zusammen und ging Richtung Ausgang.

Fräulein Mencke war die Erste, die von Bord sprang. Sie rannte direkt an Willi vorbei zum gegenüberliegenden Grünstreifen und pischerte ins Gras, bevor sie ihn begrüßte.

Willi war zwar nett zur Hündin, hielt ihr die Autotür auf und lud auch Pias Gepäck in den Kofferraum, aber er wirkte immer noch angespannt. »Hättest mich ruhig fragen können, ob ich mitkommen will«, sagte er vorwurfsvoll, als er den Wagen startete. »Es war wirklich kein schöner Tag hier auf der Insel und Heiter macht es mit seiner Hektik auch nicht besser.«

Pia stöhnte. »Tut mir leid, Willi, aber die Kollegen aus Leer haben mich unterstützt. Da hab ich es als überflüssig angesehen, dich mitzunehmen und ehrlich gesagt will ich keinesfalls, dass Heiter den Eindruck bekommt, wir bräuchten Verstärkung vom Festland.«

Willi fuhr viel zu schnell die Reedestraße hoch. Pia versuchte ihn zu beruhigen. »Na ja, nun sind die Feiertage vorbei. Da wird sicher Ruhe einkehren. Und Heiter soll sich lieber eine Schachtel Zigaretten kaufen und wieder runterkommen. Hast du denn inzwischen mit Frau Patschek und dieser Bianca gesprochen?«

»Ja, hab ich gemacht.«

»Und?«

Willi seufzte. »Frau Patschek geht es etwas besser, aber sie war sehr verschlossen. Ich hab ihr auch das Bild von Edzard Brand gezeigt, aber sie sagte, sie habe ihn noch nie gesehen. Und über die Pflegerin Bianca Diekmann wollte sie gar nichts sagen. Sie meinte, ich soll selber mit ihr sprechen.«

»Und? Hast du?«

»Ja, in ihrer Frühstückspause. Sie kannte Edzard Brands

Mutter, die als Patientin öfter in der Knappschaftsklinik war. Und als ich ihr das Foto von Edzard Brand gezeigt habe, hat sie sofort angefangen zu weinen. Sie meinte, er habe ihr so unendlich leid getan, als seine Mutter gestorben sei.«

Willi sah kurz zu ihr rüber und verlangsamte in der Stadt das Tempo.

»Sie kannte Edzard also. Hat sie ihn in der letzten Zeit gesehen?«

»Das hab ich auch gefragt und sie hat es verneint. Aber sie konnte mir ein Foto zeigen. Es hing mit vielen anderen in ihrem Spind. Ein Gruppenbild mit ein paar Kollegen der Klinik und Edzard mit seiner Mutter. Muss im letzten Frühjahr aufgenommen worden sein.«

Pia zog das Foto heraus, das sie aus Leer mitgebracht hatte. »Meinst du dieses?« Sie hielt es Willi vor die Nase, doch er konnte nicht hinsehen, weil er gerade auf den Parkplatz hinter der Polizeistation abbog.

Als er den Motor ausgeschaltet hatte, griff er danach. »Ja, genau, das ist es. Und das da ist Bianca Diekmann.« Er tippte mit dem Finger auf die kleinste Person vorne rechts im Bild und lächelte versonnen. »Ein ziemlich scheues Wesen, zerbrechlich und dünn. Wie ein Reh. Solche Frauen wecken in jedem Mann sofort den Beschützerinstinkt.«

»Aha. In dir auch?«

»Irgendwie schon.« Er grinste und beide schauten wieder auf das Foto in seiner Hand.

Bianca Diekmann war anzusehen, dass sie nicht gerne in der ersten Reihe stand. Sie sah wie eine schüchterne Schülerin aus, deren Versetzung gefährdet ist. Ihre langen, glatten, allerdings auch sehr dünnen Haare umrahmten kastanienbraun ihr schmales Gesicht, aus dessen Mitte dunkle Augenbrauen hervorstachen. Die Nase war winzig, der Mund schmal und bemüht, zu lächeln. Den Kopf hielt sie geneigt, so dass die Rehaugen noch größer wirkten.

»Ich verstehe euch Männer nicht«, sagte Pia. »Ich finde die Frau eher unscheinbar. Wie alt ist sie?«

»Zweiundvierzig. Wirkt aber wesentlich jünger.«

»Verheiratet?«

»Nein, sie sagte, sie habe einen guten Freund und das reiche ihr. Und bevor du fragst: Zur Tatzeit lag sie im Bett und hat geschlafen – allein, weil sie am nächsten Morgen Frühdienst hatte.« Er gab Pia das Foto zurück.

»Wie heißt denn der gute Freund?«

Willi machte ein dummes Gesicht. »Hab ich nicht gefragt.«

Pia schüttelte den Kopf. Fräulein Mencke stand auf und drängelte sich vom hinteren Sitz aus nach vorne, als wolle sie daran erinnern, dass es Zeit war, auszusteigen. Willi zog den Schlüssel aus dem Zündschloss und schnallte sich ab.

»Fällt dir sonst nichts an ihr auf – abgesehen von den schönen Augen?« Sie hielt ihm das Foto nochmals entgegen.

Er starrte auf Bianca Diekmann. »Okay, du hast recht, sie ist zu dünn – ein bisschen wie Schneewittchen, kein Mors und keine Tittchen, aber ich finde sie trotzdem süß.« Er öffnete die Autotür.

»Willi, ich meine nicht die Figur. Guck doch mal genau hin. Mir ist es gleich aufgefallen.«

Willi schloss die Tür wieder und legte seine Stirn in Falten. »Meinst du die Klamotten?«

»Nein.«

Er schüttelte den Kopf. »Mir fällt nichts auf und ehrlich gesagt hab ich auch keinen Bock auf Ratespiele. Sag doch, was du meinst.«

Pia tippte auf die Hände von Bianca Diekmann, die in Schamhöhe übereinandergelegt waren. »Hier. Erkennst du das denn nicht?«

Willis Mund öffnete sich erstaunt. »Das hab ich für eine Armbanduhr gehalten«, stotterte er.

Fräulein Mencke:
Was ist bloß los? Das Auto fährt nicht mehr, aber keiner steigt aus, obwohl ich rieche, dass wir zu Hause sind. Mein Bauch knurrt, und wenn nicht gleich was passiert, knurr ich mal richtig. Ich bell jetzt bis drei.

20.

Pias Augen schmerzten. Sie schlenderte mit Fräulein Mencke am Strand entlang und starrte immer wieder über die dunkle Nordsee in die Nacht. Ab und zu blinkten von vorbeifahrenden Schiffen ein paar Lichter am Horizont auf. Die Wellen rauschten monoton.

Es war schon nach zehn, der Strand menschenleer und es wurde langsam kalt. Sie hatte sich nach diesem anstrengenden Tag nach Ruhe und ein paar Sternen am Himmel gesehnt.

Als ihr Handy einen Pfeifton anstimmte, statt das *Tatort*-Intro zu spielen, stolperte Pias Herz aus seinem eigenen Wellentakt und überschlug sich. Das Display leuchtete viel zu grell und sie war drauf und dran, das Handy sofort wieder in ihre Jackentasche zu stecken, doch es war eine weitere SMS von Marten. Zu erkennen an dem hinterlegten Foto, das in diesem Fall einen traurig dreinschauenden Hund zeigte. Es war bereits seine vierte Nachricht, und sie wusste, dass sie ihn nicht ewig ignorieren konnte.

Melde Dich – BITTE!!!! war zu lesen, und so drückte sie spontan auf den kleinen grünen Hörer. Es klingelte nur einmal, dann meldete sich Marten. »Hey«, hauchte er, »ich mach mir Sorgen.«

Ein Schauer fegte über Pias Rücken hinweg. Als seien die winzigen Härchen auf ihrem Körper plötzlich Federn, die sich bereitmachten für einen Flug. Alles spannte sich und richtete sich auf. Gleichzeitig verloren ihre Beine an Kraft, als wüssten sie vom Fliegen und könnten mal abschalten und sich hängen lassen.

Sie ließ sich in den kalten Sand plumpsen, was dafür sorgte, dass Fräulein Mencke angesprungen kam, sich auf sie stürzte und ihr durchs Gesicht schleckte. »Hey, hör mal auf«, rief Pia verzweifelt.

»Das kannst du vergessen!«, lachte Marten. »Wo bist du?«

»Am Strand.« Sie stand wieder auf und klopfte sich den feuchten Sand vom Hintern. »Fräulein Mencke springt mich andauernd an.«

»Oh, das würde ich jetzt auch gerne machen – am Strand, im Sand ...« Wieder dieses Hauchen.

Pia verdrehte die Augen und sah in die Sterne, die gar nicht mehr so hell leuchteten wie vorhin.

Fräulein Mencke bellte. Pia hob die Hand und tat so, als werfe sie etwas in hohem Bogen in die Ferne, woraufhin die Hündin davonjagte. Am liebsten hätte sie ihr Handy gleich hinterhergeschmissen. »Marten«, fing sie an, »ich hab im Moment den Kopf nicht frei, aber ...«

Sein Lachen unterbrach sie. »Geht mir genauso. Ist schon ganz schön irre, was gerade passiert.«

Pia verstand nicht. »Wieso, was ist denn los?«

Wieder ein Lachen. »Na, das mit uns. Das ist doch kaum zu glauben, oder? Wenn du nicht den ersten Schritt gemacht hättest, wäre das alles nicht passiert. Ich hätte mich nie getraut, dir meine Liebe zu gestehen. Ich war mir nicht mal sicher, ob du auch so fühlst wie ich.«

Pia ging das alles zu schnell und es gefiel ihr überhaupt nicht, dass Marten sie als treibende Kraft sah. Es verletzte sie sogar. Bis eben hatte sie das ganz anders gesehen.

»Aha«, sagte sie und wunderte sich selber, wie gemein drei Buchstaben klingen konnten.

Stille. Meeresrauschen. Ein Bellen in der Dunkelheit.

Pia setzte sich in Bewegung und stapfte Fräulein Mencke hinterher, die nicht mehr zu sehen war. »Hör mir mal zu, Marten. Ich war nicht diejenige, die dich zwischen die Häuser gezogen und mit wildem Geknutsche angefangen hat. Ich ...«

Wieder unterbrach er sie, allerdings lachte er nicht mehr. »Pia, nun mach doch nicht alles gleich wieder kaputt. Es ist doch alles gut, oder?«

Verzweiflung. Verzweiflung war das Einzige, was Pia seinen Worten entnahm. Und ein Betteln nach Friede, Freude, Eierkuchen. Doch sie befand sich in Frust, Murks und Mördersuchen, von Eierkuchen keine Spur. Im Gegenteil – ein einziger Eiertanz war das, in dem sie mehr und mehr ihr Gleichgewicht verlor.

»Pia? Bist du noch da?« Noch mehr Verzweiflung.

»Ja«, stöhnte sie. »Tut mir leid. Aber hier herrscht im Moment das absolute Chaos.«

»Was ist denn?« Marten klang jetzt besorgt. Die Hauchstimme war weg. Sie konnte förmlich die Falten sehen, die sich auf seiner Stirn bildeten. Wie kleine Rinnen im Watt, die blieben, wenn das Meer sich zurückzog. Sie hätte sich auch gerne zurückgezogen, aber sie konnte ihn nicht zurücklassen mit all den traurigen Rinnen. Am liebsten hätte sie geheult und sich in seine Arme gestürzt.

Und als habe Marten diesen Wunsch gespürte, sagte er: »Ich liebe dich, Pia Seemann.«

Eine riesige Welle überschlug sich. Pia war mittendrin. Sie konnte nicht mehr atmen. Kämpfte gegen die innere Flut, die aus ihr herauszuströmen drohte. Sie musste jetzt einen anderen Ton anschlagen, sonst würde sie mit Mann und Maus untergehen.

»Marten, ich habe hier echt gerade die Kacke am Dampfen«, sagte sie und fand die Worte für ihre beschissene Situation ziemlich passend.

Marten sagte nichts.

Aus Pia sprudelte es geradezu heraus. Sie redete wie ein

Wasserfall. »Die Insel ist voller Verrückter. Und damit meine ich nicht nur den Mörder, der noch frei rumrennt.«

Sie erzählte vom alltäglichen Stress ihrer Kollegen und von Heiter, der völlig außer Rand und Band war, weil die Presse ihn mit Anfragen zum Mordfall bombardierte. »Sogar der Fernsehsender *NDR* hat angerufen und sich für morgen angemeldet. Mir wächst hier alles über den Kopf. Ich weiß auch nicht, was wir der Presse präsentieren sollen.«

Pia holte Luft, rechnete damit, dass Marten was sagen würde, aber es blieb still am anderen Ende ihrer Welt. Also zeterte sie weiter. »Und Willi geht mir auch auf den Sack. Er sollte eine Pflegerin in der Klinik befragen und hat's vermasselt. Kennst ihn ja, sobald eine Frau auftaucht, schaltet er in den Hai-Modus und ist blind. Da muss ich morgen selber noch mal hin.«

Wieder machte sie eine Pause. Keine Reaktion. »Marten? Bist du noch da?«

»Ja, ich bin hier. Das hört sich alles ganz schön scheiße an. Soll ich rüberkommen? Ich könnte mir Urlaub nehmen.«

Jetzt war es Pia, die schwieg. Marten auf Borkum? Nein, das konnte sie sich beim besten Willen nicht vorstellen. Das ging gar nicht. Sie fühlte sich schon jetzt verfolgt.

»Pia, sag doch was«, flehte er.

Seine Stimme flog wie ein Rettungsring auf sie zu, doch sie empfand ihn als Bedrohung. Statt ihn zu greifen, tauchte sie in der wilden See ab und flüsterte: »Lass mich bitte in Ruh, bis ich den Mörder habe.«

Dann legte sie auf.

Fräulein Mencke:
Nachts sind alle Menschen grau. Die Dunkelheit verschlingt die Farben; nur die Gerüche bleiben bunt – jedenfalls für mich. Mein Frauchen scheint allerdings schwarz zu sehen – sie riecht ganz farb- und hoffnungslos.

21.

Die halbe Nacht hatte Pia wachgelegen. Trotz größter Bemühungen, den Fall Edzard Brand nochmals gedanklich durchzugehen, war es ihr nicht gelungen, Marten aus ihrem Kopf zu vertreiben. Ihr schlechtes Gewissen hatte sie gequält wie ein verschluckter Tintenfisch, der in ihrem Körper ums Überleben kämpfte. Mal hatte er wütend nach ihrer Lunge gegriffen, so dass sie kaum atmen konnte, dann hatte er sich an ihr Herz geklammert.

Letztendlich hatte sie ihn in ihrem Magen gespürt, in dem er erst zur Ruhe gekommen war, als Fräulein Mencke sich an sie gekuschelt hatte. Der wohligen Wärme und dem gleichmäßigen Atem der Hündin war es zu verdanken gewesen, dass Pia irgendwann doch in den Schlaf gesunken war.

Ohne sich an einen Traum erinnern zu können, wachte sie fünf Minuten vor sechs auf – genau wie der achtarmige Krake.

An Frühstück war nicht zu denken. Allein beim Gedanken an Essen krampfte sich alles in ihr zusammen. Pia nahm sich vor, den Tintenfisch einfach verhungern zu lassen.

Fräulein Mencke aß dafür umso mehr.

In der Polizeistation ließ die Hündin sich sofort auf ihr Kissen im Flur plumpsen und hielt ein weiteres Schläfchen. Die geschäftigen Kollegen schienen sie nicht zu stören.

Willi saß bereits hinter seinem Schreibtisch und tippte irgendeinen Bericht. Er sah nur kurz auf, als Pia das Zimmer betrat, und gab ein knappes »Moin« von sich. Entweder ist er immer noch sauer oder er hat auch ein schlechtes Gewissen, dachte Pia.

Die Besprechung des gestrigen Abends war nicht optimal verlaufen. Im Gegenteil, sie waren wütend auseinandergegangen. Von Heiters schlechter Laune angesteckt, hatten sie sich in seiner Gegenwart Vorhaltungen gemacht – im Nachhinein natürlich ein absolutes No-Go, doch ein Wort hatte das andere gegeben, und die Stimmung war hochgekocht wie dicker Brei in einem Topf, von dem jeder heiße Spritzer abbekommen hatte.

Willi hatte sich von Pia hintergangen gefühlt, weil sie ihm die Finanzamt-Akten vorenthalten hatte, und Pia hatte geschimpft, er habe Bianca Diekmann nicht genügend unter die Lupe genommen. Die Akten hatte sie ihm trotzig auf den Tisch geknallt und ihn mit ausgestrecktem Zeigefinger ermahnt, seine Borkumer Freunde nicht vorzuwarnen. »Ansonsten kannst du dich schon mal nach einem neuen Job umsehen«, hatte sie gedroht.

»Hey, bist du noch wütend auf mich?«, fragte sie vorsichtig, doch Willi wies lediglich mit einem Seitenblick auf die Zeitung, die auf ihrem Tisch lag. Die Schlagzeile konnte sie von hier aus lesen: *Toter am Großen Kaap*. Direkt darunter prangte ein riesiges Titelbild, das die halbe Seite des *Inselblattes* in Anspruch nahm und sehr bedrohlich wirkte. Das Große Kaap im Schein des Osterfeuers; dahinter die blauschwarze Nacht. Das Foto war definitiv bearbeitet worden, so dass die Kontraste messerscharf und die Farben kalt und mystisch wirkten. Ein Bild wie aus einem schwedischen Psychothriller. Selbst Alfred Hitchcock hätte es nicht besser in Szene setzen können, denn obgleich kein toter Edzard Brand am Kaap baumelte, vermittelte es einem ein Gefühl von Gefahr.

Pia griff nach dem Blatt und las im Stehen den nicht sehr langen, dafür aber umso aussagekräftigeren Artikel.

Poldi hatte alles gegeben. In abgehackten, knappen Sätzen berichtete er von einem nächtlichen Kampf in den Dünen mit Todesfolge und dass die männliche Leiche kopfüber ans Große Kaap gehängt worden war, für alle sichtbar.

Zwischen den Zeilen suggerierte er dem geneigten Leser, dass diese geschmacklose Grausamkeit aller Wahrscheinlichkeit eine Warnung des perfiden Mörders an alle war. Am Ende des Artikels wusste man zwar nicht, wen es getroffen hatte oder warum, aber unwillkürlich glaubte man zu ahnen, man könne selbst das nächste Opfer sein.

»Ach du Scheiße.« Pia setzte sich. »Damit macht Poldi sich ja nicht gerade beliebter bei Heiter. Ist der schon da?«

Nun sah Willi sie endlich an. Er schmunzelte sogar. »Ja, ist er, und er ist *not amused*, wie der Engländer sagen würde.«

Pia lachte. »Wann genau ist noch mal die Pressekonferenz, vor der er sich so fürchtet?«

»Um elf.«

Sie schaute automatisch auf ihre Uhr. »Dann haben wir noch mehr als drei Stunden.«

»Drei Stunden wofür?«, hörte sie eine leise Stimme hinter sich – Heiter.

Sie drehte ihren Stuhl in seine Richtung und hoffte, er habe nur den letzten Satz der Unterhaltung mitbekommen. »Guten Morgen, Chef«, sagte sie freundlich. »Gut geschlafen?«

»Ja. Du auch?« Seine Hände steckten tief in den Hosentaschen und seine Haltung wirkte gelassen. In aller Ruhe schlenderte er zu Willis Tisch und hob langsam die *Pizza & Meer*-Akte auf. Er fing an, darin herumzublättern, doch wirklich lesen tat er nicht.

Diese Friedlichkeit versetzte Pia in Alarmbereitschaft und ihr brach der Schweiß aus. »Na ja, die Nacht war etwas kurz, aber ich denke, wir sind seit gestern ein ganzes Stück weiter.« Sie streifte ihre Jacke ab.

Heiter ließ die Akte auf den Tisch zurückfallen. »Ach so. Dann hab ich wohl irgendwas verpasst. Setz mich doch mal ins Bild.« Sein Blick war stechend.

Pia schluckte nervös. Spontan griff sie zur Zeitung. »Hierüber würde ich mir jedenfalls keine Sorgen machen.« Provokativ warf sie das Tagesblatt in den Mülleimer.

Heiter versuchte zu lächeln. »Ach so. Na, da bin ich aber froh. Dann macht es dir bestimmt nichts aus, die Pressekonferenz zu leiten. Ich weiß nämlich nicht, was ich denen erzählen soll.« Er marschierte zur Tür, drehte sich noch mal um und sagte: »Ich erwarte dich um halb elf zur Vorbesprechung.«

Die Tür fiel laut ins Schloss.

Willi schaute Pia an. Sie hob die Augenbrauen, stand auf und klemmte sich ihre Jacke unter den Arm.

»Ich geh jetzt zu Bianca Diekmann, alias Miss *Noosa,* und du gehst bitte nochmals zu Gerrit Hartog. Lass dir den Namen seiner Angebeteten geben und sprich mit ihr. Ich will wissen, warum sie erst nach dem Osterfeuer nach Borkum gekommen ist und warum Gerrit sie vom Festland abholen musste. Sie soll erklären, warum sie nicht allein gereist ist. Und krieg raus, was das für eine Beziehung ist. Wie lange sind sie schon zusammen? Wo haben sie sich kennengelernt? Wollen sie heiraten? Quetsch alles aus ihr raus. Jedes Detail, denn ich glaube nicht an diese dusselige Geliebte. Ich denke, Gerrit Hartog war aus einem ganz anderen Grund auf dem Festland.«

Willi guckte ungläubig, stand jedoch auf und zog seine Jacke an. »Okay, mach ich«, sagte er artig und verließ noch vor Pia das Zimmer.

Da Fräulein Mencke in der Knappschaftsklinik keinen Zutritt hatte, musste Pia sie zurücklassen. Sie streichelte der Hündin über den Kopf und erklärte, dass sie gleich wiederkäme. Fräulein Mencke schien es nichts auszumachen, weiterschlafen zu dürfen, denn sie blinzelte nur kurz und rollte sich noch fester zusammen.

Fräulein Mencke:
Mein Frauchen scheint in den Jagdmodus umgeschaltet zu haben. Sie ist nervös, schläft schlecht und frisst nicht mehr. Mit aller Kraft versuche ich, gegenzusteuern und beruhigend auf sie einzuwirken, doch sie rennt schon wieder davon. Hilft nur eins: so lange liegenbleiben, bis sie zur Vernunft kommt.

22.

Das Wetter war prächtig. Der Wind hatte auf Ost gedreht, was für eine stabile Wetterlage sorgte, so dass man sich auf weitere Sonnentage einstellen konnte.

Pia bereute es, sich für ihre dicke Jacke und einen Strickpullover entschieden zu haben. Heute früh hatte sie gefroren wie ein Schneider, doch jetzt schwitzte sie wie ein Pferd, ihr lief es nass den Rücken runter. Oder waren das Hitzewallungen? Der Tintenfisch in ihrem Inneren wand sich um sich selbst.

Ihr Fahrrad kettete Pia an den Ständer direkt vor dem Eingang der Knappschaftsklinik und klemmte ihre Jacke auf den Gepäckträger.

Es war neun Uhr und die Dame an der Rezeption wusste nicht, wo die Pflegerin Bianca Diekmann sich gerade aufhielt. »Sie hat aber Dienst. Gehen Sie doch so lange in den Frühstücksraum, dann suche ich sie eben«, schlug sie vor.

Pia nickte und gleich darauf dröhnte es aus allen Lautsprechern: »Frau Diekmann bitte zur Zentrale, Frau Diekmann bitte.«

Der Frühstücksraum war gut besetzt. Pia ließ ihren Blick umherschweifen und fand das Gesicht, das sie gesucht hatte. Elli Patschek saß mit einem älteren Herrn an einem der hinteren Tische ganz rechts in der Ecke. Pia steuerte direkt auf die beiden zu. »Guten Morgen, darf ich mich kurz dazusetzen?«

Frau Patschek lachte laut auf, als habe Pia einen Witz gemacht. Die blauen Augen strahlten. Das weiße Haar war locker im Nacken zusammengebunden. Um den Hals trug sie ein hauchdünnes Seidentuch mit Blümchendruck, das genauso frühlingshaft wirkte wie die Tischdekoration und die Osterglocken.

»Natürlich, Kindchen«, rief sie und erklärte ihrem Tischnachbarn, dass Pia für die Polizei arbeite, woraufhin sich der ältere Herr mit der Serviette den Mund abwischte und sich sogleich verabschiedete.

»Den hab ich aber jetzt nicht vertrieben, oder?« Pia setzte sich und schaute dem alten Mann nach, der schneller unterwegs war, als man es hätte vermuten mögen.

»Nein, nein«, lachte Elli Patschek vergnügt, »der hat's nur nicht so mit der Polizei.« Sie neigte sich Pia zu und verriet im Flüsterton: »Der Gute saß schon mal im Kittchen.« Sie grinste amüsiert. »Gerade bevor Sie aufgetaucht sind, hat er mir verraten, was er von der Polizei hält. Deshalb fand ich es auch so lustig, als sie auf einmal neben ihm standen.«

»Weswegen saß er denn?« Pia musterte noch mal aufmerksam den Flüchtenden, der gerade den Saal verließ.

»Das hat er leider nicht verraten, aber ich tippe auf Heiratsschwindel.« Elli Patschek schüttelte sich vor Lachen.

Es war eine Freude, die alte Dame so zu sehen, und Pia fiel in das Lachen ein, bis Elli Patschek einen Hustenanfall bekam, der Pia sofort an den gestrigen Zusammenbruch der alten Dame denken ließ.

Doch Elli Patschek spülte den Husten mit einem Schluck Tee einfach hinunter, setzte die Tasse scheppernd auf den kleinen Teller zurück und schenkte sich nach. Dann griff sie zu einem unbenutzten Gedeck auf der anderen Tischseite, schob es vor Pia und schenkte auch ihr Tee ein. »Wussten Sie eigentlich, dass Ostfriesen Weltmeister im Teetrinken sind?«

Pia nickte. »Ja, das ist mir schon zu Ohren gekommen, aber ich glaube, die Engländer trinken noch mehr.«

»Ha! Das ist nicht richtig, Kindchen«, freute sich Elli Patschek. »Die Ostfriesen trinken durchschnittlich 300 Liter pro Jahr. Ein Engländer kommt gerademal auf 200. Das stand heute in der Zeitung. Hat mich auch gewundert, aber noch interessanter fand ich, dass man in der Türkei, Afghanistan und in Libyen fast genauso viel Tee trinkt wie in Ostfriesland.«

»Echt? Das hätte ich jetzt auch nicht vermutet. Aber apropos Zeitung. Heute steht ein Artikel zu dem Mord drin. Haben Sie den auch gelesen?«

Der Themenwechsel war allem Anschein nach zu plump,

denn Elli Patschek hörte abrupt auf zu lachen und auch der Glanz in ihren Augen verschwand wie hinter einer Nebelbank. »Ja, hab ich.« Sie rührte langsam ihren Tee. »Sind Sie deswegen schon wieder hier?«

»Ich bin mit Frau Diekmann verabredet. Wissen Sie, ob sie einen Freund hat?«

Frau Patschek guckte argwöhnisch. »Ich werde einen Teufel tun und mich da einmischen. Das ist schon alles schlimm genug.« Sie schlürfte den dampfenden Tee und schaute dabei auf ihr angebissenes Brötchen auf dem Teller vor ihr.

»Was ist schon schlimm genug?«

»Das mit Bianca.« Sie stellte die Tasse ab und schob das Brötchen von sich, als sei ihr der Appetit vergangen. Mit traurigem Blick sagte sie: »Sie ist wirklich ein gutes Mädchen, aber mit Männern hat sie kein Glück.«

»Wieso nicht?«

Elli Patschek stöhnte. »Ständig verlieben sich Patienten in sie. Männer mit Lungenkrankheiten, die nicht mehr lange zu leben haben, machen ihr den Hof, ja, bedrängen sie geradezu. Das ist doch eine Katastrophe. Sie hat schon regelrechte Verfolgungsängste. Ich glaube, deshalb lässt sie sich so oft von diesem Frank abholen. Ein gutgebauter, großer Typ. Sie erzählt den Verehrern dann immer, er sei ihr Freund, und ziemlich eifersüchtig.« Elli Patschek lachte bitter.

»Sie ist also nicht wirklich mit ihm zusammen?«

»Nein, er ist wohl nur eine Art Kamerad, der auf sie aufpasst. Allerdings …« Frau Patschek biss sich auf die Lippen und die blauen Augen nahmen Pia ins Visier, als wollten sie stumm den Satz beenden. In der Hoffnung, die alte Dame würde weitersprechen, starrte Pia auf den fest verschlossenen kleinen Mund, der sich auf einmal erstaunt öffnete. Elli Patschek hob den Kopf und lächelte verlegen. »Hallo, Bianca«, sagte sie kaum hörbar.

Überrascht stand Pia auf und reichte Bianca Diekmann die Hand. »Hallo, Frau Diekmann. Schön, dass Sie eben Zeit haben.«

»Aber Ihr Kollege hat doch bereits mit mir gesprochen.« Die Pflegerin schaute streng auf Frau Patschek hinunter, die gerade in ihr Brötchen biss, als sei sie kurz vor dem Verhungern.

»Ja, ich weiß, aber ich hab da noch ein paar Fragen. Können wir irgendwo ungestört miteinander reden?«

Pia verabschiedete sich von Frau Patschek und verließ mit Bianca Diekmann den Frühstückssaal. An der Tür sah sie sich noch einmal um. Die alte Frau strich sich durch die weißen Haare, die sich aus der Bindung gelöst hatten und wie elektrisiert um ihren Kopf schwebten.

»Frau Patschek hat mir von ihrer Bulldogge Maggie erzählt, die auch lungenkrank war«, log Pia, als Bianca die Tür des Aufenthaltsraumes hinter ihnen schloss.

So klein und zierlich diese Frau auch war, sie strahlte etwas aus, das Pia frösteln ließ. Sie wollte auf keinen Fall den Eindruck erwecken, als habe sie mit Frau Patschek über Bianca gesprochen.

Die Pflegerin lächelte. »Ja, Frau Patschek und ihre Maggie … Setzen Sie sich doch.«

Pia nahm Platz. Bianca räumte die Tassen vom Tisch, die ihre Kollegen hatten stehenlassen. Der sehr spartanisch eingerichtete Raum roch nach Kaffee und Salamibrot. Aus dem Fenster konnte man die Dünen sehen und einige Spaziergänger.

»Soll ich einen Kaffee machen?« Bianca wischte den Tisch mit einem nassen Lappen ab. Dabei rutschte der Ärmel ihres Kittels so weit nach hinten, dass Pia das *Noosa*-Armband sah.

»Nein danke. Ich hab gar nicht viel Zeit. Setzen Sie sich bitte?«

Bianca nahm ihr gegenüber Platz, lehnte sich zurück und legte ihre Unterarme auf den Tisch. Die krampfhaft gefalteten Hände verrieten, dass sie keineswegs entspannt war. Das *Noosa*-Armband war nicht mehr zu sehen.

»Frau Diekmann, Sie sagten, dass Sie den Toten gekannt haben.«

Bianca nickte und schaute auf ihre Hände.

»Wie gut kannten Sie Herrn Brand wirklich?«

Sie sah auf. »Das hab ich Ihrem Kollegen schon gesagt. Nicht sehr gut.«

»Nein? Das glaube ich Ihnen nicht.«

Biancas Augen verengten sich, als ziele sie mit einer Waffe auf Pia.

»Wollte Herr Brand was von Ihnen?«

Ihre Augen wurden kugelrund und weit. Die Augenbrauen schwebten nach oben. »Wie kommen Sie denn darauf?«

»Würden Sie bitte meine Frage beantworten?«

Nervös setzte sich Bianca aufrecht hin. Das rechte Augenlid fing an zu zucken, doch sie hielt Pias Blick stand. »Eddi war der Sohn einer Patientin, die im letzten Herbst verstorben ist. Wir hatten einige Gespräche. Ihm ging es ziemlich schlecht. Das ist alles.«

»Eddi? Sie duzten sich?«

»Ja, ist das verboten?«

Pia hatte eines in ihrer Zeit als Ermittlerin gelernt: Wenn sich Menschen in die Enge getrieben fühlten oder man sie beim Lügen erwischte, wurden sie oft anmaßend oder frech. Also beschloss sie, zu pokern. »Frau Diekmann, wir haben das Haus von Edzard Brand durchsucht. Wussten Sie, dass er ein Tagebuch geführt hat?«

Bianca schluckte und wurde schlagartig blass. Hinter ihren Augen rumorte es gewaltig, das war nicht zu übersehen. Das Beben der Unterlippe versuchte sie zu unterdrücken, doch es gelang ihr nicht. Pia brauchte nur abzuwarten. Sie sah noch, dass sich die Nasenflügel hoben und die Oberlippe sich angewidert nach oben zog, dann schlug Bianca Diekmann die Hände vors Gesicht und fing an zu schluchzen. Das *Noosa*-Armband lugte wieder hervor. Die drei Knöpfe darauf erinnerten Pia an die Ostfrieslandflagge, denn die Grundfarben waren schwarz, rot und blau. Darauf waren Muster, die sie nicht genau erkennen konnte.

Pia ging zur Küchenzeile, riss ein Papiertuch von der

Küchenrolle und füllte ein Glas mit Leitungswasser. »Frau Diekmann?«, sagte sie und reichte der Schluchzenden den Taschentuchersatz. Das Glas stellte sie auf den Tisch.

»Danke«, schniefte Bianca und beschäftigte sich ausgiebig mit dem Schnäuzen ihrer Nase, als wolle sie Zeit gewinnen. Während Pia sich wieder setzte und auf das *Noosa*-Armband starrte, griff die Pflegerin zum Glas und trank es in winzigen Schlucken ganz leer.

»Geht's wieder?« Pia versuchte zu lächeln. »Ein hübsches Armband haben Sie da.«

Die Pflegerin zuckte zusammen und zog den Ärmel über das schwarze Leder und ihre halbe Hand, als fröstele sie.

»Das haben Sie von Eddi, stimmt's?«

Bianca bäumte sich regelrecht auf. »Nein, das hat mir ein Freund geschenkt«, behauptete sie und stand auf, um ihr Glas nochmals zu füllen. Sie blieb an der Spüle stehen und sah Pia dabei provozierend an.

»Ein Freund? Wir heißt der?«

»Frank, aber was spielt das für eine Rolle?«

»Frank also. Und weiter?« Pia holte ihr Notizbuch heraus und knipste den Kugelschreiber an.

Bianca beobachtete das mit Argwohn, trank einen Schluck, schüttete den Rest des Wassers in die Spüle und stellte das Glas ab. Mit verschränkten Armen sagte sie: »Frank Platte, aber warum wollen Sie das wissen? Der kannte Eddi gar nicht.«

»Nein? Das frage ich Herrn Platte gerne selber. Wo wohnt er?«

»Frank hat nichts mit ihm tun!«, quiekte Bianca, kam auf den Tisch zu und stützte sich darauf. »Und von einem Tagebuch weiß ich nichts. Ist mir auch egal, was Eddi sich da zusammengereimt hat.«

»Frau Diekmann … setzen Sie sich bitte wieder. Wir wissen, dass Edzard Brand in Sie verliebt war.«

»Verliebt?« Sie schaute skeptisch auf Pia hinunter und ließ sich zurück auf den Stuhl sacken. »Was hat er denn noch in sein Tagebuch gekritzelt? Vielleicht, dass er mich heiraten wollte?« Sie lachte spöttisch.

»Ja, genau. Er wollte Ihnen einen Antrag machen.«

»Das ist ja wohl die Höhe! Merken Sie selber noch, wie unsinnig das klingt?«

»Für mich ergibt das durchaus Sinn«, erklärte Pia und schilderte, wie sie sich den Tathergang ausmalte: »Eddi stellt Ihnen nach, macht Ihnen einen Heiratsantrag und Ihr Freund Frank tötet ihn – aus Eifersucht.«

»Ja klar, und dann hängen wir ihn gemeinsam ans Große Kaap. Haben Sie dafür auch eine Erklärung? Trauen Sie mir das zu?« Bianca grinste, als habe sie soeben eine Runde Vorsprung gewonnen. »Und was Besseres fällt Ihnen nicht ein?«

»Im Moment nicht«, gab Pia zu, »aber wenn Sie eine plausiblere Erklärung haben, dann lassen Sie es mich wissen.«

Bianca zuckte mit den Achseln. »Ich habe keine Idee. Ich wusste nicht mal, dass Eddi auf der Insel war.«

Eine Bewegung ließ beide Frauen zum Fenster schauen. Pia sah Spaziergänger, die das Frühlingswetter genossen und einen Hund, der fröhlich herumhopste. Sie musste an Fräulein Mencke denken und nahm sich fest vor, nach der Pressekonferenz einen langen Spaziergang mit ihr zu machen.

Der Gedanke an die Pressekonferenz trieb ihr einen Schauer über den Rücken und der Krake tastete mit seinen Armen ihr Inneres ab, als suche er nach etwas. Eine leichte Übelkeit stieg in ihr auf. Rasch ging sie gedanklich nochmals allen Spuren nach und blieb am Sektglas mit dem Lippenstiftabdruck hängen. Sie schaute auf Biancas Mund. Die Lippen waren bemalt, dezent zwar, aber immerhin.

»Sie sind gesehen worden«, behauptete Pia. »Im *Haus Rote Erde*, wo Sie sich mit Eddi getroffen haben.« Sehr vage, das war ihr klar, aber ihr fiel nichts Besseres ein.

Bianca Diekmanns Augen funkelten warnend. »Im *Haus Rote Erde*? Da habe ich eine frühere Patientin besucht, die hier Urlaub macht. Haben Sie sonst noch eine heiße Spur?

Ansonsten lassen Sie mich jetzt bitte in Ruhe. Ich muss nämlich noch arbeiten.« Sie stand auf.

Pia war völlig perplex. Bianca war also tatsächlich im *Haus Rote Erde* gewesen. Das war ja ein Ding. Die Antwort war schnell und glaubwürdig gekommen und auch ihre Haltung sprach dafür, dass sie die Wahrheit sagte – oder dass sie eine gewiefte Lügnerin war.

Pia schlug nochmals das Notizbuch auf und ließ sich den Namen der angeblichen früheren Patientin im *Haus Rote Erde* sowie die Anschrift und Telefonnummer von Frank Platte geben. Außerdem schrieb sie sich die Adresse und vor allem die Handynummer von Bianca Diekmann auf.

Im Gegenzug überreichte sie der Pflegerin ihre Visitenkarte. »Kommen Sie bitte heute Nachmittag um fünfzehn Uhr in die Polizeistation, damit wir Ihre Fingerabdrücke nehmen können. Strandstraße elf.«

Bianca nahm das Kärtchen entgegen. »Warum?« Ihre Selbstsicherheit fing an zu bröckeln.

Pia lächelte. »Wir möchten sie mit den Spuren in Eddis Zimmer vergleichen. Das ist für Sie ja sicherlich kein Problem, oder?«

Bianca Diekmann schüttelte kaum sichtbar den Kopf. Die Aura, die sie eben noch so groß hatte wirken lassen, löste sich in nichts auf. Was blieb, war eine zierliche Frau, deren Hülle lichtdurchlässig wirkte – ja, regelrecht durchschaubar. Pia war es, als könne sie in Bianca Diekmanns Inneres sehen, das von einem wild pochenden Herzen ausgefüllt schien.

Angst essen Seele auf [1], dachte sie.

1) *Angst essen Seele auf* ist der Titel eines filmischen Melodrams von Rainer Werner Fassbinder aus dem Jahr 1974.)

23.

Das Große Kaap stand wie ein Mahnmal in den Dünen und warf einen langen Schatten auf die Touristen, die darunter standen. Einige starrten in die Höhe, andere stellten sich für ein Foto auf und einige schienen am Boden etwas zu suchen. Fast alle hielten ein Handy in der Hand.

Pia hörte auf, in die Pedale zu treten und rollte langsam auf ihrem Rad vorbei. Sie beobachtete das bunte Treiben und fragte sich, ob Heiter wohl recht behalten würde und die Leute jetzt zu privaten Ermittlern mutierten, als ihr Rad plötzlich gegen etwas stieß und sie sich in einer Gruppe Jugendlicher wiederfand.

»Hey, pass doch auf!«, rief ein Junge erschrocken.

Sie sprang vom Rad. »'tschuldigung, aber was steht ihr hier auch auf dem Radweg rum!«

»Komm mal auf dein Leben klar, Alte«, beschwerte sich der Junge lauthals. »Du hast mich fast umgebracht!« Er trat wütend an Pias Fahrrad, so dass es ihr beinahe aus der Hand gerutscht wäre.

Ein anderer Junge mischte sich ein. »Was' los, Digga?«

»Die Alte hat mich angefahren«, rechtfertigte sich der erste, der höchstens dreizehn war, und wies auf Pia.

Der zweite war einen Kopf größer und stellte sich schützend vor seinen kleinen Kumpel. »Alles klar? Chill mal, sonst hängst du auch bald da oben.« Er zeigte auf das Große Kaap und sah Pia drohend an.

Sie griff nach ihrer Dienstmarke, doch da rief jemand anderes aus der Gruppe: »Halt man, hier ist einer!«

Alle drehten sich um, wie ein Schwarm Fische, der plötzlich die Richtung ändert. Pia sah auch hin, konnte aber nichts erkennen.

»Was für einer, Digga?«, rief der Große.

»Ein Pikachu!«, kam zur Antwort und einige stöhnten: »Mist, den hab ich schon.«

Pokémon-Jäger. Pia steckte ihre Dienstmarke ein. Sie stieg aufs Rad und fuhr unbemerkt an der Gruppe vorbei. Für so einen Blödsinn hatte sie nun weiß Gott keine Zeit.

Die nächste Person, in die sie fast reingefahren wäre, war Willi, der ihr entgegengerannt kam. Völlig aus der Puste stieß er hervor: »Ich glaube, du hattest recht.« Er stützte seine Hände auf die Knie und beugte sich vor, als suche er ebenfalls ein Pokémon.

»Womit hatte ich recht?«

Willi machte sich gerade. »Mit deiner Vermutung!«, japste er.

»Ach ja?«

In atemlosen, kurzen Sätzen erklärte er, dass er gerade bei *Pizza & Meer* gewesen war und den Hartogs nochmals auf den Zahn gefühlt habe. Nach langem Hickhack und noch längerem Geschwafel wegen Gerrits Fahrt nach Leer und der angeblichen Freundin, die leider nicht anwesend, sondern auf einem Spaziergang am Strand unterwegs war, hatte er die beiden mit dem Foto von Edzard Brand konfrontiert.

»Und jetzt kommt der Brüller«, genoss Willi die Spannung und holte tief Luft. »Gerrit hat sich in seiner unvergleichbaren Dummheit verplappert und zugegeben, dass Edzard Brand am Karfreitag in der Pizzeria aufgetaucht war und ihnen Steuerhinterziehung vorgeworfen hat!« Sein Gesicht strahlte triumphierend.

»Wirklich?« Pia konnte es kaum glauben.

»Ja, und es kommt noch besser. Magnus packte Gerrit am Schlafittchen und meinte, er solle seine dusselige Fresse halten und ganz schnell in die Küche verschwinden, sonst würde er noch sein blaues Wunder erleben. Daraufhin fing Gerrit an zu schreien, er sei nicht der Trottel der Nation und würde den Clan nicht länger schützen. Im Gegenteil, er hätte es satt, den Deppen zu spielen, und würde der Polizei alles sagen, was er wisse.«

»Echt? Und? Was ist das?«

Willi ließ die Schultern sinken und stöhnte. »Das weiß

ich nicht.« Kleinlaut gab er zu: »Magnus hat mich rausgeschmissen.«

»Was? Der hat sie wohl nicht alle!« Pia sah auf die Uhr. Es war kurz nach zehn. »Mist, ich würde am liebsten gleich noch mal hingehen, aber wenn wir Heiter mit der Presse hängenlassen, dreht der durch.«

Sie schob ihr Rad so weit vor, dass sie eine Hand auf Willis Schulter legen konnte, klopfte darauf, wie Männer es taten, wenn sie sich gegenseitig lobten und sagte lächelnd: »Ich finde, du hast deine Sache echt gut gemacht.«

Die Anerkennung tat Willi sichtlich gut. Der Streit vom Vorabend schien endgültig vergessen. Seine Augen strahlten und er wirkte irgendwie größer. Frohen Mutes marschierten sie Richtung Polizeistation.

Pia erzählte währenddessen, dass Bianca Diekmann bei ihrer Aussage geblieben war und felsenfest behauptete, nicht mal gewusst zu haben, dass Edzard Brand sich auf der Insel befand.

Willis zufriedenes Grinsen wurde noch breiter. »Siehste, ich hab's ja gesagt. Die Kleine hat nichts damit zu tun – auch wenn sie ein *Noosa*-Armband trägt. Und ehrlich, Pia, wenn wir jede verdächtigen, die so ein Ding um hat, hätten wir echt viel zu tun. Die Hartog-Tochter trug heute auch eins.«

»Wirklich?« Pia war überrascht. »Beim letzten Mal aber nicht. Ist mir jedenfalls nicht aufgefallen.« Sie versuchte sich zu erinnern und hatte das Bild vor Augen, wie Isabella den Gästen die Pizza serviert hatte. Ein *Noosa*-Armband kam in diesem Bild nicht vor.

»Du hast wahrscheinlich recht«, lachte sie kurz auf, um die gerade gewonnene Harmonie zwischen sich und Willi nicht gleich wieder aufs Spiel zu setzen. Dass Bianca Diekmann immer noch ganz oben auf ihrer Verdächtigenliste stand, verriet sie nicht. Aber sie fragte: »Kennst du einen Frank Platte?«

»Frank Platte? Ja, aber nicht gut. Das ist so ein Muskelpaket mit einer Zahnlücke. Hat Ähnlichkeit mit dem Schauspieler Woody Harrelson, der mit seinem charmanten Lächeln alle um den Finger wickelt. Warum?«

»Das ist der beste Freund von Bianca.«

»Nicht wahr! Das gibt's doch nicht!« Willi blieb stehen.

Pia hatte ihr Fahrrad weitergeschoben und sah sich zu ihm um. »Sie sagt, sie sind nicht zusammen, aber von ihm hat sie das Armband geschenkt bekommen. Woher kennst du ihn denn?«

Willi trabte heran, bis er auf gleicher Höhe war. »Das ist ein Zugezogener aus Nordrhein-Westfalen. Hält sich aber inzwischen für einen Borkumer und tut sich ganz dicke mit den Jungs. Er gehört zwar nicht dazu, hängt aber viel mit denen rum.«

»Und was macht er so? Beruflich, meine ich?« Pia blieb stehen, ließ ein Pferdegespann von *Kutschen Bruns* vorbei und dachte daran, dass auch der noch befragt werden musste.

»Der vermietet Ferienwohnungen, soweit ich weiß, aber das überprüfe ich gleich mal«, versprach Willi. »Ich muss doch nicht bei dem Gespräch mit Heiter dabei sein, oder?«

»Nee, sieh zu, was du über Platte rauskriegst. Wir machen nach der Pressekonferenz weiter.«

Vor dem Eingang der Polizei, zwischen den blühenden Bäumen, stand ein weißer Bulli mit blauer Aufschrift: *NDR – das Beste am Norden*. Pia verdrehte die Augen.

Willi nuschelte: »*NDR*, das Beste bei Morden. Wir sprachen zuerst mit der Leiche.«

Beide lachten und betraten das Gebäude.

Fräulein Mencke lag noch immer auf ihrem Kissen im Flur. Sie wedelte zwar ein wenig mit dem Schwanz, stand aber nicht auf. Pia registrierte die magere Begrüßung verwundert, doch da sie ohnehin keine Zeit für die Hündin hatte, lief sie auf direktem Weg in Heiters Büro.

Der saß hinter seinem Schreibtisch wie eine Spinne und sprang auf, als sei sie die Beute, auf die er gewartet hatte. »So, dann mal raus mit der Sprache. Was können wir der Presse zum Fraß vorwerfen? Der *NDR* ist schon im Besucherzimmer und baut die Kamera auf.« Heiter wirkte gehetzt.

Pia steuerte mit ruhigen, festen Schritten den Stuhl vor seinem Schreibtisch an und setzte sich. Ohne sie aus den Augen zu lassen, nahm Heiter ebenfalls wieder Platz.

»Chef, ich denke, wir sollten nicht den Fehler machen und die Journalisten wie Haie behandeln, denen wir irgendwas zum Fraß vorwerfen. Wir werden sie füttern und angenehm satt nach Hause schicken. Das ist mein Ziel.«

Die Tür öffnete sich und Jens Heibült, der Leiter der Spurensicherung, kam herein. »Sorry, es ging nicht eher«, entschuldigte er sich, legte einen mattgrünen Schnellhefter mit der Aufschrift *T.O.M.* auf den Tisch und schob sich einen Stuhl neben Pia. Er sah sie mit großen Augen sichtlich aufgeregt an.

»Gibt's was Neues?«, fragte sie.

»Ja, hab gerade mit Oldenburg telefoniert«, brach es aus ihm heraus. »An der Hose von Brand ist Blut gefunden worden, das nicht von ihm stammt. Das muss zwar nicht heißen, dass es Blut vom Täter ist, es wäre aber möglich.«

»Sehr gut«, freute sich Pia. »Und was ist mit den Spuren im Hotelzimmer?«

»Negativ. Kein Sperma im Bett und auch keine fremden Haare oder Faserspuren. Nur diverse Fingerabdrücke – wie in jedem Hotelzimmer.«

Heiter guckte von einem zum anderen und klopfte auf seine Armbanduhr. »Können wir bitte zum Thema zurückkommen? Was sagen wir der Presse?«

Pia riss sich zusammen. »Im Grunde kommt es darauf an, was wir nicht sagen, um keine schlafenden Hunde zu wecken. Keinesfalls dürfen die Schmuckknöpfe von *Noosa* erwähnt werden oder die Vermutung, dass es sich um einen Mord aus Eifersucht handeln könnte. Wir lassen auch den Zusammenhang mit dem Finanzamt außen vor und benutzen auf keinen Fall das Wort Steuerhinterziehung. Auf unsere Wortwahl kommt es an. Wir sprechen langsam, wählen kurze Sätze und lassen keinen Spielraum für Spekulationen.«

Heiter stöhnte. »Und was sagen wir dann?«

Pia schlug die Beine übereinander, als sei alles ganz einfach, und erklärte, wie sie sich den Ablauf vorstellte. Heiter griff zu einem Kuli und machte sich Notizen.

Er sollte die Eingangsrede halten. Schildern, wie der Tote vorgefunden worden war, und auch den Tatort in den Dünen erwähnen. Schließlich hatte das bereits im *Inselblatt* gestanden. Dass das Opfer erwürgt worden war, sollte er keinesfalls verraten, aber er könne das Foto vom 45-jährigen Edzard B. aus Leer präsentieren, womit die Presse wahrscheinlich schon mehr als zufrieden sein würde. »Du übergibst dann an die Spurensicherung.«

Sie wandte sich an Jens. »Und du beschreibst die Kleidung des Toten, berichtest von den gefundenen Blutspuren in den Dünen – und erzähl ruhig, dass jetzt gerade auch Blut vom mutmaßlichen Täter an Brands Kleidung gefunden worden ist. Das klingt brandaktuell und vermittelt den Eindruck, als hielten wir nichts zurück. Dann kannst du das Seil zeigen, an dem der Tote aufgehängt worden ist. Wenn sie wollen, können sie Fotos davon machen, und das war es auch schon. Das muss reichen. Mehr gibt es nicht. Ich werde übernehmen und die Fragestunde eröffnen. Antworten gibt es nur von mir und, wie gesagt, kurze Sätze, keine Vermutungen, kein Gefasel.«

Heiter schien zufrieden. Er als Chef hatte das erste Wort und sein Part war überschaubar und nicht sehr schwierig. Er nickte und sah nochmals auf die Uhr.

Jens warf ein, man könne noch erwähnen, dass kein Alkohol im Blut des Toten gefunden worden war.

»Sehr gut«, lobte Pia. »Alles, was unwichtig ist, sollten wir verwenden.«

Zeitgleich standen sie auf. Heiter und Jens Heibült gingen direkt ins Besucherzimmer, aus dem Ute gerade kam. Sie hielt ein leeres Tablett in der Hand und blieb im Flur bei Pia stehen. »Wenn ihr noch was braucht, sagt Bescheid. Ich bin in der Zentrale. Viel Glück!«

Pia bedankte sich und ging zu ihrem Spind. Sie griff nach

der beigen Bluse, die für besondere Anlässe wie diesen dort lagerte und flitzte zur Toilette, um sie anzuziehen und ihr Aussehen zu überprüfen. Sie dachte dabei an Tante Lotte, die die Sendung vielleicht sehen würde. Pia wollte keinesfalls völlig verzottelt daherkommen oder wie Schimanski, auch wenn ihr Motto lautete: Ohne ein paar Hundehaare ist man nicht richtig angezogen.

Dass ihre äußerliche Erscheinung das geringste Problem sein würde, war zu diesem Zeitpunkt nicht vorhersehbar.

24.

»Wie konnte das passieren?« Heiter hielt sich die rechte Hand vor die Augen wie ein Kleinkind, das sich verstecken will. Er sah aus, als finge er gleich an zu weinen. Seine zitternde linke Hand hielt eine brennende Zigarette, deren Rauch wellenartig zur Decke schwebte.

»Mit dem Rauchen wieder anzufangen, hilft uns jetzt auch nicht weiter«, sagte Pia streng, der von dem Qualm ganz schlecht wurde. Der Krake klebte immer noch an ihren Eingeweiden und ihr Magen rebellierte mit einem lauten Knurren. Es war zwölf Uhr mittags, doch an Essen mochte sie nicht denken.

Das Pressegespräch war völlig aus dem Ruder gelaufen und man konnte nur hoffen, dass nicht alles Gesagte gesendet oder geschrieben würde.

Heiter hatte nach seiner hervorragend gelungenen Eingangsrede wie vereinbart an Jens Heibült weitergegeben. Der hatte die T.O.M.-Akte aufgeschlagen, von den sichergestellten Blutspuren in den Dünen berichtet und auch das fremde Blut an der Kleidung des Toten erwähnt. Ebenfalls wie abgesprochen.

Die Journalisten waren hocherfreut gewesen. Sie hatten alles notiert, Fotos geschossen und das Bild des 45-jährigen Edzard B. aus Leer eingesteckt, das man ihnen zur Verfügung gestellt hatte. Auch das Tau, an dem der Tote gehangen hatte, war begeistert abgelichtet worden. Alles war gelaufen wie geschmiert und Pia hatte sogar den Eindruck gehabt, dass der Tintenfisch verschwunden war. Doch dann hatte sie die Fragestunde eröffnet und das Desaster hatte seinen Lauf genommen.

Mit ungefähr zwanzig Journalisten war der kleine Besucherraum fast aus den Nähten geplatzt. Die stickige Luft roch nach Schweiß und Sensationslust.

Die Reporter, die eine Frage stellen wollten, erhoben sich. Pia schaute unwillkürlich zu Peter Onnen, ihrem ›Poldi‹ vom *Inselblatt*, der ziemlich stürmisch aufgesprungen war. Er wollte wissen, ob das Aufhängen des Toten kopfüber ein besonderes Zeichen sei und man dafür eine Erklärung habe. Pia sagte unmissverständlich, dass diese Tatsache wohl eher einem Zufall geschuldet und bislang keine weitere Bedeutung zu erkennen sei. Poldi setzte sich. Sie lächelte in die Kamera.

Das riesige Objektiv der *NDR*-Kamera wurde erneut auf die Journalisten geschwenkt. Pia zeigte auf einen schlaksigen Typ.

»Herr B. war also bereits tot, als man ihn an das Kaap hängte. Was war die genaue Todesursache?«

Das Objektiv starrte Pia an, die der Frage auswich und wiederholte, was Heiter bereits verkündet hatte: dass es einen Kampf mit Todesfolge in den Dünen gegeben hatte. Der Schlaksige setzte sich enttäuscht.

Die Kamera drehte sich und die Reporterin vom *NDR*, die direkt daneben stand, hob ihre Hand und fing an zu sprechen. Ihr Gesichtsausdruck zeugte von höchster Anstrengung. »Wie sind Sie auf den Tatort in den Dünen gestoßen? Gab es Augenzeugen?«

Pia lächelte. Eine hübsche Frage, die sie an den waghalsigen

Sprung von Fräulein Mencke ins Dünental erinnerte. »Einer unserer speziell ausgebildeten Spürhunde hat uns dort hingeführt«, erklärte sie stolz. Alle notierten sich dieses Detail. »Und, nein, Zeugen gibt es bislang leider nicht. Wir bitten jeden, der in der fraglichen Nacht etwas beobachtet hat, sich bei uns zu melden.«

Als Nächstes zeigte Pia auf ein schwarzes T-Shirt mit lachendem Schweinsgesicht, in dem ein junger, blasser Mann steckte.

»Wo-wo-wo hat der Herr B-B-B. gewohnt? In einem Ho-o-otel oder in einer F-f-ferienwohnung?«, stotterte er.

Dass der Tote im *Haus Rote Erde* gewohnt hatte, war auf der Insel wohl längst kein Geheimnis mehr, da war Pia sich sicher. Also nannte sie den Namen und auch die Zimmernummer. Sie wies an dieser Stelle nochmals auf die Mithilfe der Bevölkerung hin. Alle kritzelten fleißig auf ihre Blöcke.

Ihr Blick fiel auf eine Journalistin mit ziemlich fettigen Haaren und einem ausgeleierten Strickpullover. »War Herr B. verheiratet und hatte er Kinder?«, rief diese mit piepsiger Stimme.

Pia verneinte und die Fetthaarige schob schnell eine weitere Frage nach. »Er war also Single und ist allein auf die Insel gereist. Wissen Sie, warum? Hatte er vielleicht eine Freundin auf Borkum? Ging es wieder mal um die Liebe?«

Alle lachten.

Pia räusperte sich und sagte, dass Herr B. einige Kontakte auf der Insel gehabt habe, man jeder Spur nachginge, jedoch zum jetzigen Zeitpunkt keine näheren Angaben machen könne, um die Ermittlungen nicht zu gefährden. Das fettige Haar der Piepsenden verschwand in der Menge.

»Was für Kontakte waren das denn? Berufliche oder private?«, brummelte ein Mann aus der hinteren Reihe. Seine riesigen Brillengläser spiegelten den ganzen Raum wider.

Die Kamera drehte sich zu Pia, schwenkte jedoch ruckartig zurück, als die Riesenbrille weitersprach. »War Herr B. vielleicht ein Immobilienhai, der versuchte, die letzten

Wohnungen auf Borkum aufzukaufen? Man munkelt da einiges. Was war Herr B. von Beruf?«

Alle Augen und die Kamera richteten sich gespannt auf Pia. »Bitte immer nur eine Frage«, mahnte sie und fügte knapp hinzu, dass Herr B. Angestellter bei einem Amt in Leer gewesen sei.

Sie hatte das Wort ›Amt‹ kaum ausgesprochen, da wusste sie, dass das ein Fehler gewesen war. Der Tintenfisch zwickte sie kurz, als sei er aus einem Schlaf erwacht.

»Was denn für ein Amt? Etwa das Finanzamt?«, raunte ein kleiner, rundlicher Mann in der Nähe der Tür. Er lachte fies. Die Kamera surrte und zoomte den Dicken heran.

Pia zögerte eine Sekunde zu lang. Heiter sprang auf. Die Kamera richtete sich auf ihn. »Meine Damen und Herren, es ist nicht von Belang, wo Herr Brand angestellt war. Fakt ist, dass er tot ist und wir einen Mord aufzuklären haben. Ich möchte Sie bitten, sich gebührend zu verhalten und keine Mutmaßungen anzustellen. Das hilft uns nicht weiter.«

Die Menge schwieg. Einige tippten etwas in ihr Smartphone.

Heiter schien seinen Fauxpas gar nicht bemerkt zu haben, doch Pia brach der Schweiß aus. Der Krake schien jetzt hellwach und schlängelte sich erneut durch ihre Gedärme, wovon ihr ganz heiß wurde. Heiter hatte im Eifer des Gefechts den Nachnamen des Toten ausgesprochen!

Sie versuchte tief durchzuatmen und sagte: »Ich würde die Konferenz jetzt gerne beenden. Wenn wir neue Erkenntnisse haben, werden wir Sie zeitnah informieren.« Sie stellte das Mikrophon ab und stand auf.

Ein unzufriedenes Raunen ging durch den Saal. Murrend steckte man Blöcke und Kugelschreiber ein und griff nach Jacken. Stühle schrammten über den Fußboden. Der Dicke öffnete die Tür. Unverbrauchte Luft strömte herein und Menschen hinaus.

Jens Heibült erhob sich ebenfalls. Die Akte T.O.M. hielt er in der Hand und wollte gehen, doch die Kamera surrte heran, um die drei Buchstaben einzufangen. Jens blieb stehen und hielt die Akte stolz vor die Kamera.

»Ist das der Name des Falls?«, fragte Poldi, der sich neben der Kamera aufgebaut hatte. Einige blieben stehen und hörten interessiert zu.

»Ja, nach dem legendären Tom Dooley«, lachte Jens, der sich allem Anschein nach nichts dabei dachte.

Der Krake in Pia saugte sich unterdessen an irgendwas fest, als die Piepsige mit den fettigen Haaren plötzlich schrie: »Edzard Brand heißt der Tote, und ja, er war beim Finanzamt in Leer beschäftigt.«

Alle drehten sich zu ihr um und die bereits auf dem Flur stehenden Leute drängelten zurück in den Raum, so dass es zu einem Stau in der Tür kam. Der Mann vom *NDR* schwang wild die Kamera herum. Poldi konnte sich gerade noch wegducken.

Die Fetthaarige hielt zum Beweis ihr Smartphone in die Höhe, auf dem das Bild von Edzard Brand prangte. Ihr Strickpullover rutschte dabei so hoch, dass man ihren Bauch sehen konnte. »Der Kollege hatte recht. Es geht um Geld. Vermutlich um viel Geld, wenn ein Finanzbeamter dafür hängen musste.« Sie lachte triumphierend, als habe sie ein kniffeliges Rätsel gelöst.

Tumultartig redeten alle durcheinander. Heiter, dem seine Unbedachtheit jetzt klar zu werden schien, wurde blass.

Pia schaltete das Mikrophon wieder ein, so dass ein unangenehmer Quietschton die aufgebrachte Menge übertönte und verstummen ließ. Alle Blicke richteten sich auf sie. Die Kamera schien sie regelrecht einzusaugen. »Schalten Sie bitte die Kamera ab. Ich werde Ihnen jetzt etwas mitteilen, was nicht für die Öffentlichkeit bestimmt ist«, sagte sie streng.

Der Kameramann drückte einen Knopf. Das rote Aufnahme-Lämpchen erlosch. Es war mucksmäuschenstill.

»Danke.« Pia versuchte den Tintenfisch, der überall zu sein schien, zu ignorieren und atmete tief durch. Sie forderte den Dicken auf, die Tür zu schließen. »Also nochmals, diese

Informationen dürfen Sie nicht verwenden. Denken Sie an den Pressekodex, der Ihnen eine Verdachtsberichterstattung verbietet.« Sie hob mahnend einen Zeigefinger. Köpfe nickten, niemand ließ Pia aus den Augen.

»Es gibt prinzipiell Details, die nur der Täter oder unmittelbar mit dem Fall im Zusammenhang stehende Personen kennen. Würden diese öffentlich gemacht, könnten wir schwerer nachvollziehen, wer an der Tat beteiligt gewesen ist. Dieses Vorgehen gilt grundsätzlich für Kapitalverbrechen. Bislang verfolgen wir zwei Spuren. Eine führt tatsächlich zum Finanzamt, allerdings, und das betone ich ausdrücklich: Diese Spur ist sehr vage und entbehrt bislang jeglicher Grundlage. Die zweite Spur führt nach kriminaltechnischer Untersuchung zu einer Frau. Allerdings sind die Beweise auch dafür noch sehr dürftig und werden erst veröffentlicht, wenn wir das für zielführend halten. Alles dient dem obersten Ziel, diese Straftat aufzuklären. Sie können davon ausgehen, dass die Polizei und Staatsanwaltschaft ihre Arbeit gut machen. Für die Bevölkerung besteht nach derzeitigem Kenntnisstand keine Gefahr.«

Pia holte Luft und wollte gerade das Schlusswort sprechen, als Poldi die Gelegenheit nutzte und fragte: »Heißt die Mordkommission aus diesem Grund *Tom Dooley*? Der wurde doch auch wegen einer Liebschaft gehängt.«

Heiter drängelte sich an Pias Seite und hob die Arme. »Es reicht jetzt, meine Herren – und Damen.« Er stierte zur Fetthaarigen. Seine Stimme war überraschend ruhig und bestimmt. »Ich wiederhole mich ungern, aber ich denke, es ist jetzt genug. Der Name *Tom Dooley* ist lediglich ein Arbeitstitel und beinhaltet gar nichts. Da es sich um laufende Ermittlungen handelt, muss ich Sie nicht explizit darauf hinweisen, gewissenhaft mit den Informationen umzugehen. Ich bedanke mich für Ihr Kommen.«

Heiter hatte das Mikrophon abgeschaltet und das Zimmer verlassen. Pia und Jens waren ihm in sein Büro gefolgt, wo er sofort eine Schublade aufgerissen und eine Packung Zigaretten hervorgekramt hatte. Als sei der Glimmstängel völlig vertrocknet gewesen, hatte er beim Anstecken laut geknistert und auf Heiters Stirn hatten sich Schweißperlen gebildet.

Sich gegenseitig Vorwürfe zu machen, sah Pia nicht als sinnvoll an. Es war passiert, was passiert war. Daran konnte man nichts mehr ändern.

Sie war genauso erschöpft wie der Oktopus, der schlaff wie ein nasser Lappen in ihrer Magengrube lag. Pia schaute auf ihre Uhr, als es klopfte und Stefan Firek eintrat.

»Ich habe mal bei der Staatsanwaltschaft angefragt, ob wir Blutproben von den *Borkumer Burschen* zwecks Abgleich mit dem Blut an Brands Hose nehmen können, aber dafür hab ich keine Genehmigung bekommen. Zu wenig Beweismittel.« Er verdrehte die Augen. »Soll ich auch einen Antrag für die drei Firmeninhaber stellen, deren Akten wir bei Brand gefunden haben? Oder macht das ebenfalls keinen Sinn?« Firek wirkte verunsichert und ratlos.

»Klar macht das Sinn«, sprach Pia ihm zu. »Und wenn du schon dabei bist, hol bitte auch eine Erlaubnis für Bianca Diekmanns Fingerabdrücke ein, falls sie uns die nicht freiwillig überlassen will. Sag, dass wir die mit denen in Brands Hotelzimmer abgleichen wollen.«

Stefan nickte und war im Begriff zu gehen, aber Pia fiel noch etwas ein: »Die Diekmann hat bereits zugegeben, dass sie sich in der *Roten Erde* aufgehalten hat, behauptet allerdings, sie habe dort eine frühere Patientin besucht.« Sie nahm ihr Notizbüchlein hervor, nannte Firek den Namen der Patientin und bat ihn, das zu überprüfen. »Schick Ute oder Kathrin hin, wenn du keine Zeit hast. Ich muss das so schnell wie möglich wissen.«

Firek nickte nochmals und trat weg.

»Ich knöpf mir jetzt Gerrit Hartog vor«, sagte Pia und erhob sich. »Willi nehme ich mit.«

Heiter drückte die Zigarette aus und steckte sich gleich die nächste an. Dass die seine Synapsen auf Touren bringen würde, bezweifelte Pia allerdings.

25.

Fräulein Mencke hob den Kopf, als Pia auf sie zukam.

»Komm, Mädchen!«, rief sie im Vorbeigehen, doch die Hündin platzierte die Nase zwischen ihre Vorderpfoten und folgte nicht. Es sah sogar aus, als drücke sie sich extra schwer ins Kissen.

Pia ging zu ihr und strich über das warme Fell, doch die Hündin verdrehte die Augen und sah die Wand an. Pia stand auf. Sie war ratlos. So kannte sie Fräulein Mencke gar nicht. Ob sie krank war? Der Versuch, sie mit der Leine zu locken, schlug auch fehl.

Ute lugte über den Empfangstresen. »Die hat sich schon den ganzen Vormittag nicht gerührt. Wahrscheinlich ist sie beleidigt, weil du sie vorhin nicht mitgenommen hast.«

»So lange kann man doch nicht nachtragend sein.« Pia schüttelte den Kopf. »Versuchst du es gleich noch mal? Ich muss dringend weg. Wenn sie nachher immer noch so merkwürdig ist, geh ich mit ihr zum Tierarzt. Normal ist das jedenfalls nicht.«

Zögernd drehte sie sich um und ging zu Willi ins Büro. Der sprang sofort auf. »Hab's schon gehört, das Gespräch mit der Presse war nicht der Höhepunkt des Tages, was?«

Pia verzog das Gesicht. »Erinnere mich nicht daran. Los, wir gehen zu Hartog und seiner angeblichen Freundin.«

Im Flur machte sie einen letzten Versuch, Fräulein Mencke aus der Reserve zu locken, doch auch Schnalzen und Pfeifen half nicht. Die Hündin war wie versteinert.

»Was hat sie denn?«, frage Willi.

»Weiß ich nicht. Heute macht irgendwie keiner, was ich will.« Zu Ute gewandt fügte sie hinzu: »Versuchst du es gleich mal mit einem Leckerli?«

Ute schaute Fräulein Mencke mitfühlend an und versprach, sich sofort um sie zu kümmern. Das beruhigte Pia zwar, doch im gleichen Moment fühlte sie den Tintenfisch tief in ihrer

Brust stecken, als habe er sich dort verhakt oder verknotet. Sie wünschte sich nichts sehnlicher, als mit einer fröhlichen Fräulein Mencke am Strand entlangzurennen, bis der Oktopus loslassen würde und sie ihn ins Meer spucken könnte.

Willi schien die arme Hündin im selben Moment zu vergessen, in dem die Tür ins Schloss fiel. Aufgekratzt plapperte er los: »Halt dich fest, Frank Platte ist der Besitzer der *Pension Deichblick*.«

Diese Mitteilung musste Pia erst kurz sacken lassen, um sie zu verstehen. »Das gibt es ja wohl nicht! Dann wird es aber sehr eng für ihn, oder?« Platte war Edzard Brand also nicht nur in puncto Bianca Diekmann in die Quere gekommen, sondern stand auch unter Verdacht, Steuern hinterzogen zu haben. Sie überlegte kurz, ob sie hier abbrechen und sofort zu ihm gehen sollte, doch sie hielt es für wichtiger, Gerrits Wutausbruch näher zu hinterfragen. Frank Platte musste warten.

Die Pizzeria war nur halb so voll wie am Sonntag. Wahrscheinlich waren längst nicht mehr so viele Touristen auf der Insel wie an den Osterfeiertagen.

Magnus Hartog hantierte hinter der Theke mit Gläsern. Als er aufblickte und sie mit Willi hereinkommen sah, verfinsterte sich sein Gesicht. Für einen Moment dachte Pia, er würde gleich losschreien und sie nach draußen befördern, aber dann entspannten sich seine Züge und er brachte sogar ein kleines Lächeln zustande. »Na, was gibt es denn schon wieder?«

Pia schaute ihm fest in die Augen. »Wir müssen noch mal mit Gerrit sprechen. Wo finden wir ihn?« Sie sah zur Küchentür.

»Dem hab ich freigegeben«, war die knappe Antwort und Hartogs Grinsen verbreiterte sich. Mit einem weichen Tuch polierte er ein Weinglas auf Hochglanz und schaute prüfend durch das Gefäß.

»Jetzt schon?«, wunderte sich Pia. »Es sind doch noch Gäste hier.«

Hartog zuckte mit den Schultern. »Wir kommen auch gut ohne ihn zurecht.«

»Aha. Na ja, dann können wir uns vielleicht kurz über Ihre Schwierigkeiten mit dem Finanzamt unterhalten?«

»Schsch…«, machte Hartog und warf das Handtuch weg. »Nicht vor den Gästen. Kommen Sie mit.«

Sie folgten ihm in ein Nebenzimmer, eine Art Büro, in dem ein heilloses Durcheinander herrschte. Auf dem Schreibtisch in der Mitte stapelten sich Akten und Unterlagen. Die Regale an der Wand waren vollgestopft mit allem Möglichen, als müsse das Büro auch als Lager herhalten. Einen Platz bot Magnus ihnen nicht an, denn es stand nur ein einziger Stuhl im Zimmer.

Er schloss die Tür, ging zum Schreibtisch und zog einen Brief vom Finanzamt aus der Unordnung, den er Pia vor die Nase hielt. Wütend sagte er: »Diesen Wisch hat der Vollidiot hiergelassen.«

Pia überflog die zwei Sätze. Wegen der zu großen Mehlmenge hatte Brand um Aufklärung gebeten. Sie gab den Brief zurück.

Magnus lachte höhnisch. »Das ist doch hanebüchener Unsinn!« Er zerknüllte den Brief und warf ihn in den Papierkorb.

»Und was meinte Ihr Bruder dann damit, den Hartog-Clan nicht länger schützen zu wollen?«

Das runde Gesicht lief rot an. »Was weiß ich?! Der Idiot …«

Pia hob eine Hand. »Herr Hartog, Sie haben uns belogen und behauptet, Sie hätten Brand noch nie gesehen. Jetzt stellt sich raus, er war doch hier – erklären Sie mir das bitte?«

Willi mischte sich ein. »Magnus, so geht das nicht. Erzähl uns jetzt alles, was du weißt, ansonsten nehmen wir dich mit. Du stehst unter Mordverdacht, ist dir das nicht klar?«

»Ihr habt sie wohl nicht alle! Mordverdacht? Spinnt ihr? Wegen so einer Lappalie bring ich doch keinen um!« Er wischte sich Speichel von den Lippen. »Der Depp war hier weniger als eine Minute, dann hab ich ihn vor die Tür gesetzt. Der kann froh sein, dass ich ihn nicht vermöbelt habe!«

»Ja, und jetzt ist er tot!«, brüllte Willi zurück.

Pia hob wieder eine Hand. Die Männer verstummten. »Brand war also nur kurz hier, hat seinen Verdacht geäußert, das Schreiben hiergelassen und Sie haben ihn rausgeschmissen. Haben Sie ihn danach noch mal gesehen?«

Magnus wich ihrem Blick aus. Er schaute zum Fenster, als müsse er überlegen. Dann steckte er seine Hände in die Hosentaschen unter seiner Schürze und beruhigte sich. »Nein, ich bin davon ausgegangen, dass er die Insel bereits wieder verlassen hatte. Bis heute wusste ich ja nicht mal, dass es sich bei dem Toten am Kaap um diesen Typen handelt.«

Pia passte es zwar nicht, aber sie fand, es klang glaubwürdig.

Magnus schien das zu spüren und meinte kleinlaut: »Die Sache mit den Steuern wird sich ganz einfach auflösen, das werden Sie schon sehen. Ich bin kein Betrüger und schon gar kein Mörder.«

»Und Ihr Bruder?«

Magnus lachte auf. »Das müssen Sie ihn schon selber fragen.«

Pia und Willi blieb nichts anderes übrig, als zu gehen. Für einen Haftbefehl reichten die Indizien nicht aus. Es blieb nur zu hoffen, dass die Anordnung einer Blutprobe genehmigt wurde. Pia konnte sich jetzt schon das Gesicht von Magnus Hartog vorstellen, wenn man ihn vorlud.

26.

Die Tür zu Gerrit Hartogs Wohnung in der Goethestraße blieb trotz mehrfachen Klingelns verschlossen. Ratlos standen Willi und Pia davor und sahen hinauf zu den Fenstern im ersten Stock. Es war halb zwei. Sie beratschlagten gerade, ob es nicht sinnvoller sei, doch erst Frank Platte aufzusuchen, der nicht weit weg in der Kaapdelle wohnte, als eine Frau an die Eingangstür des Mehrfamilienhauses trat und sie aufschloss.

Pia und Willi huschten mit in den Flur. Die Frau erschrak kurz, lächelte jedoch und grüßte.

»Moin«, sagten auch Pia und Willi und zu dritt gingen sie die Treppe hinauf.

Die Frau, die ungefähr vierzig Jahre alt sein mochte, trug schwere Wanderstiefel, deren Profilsohlen hier und da Sand in Form von winzigen Würsten auf den Stufen hinterließen. Die beige Hose hatte prall gefüllte Taschen in Kniehöhe und am Oberschenkel. Bei jedem Schritt hörte man ein leises Klackern. Bei dem Appartement, an dessen Tür der Name Hartog prangte, steckte sie einen Schlüssel ins Schloss und lehnte sich zurück, als sei die Tür schwer zu öffnen, bis sie mit einem Klick aufsprang.

»Entschuldigung, sind Sie die Freundin von Gerrit Hartog?«, fragte Pia.

Die Frau lächelte. »Ja.«

Pia zückte ihren Dienstausweis und das Lächeln verschwand. Überrascht ließ die Frau beide in die Wohnung treten. Eine hübsche Wohnung. Hell, sauber und ordentlich. Pia hatte sich auf eine ganz andere Behausung eingestellt und war angenehm überrascht.

Die Frau zog Schuhe und Jacke aus und ging in die Küche, wo sie ihre Hosentaschen an der Spüle leerte. Unmengen von Muscheln klimperten auf das Metall. Sand rieselte.

»Waren Sie am Strand?«, fragte Pia, um die Anspannung etwas zu reduzieren.

»Ja, ich hab Muscheln gesammelt. Ich bastle viel.« Mit dem Kopf wies sie zur Sitzgelegenheit. »Setzen Sie sich doch.«

Pia und Willi rückten die Stühle und nahmen Platz. Auf dem Tisch lag eine Decke mit aufgedruckten Seesternen und Fischen, auf denen hier und da eine kleine gelbe Blüte von den üppig blühenden Zweigen einer Forsythie lag. Die Muschelsucherin setzte sich ihnen gegenüber und sammelte sie mit spitzen Fingern auf. Sie stellte sich als Imke Kampen vor und verriet, dass sie ein paar Tage bei Gerrit verbringe.

»Wie lange sind Sie denn schon zusammen?«, fragte Pia und Imke Kampen lachte auf.

»Noch nicht lange. Wir haben uns Neujahr kennengelernt.«

»Hier auf Borkum?«

»Ja, ich hab die Weihnachtstage und den Jahreswechsel hier verbracht. Meine Tochter hatte mich eingeladen. Bei der Neujahrsparty hab ich dann Gerrit kennengelernt.« Sie lächelte verkrampft. »Es hat nicht gleich gefunkt – Gerrit entspricht nämlich nicht gerade meinem Beuteschema … Aber am Tag darauf haben wir uns wiedergesehen und dann ist es passiert.«

»Und seitdem treffen Sie sich regelmäßig?«

»Ja, aber meistens bei mir in Leer. Ich komme nur nach Borkum, wenn ich ein paar Tage freinehmen kann.« Imke Kampen legte die Blüten zu einem kleinen Haufen vor sich auf den Tisch und betrachtete sie. Dann schaute sie auf. »Warum fragen Sie mich das alles?«

»Wir suchen Gerrit«, begann Willi. »Wissen Sie, wo er ist?«

»Ich denke, auf der Arbeit. Er ist in der Küche bei *Pizza & Meer* beschäftigt.« Sie wies zum Fenster, als könne man von da aus die Pizzeria sehen.

»Da ist er aber nicht. Haben Sie ihn heute schon gesehen?«

»Ja, beim Frühstück. Ist was passiert?« Ihre Stirn legte sich in Sorgenfalten, die blauen Augen schauten fragend von Willi zu Pia.

»Nein. Machen Sie sich keine Sorgen. Wir wollen nur etwas überprüfen«, beruhigte Pia sie.

»Was denn überprüfen?« Die Stirn wellte sich und eine Hand strich durch die halblangen, struppigen Haare, die immer noch vom Strandspaziergang zerzaust waren. Das Blond war nicht echt.

Pia nahm ihr Notizbüchlein heraus und notierte zunächst die Personalien. Wie sich herausstellte, war Imke Kampen bereits über fünfzig, geschieden und Mutter einer erwachsenen Tochter. Sie arbeitete als Altenpflegerin.

»Ich hatte Samstag noch Dienst, deshalb hat Gerrit mich erst am Sonntag geholt. Leider hab ich das Osterfeuer verpasst, aber dafür bleib ich ein paar Tage länger.« Ihr Lächeln wirkte unsicher und verschwand vollends, als sie fragte: »Sagen Sie mir jetzt endlich, worum es überhaupt geht? Was wollen Sie denn überprüfen?«

»Wir ermitteln in dem Mordfall von Samstagnacht. Sie haben ja sicher schon von dem Toten am Großen Kaap gehört, oder?«

Frau Kampen nickte.

»Herr Hartog hat zu Protokoll gegeben, dass er am Sonntagmorgen seine Freundin aus Leer abgeholt hat, was ja mit Ihrer Aussage übereinstimmt. Das wollten wir nur kurz bestätigt haben. Reine Routine.« Pia lächelte der Frau zu, die so kraftlos aussah wie die Blüten vor ihr auf dem Tisch.

Imke Kampens Hände zitterten, als sie den kleinen gelben Haufen in die Hand nahm, aufstand und das Blütenmeer in den Mülleimer rieseln ließ. »Gerrit hat mir von dem Toten am Kaap erzählt und es stand heut Morgen auch was davon in der Zeitung. Aber er hat damit doch nichts zu tun, oder?«

Ihr verzweifelter Blick glich dem eines Hundes, der nicht verstand, warum man mit ihm schimpfte. Pia musste an Fräulein Mencke denken und vermisste ihre Unterstützung.

»Wir sprechen mit allen, die in der betreffenden Nacht am Großen Kaap waren«, sagte sie beruhigend, steckte das Notizbuch ein, stand auf und reichte der Frau die Hand.

Imke Kampen ergriff sie und ließ sie gar nicht mehr los. »Gerrit ist ein guter Kerl. Er mag auf den ersten Blick etwas einfältig wirken, aber er hat ein reines Herz und ich kann Ihnen versichern, dass dieser Mann nicht gewalttätig ist. Er hat mit dem Mord garantiert nichts zu tun«, beteuerte sie.

Willi trat neben sie. »Aber er benimmt sich manchmal schon etwas merkwürdig, oder finden Sie nicht?« Er schaute sie provozierend an. »Er trinkt zu viel und das bringt ihn manchmal in Schwierigkeiten, oder haben Sie davon noch nichts bemerkt?«

Als habe sich Frau Kampen verbrannt, ließ sie abrupt Pias Hand los und fixierte Willi mit schmerzerfülltem Blick. »Gerrit feiert gerne, das stimmt. Und manchmal trinkt er vielleicht auch einen über den Durst. Aber das macht ihn noch lange nicht zu einem Mörder«, sagte sie mit halb erstickter Stimme, lief zur Wohnungstür und öffnete sie, als wolle sie die ungebetenen Besucher schnellstens loswerden.

Pia blieb an der Tür stehen. »Vielen Dank für Ihre Aussage, Frau Kampen. Sie haben uns sehr weitergeholfen. Wir müssen allerdings unbedingt noch mal mit Herrn Hartog sprechen. Würden Sie ihn bitten, sich bei mir zu melden, wenn er nach Hause kommt?« Sie reichte ihr die Visitenkarte.

Frau Kampen nahm sie entgegen, nickte und schloss ohne ein weiteres Wort die Tür.

Bereits auf dem Weg nach unten machte Pia Willi Vorhaltungen wegen seiner negativen Bemerkungen. »Das hättest du dir ruhig verkneifen können. Wenn wir wollen, dass die Frau uns was erzählt, sollten wir ihren heißgeliebten Gerrit nicht als Säufer oder Randalierer darstellen.«

Willis Augen blitzten sie an. »Aber das ist er nun mal. ›Er hat ein reines Herz‹. Tse, wenn ich das schon höre …! Der hat eine versoffene Leber und einen ziemlich kurzen Geduldsfaden, das ist alles. Sie soll ruhig wissen, dass wir ihn gut kennen.« Er riss die Haustür auf, stolperte nach draußen und tippte sich an die Stirn. »Ich kann das gar nicht nachvollziehen. Die Frau sieht doch nicht schlecht aus, was will sie denn mit so einem Typen?«

Er schnippte mit seinen Fingern direkt vor Pias Gesicht, so dass sie stehenblieb. »Vielleicht habe ich ihr ja mit meiner Bemerkung die Augen geöffnet und es gibt einen Krach zwischen den beiden. Und dann quatscht sie, wetten?« Willi lachte begeistert auf.

Pia stöhnte. »Na ja, das kann man auch anders sehen. Auf jeden Fall hat Gerrit nicht gelogen und tatsächlich eine Freundin auf dem Festland«, beendete sie das Thema.

Sie schlugen den Weg in die Kaapdelle ein. Mit Blick auf die Uhr, es war bereits kurz nach zwei, verdoppelte Pia das Tempo. Sie fühlte sich schon wieder wie auf der Flucht. »Hoffentlich ist Frank Platte wenigstens zu Hause«, murmelte sie.

27.

Die *Pension Deichblick* war ein einstöckiges altes Haus, schien allerdings frisch renoviert zu sein. Die himmelblaue Hauswand wirkte neu gestrichen und war ein sehr passender Hintergrund für die darauf gezeichneten Möwen, die über die Fenster hinweg in Richtung Nordsee flogen.

Die weiße Kunststofftür war mit einem Blumenkranz geschmückt, an dem bemalte Ostereier baumelten. In der Mitte prangte ein Holzschild mit dem Aufdruck *Herzlich willkommen*. Auf dem Klingelknopf stand unter dem Pensionsnamen *Frank Platte*.

Die Klingel gab einen hübschen Gongton von sich, aber das war auch alles. Geöffnet wurde nicht.

Pia ärgerte sich. Sie wollte gerade den Rückzug antreten, als der Osterkranz erzitterte, die Eier sich drehten und die Tür doch aufschwang.

Ein hochgewachsener Mann stand vor ihnen und machte ein Gesicht, als habe man ihn in seinem Mittagschlaf gestört. Seine Augen wurden von auffallend hellen Brauen beschattet, so dass man auf den ersten Blick nicht erkennen konnte, welche Farbe sie hatten. Das dunkelbraune Haar war verstrubbelt und am linken Ohr glitzerte ein goldener Ring. Am auffälligsten war allerdings die lange Nase, die sich etwas schief dem Mund entgegenbog, doch sie wirkte weder störend noch hässlich.

»Ja, bitte?«, knurrte er und heftete seinen Blick auf Pia.

Sie zeigte ihren Dienstausweis und bat, eintreten zu dürfen.

Sich durchs Haar streichend nahm Frank Platte Haltung an. Die Muskeln spannten sich, genau wie die schwarzen Hosenträger, die er über einem dunkelrot karierten Oberhemd trug. Unter dem Flanellhemd lugte ein strahlendweißes T-Shirt hervor.

Nach einem prüfenden Blick auf Willi trat er zögernd zurück und hielt die Tür auf.

Die Küche, in die er sie führte, sah ganz anders aus, als man hätte vermuten können. An der Wand hing eine riesige Kuckucksuhr, auf den Fliesen hinter der Küchenzeile prangten Edelweißaufdrucke und alles andere war kariert. Die Tischdecke blau-weiß, die Vorhänge rot-weiß und die Handtücher, die am Bockofengriff hingen, trugen rote Herzen auf blau-weißem Grund. Pia kam sich vor, als sei sie direkt in Bayern gelandet. Was für ein Stilbruch, dachte sie. Doch Frank Platte passte perfekt in das Ambiente. Er sah aus wie ein Holzfäller, der gerade aus den Bergen zurückgekommen war.

»Worum geht es?«, fragte er mit tiefer Stimme und zeigte auf die karierten Stuhlflächen. Pia und Willi setzten sich, doch Frank Platte blieb stehen. Er lehnte sich an die Küchenzeile und verschränkte die Arme vor seiner Brust, so dass die ohnehin muskulösen Oberarme noch breiter aussahen. Er sah Willi an, als würde er ihn kennen.

Dem Zeitdruck war es geschuldet, dass Pia sofort zur Sache

kam. Sie legte das Bild von Edzard Brand auf den Tisch und fragte, ob er wisse, wer das sei.

Ohne seine Haltung zu verändern, beugte sich Frank Platte etwas vor und warf einen kurzen Blick darauf. »Wieso?«

»Das ist Edzard Brand. Der Tote vom Großen Kaap.«

Frank Platte lächelte. Die Lücke zwischen den beiden vorderen Schneidezähnen wurde sichtbar, und nun war die Ähnlichkeit mit Woody Harrelson unverkennbar. »Dieser Spacken«, lachte er. »Das geschieht ihm recht.«

»Sie kennen ihn also?«

»Kennen ist was anderes. Ich hab ihn am Freitag gesehen, als er mir diesen Brief in den Kasten gesteckt hat.« Platte griff zu einem Umschlag, der in einem Körbchen voller Papiere steckte, zog das Schreiben heraus, faltete es auseinander und las vor: *»Sehr geehrter Herr Platte, wir beziehen uns auf Ihre oben genannte Steuererklärung und möchten Sie bitten, den immensen Wasserverbrauch Ihrer Ferienwohnung in der Kaapdelle zu erklären. Aufgrund des hohen Verbrauches gehen wir davon aus, dass Sie die Wohnung weitaus öfter vermietet haben als angegeben. Wir bitten um Überprüfung Ihrer Angaben und verbleiben blablabla Edzard Brand.«* Er ließ das Schreiben vor Pia auf den Tisch segeln.

Sie nahm es in die Hand. »Und? Hat Herr Brand recht mit seiner Vermutung?«

Er lächelte schelmisch und seine Augen schimmerten wie die karibische See. »Jetzt fangen Sie nicht auch noch an! Das ist doch total lächerlich. Ich kann doch so viel Wasser verbrauchen, wie ich will.«

Pia legte das Schreiben beiseite. »Deshalb sind wir auch nicht hier, Herr Platte. Ich möchte wissen, ob Sie Herrn Brand danach noch mal gesehen haben oder ihm irgendwo begegnet sind. Vielleicht beim Osterfeuer?«

Frank Platte schlug im Stehen einen Fuß über den anderen und steckte seine Daumen in die Hosentaschen, was ihn ziemlich lässig aussehen ließ. »Nein.«

»Aber Sie waren doch am Samstag beim Feuer am Großen Kaap, oder?«

»Ja.«

»Und da haben Sie ihn nicht gesehen?«

»Nein.«

Pia holte ihr Notizbuch heraus und schrieb es auf. Frank Platte ließ sich davon nicht aus der Ruhe bringen.

»Wie spät haben Sie die Feier am Osterfeuer verlassen?«, fuhr Pia fort.

Er warf einen Blick auf die Kuckucksuhr, die ziemlich laut tickte. »Gegen eins, halb zwei«, grummelte er gleichgültig, als sei es nicht von Bedeutung.

»Dann waren Sie also bis zum Schluss da. Ist Ihnen nichts aufgefallen? Ein Streit vielleicht oder jemand, der Ihnen entgegengekommen ist, als Sie gegangen sind?«

Platte schüttelte langsam den Kopf, spitzte den Mund und ließ mit leichtem Zischen Luft durch die Zahnlücke strömen. »Tut mir leid.«

Pia konnte sich gut vorstellen, warum Bianca Diekmann den Leuten weismachte, dass Frank Platte ihr Freund sei. Seine Gelassenheit und sein gewinnendes Lächeln zeugten von großer Selbstsicherheit. Er sah aus wie ein zu groß geratener Lausbub, der es faustdick hinter den Ohren hat.

»Haben Sie eine Freundin, die bezeugen kann, dass Sie direkt nach Hause gegangen sind?«

Etwas blitzte auf in Plattes Blick, doch gleichzeitig war ein Klicken zu hören und der Kuckuck sprang aus der Uhr. Pia erschrak fürchterlich. Automatisch richteten sich alle Blicke auf den kleinen Vogel, der mit lautem Geschrei vermeldete, dass es halb drei war. Das Uhrwerk surrte, die Klappe schloss sich mit einem harten Klack und der Vogel war so schnell verschwunden wie das Blitzen in Frank Plattes Augen.

»Ich hab keine Freundin«, sagte er.

»Und was ist mit Bianca Diekmann?«

Da war es wieder. Das Blitzen. »Mit der ist gar nichts.« Abermals verschränkte er seine Arme und nahm den Kopf etwas nach hinten, so dass sich ein Doppelkinn bildete und eine dunkle Falte voller Bartstoppeln. Dann sah er zur Uhr, als wünschte er sich, der Kuckuck würde Pia holen.

»Sie sind also nicht mehr zusammen?«

»Nein.«

»Warum nicht?«

»Lief nicht so.«

»Seit wann ist Schluss?«

Eine Ader an seinem Hals schwoll an. »Ehrlich gesagt verstehe ich den Zusammenhang nicht. Was tut das zur Sache? Außerdem waren Bianca und ich nicht wirklich zusammen.« Er wechselte das Standbein.

»Ach so? Sie waren gar kein Paar?«, tat Pia verwundert und beobachtete mit Begeisterung, wie er zurückruderte.

»Hören Sie, ich war mit den *Borkumer Burschen* beim Feuer, bin alleine nach Hause und auch alleine ins Bett, wenn Sie das meinen. Bianca war nur ganz kurz da, bekam eine SMS und ist gleich wieder abgehauen. Sie hatte Frühschicht.«

»Wie spät war das?«

Frank Platte schüttelte den Kopf und kratzte sich daran. »Vielleicht gegen acht?«, schätzte er. »Wir haben reichlich getrunken, da hat man die Uhr nicht immer im Blick und meine Armbanduhr hat leider keinen Kuckuck.« Er lachte über seinen eigenen Witz.

Pia grinste ihn an. »Gut«, sagte sie, klappte ihr Notizbuch zu und stand auf. »Herr Platte, würden Sie bitte gegen halb vier in mein Büro kommen? Ich möchte Ihnen gerne etwas zeigen.«

Sein verschmitztes Lächeln blieb, doch an der Nasenwurzel bildete sich eine Falte, die aussah wie eine Narbe. »Was denn?«

»Wir haben einige Dinge sichergestellt und es würde uns helfen, wenn Sie und die anderen *Borkumer Burschen* sich die mal ansehen würden. Vielleicht bringt uns das weiter. Wären Sie so freundlich?« Lächelnd streckte sie ihm ihre Visitenkarte entgegen.

Die Falte verschwand und er nickte, als er nach der Karte griff.

Sie waren noch nicht ganz bei der Eingangstür, als es klingelte. Frank Platte ging vor und öffnete. Gerrit Hartog stand draußen. Platte schaute sich irritiert nach Pia und Willi um und als Gerrit erkannte, wen er vor sich hatte, drehte er sich blitzschnell um und rannte davon.

Pia schubste Willi vor und befahl, ihm hinterherzurennen. Frank Platte und sie sahen den beiden nach. Gerrit lief, als sei der Teufel hinter ihm her, in Richtung Strand und Pia machte sich keine großen Hoffnungen, dass Willi ihn zu fassen bekäme – der Abstand zwischen beiden wurde immer größer.

Sie wandte sich an Platte. »Wissen Sie, was er hier wollte?«

Kopfschüttelnd brachte er nur ein knappes »Nee« heraus und strich sich durchs Haar.

Pia drehte sich um. »Wir sehen uns gleich in der Polizeistation«, sagte sie betont freundlich, hob die Hand zum Gruß und marschierte los.

Sicher war sie sich nicht, ob Frank Platte wirklich im Büro auftauchen würde, sie hoffte es aber inständig.

28.

Punkt drei betrat Pia das Polizeigebäude. Bianca Diekmann saß bereits auf einem Stuhl im Flur und wartete. Pia kannte sie nur mit nach hinten gebundenem Zopf, doch jetzt trug sie ihr glattes, kastanienbraunes Haar offen, genau wie auf dem Gruppenfoto. Es sah frisch gewaschen aus und floss schimmernd bis zu den Ellenbogen. Pia musste unwillkürlich an einen Engel denken. Der Mittelscheitel sorgte dafür, dass die Seiten ihres Gesichtes vom Haar bedeckt wurden, so dass es noch schmaler und kleiner wirkte – blass und verletzlich. Die großen Rehaugen lugten schüchtern unter den dunklen Augenbrauen hervor.

Willi würde das sehr gefallen, dachte Pia und sagte: »Schön, dass Sie schon da sind.«

Sie reichte der Pflegerin die Hand und nahm sie mit in ein kleines Besprechungszimmer, wo sie ihr einen Platz anbot und ein Glas Wasser vor ihr abstellte. »Ich bin gleich wieder da«, sagte sie und ging hinaus.

Eilig lief sie in Fireks Büro. Der saß hinter seinem Schreibtisch und war in seine Arbeit vertieft. Ohne jegliche Begrüßung fragte sie ungeduldig: »Haben wir die Erlaubnis von der Staatsanwaltschaft für die Blutproben und die Fingerabdrücke?«

Firek lächelte stolz und hielt ein Fax in die Höhe. »Für die drei Unternehmer schon, aber nicht für Bianca Diekmann, wenn du das meinst.«

Pia freute sich trotzdem. »Egal. Die Diekmann gibt mir ihre Fingerabdrücke wahrscheinlich auch ohne. Und was ist mit der Frau in der *Roten Erde*? Hat sie den Besuch von Bianca Diekmann bestätigt?«

Firek räusperte sich und machte ein betretenes Gesicht. »Kathrin war da. Die alte Dame hatte tatsächlich Besuch von der Diekmann. Sie konnte sich sogar an die genaue Zeit erinnern. Sie war zwischen vier und fünf Uhr nachmittags bei ihr.«

Pia war enttäuscht. »Mist, dann hat sie ja tatsächlich die Wahrheit gesagt. Ich hätte meinen Arsch verwetten können.«

Firek grinste. »Interessant ist, was sie Kathrin noch erzählt hat. Sie war nämlich nicht sehr zufrieden mit dem Besuch. Frau Diekmann hätte ständig auf die Uhr gesehen und ihr gar nicht richtig zugehört. Und als sie dann auch noch viel zu früh gegangen ist, hat sie den Fahrstuhl genommen.« Stefan schaute Pia triumphierend an.

»Hä? Und was ist daran so besonders?«, fragte sie.

»Die Frau hat ein Zimmer im Parterre und Brand wohnte im ersten Stock.«

Jetzt fiel der Groschen. »Du meinst also, sie ist danach doch noch zu Brand?«

»Wahrscheinlich!«

»Danke!«

Begeistert lief Pia los, doch Stefan wedelte mit ein paar zusammengehefteten Seiten und rief: »Das ist der abschließende Bericht aus Oldenburg. Die Todeszeit hat man auf zwischen zweiundzwanzig und dreiundzwanzig Uhr festgelegt – also sehr viel früher, als wir angenommen haben.«

Pia drehte sich um und ging zurück. »Dann hat die Leiche also mehrere Stunden in den Dünen gelegen.« Sie schnappte sich den Bericht.

»Ja, und die Abmessungen des Würgemals deuten auf große Hände hin, also wahrscheinlich von einem männlichen Täter, genau wie das fremde Blut an der Hose von Brand. Hier steht die Blutgruppe.« Stefan tippte auf die entsprechende Stelle.

Pia gab ihm den Bericht zurück. »Gut. Dann kümmere dich bitte sofort um die Blutproben, ja? Vielleicht haben wir ja Glück und der Fall ist schneller vom Tisch, als wir dachten.« Bevor er antworten konnte, fügte sie hinzu: »Übrigens hab ich Frank Platte von der *Pension Deichblick* für halb vier bestellt. Bin mir nicht sicher, ob er kommt, aber würdest du ihn bitte bei dir warten lassen, falls ich dann noch nicht fertig bin mit der Diekmann? Ich will nicht, dass die beiden sich begegnen.«

Firek nickte. »Das passt doch perfekt, dann bestelle ich schon mal den Arzt, der ihm das Blut abnehmen kann.«

»Genau.«

Gut gelaunt verließ Pia das Zimmer und huschte schnell in ihr eigenes. Sie steckte die *Noosa*-Knöpfchen ein, nahm das Daktylogramm-Gerät aus dem Schrank und griff nach einem Vordruck.

Auf dem Flur fiel ihr Blick unwillkürlich auf Fräulein Menckes Platz. Kein Hund war zu sehen. Das Kissen war leer. Vor Schreck wäre ihr fast das wertvolle Gerät aus der Hand gefallen.

»Wo ist denn Fräulein Mencke?«, fragte sie Ute, die am Empfangstresen saß und telefonierte.

Die hielt die Muschel des Hörers zu und flüsterte: »Lotte hat sie abgeholt.«

»Aha …« Pia hatte keine Zeit, darüber nachzudenken, warum Tante Lotte ungefragt Fräulein Mencke mitgenommen hatte. Der einzige Reim, den sie sich darauf machen konnte, war, dass sie mit ihr zum Tierarzt unterwegs war. Alles in Ordnung, mahnte sie sich. Konzentrier dich auf den Fall. Fräulein Mencke ist in guten Händen.

Als sie die Tür öffnete, sah Bianca Diekmann sie böse an und alle Sorgen über kranke Hunde waren futsch.

29.

»Ich hab nicht ewig Zeit«, beschwerte sich die kleine Frau lauthals, doch ihre Stimme klang trotzdem unsicher. Mit einer fahrigen Bewegung steckte Bianca Diekmann ihr Handy in die Tasche ihrer Jacke, die sie über die Stuhllehne gehängt hatte.

Sie trug ein langärmeliges, enganliegendes Shirt mit orientalischem Muster in Weinrot und Orange. Es passte hervorragend zu der Farbe ihres Haares und ihrem fragilen Körperbau. Vielleicht hatte Willi ja recht und in diesem Wesen steckt tatsächlich ein Engel, dachte Pia und lächelte.

»Entschuldigung, aber jetzt geht es los.« Sie räumte die Utensilien auf den Tisch, die nötig waren, um die Fingerabdrücke zu nehmen. Bianca Diekmann rutschte nervös auf ihrem Stuhl herum, als würde eine schmerzhafte Prozedur bevorstehen.

»Keine Sorge, das geht ruckzuck und tut nicht weh«, sagte Pia beiläufig und schob den Vordruck in ihre Richtung. »Füllen Sie das schon mal aus, dann können wir gleich loslegen.«

Bianca blickte argwöhnisch auf das Blatt Papier. »Einverständnis für ein Daktylogramm? Was heißt das denn?«

Pia lachte. »Daktylogramm nennt man einen Fingerabdruck.«

Bianca Diekmann stöhnte. »Muss ich das eigentlich machen?«

Pia setzte sich und schaute sie ruhig an. »Das wäre sinnvoll.« Sie schob das Gerät in die Mitte des Tisches und erklärte, wie einfach so ein Vorgang heute sei. Keine Farbe mehr an den Fingern, keine Schmierereien, nur ein Druck der Fingerkuppen auf eine kleine Glasplatte.

Die Engelhafte klemmte sich das Haar hinter die Ohren und sah gar nicht mehr wie ein Engel aus. Im Gegenteil, sie wirkte plötzlich dickköpfig und störrisch. Trotzig schien sie zu überlegen, welche Folgen es haben könnte, wenn sie sich weigerte.

Pia hielt die Luft an und schaute auf das halb leere Glas Wasser. Wahrscheinlich waren darauf genügend Abdrücke zu finden, aber ohne Genehmigung wären sie wertlos.

Völlig überraschend griff Bianca plötzlich doch zum Kuli und unterschrieb. Sie schob das Blatt zur Seite und drückte die Finger nacheinander brav auf die Glasplatte, bis das Gerät mit einem Piepen anzeigte, dass die Abdrücke gespeichert worden waren. Pia bedankte sich erleichtert, doch Bianca Diekmann sagte kein Wort und stand auf.

Noch bevor sie zur Jacke greifen konnte, legte Pia das Tütchen mit den *Noosa*-Knöpfen so auf den Tisch, dass Bianca spontan hinsah. »Kennen Sie die?«

Bianca beugte sich über den Tisch, so dass ihr Haar nach vorne rutschte und fast das gesamte Gesicht verdeckte. Pia konnte den Ausdruck leider nicht sehen, doch die Frau versteifte sich.

»Sind das Ihre?«, fragte Pia.

Bianca schien sie nicht zu hören. Wie in Trance nahm sie das Tütchen behutsam in die Hände, als sei es ein verletzter Vogel. Ihre Augen füllten sich mit Tränen. Sie versuchte ihre Gefühle runterzuschlucken, doch die waren offensichtlich so groß, dass ein kleiner, verzweifelter Laut dabei herauskam. Ihre Lippen bebten. Ein Tropfen löste sich aus den Rehaugen und rann lautlos über ihre Wange.

Es war ein trauriger Anblick, der selbst Pia verlegen machte.

»Wollen Sie sich nicht wieder setzen und mir erzählen, was passiert ist?«, fragte sie vorsichtig. »Sie können auf Dauer nicht mit diesem Schmerz leben. Glauben Sie mir.«

Die Knöpfe schloss Bianca fest in ihre Faust, als wolle sie die nie mehr hergeben, und ließ sich auf den Stuhl plumpsen. Dann hob sie die verschlossene Hand zum Mund und fing an, sich vor und zurück zu wiegen, wobei sie laut hörbar durch die Nase schniefte. Eine typische Bewegung von Menschen, die etwas verloren hatten oder sich verloren fühlten. Pia erinnerte das Wiegen an eine Frau, die sie mal in einer Psychiatrie gesehen hatte.

Sie griff zur Wasserflasche und füllte Biancas Glas erneut. »Trinken Sie bitte etwas, dann geht es Ihnen gleich besser.«

Es dauerte fast fünf Minuten, bis Bianca sich etwas beruhigte und die Hände auf den Tisch vor sich legte. Die Faust war völlig verkrampft und weiß von der Anstrengung. Pia streichelte sacht darüber und bat darum, ihr die Knöpfe zu geben. Widerwillig öffnete sich die Faust und das Tütchen purzelte auf den Tisch.

Es fühlte sich ganz warm an, als Pia es nahm und es so auf dem Tisch platzierte, dass alle drei Symbole gut zu sehen waren. Bianca starrte sie mit gesenktem Kopf an.

»Das sind die, die Eddi Ihnen geschenkt hat, nicht wahr?«

Der Kopf nickte kaum merklich. Bianca tippte auf den

Schmetterling. »Der steht für das Anbrechen eines neuen Lebensabschnittes«, sagte sie matt und schob das Tütchen behutsam von sich weg, als hätte das Symbol jegliche Bedeutung verloren.

»Wann hat Eddi Ihnen den Schmuck denn geschenkt?«

»Am Freitag.«

»Im Hotel? Nachdem Sie bei der Patientin waren?«

Bianca nickte.

Pia wartete.

»Er hat mir eine SMS geschickt und weil ich sowieso im *Haus Rote Erde* war, bin ich doch noch zu ihm gegangen. Ich wollte eigentlich nicht, aber …«

»… Sie waren gespannt, was er von Ihnen wollte«, beendete Pia den Satz. »Darf ich die SMS mal sehen?«

Als wolle Bianca Diekmann nicht länger als Lügnerin dastehen, holte sie ihr Handy hervor. Sie tippte, bis die SMS auf dem Bildschirm zu sehen war, und reichte es Pia. In kurzen Sätzen hatte Brand geschrieben, dass er auf Borkum sei und Bianca, die er Bibi nannte, unbedingt treffen wolle – er habe eine Überraschung für sie.

Mit dem Daumen scrollte Pia unauffällig den Verlauf der nachfolgenden Nachrichten runter. Bibi hatte tatsächlich gezögert und sich zunächst nicht festgelegt, ihm dann aber doch zugesagt. Nach dem Treffen im Hotel hatte Eddi ein weiteres gefordert. Er hatte sie regelrecht angefleht, sich mit ihr am Strand treffen zu dürfen. Auch hier hatte Bibi nicht gleich geantwortet, so dass eine ganze Reihe SMS von Brand folgten, bis Bibi geschrieben hatte, dass sie sich am Samstagnachmittag nach Dienstschluss treffen könnten. Am Strand, im Café *Matrix*. Das Letzte, was Pia sah, war ein kleiner zwinkernder Smiley, als Bianca ihr das Handy aus der Hand nahm und sie empört anschaute.

Pia ließ sich davon nicht aus der Ruhe bringen. »Frau Diekmann, ich denke, es ist an der Zeit, dass Sie mir alles erzählen. Und wenn ich sage ›alles‹, dann meine ich das auch so. Es kann doch nicht sein, dass ich Ihnen jedes Detail aus der Nase ziehen muss. Bislang stehen Sie unter keinerlei Verdacht, aber Ihre falschen Aussagen von heute Morgen sprechen dafür, dass Sie uns etwas verschweigen, und rücken Sie in ein sehr schlechtes Licht. Können wir uns darauf einigen, dass Sie ab jetzt die Wahrheit sagen? Außerdem hätte ich gerne die Nummer von Brands Handy.«

Ein trauriges Nicken.

Pia notierte die Zahlenreihe, die Bianca leise diktierte und legte den Kuli zur Seite. »Also, dann: Sie haben sich mit Brand getroffen und in seinem Zimmer Sekt getrunken. Und wie ging es weiter?«

Ein erstaunter Blick.

»Wir haben ein Glas mit Lippenstift in seinem Zimmer gefunden«, erklärte Pia.

Bianca Diekmann errötete so stark, dass sich die Farbe ihres Gesichtes mit der ihres Shirts biss.

Pia legte ein Diktiergerät auf den Tisch und schaltete es an. Nervös zupfte Bianca Diekmann an ihren Fingernägeln, starrte auf das kleine Aufnahmegerät und fing endlich an zu beschreiben, wie es zu dem Treffen gekommen war. Sie wiederholte, dass sie der Einladung aus reiner Neugier gefolgt sei.

Im Hotel hatte Eddi ihr Sekt angeboten, um das Wiedersehen zu feiern, und ihr die Noosa-Knöpfe geschenkt. Er hatte zu jedem Symbol die Bedeutung erklärt und ihr letztendlich seine Liebe gestanden und sie gebeten, ihn zu heiraten.

»Aber das war völlig absurd. Ich heirate doch niemanden, den ich kaum kenne!«, empörte sich Bibi. »Der kann doch nicht einfach in mein Leben platzen und denken, ich würde ihm sofort in die Arme fallen!«

»Und wie hat er reagiert?«

Bianca zuckte mit den Achseln und zog die Mundwinkel gleichgültig nach unten. »Komischerweise blieb er total freundlich und meinte, ich könne es mir ja noch überlegen und die Knöpfe trotzdem behalten – zum Zeichen unserer Freundschaft. Ich hatte sogar den Eindruck, dass er nicht sonderlich enttäuscht war.«

»Ach. Glauben Sie, er meinte es gar nicht ernst mit dem Heiraten?«

»Doch, das schon, aber er hat wohl eingesehen, dass er mich nicht einfach so überrumpeln kann. Na ja, und Eddi ist – oder war«, verbesserte sie sich, »nicht gerade ein Draufgänger. Er war eigentlich eher vorsichtig und zurückhaltend. Dieser Antrag passte gar nicht zu ihm. Jedenfalls haben wir uns noch ein bisschen unterhalten und gegen kurz vor acht bin ich weg.«

»Also alles ganz entspannt. Kein Streit, kein Nichts?«

»Nein, alles war gut. Ich war auch echt froh, dass Eddi das so sportlich nahm, und gegen eine Freundschaft ist ja nichts einzuwenden.«

»Natürlich nicht. Und wie ging es weiter?«

Als müsse sie überlegen, schaute Bianca zum Fenster, doch ihr Blick wirkte nach innen gekehrt. »Eigentlich wollte ich direkt nach Hause, aber am Großen Kaap bin ich auf die *Borkumer Burschen* gestoßen. Die waren dabei, das Brennmaterial zu stapeln. Da bin ich kurz stehengeblieben. Danach hab ich noch einen Spaziergang am Strand gemacht. Gegen zehn war ich zu Hause.«

Pia nickte. »Haben Sie Frank Platte von Eddis Heiratsantrag erzählt?«

Der Kopf neigte sich für einen Moment unsicher, doch gleich darauf richtete er sich wieder auf und Bianca sah Pia selbstsicher an. »Frank hat damit nichts zu tun, glauben Sie mir. Er ist wie ein Bruder – mein bester Freund.«

»Haben Sie ihm von Eddi erzählt?«

»Ja, warum nicht? Ich habe keine Geheimnisse vor Frank. Er weiß alles von mir.«

»Und wie hat er reagiert?«

Der Kopf senkte sich wieder. »Nicht begeistert«, nuschelte sie.

»Ich habe vorhin mit Frank Platte gesprochen. Er war sogar ziemlich sauer, stimmt's?«, schoss Pia ins Blaue, woraufhin Bianca sie misstrauisch ansah. Sie zögerte, bevor sie damit herausrückte, dass sie sich über Franks Reaktion ziemlich gewundert hatte.

»Was hat er denn genau gesagt?«

Bianca schüttelte den Kopf. »Das weiß ich nicht mehr im Detail. Und ich hatte auch keine Lust, mich mit ihm zu streiten. Frank ist mir einfach zu wichtig. Ich hab ihm gesagt, dass ich den Antrag nicht angenommen habe und bin gegangen.«

»An den Strand.«

»Ja.«

»Ist er Ihnen hinterher?«

Bianca riss die Augen weit auf und strich sich aufgeregt durch die Haare. »Hat er das gesagt?« Ihr Entsetzen war nicht zu übersehen.

»Nein, wieso?«

»Nur so.« Die Augenbrauen senkten, die Falten glätteten sich, doch eine ängstliche Unruhe blieb. »Ich hatte nämlich das Gefühl, mich beobachte jemand«, gab Bianca zu und sah aus, als fühle sie sich auch jetzt nicht sicher. Ihr Blick flatterte besorgt hin und her, bis er an Pia hängenblieb. »Frank weiß, dass ich im Dunkeln Angst habe. Vielleicht ist er mir ja tatsächlich gefolgt.«

»Um Ihnen Angst zu machen?«

»Nein, um mich zu beschützen«, versuchte sie richtigzustellen, doch gleichzeitig las Pia in ihren Augen die Erkenntnis, dass es auch andersrum hätte sein können.

Bianca Diekmann erstarrte – jedenfalls äußerlich. In ihr schien es zu arbeiten. Den Blick heftete sie an die Knöpfe auf dem Tisch und ihr Unterkiefer zuckte, als müsste sie etwas Unverdauliches nochmals durchkauen.

»Wovor muss Frank Platte Sie denn beschützen?«, unterbrach Pia dieses Verhalten.

Biancas Stimme war kaum zu hören. »Ich bin mal überfallen worden, in einer Unterführung. Seit dem Tag hatte ich plötzlich vor allem Angst. Ich fühlte ich mich ständig verfolgt und habe das Haus kaum noch verlassen. Schlaflose Nächte und ständig die Fragen: Wieso ich? Wer macht so was? Ich konnte nicht mehr arbeiten, hab sogar eine Traumatherapie gemacht. Ich war nicht mehr ich selbst. Hab mich ständig umgeguckt und bin beim kleinsten Geräusch zusammengezuckt. Ich hab's echt nicht mehr ausgehalten. Deshalb bin ich auch nach Borkum gezogen. Hier fühle ich mich sicherer.«

Pia nickte. »Also keine Angstzustände mehr?«

»Kaum. Allerdings gehe ich im Dunkeln nicht gerne raus – jedenfalls nicht alleine.« Schweiß bildete sich auf ihrer Stirn. »Ich weiß auch nicht, warum ich noch an den Strand gegangen bin.« Sie schlug sich die Hände vors Gesicht, rieb über ihre Stirn und wirkte sehr unglücklich.

»Was ist denn passiert?«, wollte Pia wissen und Bianca erzählte, dass sie in Gedanken versunken sehr weit am Wasser entlanggestapft war, bis plötzlich die Dunkelheit vor ihr gestanden hatte wie ein Gespenst.

Die alte Angst hatte nach ihr gegriffen und sie gelähmt. Erst als sie ein Licht in weiter Ferne entdeckt hatte, war sie losgerannt. »Ich kann schwören, dass dort jemand war«, beteuerte sie.

»Aber gesehen haben Sie niemanden?«

Sie schüttelte entschlossen den Kopf und schaute auf die Uhr.

»Oder könnte es Edzard Brand gewesen sein?«

Bianca biss sich auf die Lippen. »Nein. Das würde er nicht machen.«

»Wann haben Sie ihn wiedergesehen?«

»Am Samstag. Nach der Arbeit haben wir uns im *Matrix* getroffen, Kaffee getrunken und einen Spaziergang am Strand gemacht.« Das Haar wurde wieder hinter die Ohren gesteckt und die Schultern lockerten sich, als wolle der Engel gleich seine Flügel ausstrecken und davonfliegen. Pia sah, dass eine Erinnerung über Bibis Gesicht huschte wie ein zarter Frühlingshauch.

»Sind Sie sich nähergekommen?«, fragte Pia vorsichtig.

Die Augen weiteten sich erstaunt. »Wie kommen Sie denn darauf?«

»Frau Diekmann, Edzard Brand hat Ihnen einen Heiratsantrag gemacht. Er war in sie verliebt, da wird er doch nicht plötzlich lockergelassen haben.«

Bianca starrte wieder auf den Schmuck. Als sie zu Pia aufblickte, lächelte sie verschämt. »Na ja, er war ziemlich schmeichelhaft, das gebe ich zu.«

»Sie mochten ihn, stimmt's?«

»Es war nicht leicht, ihn nicht zu mögen. Er war so ehrlich und aufrichtig. Ein richtiger Gentleman. Und man konnte mit ihm über alles reden. Er war ein sehr belesener und interessierter Mann, der in der Lage war, auch zwischen den Zeilen zu lesen. Eine seltene Gabe, jedenfalls bei Männern.« Sie senkte den Kopf und fügte hinzu: »Eddi war ein liebenswerter Mensch, der einfach nur Schwierigkeiten hatte, auf andere zuzugehen.«

»Sie sind sich nähergekommen«, setzte Pia den Punkt hinter die Liebeserklärung.

Bianca zuckte zusammen. »Ein wenig«, murmelte sie. »Er hat mich geküsst.«

»Und dann?«

Plötzlich wurde der kleine Engel wütend. »Nichts und dann. Ein Bekannter stand auf einmal vor uns und alle Romantik war dahin. Ich möchte jetzt gehen, Frau Seemann. Mir geht das alles ziemlich nah.« Abrupt stand sie auf und griff nach ihrer Jacke.

Pia erhob sich ebenfalls. »Was denn für ein Bekannter?«

Bianca stöhnte. »Gerrit Hartog. Ein Freund von Frank. Ich hatte Angst, er könne es ihm erzählen, also bin ich abgehauen.«

»Und hat er es ihm erzählt?«

»Das weiß ich nicht. Ist mir inzwischen auch egal.« Sie streifte sich die Jacke über, als könne sie darin verschwinden oder sich unsichtbar machen.

»Und danach haben Sie Edzard Brand nicht wiedergesehen? Hat er sich nicht mehr bei Ihnen gemeldet?«

»Nein.« Sie ging zur Tür, doch Pia stellte sich ihr in den Weg.

»Eine letzte Frage noch: Wann sind Sie eigentlich nach Borkum gezogen?«

»Vor zwei Jahren.«

»Und wann haben Sie Frank kennengelernt?«

Bianca schaute so erstaunt, als verstände sie die Frage nicht. »Frank? Den kenne ich schon aus Nordrhein-Westfalen.«

»Ach so, Sie sind ihm nachgezogen«, stellte Pia fest.

»Nein, er ist mir nachgezogen. Ein halbes Jahr später.« Ihre Augen wanderten wieder zur Türklinke. »Kann ich jetzt bitte gehen?«

»Warum sind Sie eigentlich nicht mit Frank zusammen?«

»Das habe ich Ihnen doch schon versucht zu erklären.« Sie hob verständnislos die Augenbrauen. »Meine Gefühle für ihn sind eher brüderlich – oder schwesterlich, wie auch immer.«

»Sieht Frank das auch so?«

Bianca Diekmann beantwortete die Frage nicht, sondern öffnete die Tür und schwebte mit einem »Auf Wiedersehen, Frau Seemann« einfach davon.

30.

Als Bianca Diekmann die Polizeistation verließ, war es bereits vier. Pia wäre auch gerne gegangen. Draußen schien immer noch die Sonne und sie hätte sich am liebsten auf die Suche nach Fräulein Mencke gemacht. Das Kissen war nämlich immer noch leer. So leer wie ihr Magen, der wie auf Kommando knurrte, als sie darüber nachdachte, Tante Lotte zum Abendessen einzuladen – quasi als Dank, dass die sich um Fräulein Mencke gekümmert hatte. Wenn sie nur wüsste, wo die beiden waren. Es war zu blöd, dass Tante Lotte kein Handy besaß.

Ute konnte sie auch nicht mehr befragen, die war schon nach Hause gegangen. Hinter dem Tresen saß Anne Berger, die ihr flink Utes Privatnummer auf einen Zettel schrieb. »Ruf sie doch zu Hause an.«

Pia versuchte es. Nach dem ersten Läuten nahm Johann ab, Utes Mann. Er sagte, sie sei direkt ins Fitness-Studio gefahren, so wie sie es zurzeit ständig täte. Er schien davon nicht begeistert und beklagte sich, dass ihm ihre Diät ziemlich auf den Geist ginge. Sie würde nicht mehr kochen, nur noch Smoothies trinken und an sich selber denken. Er käme sich absolut überflüssig vor und frage sich, was das alles solle. Schließlich habe er sich niemals auch nur mit einem Sterbenswörtchen über ihre Figur beklagt. Dann hielt er kurz inne und fragte kleinlaut, ob Pia wisse, was mit Ute los sei.

Pia war perplex. Dass Ute eine Diät machte und Sport trieb, war für sie völlig neu. Sie kratzte sich am Kopf und wollte was sagen, aber Johann kam ihr zuvor. »Oder hat sie einen anderen?«, fragte er provokativ.

Pia verschlug es die Sprache. Ute und ein anderer Mann? Das konnte sie sich noch weniger vorstellen als Ute im Fitness-Outfit.

»Hallo? Hab ich ins Schwarze getroffen?« Johanns Stimme drohte sich zu überschlagen.

Pia räusperte sich. »Johann! Beruhig dich mal. Ich weiß nichts von einer Diät und ehrlich: Ute und ein anderer Mann, das ist doch absurd.«

»Absurd? Und woher hat sie das Armband?«

Jetzt reichte es Pia. »Das Armband? Das hat sie sich selber gekauft. Das kann ich bezeugen. Ich weiß nicht, auf welchem Trip du bist, aber sprich doch mal in Ruhe mit ihr, dann wird sich bestimmt alles klären. Da bin ich mir sicher.«

»Ich krieg hier gleich die Krätze. Ihr Weiber steckt doch alle unter einer Decke!«, schrie Johann und knallte auf.

»Mein Gott! Das kann doch alles nicht wahr sein«, murmelte Pia. Anne verkroch sich noch tiefer hinter ihren Tresen, als sei sie schuld an dem Desaster.

Pia atmete durch und lief zu Stefan Firek ins Büro. Das Zimmer war leer. »Was ist denn hier los?«, rief sie genervt. »Wo ist Viereck?«

Anne meldete sich schüchtern zu Wort. »Der ist in Achtzehn.« Das war der Raum des Ermittlungsdienstes, der sich im Keller befand. Dort waren neben den beiden Untersuchungszimmern auch zwei Gewahrsamszellen. Pia lief schnell die Treppe hinunter. Hatte Firek Frank Platte bereits inhaftiert?

Als sie unten um die Ecke bog, lief sie drei Männern quasi frontal in die Arme. Frank Platte hielt abwehrend die Hände hoch und rief belustigt: »Hoho, nicht so stürmisch!« Er griente von einem Ohr zum anderen.

Dem wird das Lachen gleich vergehen, dachte sie und wandte sich an den Arzt, der neben Firek stand. »Haben Sie den Bluttest gemacht?«

»Ja.« Er hielt ein kleines Päckchen hoch, adressiert an das Institut für Rechtsmedizin an der medizinischen Hochschule in Hannover. Er überreichte es Firek. »Ich hab nicht viel Zeit, können wir weitermachen?«

Pia ging einen Schritt zur Seite und ließ die beiden Herren vorbei. Sie würden sich jetzt um die anderen Blutproben kümmern. »Danke und einen schönen Tag noch«, rief sie ihnen hinterher und fügte mit Blick auf Platte hinzu: »Ich bin sehr gespannt auf das Ergebnis.«

»Ich auch«, grinste er verschmitzt.

»Na, Sie scheinen sich Ihrer Sache ja sehr sicher zu sein. Kommen Sie bitte mit.« Pia ließ ihn vorweg gehen und folgte ihm die Treppe hinauf. Sie führte ihn ins Besprechungszimmer, wo gerade noch Bianca Diekmann gesessen hatte.

»Und? Hat Ihr Kollege Gerrit noch erwischt?«, fragte Platte belustigt, während er sich setzte und sich lasziv zurücklehnte.

Pia nahm ihm gegenüber Platz und sah ihm tief in die Augen. Seine Frage beantwortete sie nicht.

Dem Blick hielt Platte nicht stand. Er schaute auf den Tisch. Es dauerte nur eine Sekunde, bis er die *Noosa*-Knöpfe entdeckte und sich sein Mund zu einem Strich formte.

»Das ist es, was ich Ihnen zeigen wollte«, sagte Pia. »Kennen Sie die?«

Frank Platte rückte an den Tisch und nahm das Tütchen in die Hand. Er drehte die Knöpfe darin herum. »Hier steht es drauf. *Noosa*. Das sind Druckknöpfe, die man auf ein Armband stecken kann. Ich habe Bianca mal so eins geschenkt. Gibt's bei *Chic* in der Fußgängerzone.« Lächelnd reichte er ihr das Tütchen, das sie abermals vor ihm auf den Tisch platzierte.

»Das weiß ich. Aber ich will wissen, ob Sie *diese* Knöpfe schon mal gesehen haben.«

Er lehnte sich so weit wie möglich zurück, als müsse er sich von ihnen distanzieren, und schüttelte langsam den Kopf. »Ich interessier mich nicht sonderlich für Schmuck.«

»Wir haben die Teile am Großen Kaap gefunden, unter der Leiche.«

Ein Achselzucken. »Dann hatte der Tote sie vielleicht bei sich?«

»Ja, oder der Täter hat sie dort verloren.«

Wieder ein Achselzucken. Frank Platte wirkte völlig desinteressiert. »Ist das alles?«

Pia war enttäuscht. Hatte er diese Knöpfe wirklich noch nie gesehen? Sie war fest davon ausgegangen, dass Bianca sie ihm gezeigt und damit die Eifersucht ausgelöst hatte. Jetzt überschlugen sich ihre Gedanken. Hatte Bianca das Geschenk vielleicht gar nicht angenommen und Edzard Brand hatte die Knöpfe die ganze Zeit einfach in der Hosentasche mit sich rumgetragen? Sie hätte sich in den Arsch beißen können. Warum hatte sie Bianca nicht danach befragt?

Frank Plattes Gelassenheit regte sie zusätzlich auf. »Diese Schmuckknöpfe hat Edzard Brand Ihrer Freundin Bianca Diekmann geschenkt, und zwar als er ihr einen Heiratsantrag gemacht hat.«

Frank Platte beugte sich vor und legte die Unterarme auf den Tisch. »Hören Sie, ich weiß nicht, was Sie von mir wollen. Der Typ war ein Arschloch. Er taucht hier auf der

Insel auf, beschuldigt mich – und übrigens auch einige andere – der Steuerhinterziehung und macht sich gleichzeitig an mein Mädchen ran. Wer weiß, mit wem er es sich sonst noch verscherzt hat? Es wundert mich jedenfalls nicht, dass man ihn ans Kaap gebaumelt hat, aber eines kann ich Ihnen sagen: Wenn ich ihn umgebracht hätte, dann hätten Sie die Leiche nie gefunden.«

Sein liebenswertes Lächeln hatte sich in ein höhnisches verwandelt. Pia fühlte sich unwohl. Hatte Willi nicht ganz ähnlich argumentiert? Sie stand auf. »Gut, Herr Platte, können Sie sich noch ein paar andere Dinge ansehen, die wir am Tatort gefunden haben?«

»Natürlich, wenn Ihnen das weiterhilft. Ich bin ja kein Unmensch«, feixte er und folgte ihr.

In ihrem Büro zeigte sie ihm das karierte Tuch und die Leine, an der Brand gehangen hatte.

Platte zeigte auf das Tuch. »So eins habe ich auch. Tragen übrigens alle *Borkumer Burschen* und viele Touristen auch. Können Sie überall auf der Insel kaufen. Ist ein beliebtes Souvenir«, fügte er hinzu. »Aber das da«, er wies auf das Seil, »hab ich noch nie gesehen. Sieht ziemlich speziell aus. Vielleicht von einem Schiff?«

»Ja, vermuten wir auch«, gab Pia zu. Sie war gar nicht mehr richtig bei der Sache. Ihr leerer Magen machte ihr heftig zu schaffen und sie fühlte sich kraft- und mutlos. Der Tag war so lang gewesen, dass man daraus leicht eine Woche hätte machen können. Sie sehnte sich nach dem Feierabend – und nach Fräulein Mencke.

Frank Platte hingegen sah quietschfidel aus. Vielleicht war es das, was sie dazu hinriss, Bianca nochmal ins Spiel zu bringen. »Ist schon merkwürdig, dass Bianca mit Edzard Brand am Strand rumknutscht, oder? Wussten Sie, dass sie ihn Eddi nannte?«, sagte sie lapidar und schon ging es ihr ein bisschen besser.

Plattes Heiterkeit war wie weggefegt. »Wer sagt denn so was?«

»Bianca. Ich glaube, sie war drauf und dran, den Heiratsantrag anzunehmen.«

Sein Blick wurde stechend, die Stimme tiefer. »So ein Schwachsinn! Das würde Bianca nie tun.«

»Warum nicht?«

»Weil ich auch noch da bin? Und ein Wörtchen mitzureden habe?« Die Augenbrauen hoben sich, doch die Worte schienen von irgendwo ganz unten zu kommen – wahrscheinlich direkt aus der Galle, vermutete Pia.

»Ach so. Weil Bianca *Ihr Mädchen* ist? Vorhin haben Sie doch noch behauptet, sie seien gar nicht zusammen, und Bianca sagte das ebenfalls.«

»Man muss nicht offiziell zusammen sein, um zusammenzugehören!«, verteidigte sich Platte.

»Aha, das ist aber eine merkwürdige Interpretation, finden Sie nicht?« Pia verschränkte die Arme und schaute provokant. »Sind Sie ihr eigentlich am Freitag an den Strand gefolgt?«

Er antwortete nicht, sondern starrte sie nur an.

Sie ließ die Arme fallen. »Hab ich mir gedacht«, wertete sie sein Schweigen und schüttelte missbilligend den Kopf.

»So einen Blödsinn muss ich mir nicht länger anhören«, sagte er ganz ruhig und ging zur Tür.

»Sie sind ihr doch auch nach Borkum gefolgt!«, rief Pia ihm hinterher und brachte ihn damit zum Stehen.

Betont langsam ging er einen Schritt auf sie zu. »Frau Seemann, treiben Sie es nicht zu weit. Ich bin kein Stalker. Ich weiß, dass Sie verzweifelt nach einem Täter suchen, aber das gibt Ihnen noch lange kein Recht, mich so darzustellen. Machen Sie Ihre Arbeit und lassen Sie mich in Ruhe!« Er drehte sich um und verließ den Raum.

Die Tür ließ er offen stehen.

31.

Pia fühlte sich ziemlich allein auf weiter Flur und ließ sich in ihren Schreibtischstuhl plumpsen. Firek besorgte mit dem Mediziner die Blutproben von Hartog und Bruns, Willi lief wahrscheinlich immer noch hinter Gerrit her und Ute und Kathrin hatten sich bereits in den Feierabend verabschiedet. Wo Heiter war, wollte sie gar nicht wissen.

Sie überflog nochmals den Bericht der Gerichtsmedizin und ließ ihn auf einen Stapel Papiere sinken. Was für ein Tag! Müde rieb sie sich die Schläfen. Es blieb nichts weiter zu tun, als auf die Ergebnisse der Blutproben zu warten.

Ein letztes Mal blätterte sie durch ihre Notizen. Die Handynummer von Edzard Brand speicherte sie in ihrem eigenen Handy ab und schrieb für Willi einen Zettel, er möge die Nummer überprüfen lassen. Vielleicht war das Ding noch eingeschaltet und verriet den Standort. Allerdings war die Hoffnung sehr gering. Pia vermutete, dass der Täter das Telefon längst in der Nordsee versenkt hatte.

Als sie aufstand, war sie mit ihren Kräften völlig am Ende. Ihre Beine fühlten sich an wie Wackelpudding und sie hatte große Mühe, ihre Muskeln anzuspannen. Der Krake, der sie den ganzen Tag gequält hatte, war zwar nicht mehr zu spüren, doch jetzt kam sie sich vor wie eine leblose Qualle, die das Meer ans Land gespült hatte. Sie zog sich ihre Jacke an und verließ das Polizeigebäude.

Draußen zückte sie ihr Handy und suchte nach Willis Nummer. Spaßeshalber hatte sie ein Foto von Erik Ode dafür hinterlegt. Das brachte sie zum lächeln, weil sie sich vorstellte, dass Willi jetzt die dazu passende *Kommissar*-Melodie hörte. Abgesehen von Heiters gruseliger *Stahlnetz*-Musik fand sie die am spannendsten.

»Bin bei Gerrit zu Hause. Melde mich nachher bei dir«, sagte Willi knapp und legte sofort wieder auf.

Auch gut, dachte Pia und steuerte auf das *Haus Rote Erde*

zu. Sie wollte jetzt nicht mehr an den Fall denken, schließlich war morgen auch noch ein Tag.

Die Musik, die aus dem Hotel hallte, hörte sie schon am Leuchtturm und erkannte sie sofort. *Boogie Man*.

Thomas Nowak kannte sie seit Jahren. Er war regelmäßig auf der Insel und gab Konzerte. Pia fand, er war einer der besten Klavierspieler und eine absolute Stimmungskanone. Sie hatte alle seine CDs, doch live war er natürlich am besten. Die Vorfreude malte ihr ein Lächeln ins Gesicht, und als sie die Tür öffnete, brauste die Lautstärke auf.

Thomas Nowak haute in die Tasten, und die Gäste grölten den Text des Liedes *Everybody needs somebody*. Herrlich. Auf einmal war sie putzmunter.

Ihr Blick heftete sich an den *Boogie Man*, der schweißgebadet tief über das Klavier gebeugt stand und mit dem ganzen Körper agierte, während seine Finger zielsicher die Tasten trafen. Bei dem Anblick konnte man nur noch in die Hände klatschen, was die meisten Anwesenden auch taten.

Obwohl Pia sofort in seinem Bann war, suchte sie mit den Augen den Saal nach Tante Lotte und Fräulein Mencke ab. Es war nicht einfach, in dem Gewusel von Menschen etwas zu fixieren, doch dann entdeckte sie die beiden und ihr Herz sprang ihr fast aus der Brust.

Tante Lotte saß ganz hinten in der Ecke am Fenster und hatte Fräulein Mencke auf dem Schoß. Sie schien sich köstlich zu amüsieren und wippte rhythmisch mit den Füßen, so dass die ganze Hündin – und besonders die Ohren – wie ein Kind bei Hoppehoppereiter ständig auf und ab hüpfte. Fräulein Mencke schien das zu gefallen.

Pia fuchtelte wild mit der Hand, doch Tante Lotte sah sie nicht. Also drängelte sie ein Stück in den Saal hinein, als plötzlich das Lied zu Ende war. Pia blieb stehen, der Applaus schwoll an und Thomas Nowak rief ins Mikrophon: »Hallo, Pia!«

Alle Augen richteten sich auf sie und der Beifall hörte gar

nicht mehr auf. So im Mittelpunkt kam sie sich vor wie ein Superstar. Verlegen winkte sie dem *Boogie Man* zu und das Blut stieg ihr in den Kopf.

»Pia! Hier!«, rief Tante Lotte und schwenkte ihren Arm, als sei sie in Seenot. Fräulein Mencke hüpfte todesmutig in die Menschenmenge und kämpfte sich zu ihr durch, wobei die Leute laut lachten und noch mehr klatschten, als wollten sie die Hündin anfeuern.

Pia war überglücklich, Fräulein Mencke so putzmunter in die Arme schließen zu können und es schien, dass jeder im Raum ihre Freude teilte.

»Wie süß!«, rief eine Frau mit fiepsiger Stimme und Thomas Nowak brüllte ins Mikrophon: »Dies ist für dich, Pia: *Be my friend*!«, und schon erklang das Lied in voller Lautstärke.

Pia drückte Fräulein Mencke eng an sich und verbarg ihr Lächeln in ihrem Fell.

Während sie mit der Hündin auf dem Arm zu Tante Lotte lief, konzentrierten sich die Gäste wieder auf den Blues&Boogie-Pianisten, der inbrünstig die Freundschaft besang.

An Tante Lottes Tisch war leider kein Platz mehr frei, so dass Pia ihr die Hündin auf den Schoß setzte und daneben in die Hocke ging. Fräulein Mencke schleckte ihr begeistert durchs Gesicht und Tante Lotte streichelte Pia übers Haar, als sei sie ebenfalls ein Hündchen.

Eine Unterhaltung war bei dieser Lautstärke nicht möglich. Der ganze Raum war ein federnder Takt und als das Lied zu Ende war, schrie Tante Lotte durch den tosenden Applaus: »Wollen wir eben rausgehen?«

Pia nickte und erhob sich.

»Ah, *standing ovation*! Dankeschön!«, rief *Boogie-Man* verzückt, was die anderen Leute dazu bewog, ebenfalls aufzuspringen. Das machte es Pia und Tante Lotte leichter, den Raum zu verlassen. Thomas Nowak stimmte das nächste Lied an. *It's so beautiful* begleitete sie bis nach draußen. Pia wäre gerne geblieben, auch um sich etwas zu essen zu bestellen.

Sie hatte plötzlich so einen Appetit, dass sie es kaum mehr aushalten konnte.

»Tolles Konzert«, meinte Tante Lotte, »aber ich würde doch lieber eben mit dir reden.«

»Ja, klar«, sagte Pia. Sie gingen bis zu der Bank vor dem Leuchtturm und setzten sich.

»Bist doch nicht sauer, dass ich Fräulein Mencke mitgenommen habe, oder?«

Beide sahen der Hündin hinterher, die die Umgebung abschnüffelte und vor der Hecke einen kleinen See platzierte.

»Nein, aber du hättest schon Bescheid sagen können. Ich hab mir echt Sorgen gemacht. Warst du mit ihr beim Tierarzt?«

Tante Lotte sah sie erstaunt an. »Ist sie etwa krank?«

Pia zuckte mit den Achseln. »Sie hat sich heute Vormittag so komisch benommen und wollte gar nicht aufstehen. Ich dachte, es ginge ihr nicht gut.«

»Als ich kam, war sie putzmunter und lief mir nach – da hab ich es nicht übers Herz gebracht, sie zurückzulassen. Aber ich habe deiner Kollegin gesagt, dass ich sie mitnehme«, fügte Tante Lotte schuldbewusst hinzu.

»Ist schon gut«, lachte Pia. »Hauptsache, alles ist in Ordnung.«

Tante Lotte erzählte, wie ihr Tag mit Fräulein Mencke verlaufen war. Sie hatten einen Spaziergang am Hundestrand gemacht. Hingerissen erklärte sie, dass es nichts Schöneres gäbe, als spielende Hunde zu beobachten. »Der Hund ist ein Begleiter, der uns daran erinnert, jeden Augenblick zu genießen«, sagte sie und gab zu: »Wenn ich noch etwas jünger wäre, würde ich mir auch wieder einen zulegen.« Sie schaute verliebt zu Fräulein Mencke, die sich inzwischen vor ihre Füße gelegt hatte.

»Lotte, ich komm um vor Hunger«, wechselte Pia das Thema. »Wollen wir irgendwo was essen gehen?«

»Ja, meinetwegen. Ich lad dich ein. In die Pizzeria da?« Sie zeigte zu *Pizza & Meer*. Aber das kam für Pia nicht in Frage.

Magnus Hartog wollte sie nach dem angeordneten Bluttest auf keinen Fall unter die Augen kommen.

»Nee«, sagte sie schnell, »ich dachte mehr ans *Matrix*, du weißt schon, die Strandbar von Saskia. Da können wir übers Meer gucken und außerdem hat sie immer ein bisschen Hundefutter für Fräulein Mencke da.« Sie beugte sich zur Hündin runter und streichelte über ihren Rücken. »Du hast doch sicher auch Schmacht, oder?«

Fräulein Mencke sprang auf und wedelte, so dass die Entscheidung gefallen war.

Sie liefen die ansteigende Strandstraße hinauf und als das Meer vor ihnen auftauchte, blieb Tante Lotte stehen, um Luft zu holen. »Ach, ist das schön hier, Kindchen. Vielleicht sollte ich auf meine alten Tage doch noch hierher ziehen.«

Pia lachte. »Ja, mach das doch. Dann darfst du dir öfter mal Fräulein Mencke ausleihen und als Gegenleistung kannst du für mich kochen.«

»Gar keine schlechte Idee, du bist sowieso zu schmal, und du arbeitest zu viel. Hast du schon mal in den Spiegel geguckt? Du bist blass wie eine Leiche.«

Pia bereute sofort ihr Angebot. Sie würde auf Dauer diese bemutternde Fürsorge nicht ertragen. Es war ganz gut, dass ein bisschen Nordsee zwischen ihnen lag. Ein Meer erzeugt immer eine angenehme Sehnsucht, allerdings nur, wenn es einen trennt, dachte sie. Extra laut seufzend ging sie weiter.

»Apropos Leiche, kommst du mit dem Fall weiter? Gibt es schon was Neues?«, keuchte Tante Lotte.

»Nein, und ich hab jetzt Feierabend. Lass uns über was Erfreulicheres sprechen, ja?«, pflaumte Pia sie an und erhöhte das Tempo.

»Okay, dann reden wir über Hans oder Marten – wie sieht es denn damit aus?«, rief Lotte ihr hinterher. Sie schaffte es nicht, Schritt zu halten.

Pia blieb ruckartig stehen. »Lotte, ich sterbe gleich vor Hunger und ich habe einen mega-beschissenen Tag hinter mir. Könnten wir uns darauf einigen, dass wir nur über essbare Dinge sprechen und vielleicht noch über Getränke? Auf jeden Fall nicht über Mörder oder Männer?«

Tante Lotte bremste und nahm sich zurück, so dass ein trauriges Doppelkinn aus dünner alter Haut entstand. Sie sah aus wie ein magerer Hund.

Versöhnlich hakte Pia sie unter und tätschelte ihre Hand. »Tut mir leid, aber ich bin echt mit den Nerven runter. Lass uns einen schönen Abend haben, ja?«

Tante Lotte nickte und ließ sich wortlos weiterführen.

Die Treppe zur Promenade hinunter nahm Fräulein Mencke in drei Sätzen, doch die beiden Frauen brauchten eine Ewigkeit. Erstmalig fiel Pia auf, wie unbeweglich Tante Lotte inzwischen geworden war und ihr wurde bewusst, dass sie nicht ewig leben würde. Umso mehr taten Pia ihre Worte und Gedanken von eben leid. »Geht es?«, fragte sie mitfühlend.

»Um *mich* mach ich mir keine Sorgen, Kindchen«, bekam Pia zu hören.

»Ich mir aber«, entgegnete sie mit gerunzelter Stirn.

Tante Lotte lachte und streichelte jetzt Pias Hand.

Unten auf der Promenade betrachteten beide den Himmel – ein leicht orangefarbenes Licht zog über dem Meer auf, und ein frischer Wind, der Tante Lotte an ihren Jackenkragen greifen ließ. Sie starrte auf den Horizont. Ihr weißes Haar flatterte. »Die Stille stellt keine Fragen, aber sie kann uns auf alles eine Antwort geben«, zitierte sie eine ihrer Lebensweisheiten.

»Ja, deshalb bin ich auch so gerne hier. Komm, lass uns schnell ins *Matrix* gehen, dann können wir den Sonnenuntergang von da beobachten«, drängelte Pia und zog sie mit.

Aus dem Pavillon, den Pia für das schönste Wahrzeichen Borkums hielt, floss an diesem frühen Abend ganz besondere Musik. Es schien sich um eine Oper zu handeln und viele Leute hatten sich davor versammelt, um dem Tenor zu lauschen.

»*Cielo e mar*, aus Ponchiellis *La Gioconda*«, erklärte Tante Lotte lächelnd.

»Was du alles weißt ...«, nuschelte Pia desinteressiert und hatte Mühe, sie weiterzubewegen.

»Eine tragische Liebesgeschichte. – Aber du willst ja nicht über Männer sprechen«, fügte Tante Lotte schnippisch hinzu.

Fräulein Mencke betrat das *Matrix* als Erste. Sie wedelte so sehr, dass sich ihr ganzer Körper bog wie eine Banane. Wackelnd verschwand sie hinter dem Tresen und gleich danach war in einem Quietschton zu hören: »Hey, Süße, da bist du ja!«

»So eine Begrüßung würde ich mir auch wünschen«, rief Pia, während sie ihre Jacken an die Garderobe hängte. Als sie sich umdrehte, stand Saskia vor ihr, um sie in die Arme zu schließen.

»Dann musst du dich aber auch so freuen wie Fräulein Mencke!«, mahnte sie und zeigte auf einen Tisch direkt am Fenster. »Der ist gerade frei geworden, setzt euch, ich komme gleich.«

Das *Matrix* war ziemlich voll und Saskia hatte alle Hände voll zu tun. Sie jonglierte gekonnt Getränke und Speisen an die Tische und das, obwohl Fräulein Mencke sie auf Schritt und Tritt verfolgte und mehrfach im Weg stand.

Tante Lotte beobachtete von ihrem Platz aus den Strand, wo sich viele Leute aufhielten, um Fotos voneinander zu schießen oder Selfies zu machen. Pia sah sich nach bekannten Gesichtern im Lokal um und stellte erleichtert fest, dass keine Kollegen da waren.

Allerdings fielen ihr die Schröders auf, die am Nebentisch hinter Tante Lotte saßen. Die beiden Sprösslinge pusteten in ihren heißen Kakao und vor Doris und Gerhard standen Cocktails. *Sex on the Beach,* erkannte Pia, doch dieser verheißungsvolle Getränkename passte nicht zur Stimmung am Schröder-Tisch. Die Blicke waren eisig und mieden den jeweils anderen.

Vielleicht war ja wirklich was dran an den Gerüchten, dass es nicht so lief bei den Schröders. Pia überlegte, ob sie sich im Falle einer Trennung wohl auch vom Inselhaus trennen würden und damit die Anzahl der Polizisten wieder unter zehn schrumpfen ließen. Pia hatte sich so sehr an die viele Unterstützung gewöhnt, dass sie sich nur schwer vorstellen konnte, wie es ohne sie gehen sollte.

Mit einem Satz sprang plötzlich Fräulein Mencke auf ihren Schoß. »Hast du sie den ganzen Tag nicht gefüttert?«, entrüstete sich Saskia, die gleichzeitig an den Tisch herangetreten war. Fräulein Mencke leckte sich zufrieden die Schnauze.

»Warum machst du dir um sie bloß immer so viel Sorgen? Sie hat heute Morgen wenigstens noch gefrühstückt, aber ich habe den ganzen Tag nichts zwischen die Kiemen bekommen.«

Saskia zückte ihr elektronisches Gerät, um die Bestellung aufzunehmen. »Du Ärmste! Wonach steht der Verhungernden denn der Sinn?« Sie beugte sich runter und flüsterte mit einem frechen Lächeln: »Ich hab noch ein halbes Schwein und eine Karre Senf hinten im Lager.«

Pia verdrehte die Augen. Sie tippte auf die Karte, wo die Ciabatta-Baguettes aufgeführt waren. »Ich nehme das Käsebaguette und dazu den Tomaten-Mozzarella-Salat in extra großer Ausführung bitte.«

Tante Lotte bestellte lediglich ein kleines Salami-Sandwich, ließ sich allerdings von Saskia alle 16 Cocktails aufzählen und entschied sich für einen *Tequila Sunrise*.

Pia schloss sich an. Zum ersten Mal an diesem Tag atmete sie tief durch und hatte das Gefühl, der Stress würde von ihr abfallen. Fräulein Mencke schien es ähnlich zu gehen. Sie krabbelte umständlich von ihrem Schoß und verkroch sich weit unter den Tisch, um mit einem tiefen Seufzer ein Verdauungsschläfchen zu beginnen.

Das gab Pia die Gelegenheit, sich etwas über den Tisch zu beugen. Sie flüsterte: »Guck nicht hin, aber hinter dir sitzen die Schröders.«

Tante Lotte drehte sich sofort um. »Oh, ja!«, rief sie laut, nickte einmal mit dem Kopf zum Gruß und schoss ein fröhliches »Moin!« hinterher. Der Altkanzler lächelte verkrampft, und auch Doris brachte ein schiefes Grinsen zustande. Pia wäre vor Scham fast unter den Tisch zu Fräulein Mencke gerutscht.

»Sind ja irgendwie doch ganz normale Menschen«, stellte Tante Lotte fest und wurde von etwas abgelenkt, was hinter Pia stattfand. Auch die Schröders schauten gebannt zur gleichen Stelle. Pia drehte sich um.

Der Fernseher zeigte ein Luftbild der Insel Borkum. Der Ton war abgestellt. Für eine Weile sah man das *Haus Rote Erde* und danach für längere Zeit das Große Kaap. Die Kamera schwenkte herum und zoomte sich in ein Dünental. Auch hier folgte ein Standbild, bis das Objektiv sich dem Meer zuwandte. Die nächste Aufnahme war am Bahnhof gemacht worden. Leute stiegen in die Inselbahn, die kurz danach davonzuckelte. Die *NDR-Regional*-Kamera sah ihr hinterher, bis der letzte Wagen in einer Kurve verschwunden war. Dann fuhr das Objektiv herum und zoomte das Polizeigebäude heran.

In dem Moment, als das Polizeischild in Großaufnahme zu sehen war, eilte Saskia herbei, schob hastig das Tablett mit den Cocktails auf den Tisch und stellte den Ton an. Das Gemurmel im Raum verstummte.

Um den Gästen nicht die Sicht zu versperren, setzte sie sich neben Pia, wobei sie ihr mit dem Ellenborgen in die Rippen stieß und aufgeregt säuselte: »Jetzt wird's spannend.«

Pia bekam eine Gänsehaut und griff zum *Tequila Sunrise*. Das Glas war so kalt, dass sie erschrak. Ein eisiger Schauer ließ sie erzittern und sie wünschte, sie hätte sich einen Grog bestellt. Ihr Blick heftete sich an den Bildschirm.

»Guck mal, da bist du ja!«, rief Tante Lotte begeistert, so dass alle Gäste zu ihnen herüberschauten. »Und was du für eine hübsche Bluse an hast!«

Pia warf ihr einen bösen Blick zu und die anderen zischten: »Schschsch« und guckten konzentriert zum Fernseher.

Pia hielt die Luft an. Tante Lotte Gott sei Dank auch.

Die erste Großaufnahme galt Heiter, der sehr souverän rüberkam. Irgendwie ganz anders als sonst. Er wirkte professionell und gelassen. Und auch der Beitrag von Jens Heibült war gut, doch dann nahm die Kamera Pias Gesicht ins Visier. Sie sah abgespannt und blass aus. Ja, regelrecht farblos. Pia erkannte sich selbst kaum wieder und hoffte, den Gästen des *Matrix* ginge es genauso. Sie schluckte.

Was ihr Spiegelbild in die Kamera sagte, war allerdings ganz gut, fand Pia, und ihr Lächeln wirkte echt und freundlich.

Die Szene mit Poldis dusseliger Frage nach dem Grund des Kopf-über-Hängens war gnädigerweise rausgeschnitten worden. Doch die Frage der *NDR*-Journalistin hatte es in die Sendung geschafft. Pia hörte sich selbst zu, wie sie erklärte, dass ein speziell ausgebildeter Spürhund den Tatort in den Dünen gefunden hatte und musste unwillkürlich grinsen. Saskia und Tante Lotte sahen sie fragend an. Pia zeigte unter den Tisch.

Es folgte ihre Erklärung, dass der ermordete Edzard B. einige Kontakte auf der Insel gehabt hatte und man nun damit beschäftigt sei, alle Spuren auszuwerten und die betreffenden Personen zu verhören. Erfreulicherweise gab der *NDR* weder den Namen Brand preis noch wurde das Finanzamt erwähnt.

Die letzte Einstellung der Pressekonferenz war der Aktenordner T.O.M., den Jens Heibült präsentierte und erklärte, dass der Fall nach dem legendären *Tom Dooley* benannt worden war.

Pia atmete erleichtert auf. Sie hatte zwar den einleitenden Bericht nicht mitbekommen, aber das gesamte Tohuwabohu der Konferenz war glücklicherweise dem Cut zum Opfer gefallen. Danke, lieber *NDR*, dachte Pia und griff erneut zum *Tequila Sunrise*.

Die Akte T.O.M. rückte in den Hintergrund und die Nachrichten-Sprecherin forderte schlussendlich die Zuschauer auf, sich doch bitte bei der Borkumer Polizei zu melden, sofern sie sachdienliche Hinweise beisteuern könnten. Die Telefonnummer wurde eingeblendet. Saskia stellte den Ton ab und stand auf. Die Gäste drehten die Köpfe von der Flimmerkiste weg und fingen an, sich zu unterhalten, wobei der ein oder andere zu Pia herüberschielte.

»Gut gemacht, Kindchen«, lobte Tante Lotte und hob ihren Cocktail hoch. Pias Glas war bereits leer, doch sie bestellte sich gleich noch einen, als Saskia an den Tisch kam und das Essen servierte.

Pia konnte sich nicht erinnern, wann ihr ein Baguette mal so gut geschmeckt hatte, und der Salat war himmlisch. Ohne ein Wort stopfte sie alles in sich hinein. Es störte sie nicht mal, dass Remoulade über ihre Finger quoll und die Tomatenscheiben aus dem Brot fielen.

Tante Lotte schüttelte den Kopf. »Das ist ja unglaublich.«

»Was?«, nuschelte Pia mit vollem Mund. Sie war in Gedanken noch bei dem Fernsehbericht.

»Wie du isst. Du solltest dich mal sehen. Ich schreibe das mal deinem Hunger zu und nicht meiner Erziehung.«

Fräulein Mencke:
Menschen können Hunden nichts vormachen. Umgekehrt sieht das schon anders aus. Ich hab heute einen kranken Hund imitiert. Und mit was? Mit Erfolg!

32.

Draußen war es längst dunkel geworden. Der Gastraum des *Matrix* spiegelte sich in den Fensterscheiben und sorgte für eine heimelige Stimmung.

Die Schröders hatten ihr nicht standgehalten und waren nach Sonnenuntergang gegangen. Inzwischen saß eine Gruppe Urlauber an ihrem Tisch und diskutierte lauthals über die Vor- und Nachteile eines Insellebens.

Tante Lotte und Pia waren ausgelassener Laune. Sie kamen von einem Thema zum anderen, wobei sie geflissentlich darauf achteten, die Themen Männer und Mörder in großem Bogen zu umgehen. Völlig entspannt im Hier und Jetzt prosteten sie sich regelmäßig zu.

Tante Lotte war bereits vor zwei Stunden von Longdrinks auf Fasanenbrause umgestiegen. »Wegen meiner Blase«, hatte sie gesagt. Sie liebte den Borkumer Sanddorn-Likör.

Pia hingegen arbeitete sich in einem Halb-Stunden-Takt durch die Cocktail-Karte. Es war 21 Uhr und sie hatte bereits zwei *Tequila Sunrise*, einen *Cuba Libre,* einen *Mojito* und einen *Palm Beach* intus. Sie orderte gerade einen *Sex on the Beach,* als Saskia ihr auf die Schulter tippte und meinte: »Aus deiner Jacke kommen merkwürdige Töne. Klingt wir *Tatort.*«

Pia sprang alarmiert auf und schaffte es erstaunlich gut, die Garderobe zu erreichen. Sie tastete nach dem Handy. Willi. »Ich hab mindestens zehnmal versucht, dich zu erreichen!«, rief er empört.

»Trink gerade *Sex on the Beach*, solltest du auch machen. Hörst dich nicht entspannt an«, lallte sie.

Willi verschlug es offensichtlich die Sprache.

»Willi?«, fragte sie vorsichtig und lief zum Tisch zurück. »Bist du noch da?«

Er war beleidigt. Das spürte Pia sogar unter Alkoholeinfluss. »Nun komm schon, war doch nur ein Witz«, versuchte sie ihn zu besänftigen.

»Ja ja, lass dich nicht stören. Alles weitere Morgen. Tschüss – schönen Abend noch«, beendete er das Gespräch.

Erstaunt nahm Pia das Handy vom Ohr und starrte darauf. Die Liste der nicht angenommenen Anrufe verriet, dass er tatsächlich sechsmal versucht hatte, sie zu erreichen. Doch er war nicht der Einzige. Heiters Name tauchte zweimal auf und hinter Martens stand in Klammern eine Sieben. Pias Herz verkrampfte sich.

»Mist«, sagte sie laut.

»Was ist denn?«, erkundigte sich Tante Lotte.

»Ach, nichts.« Sie legte das Handy auf den Tisch und griff zu ihrem Getränk. »Wo waren wir stehengeblieben?« Pia hob den Cocktail in die Höhe und verkündete: »Egal, *Sex on the beach*!« Sie kam sich dabei vor wie der Butler aus *Dinner for One*, dessen Name ihr nicht einfallen wollte. Sie wusste nur noch, dass die alte Dame in dem Sketch Miss Sophie hieß und eine gewisse Ähnlichkeit mit Tante Lotte hatte.

»Okay, ich bin dabei!«, rief diese, kippte den Likör vorsichtig in ihren Hals und ließ danach das Glas ziemlich laut auf den Tisch plumpsen.

Pia sog an ihrem Strohhalm und ließ sie nicht aus den Augen. »Hattest du schon mal *Sex on the beach*?«

»Natürlich, Kindchen, welcher Mensch denn nicht?«

Pia räusperte sich. »Ich«, gab sie zu.

Tante Lotte ließ sich an die Stuhllehne sinken. »Das ist aber traurig. Wohnst direkt am Meer und hattest noch nie Sex am Strand? Dann wird es aber höchste Zeit.«

Pia sah sich augenblicklich in den Dünen liegen. Über ihr der blaue Himmel und Marten. Ein wärmendes Gefühl breitete sich in ihr aus, das jedoch schlagartig verschwand, als Tante Lotte sich dazu berufen fühlte, ins Thema Männer tiefer einzutauchen. Sie erzählte, dass sie am Nachmittag Hans über den Weg gelaufen war.

»Echt?«, japste Pia. »Schon wieder?«

Tante Lotte beugte sich vor und flüsterte, sie habe ihm

gesagt, dass Pia nichts mehr von ihm wissen wolle und längst in jemand anderen verliebt sei.

»Das geht ihn doch gar nichts an!«, ereiferte sich Pia. »Könntest du bitte mal aufhören, dich in meine Angelegenheiten zu stecken?«

»Ich hab's doch nur gut gemeint, Kindchen. Warum regst du dich gleich so auf? Du hast doch eh keine Zeit, mit ihm zu reden. Und jetzt weiß er wenigstens, woran er ist«, rechtfertigte sie sich.

Pia sog die letzten Tropfen aus ihrem Cocktail-Glas. »Und? Was hat er dazu gesagt?«, fragte sie trotzig.

Ohne zu antworten, knibbelte Tante Lotte verlegen an ihren Fingern, sah zu Saskia und winkte sie heran. »Nochmals das Gleiche, bitte.«

»Für mich nicht mehr«, wehrte Pia ab. »Ich bin voll... – vollkommen erledigt. Ich will nach Hause.«

»Der letzte Drink geht aufs Haus«, sagte Saskia und stellte zwei Fasanenbrausen auf den Tisch.

Die Frauen griffen zu den Gläsern.

»Was hat er denn nun gesagt?«, drängelte Pia in etwas netterem Tonfall, bevor sie das Glas an ihre Lippen setzte und mit zusammengekniffenem Gesicht den säuerlichen Inhalt schluckte.

Tante Lotte schien der Likör ebenfalls schwer durch die Kehle gegangen zu sein. Sie hustete und schob das Glas weit von sich. »Er hat mir nicht geglaubt und will es von dir selber hören«, krächzte sie leise.

»Das kann er haben.« Kampfbereit stand Pia auf. Sie holte beide Jacken und half Tante Lotte beim Anziehen, obwohl sie das Gefühl hatte, sie benötige selber Hilfe.

Fräulein Mencke kam unter dem Tisch hervor. Sie streckte ihre Vorderpfoten weit nach vorne, das Hinterteil hoch nach oben und gähnte mit weit aufgerissenem Schlund und geschlossenen Augen. Von Schwanz bis Schnauze erzitterte ihr Fell vor Anstrengung, doch danach sah sie völlig gelockert und unternehmungslustig aus.

Die Rechnung übernahm Tante Lotte.

Wankend und schwankend, sich gegenseitig stützend, machten sie sich auf den Weg zum *Haus Rote Erde*. Die vorhin noch beschwerlichen Stufen der Promenade stellten für die alkoholisierten Frauen keinerlei Schwierigkeit dar, ja, sie waren sogar recht flott unterwegs.

Vor dem Eingang des Hotels musste Pia Tante Lotte mehrfach versprechen, direkt nach Hause ins Bett zu gehen.

Wenn sie gewusst hätte, was ihr an diesem Abend noch bevorstand, hätte sie ihr Ehrenwort mit Sicherheit ernster genommen.

Fräulein Mencke:
Menschen sind viel zu nachtaktiv. Statt sich ordentlich zusammenzurollen und die Augen zuzumachen, sobald es dunkel wird, veranstalten sie Treffen in hellerleuchteten Räumen und machen Lärm wie Wölfe bei Vollmond. Mir soll's egal sein, ich kann überall schlafen, aber ich verstehe nicht, warum wir nicht nach Hause gehen. Stattdessen fahren wir mit einem Taxi durch die Nacht – so was ist noch nie vorgekommen. Ich mache mir Sorgen.

33.

Am Mittwochmorgen war Willi früher ins Büro gegangen als üblich. Er saß bereits seit sechs hinterm Schreibtisch. Das lag zum einen daran, dass er ungestört den Bericht über das Gespräch mit Gerrit Hartog schreiben wollte und zum anderen, dass er mit seiner holden Gertrud einen handfesten Ehekrach hatte. Er konnte es sich beim besten Willen nicht erklären, was in Trudi – wie er sie in guten Zeiten nannte – gefahren war.

Als er gestern Abend wieder mal verspätet nach Hause gekommen war, hatte sie zunächst gar nicht mit ihm gesprochen und ihm anschließend Vorwürfe gemacht. Sie war der Meinung, dass er es mit der Arbeit übertreibe und sich zu wichtig nähme. Außerdem hatte sie sich beschwert, dass er nicht richtig gegessen habe und sie am liebsten das Kochen einstellen würde, weil er es sowieso nicht würdige.

Er hatte noch versucht, sie zu besänftigen und die aufgewärmte Mahlzeit gelobt, doch dann hatte er erwähnt, dass er ein wenig abnehmen wolle.

Das hatte die gleiche Wirkung gehabt wie das Zünden eines Feuerwerks. Trudi war sofort in die Luft gegangen. Seine Gertrud, der eine Diät noch besser zu Gesicht gestanden hätte als Willi, die aber Schokolade mehr liebte als alles andere, hatte ihn als Narzissten bezeichnet. Er sei selbstverliebt und würde sich nicht für andere Menschen interessieren – jedenfalls nicht für sie, hatte sie ihn angefahren. Sein hohes Bedürfnis nach Bewunderung sei absolut aus dem Gleichgewicht geraten und sein Mangel an Empathie würde sie noch um den Verstand bringen, hatte sie mit schriller Stimme geschrien, wobei sie ausgesehen hatte wie eine Furie. Mit der Frage, ob er sich einbilde, besonders oder einzigartig zu sein, hatte sie wutentbrannt das Haus verlassen.

Willi war staunend zurückgeblieben. Er hatte sich überrumpelt und ungerecht behandelt gefühlt und nicht die leiseste

Ahnung gehabt, woher der Wind wehte. Komischerweise hatte er trotz aller Verwirrtheit an Kathrin denken müssen.

Um sich zu entspannen, hatte er sich vor den Fernseher gesetzt und sich einen Whisky gegönnt. Nach dem zweiten war er eingeschlafen.

Irgendwann hatte Trudi den Fernseher abgeschaltet und ihn mit den Worten: »Willst du die Nacht im Sessel verbringen?« wachgerüttelt.

Zu einem klärenden Gespräch war es nicht mehr gekommen. Die Luft zwischen ihnen war eisig gewesen, so dass Willi sich nicht getraut hatte, auch nur ein Wort zu sagen. In puncto Vertragen fühlte er sich grundsätzlich wie eine Niete. Und weil auch Trudi sich keine Mühe gegeben hatte, waren sie stumm ins Bett gegangen, wo sie nebeneinander gelegen hatten wie zwei eingefrorene Fische.

Als Willi jetzt daran dachte, fiel ihm sein Traum wieder ein und ihm wurde ganz heiß. Er öffnete das Bürofenster und schüttelte die Gedanken an Kathrin ab. Wie war es möglich, mitten in einem Ehekrach von einer anderen Frau zu träumen? War er wirklich ein Egoist? Nein, so hatte Trudi ihn nicht genannt. Narzisst, das war es gewesen.

Er gab das Wort bei Google ein und erhielt eine detaillierte Beschreibung über Selbstverliebtheit und Selbstbewunderung. War er das wirklich? Ein Narzisst, der nur sich selbst liebte und sich nicht in andere einfühlen konnte? Am Ende des Berichts stieß er auf die Gründe für das angeblich kranke Verhalten: Dahinter verbargen sich ein geringes Selbstwertgefühl und eine starke Verletzlichkeit.

»So ein Schwachsinn«, ärgerte er sich. »Das trifft ja wohl mehr auf Trudi zu.« Er klickte auf das kleine X in der oberen rechten Ecke des Bildes und der Artikel verschwand.

Gleichzeitig wies sein PC mit einem Pling auf eine eingegangene Mail hin. Sie war von der Staatsanwaltschaft, bei der Willi die Genehmigung der Ortung von Edzard Brands Handy beantragt hatte. Die Zustimmung leitete er an Firek weiter, mit der Bitte, alles Nötige zu veranlassen.

Willi selbst hatte sich noch nie mit solchen Dingen beschäftigt. Ihm war das alles zu kompliziert. Eine Anfrage der Daten beim Provider, mit welchen Mobilfunkmasten ein Handy gerade im Netz verbunden war, hätte er noch hinbekommen, und unter einer GPS-Ortung konnte er sich auch etwas vorstellen, aber wenn es um 15-stellige IMEI-Nummern oder eine Funkzellenabfrage mit Hilfe eines IMSI-Catchers ging, schaltete er sofort auf Durchzug. Firek hingegen war in diesen Dingen ein Ass. Er hatte ihm mal erklärt, wie simpel es mit Hilfe einer ›Stillen SMS‹ sei, eine Ortung vorzunehmen – auch wenn das Telefon abgeschaltet war. Soweit Willi sich erinnern konnte, war es lediglich notwendig, dass sich ein Akku im betreffenden Apparat befand.

Nun drückte er die Daumen, dass Firek es schaffen würde, das Handy zu finden, egal mit welchem technischen Hokuspokus.

Den Hartog-Bericht speicherte er und schaltete den Computer ab. Er sah auf seine Uhr. Gleich war es acht und Pia immer noch nicht da. Merkwürdig, dachte er und machte sich auf den Weg in die Kaffeeküche. Im Vorbeigehen schielte er kurz in Kathrins Büro.

Sie strahlte ihn sofort an, warf ihr blondes Haar aufmunternd hinter sich und säuselte: »Guten Morgen. Gut geschlafen?«

Willi blieb stehen. »Geht so. Und du?«

»Wunderbar. Danke. Gehst du in die Küche? Dann komm ich mit.« Sie sprang auf, griff zu ihrem Büro-Becher mit der Aufschrift *Lächle, du kannst sie nicht alle töten* und hüpfte ihm entgegen.

Im Flur lief sie so eng neben ihm, dass ihre Oberarme sich berührten. Er hatte den Eindruck, sie täte das mit Absicht, und er fühlte sich getröstet. Dankbar sah er sie an, woraufhin sie ihm einen wunderbaren Augenaufschlag schenkte.

»Ist was? Du siehst so blass aus.« Ihre Stimme war mitfühlend und schmeichelnd.

Er schluckte. Am liebsten hätte er sich in ihre Arme fallen

lassen und alles andere vergessen. Stattdessen hörte er sich sagen: »Nein, alles in Ordnung. Unser Haussegen hängt nur etwas schief. Trudi meint, ich arbeite zu viel.«

»Truuudi«, flötete Kathrin, »was für ein Name!« Sie kicherte spöttisch, öffnete die Tür zur Küche und ließ ihm den Vortritt.

Er ging direkt zur Kaffeemaschine, in der eine volle Kanne stand, und öffnete die Schranktür darüber. Als er sich nach einem Becher streckte, schlängelte sich Kathrin unter seinem Arm durch und quetschte sich zwischen ihn und die Kaffeemaschine, um sich einzuschenken. Ihr Rücken berührte seinen Bauch, ihr knackiger Hintern seine Genitalien. Er erstarrte.

Als ihre Tasse voll war, drehte sie sich um und drückte ihre Hüfte vor. »Ups, ich hoffe, dass ist dein Schlüsselbund«, hauchte sie, wobei heißer Dampf zwischen ihnen aufstieg.

Willi verschlug es den Atem. Diese offensichtliche Anmache war selbst ihm zu plump, auch wenn sein kleiner Willi das anders sah. Er flirtete zwar für sein Leben gern, und ja, er träumte auch ab und an von anderen Frauen, aber immer nur so lange, wie das Objekt seiner Begierde unerreichbar blieb. Wahrscheinlich war es nur das Verbotene, das ihn reizte. In dem Moment, in dem die Frau die Initiative ergriff und vor ihm rumzappelte wie ein Fisch an der Angel, verging ihm grundsätzlich der Appetit.

»Truuudi«, sagte er und neigte seinen Kopf in Kathrins Richtung, als wolle er sie gleich küssen, »ist die beste Frau der Welt.« Dann schob er die Kollegin sanft aber bestimmt zur Seite und schenkte sich Kaffee ein.

Sie stand da wie eine Statue mit leicht geöffnetem Mund. Es dauerte drei, vier Sekunden, bis sie begriffen hatte und sich fing. Ihr Lächeln war so verkrampft wie ihre Hände, die sich an den Becher klammerten.

Sie pustete ein paarmal auf den heißen Kaffee, und nachdem sie einen klitzekleinen Schluck genommen hatte, fixierte sie Willi, der vier Stücke Zucker in seine Tasse plumpsen ließ. Sie zog ihre sorgfältig gezupften Augenbrauen hoch. Gleichzeitig senkte sie den Kopf, wie ein Stier, der das rote Tuch eines Toreros mit spitzen Hörnern ansteuerte. Ihre Antwort fiel ebenso spitz aus: »Danke für diese sehr hilfreiche Information, Herr Kollege.«

Die Tür öffnete sich und Ute platzte herein. Sie machte ein Gesicht wie drei Tage Regenwetter. »Welche Information ist hilfreich?«, fragte sie und ging auf die Spülmaschine zu.

»Dir auch einen guten Morgen, Ute«, versuchte Willi einer Antwort zu entkommen.

»Ja ja, euch auch.« Sie riss die Maschine auf und stöhnte. »Typisch – auf die Idee, das Ding mal auszuräumen, kommt ihr wohl nicht, was? Glaubt ihr eigentlich, dass ich euer Mädchen für alles bin?« Scheppernd holte sie ein paar Tassen heraus.

»Was ist denn mit dir los? Schlecht geschlafen?«, kommentierte Kathrin und verließ den Raum mit den Worten: »Da kannst du dich gleich mit Willi zusammentun.« Die Tür fiel laut ins Schloss.

Ute stellte die Becher in den Schrank und sah Willi an. »Dicke Luft?«

Achselzuckend stellte er seinen Kaffee zur Seite und half ihr mit dem Einräumen des Geschirrs.

»Was hat sie denn?«

»Ach nichts, ich bin nicht gut drauf. Hab mich gestern Abend mit Trudi gestritten.«

»Wegen Kathrin?« Sie drückte Willi einen Haufen Teller in die Hände.

»Nein, weil ich zu viel arbeite und mich ihrer Meinung nach zu wenig um sie kümmere. Sie sagte, ich sei ein Narzisst. Und alles nur, weil ich ein bisschen abnehmen will.«

Mit einem abfälligen »Tse« überreichte sie ihm das Besteck und ließ mit einem lauten Knall die Klappe der Spülmaschine zufallen. Während er die Essgeräte einsortierte, lächelte sie. »Johann hat mich gestern Abend auch zur Schnecke gemacht. Er glaubt, ich betrüge ihn, weil ich neuerdings ins Fitness-

Studio gehe. Ich will nämlich auch abnehmen«, verriet sie ihm und schaute auf seinen Bauch.

»Echt?«

»Ja, zehn Kilo hab ich mir vorgenommen.« Sie kniff sich in die unübersehbare Speckrolle an den Hüften. Ihre Rundungen waren denen von Trudi sehr ähnlich.

»Ich finde dich nicht zu dick. Ein bisschen Vorratsspeck kann nicht schaden«, witzelte er. »Außerdem braucht man doch was, woran man sich festhalten kann.« Lachend versetzte er der Lade mit einem Hüftschwung einen Schubs, so dass sie scheppernd zuschnappte.

Ute lief rot an wie eine unschuldige Krabbe, die man in kochendes Wasser geworfen hatte.

»Glaubt Johann wirklich, dass du ihn betrügst? Das ist doch völliger Schwachsinn.«

Ihre Gesichtsfarbe wechselte von schamrot zu wutrot, ihr Blick von schüchtern zu angriffslustig. »Traust du mir das etwa nicht zu? Hältst mich wohl auch für einen kleinen, grauen, fetten Esel, der nur die Drecksarbeit für andere macht, was?«

Willi hob beschwichtigend die Hände. »Reg dich ab, Ute. So war das doch gar nicht gemeint. Ich halte dich bloß nicht für so eine eingebildete Tussi wie Kathrin. Du bist die beste Kollegin weit und breit und ich weiß deine Fürsorge total zu schätzen, echt. Tut mir leid.«

Ute senkte den Blick und nickte in kleinen Bewegungen. Ihr braunes Haar fiel matt und strähnig nach vorne. Sie sah trostlos aus und auf einmal tat sie ihm wirklich leid. Fast hätte er sie in den Arm genommen. Stattdessen schenkte er ihr einen Kaffee ein und überreichte ihr versöhnlich den Becher.

»Nee, das kannst du vergessen«, sagte sie. Willi zog perplex die Tasse zurück.

Ute fing an zu lachen. »Die gehört Heiter. Der sieht rot, wenn ein anderer sie benutzt.«

Tatsächlich. Auf der einen Seite des Bechers stand in großen Buchstaben: *Cheftasse* und auf der anderen: *Hier kann jeder machen, was ich will.*

Ute nahm ihm grinsend den Kaffee aus der Hand und goss ihn in den Abfluss. »Lass mal, ich mach mir einen Tee.«

Willi nippte an seiner Tasse. »Ich geh wieder an die Arbeit. Schönen Tag noch«, verabschiedete er sich.

Aber bevor er den Raum verlassen konnte, fragte sie: »Hast du schon die Zeitung gelesen?«

Er schüttelte den Kopf. »Wieso?«

»Der Bericht über die Pressekonferenz von gestern steht drin. Ich glaube, der wird Heiter und Pia nicht gefallen. Wo ist sie eigentlich?«

»Weiß ich nicht, hab mich auch schon gewundert. Ich ruf sie gleich mal an.«

»Ja, mach das«, rief sie ihm hinterher. »Und die Zeitung hab ich dir auf den Tisch gelegt!«

34.

Der Fall ›Tom Dooley‹ lautete die Schlagzeile des *Inselblattes*. Poldi hatte ein Foto ausgewählt, das das ganze Chaos widerspiegelte: ein heilloses Durcheinander von Reportern und eine Fernsehkamera, die auf die Akte T.O.M. in der Bildmitte gerichtet war.

Etwas verschwommen im Hintergrund sah man Heiter, der aussah, als hätte er ein verdorbenes Fischbrötchen verschluckt. Jens Heibült, der im Vordergrund die Akte in die Kamera hielt, wirkte hingegen frisch und fröhlich. Doch Pia, die regelrecht ins Bild stürzte, sah aus wie eine Meeresgöttin bei Sturm, wobei ihre hübsche Bluse in Brusthöhe unvorteilhafte Falten warf.

Willi konnte sich ein Lachen nicht verkneifen. »Ach du Scheiße, was ist das denn?«

Unter dem Foto stand ein kleiner Absatz: *Pressekonferenz auf Borkum sorgte gestern für große Aufregung. Mörder befindet sich noch auf freiem Fuß. Polizei bittet die Bevölkerung um Mithilfe. Detaillierter Bericht auf Seite drei.*

Willi setzte sich und schlug die entsprechende Seite auf. Hier sprangen ihm zwei Fotos entgegen. Die wirkten Gott sei Dank wesentlich aufgeräumter. Auf dem einen sah man Jens Heibült, Jörg Heiter und Pia Seemann in Reih und Glied hinter einem langen Tisch sitzen. Heiter sprach ins Mikrophon und sah sehr besorgt aus. Jens und Pia guckten ernst in die Kamera. Das zweite Bild zeigte Edzard B. aus L.

Poldi hatte seinen Bericht in drei Teile geschnitten und mit jeweils einer passenden Aussage der Polizei als Überschrift versehen. Über dem ersten Abschnitt stand in Gänsefüßchen kursiv geschrieben: *»Ein grausames Verbrechen hat auf unserer Insel stattgefunden.« Dienststellenleiter Jörg Heiter.*

Darunter las man das, was das *Inselblatt* bereits gestern berichtet hatte. Das einzig Neue war, dass der Tote jetzt näher beschrieben werden konnte und es ein Bild gab. Edzard B. aus L. war ein 45-jähriger lediger Beamte aus einer Hafenstadt im Landkreis Leer, der am letzten Donnerstag auf die Insel Borkum gereist war.

Über dem zweiten Teil der Geschichte prangte ein Zitat von Jens Heibült, Spurensicherung: *»Blut vom mutmaßlichen Täter konnte sichergestellt werden.«*

Alle Details, die Jens preisgegeben hatte, wurden erörtert, wobei das Hauptthema das Blut an der Hose des Toten und am Sanddornbusch in den Dünen war. Aber auch das Seil, das ebenfalls abgebildet war, wurde näher beschrieben.

Der dritte und letzte Teil begann mit einem Satz von Hauptkommissarin Pia Seemann: *»Wir sind dem Täter auf der Spur.«*

Darunter stand, dass Edzard B. im Hotel *Haus Rote Erde* im Zimmer 123 gewohnt hatte und man auf zwei heiße Spuren gestoßen sei, die bereits verfolgt würden. Bislang hätten die Ermittlungen jedoch noch zu keiner Verhaftung geführt.

Schlussendlich kam Poldi auf sein Lieblingsthema zurück, nämlich das Aufhängen der Leiche ans Große Kaap. Aus diesem Grund, so teilte er mit, sei der Fall ›Tom Dooley‹ genannt worden.

Der gelb hinterlegte Infokasten darunter enthielt stichwortartig, was für mögliche Zeugen wichtig sein konnte. Die Rufnummer der Polizeistation war fett gedruckt.

Willi ließ das *Inselblatt* auf seinen Schreibtisch fallen und griff zum Telefon. Nach dreimaligem Tuten vernahm er ein krächzendes »Ja?« Er glaubte schon, er hätte Pia geweckt, doch dann dachte er an den Vorabend, an dem sie allem Anschein nach einen über den Durst getrunken hatte. Das entsprach normalerweise ganz und gar nicht ihrer Art, doch das Lallen war selbst ihm nicht entgangen. Vielleicht ist ihr der Alkohol nicht bekommen und sie ist krank, dachte er und nahm sich vor, nett und verständnisvoll zu sein – auch, oder gerade, im Hinblick auf seine angeblich narzisstischen oder egoistischen Züge.

»Hier ist Willi, wo bist du? Geht es dir gut? Ich mache mir Sorgen!«

Es raschelte am anderen Ende und eine weitere Person nuschelte etwas im Hintergrund, das Willi trotz gespitzter Ohren nicht verstand. »Pia? Bist du da?«

Nach einem Räuspern klang sie wie immer: »Ja, ja, tut mir leid, dass ich mich noch nicht gemeldet habe. Bin gerade unten am Hafen. Nehme den nächsten Bus.«

»Den Bus? Soll ich dich nicht lieber abholen?«

»Nein, nein! Das geht schon. Bin gleich im Büro.« Sie beendete das Gespräch ohne weitere Erklärungen.

Willi wunderte sich. Er zog seine Schreibtischschublade auf, um einen Blick auf den Fahrplan zu werfen und stellte fest, dass der nächste Bus erst um neun fuhr. Das ist ja noch eine halbe Stunde hin, dachte er und entschied, Pia doch abzuholen. Er war sich sicher, dass irgendetwas nicht stimmte.

Im Flur lief ihm Heiter in die Arme, das *Inselblatt* in der Hand. Willi ging einfach weiter und rief so gehetzt wie möglich: »Pia und ich müssen kurz was überprüfen. Wir sind gleich wieder da!«

Als er die Tür aufriss und zum Auto eilte, hoffte er, dass Heiter nicht aus dem Fenster sehen und feststellen würde, dass sie gar nicht bei ihm war.

Fünf Minuten brauchte Willi bis zum Hafen. Pia war nirgends zu sehen. Weder an der Bushaltestelle noch am Taxistand vor dem Restaurant. Er parkte den Wagen und stieg aus.

Im *Port Henry* lagen unendlich viele Segelboote. Das vertraute Klappern und Surren war zu hören sowie das Geräusch von Menschen, die über hölzerne Planken gingen. Es knarrte und quietschte bei jedem ihrer Schritte. Willi hielt eine Hand über seine Augen und erkannte Männer mit Brötchentüten, die zurück zu ihren Booten liefen, und Frauen mit Kulturtaschen, die zu den Waschräumen unterwegs waren. Ein Mann mit einem Hund kam ihm entgegen, aber von Fräulein Mencke keine Spur.

Bei diesem herrlichen Wetter beneidete Willi die Urlauber, die sich den Luxus leisten konnten, von einem Hafen zum anderen zu segeln. Zusammen mit Trudi hatte er mal einen Törn mit einem Bekannten mitgemacht und sich von Borkum nach Norderney wehen lassen – das war eine der schönsten Erinnerungen seiner Ehe. Sie hatten sogar geankert und waren splitternackt ums Schiff herumgeschwommen. Wie lange war das nun her? Zwanzig Jahre?

Damals hatten sie beschlossen, sich baldmöglichst selbst ein kleines Segelboot zu kaufen. Voller Enthusiasmus hatten sie den Bootsführerschein gemacht und Trudi hatte eine Spardose in Schiffsform angeschafft, um dem gemeinsamen Traum näher zu kommen. Aber irgendwie war immer etwas wichtiger gewesen, und seit sie das Haus gekauft hatten, diente die Spardose nur noch als maritime Dekoration im Badezimmer.

Warum nur hatten sie ihr Ziel nicht wieder aufgenommen, überlegte Willi. Wäre ein Boot nicht sinnvoller als ein Haus gewesen?

Mit einem tiefen Seufzer versuchte er, die sehnsuchtsschwangeren Gedanken loszuwerden, doch es gelang ihm nicht. Sie hatten sich festgesetzt wie Seepocken am Rumpf eines Schiffes.

Automatisch ging er den Steg hinunter, um sich die Boote näher anzusehen. Weit kam er allerdings nicht. Vom ersten Schiff rief ihm KW ein grummeliges »Moin« entgegen und winkte ihn zu sich.

KW stand für Karl Wilhelm, Karl Wilhelm Sträter – DER Seebär Borkums. Sein Schiff *Fiedje* war ein alter Segel-Kutter aus dem Jahr 1948, den er liebevoll restauriert und zu einer Art Piratenschiff umgebaut hatte. Das Eichenholz war schwarz gestrichen und an einem der zwei Masten flatterte eine Totenkopfflagge. Das urige Schiff war ein beliebtes Fotomotiv, der Eyecatcher des Borkumer Hafens und ein gern gesehener Gast auf maritimen Veranstaltungen.

Doch auch KW, der wohl noch älter war als *Fiedje*, war ein Foto wert. Sein weißer Bart und seine von Wind und Wetter gegerbte Haut ließen ihn selbst wie einen Piraten aussehen, obwohl er statt bunter Tücher nur eine blaue Seemannsmütze trug. Er bot den Touristen kleine Ausfahrten auf der Nordsee an und ankerte mit ihnen vor dem Strand, wobei er viel Seemannsgarn zu erzählen wusste und den Besuchern ein paar Seemannsknoten beibrachte.

»Moin«, rief Willi und blieb vor *Fiedje* stehen.

KW kletterte etwas umständlich vom Schiff. Allem Anschein nach hatte er wieder mal Rückenschmerzen. Auf dem Steg reichte er Willi die Hand. »Wat 'n Wark, wa?«, nuschelte er auf Plattdeutsch in seinen Bart, was so viel heißen sollte, wie: »Was für eine Sache, was?«

Willi nickte. Er wusste, dass KW vom Toten am Großen Kaap sprach und jetzt mehr über die laufenden Ermittlungen zu erfahren hoffte. Willi nutzte die Gelegenheit und fragte ihn nach der schwarz-roten Leine, an der der Tote gehangen hatte.

Der Bart fing an zu wackeln und es formte sich ein dunkler Schlitz, der sich beim Reden öffnete und schloss. KW war der Meinung, dass es solche Leinen nur bei der Marine gäbe oder auf dem Flohmarkt. Hier im Hafen sei ihm so ein Festmacher jedenfalls noch nie aufgefallen, beteuerte er, guckte streng und meinte, dass der Mörder gewiss kein Seemann sei.

»Warum nicht?«

Die Antwort war so knapp wie logisch. Ein Seemann würde erstens niemals seine eigene Festmacherleine verwenden und zweitens eine Leiche auf See entsorgen.

Das leuchtete Willi sofort ein. Er grinste. »Ich bin gar nicht wegen des Toten hier. Ich will mir nur mal ein paar Schiffe ansehen. Überlege, mir auch eins zuzulegen.« Er steckte die Hände in die Hosentasche und streckte prahlerisch seine Brust vor.

KW zeigte auf *Fiedje*. »De kannst ok kopen«, verriet er und erklärte mit ernster Miene, dass er es aus gesundheitlichen Gründen nicht mehr schaffe, *Fiedje* zu unterhalten.

Willi zog eine Hand aus der Tasche und wedelte abwehrend. »Nee, das ist mir eine Nummer zu groß. Wir sind ja nur zu zweit. Ich such ein einfaches, nicht zu teures Bötchen, das leicht zu bedienen ist. Höchstens acht Meter lang.«

KW nickte. »Ik höör mi maal um«, versprach er und verwies darauf, dass so ein antikes Schiff wie *Fiedje* sowieso nichts für Anfänger sei. 85 Quadratmeter Segelfläche wären nicht einfach zu bewältigen und man benötige einige handwerkliche Fähigkeiten für die Instandhaltungsarbeiten.

Willi wackelte staunend mit dem Kopf und behielt dabei die Stege im Auge. Er wollte Pia keinesfalls verpassen. Irgendwie musste er den Absprung schaffen, denn wenn KW erst ins Schwärmen geriet, würde er hier noch morgen stehen.

Als habe KW seine Gedanken gelesen, sagte der plötzlich: »Wacht eevkes« und kletterte auf sein Schiff. Er verschwand für einen Augenblick unter Deck und kam stolz wie Oskar wieder zum Vorschein. In seiner Hand baumelte ein schwarzes Band, an dem ein klitzekleines Segelboot aus silbrigem Stahl glitzerte. Er hielt es über die Reling und bat Willi, sich etwas vorzubeugen, so dass er es ihm über den Kopf ziehen konnte. »Dat schenk ik di«, verkündete KW, als handele es sich um einen Orden.

Willi nahm den Minisegler, der nun vor seiner Brust baumelte, in die Hand und bestaunte das Schmuckstück. Er kannte KWs Kunstwerke natürlich, allerdings nicht in so minimalem Format. Normalerweise hingen sie in Ausmaßen von ein bis zwei Metern an Hauswänden oder über Firmeneingängen. Auf Borkum konnte man sie an mancher Stelle bewundern, und inzwischen auch auf dem Festland. »Das ist ja nett von dir, danke!« Er war begeistert. »Wenn es dir nichts ausmacht, werde ich es allerdings an Trudi weiterverschenken.«

KW grinste breit und fummelte an seinem Handgelenk rum. Ein schwarzes Knotenarmband löste sich und er überreichte es Willi mit den Worten: »Dann nehm du dat man.«

Willi wusste gar nicht, was er sagen sollte.

Das Armband passte genau. Es war eine Aneinanderreihung von Seemannsknoten und mit einem winzigen Schäkel zu verschließen.

Von Dank wollte KW natürlich nichts wissen. Er war ein äußerst bescheidener Mensch, der sich freute, wenn andere glücklich waren – also ein recht seltenes Exemplar der Menschheit.

»Ich muss nun weiter, aber ich komm die Tage noch mal vorbei«, verabschiedete sich Willi und schaute kurz auf die Uhr. Viertel vor neun, der Bus kam erst in fünfzehn Minuten. Irgendwo musste Pia sich also rumtreiben, aber wo?

Er ging den nächsten Steg hoch und blieb vor einem kleinen Segler stehen, weil ihm ein Zettel an dessen Reling auffiel. Willi zückte sein Handy und machte ein Foto davon:

»Sunbeam 27«

Länge 8,35m, Stehhöhe 1,80m, Tiefgang 1,25 m, Verhandlungsbasis 25.000 Euro

Handynummer 0173-4867904.

Aus einer anderen Perspektive machte er Fotos vom ganzen Schiff. Es sah sehr gepflegt aus, war weiß und hatte einen blauen Streifen, in dem der Name *Pas de deux* stand. Willi war verzückt – dieser Name passte perfekt zu seinem Vorhaben.

Gerade als er sich bückte, um eine Großaufnahme davon zu machen, fing das Boot an zu wackeln und er hörte etwas klappern. Als Nächstes sah er Pias Kopf auftauchen. In rasanter Schnelle kletterte sie mit Fräulein Mencke auf dem Arm über die Reling und hüpfte auf den Steg, der so ins Schwanken geriet, dass Willi fast hingefallen wäre. Fräulein Mencke wurde abgesetzt und ihre Blicke trafen sich.

»Was machst du denn hier?«, fragten beide zeitgleich.

»Ich … ich wollte dich abholen«, stotterte Willi perplex und steckte sein Handy ein.

»Ja, denn man los«, befahl Pia und ging in großen, geschäftigen Schritten voran, als wolle sie vor etwas flüchten.

Willi folgte und sah sich noch einmal um. Auf der *Pas de deux* stand ein riesiger Mann mit verzottelten blonden Haaren. Er trug ein weißes T-Shirt und darüber ein blaugemustertes Hemd, das im Wind flatterte, als er seine Hand zum Gruß hob. Willi tat es ihm nach, beeilte sich jedoch, Pia einzuholen. »Wer ist das denn?« keuchte er, aber sie antwortete nicht.

Stattdessen schimpfte sie: »Ich hatte doch gesagt, ich nehme den Bus.« Sie legte noch einen Schritt zu.

Willi konnte kaum mithalten, ganz im Gegensatz zu Fräulein Mencke, die vorausraste, als handele es sich um ein Verfolgungsspiel. »Ja, schon, aber ich dachte, es ginge schneller, wenn ich dich hole.«

Pia reagierte nicht.

Am Auto angekommen, wies Willi mit seinem Kopf nochmals auf das Boot, auf dem der Blonde nicht mehr zu sehen war. »Wer war das denn nun?«

Wieder ignorierte Pia seine Frage. Mit einem lauten Pfiff versuchte sie Fräulein Mencke zu sich zu rufen, die im Gestrüpp in Nähe der Bushaltestelle einen See machte. Es dauerte eine Weile, bis die Hündin fertig war. Willi schloss daraus, dass sie lange keine Gelegenheit dazu gehabt hatte.

Als das Pischern endlich ein Ende fand, kratzte die Kleine wild mit allen vier Pfoten auf der Stelle herum, so dass Steinchen, loser Sand und sogar ein ziemlich großes Grasbüschel in hohem Bogen hinter sie flogen. Danach rannte sie wie von der Tarantel gestochen auf Pia zu, die ihr bereits die hintere Tür des Wagens geöffnet hatte, und verschwand mit einem flinken Satz im Inneren. Erst dort begrüßte sie Willi mit wildem Gewedel und versuchte, ihm durchs Gesicht zu schlecken, während er den Wagen startete und losfuhr. Pia sprach ein Machtwort und verbannte Fräulein Mencke auf die Rückbank.

»Hast du die Zeitung schon gelesen?«, wollte sie wissen.

Willi nickte und schielte zur Seite. Die Kollegin sah nicht gut aus. Sie hatte Ränder unter den Augen, ihre Haare waren fettig und soweit er sich erinnern konnte, trug sie dieselben Klamotten wie gestern.

»Und? Kommen wir einigermaßen gut weg? Oder müssen wir gleich zu Poldi fahren, damit ich ihm mal ordentlich in den Arsch treten kann? Ich bin in hervorragender Stimmung dafür.« Endlich lachte sie.

Willi atmete auf. »Nee, lass mal. Der Bericht war okay, abgesehen von dem Foto auf der Titelseite – das wird dir nicht gefallen.«

Fräulein Mencke:
Mensch, was hab ich gute Laune! Die Nacht in dem winzigen schwimmenden Haus hat mir äußerst gut gefallen. Die Enge ließ keinen großen Spielraum für Aktivitäten zu und sorgte dafür, dass sogar mein Frauchen endlich zur Ruhe kam. Es war da unten so gemütlich wie in einem Fuchsbau voller Junge. Herrlich.
Zum Schluss hat mich allerdings meine volle Blase gequält und ich hätte mir fast ins Fell gemacht.

35.

Die Runde im Besprechungszimmer war eine ziemlich merkwürdige. Heiter hatte einen Lolli im Mund und rührte in seinem Tee, als ginge es darum, die Flüssigkeit in Bewegung zu halten. Kathrin hielt die Arme verschränkt und guckte so bockig, als habe man sie zutiefst beleidigt. Und Ute war regelrecht grau im Gesicht. Sie sah abgespannt und verweint aus. Nur Firek schien in einer normalen Verfassung zu sein.

Als Fräulein Mencke ins Zimmer hüpfte, zuckten alle zusammen und regten sich, als habe das Wedeln der Hündin sie aus einem hundertjährigen Dornröschenschlaf erlöst.

Heiter nahm den Lolli aus dem Mund, legte den Löffel zur Seite und trank einen Schluck, Kathrin hob ihre Arme und öffnete ihren strengen Zopf, Ute griff zur Teekanne und schenkte nach, und Firek biss herzhaft in ein Brötchen.

Fräulein Mencke machte eine Begrüßungsrunde und setzte sich demonstrativ neben Ute, die daraufhin eine Scheibe Wurst von ihrem Brötchen zupfte und sie ihr reichte.

Pia und Willi zogen ihre Jacken aus und setzten sich.

Die Mienen hellten sich auf. Nur die von Heiter nicht.

»Das wird auch Zeit«, mahnte er, schaute auf seine Uhr und schob das *Inselblatt* in Pias Richtung, wobei er sich den Lolli wieder in den Mund steckte. »Wo wart Ihr denn?«, nuschelte er.

»Noch mal am Hafen«, sagte Pia so beiläufig wie möglich und hoffte, dass er es dabei bewenden lassen würde. Dass sie die Nacht betrunken bei ihrem Ex auf einem Segelboot verbracht hatte, wollte sie keinesfalls preisgeben.

Zu Tee und Kandis greifend, starrte sie auf die Zeitung, doch Heiter bohrte nach. »Wieso? Gibt's was Neues?«

So zu tun, als habe Pia ihn gar nicht gehört, fiel ihr beim Anblick des fürchterlichen Titelfotos nicht schwer. Sie nahm die Zeitung in die Hand und rief völlig entsetzt: »Mein Gott, sehe ich wirklich so beschissen aus?«

Heiter zog den Lutscher wieder aus dem Mund und lachte. »Willst du eine ehrliche Antwort?«

Pia sah ihn streng an.

»Hab's nicht so gemeint. Ich komm auf der ersten Seite auch nicht gut weg. Der Bericht auf Seite drei ist besser.« Der Lolli wanderte abermals in seinen Mund.

Pia kommentierte es mit: »Wenn du lutschst statt rauchst, ist das auf jeden Fall ein gutes Zeichen.« Sie blätterte um, überflog kurz den Bericht und legte das *Inselblatt* zur Seite. »Läuft doch.«

»Na ja, unter laufen verstehe ich was anderes«, meinte Heiter, der zur T.O.M.-Akte griff und Willis Bericht aufschlug. »Kannst du das mal etwas näher ausführen?«, forderte er ihn auf.

Willi räusperte sich.

Pia war gespannt. Sie war wahrscheinlich die Einzige im Raum, die den Bericht noch nicht kannte.

»Tja, also, als Pia und ich uns gerade von Frank Platte verabschiedeten, klingelte Gerrit Hartog an der Tür. Als er uns sah, flüchtete er und ich nahm die Verfolgung auf. Leider hab ich ihn nicht einholen können und ihn am Strand verloren. Also bin ich zu seiner Wohnung und hab dort auf ihn gewartet. Nach einer halben Stunde kam er. Er stotterte zwar erst ziemlich verdattert rum, aber dann nahm er mich mit rein. Imke Kampen, seine Freundin, war ebenfalls anwesend. Sie scheint übrigens einen sehr guten Einfluss auf ihn zu haben. Aber egal, auf jeden Fall hat er gesagt, er wäre aus Reflex vor uns weggerannt, weil er sich von uns verfolgt fühle.«

Pia schnaubte verächtlich. »Verfolgt? Was wollte er denn bei Platte?«

»Er meinte, er hätte mit ihm über die Mitgliedschaft bei den *Borkumer Burschen* sprechen wollen.«

Pia verstand auch das nicht. »Wieso das denn? Wollen die ihn rausschmeißen?«

»Nein, er ist gar kein Mitglied. Möchte es aber gerne werden. Doch dafür muss man auf Borkum geboren sein oder zumindest einen Vorfahren vorweisen können, der echter Borkumer ist. Und das kann Platte nicht. Er ist ja quasi ein Einwanderer.«

Pia machte ein verständnisloses Gesicht. »Dann ist doch alles klar. Was gibt es da denn noch zu bereden?«

Willis Schultern fuhren ruckartig hoch und fielen wieder nach unten. »Weiß ich auch nicht, aber Gerrit meinte, er wolle sich dafür einsetzen, die Statuten des Vereins zu ändern, damit Platte doch noch ein *Borkumer Bursche* werden kann.«

»Und warum ist das so wichtig?«

»Er sagte, sie seien nun mal gute Freunde und Frank Platte würde sowieso ständig mit den Borkumern abhängen. Da wäre es nur fair, wenn er auch Mitglied sein dürfte.«

Heiter mischte sich ein: »Was machen die *Burschen* eigentlich genau?«

Willi rückte ein wenig nach vorne. »Die pflegen und erhalten alte Sitten und Gebräuche und setzen sich für die plattdeutsche Sprache ein. Der Höhepunkt ihrer Veranstaltungen ist das Klaasohmfest am fünften Dezember, das wirst du doch wohl kennen.« Er lachte amüsiert auf und blickte zu Kathrin, die allerdings nicht reagierte.

Stattdessen nickte Heiter. »Ja, wer kennt das nicht? In der Nacht verhauen sie die Frauen der Insel. Ich hab aber immer noch nicht begriffen, warum sie das tun.«

Willi grinste. »Das kann ich dir sagen: Während die Walfänger früher auf See waren, hatten die Frauen mehr und mehr die Macht an Land übernommen und extreme Schwierigkeiten, sich nach der langen Abwesenheit ihrer Männer wieder unterzuordnen. Also mussten die armen Kerle ihre Insel quasi zurückerobern, und da kam es schon mal vor, dass die Frauen was auf ihren Allerwertesten bekamen.«

Kathrin schüttelte verständnislos den Kopf und Ute versuchte das Thema zurück auf den Punkt zu bringen. »Jedenfalls sind die *Borkumer Burschen* der älteste Verein der Insel. Ein reiner Männerverein übrigens, in dem weder Frauen noch Auswärtige zugelassen werden.«

»Mir wurscht«, nörgelte Heiter, als habe er eine so detaillierte Erklärung gar nicht gewollt. »Ich glaub diesem Gerrit sowieso kein Wort. Es ist gerade ein Mord passiert und er steht im Fadenkreuz, da würde ich mir an seiner Stelle über ganz andere Sachen Sorgen machen.«

Pia war der gleichen Meinung, aber Willi räusperte sich und setzte sich aufrechter hin. »Ich glaube, ich muss Gerrit Hartog mal etwas in Schutz nehmen«, wandte er ein. »Er war sehr kooperativ und ich hatte den Eindruck, dass er auch sehr ehrlich war. Er hat mir jedenfalls mehr erzählt, als er hätte müssen.«

»Ach«, entwich es Pia, die diesen speziellen Hartog eher einsilbig in Erinnerung hatte.

Heiter tippte auf den Bericht. »Meinst du das hier?« Er las vor: »Herr Hartog beschrieb seine Freundschaft zu Herrn Platte als sehr tiefgehend. Als Beweis dafür merkte er an, dass sie soeben gemeinsam ein Haus erworben hätten, welches sie zu Ferienwohnungen umbauen wollen.«

Willi rutschte auf seinem Stuhl ganz nah an die Tischplatte und beugte sich etwas vor. »Ja, genau, und als ich ihn gefragt habe, woher er das Geld dafür hat, gab er zu, dass Platte ihm einen Kredit gegeben hat.«

»Ach so, daher also diese Verbundenheit«, folgerte Pia. »Dann ist er ihm also was schuldig.«

Willi wackelte mit dem Kopf, als könne er sich nicht für ja oder nein entscheiden. »So gesehen schon, aber andersrum hat Platte auch Vorteile durch Gerrit. Als Zugezogener hätte er das Haus niemals bekommen. Das war nur durch Gerrits Beziehungen möglich. Ist wahrscheinlich eine Win-win-Situation.«

Heiter ließ die Akte auf den Tisch sinken und sah Willi an. »Nun gut. Die beiden sind offensichtlich dicke Freunde, das ist ja noch kein Verbrechen. Und dass er so offen war, spricht auch für ihn. Du bist also der Meinung, dass Gerrit Hartog mit dem Mord nichts zu tun hat. Richtig?«

Willi schluckte, schob die Lippen vor und nickte mehrfach. »Ich halte Gerrit für ziemlich anständig. Er ist zwar einfach gestrickt, und manchmal etwas dämlich, aber innen drin ist er ein loyaler Typ, der Freunde und Familie nie hängen lassen würde.«

Pia lehnte sich Willi entgegen. »Das hörte sich gestern aber noch ganz anders an. Da wollte er doch nicht mehr der Depp der Nation sein und den Clan nicht länger schützen. Was meinte er denn damit?«

Willi erklärte auch das recht glaubhaft: Er meinte, Gerrit habe nach dem Besuch von Brand in der Pizzeria eine dicke Diskussion mit seinem Bruder angefangen, in der er ihm vorgeworfen hatte, sich selber zu viel Geld in die Tasche zu stecken. Er hingegen würde lediglich mit einem Hungerlohn abgespeist.

»Also ist er auch der Meinung, dass sein Bruder Steuern hinterzieht?«, fragte Pia.

»Na ja, so genau hat er das nicht gesagt. Im Grunde ist er nur mit seinem Lohn nicht zufrieden. Er fühlt sich ausgenutzt und findet es nicht gerecht, dass er nur als Hilfskraft in der Küche steht. Viel lieber wäre er Teilhaber der Pizzeria, aber das hat Magnus abgelehnt. Deshalb will er ja jetzt mit Platte die Ferienwohnungen machen.«

»Hat er seinen Job schon hingeschmissen?«

Willi schüttelte den Kopf. »Nein, seine Freundin hat ihm geraten, erst mal abzuwarten, wie es mit den Ferienwohnungen läuft, bevor er kündigt. Übrigens hat sie durchklingen lassen, dass sie Frank Platte nicht gerade sympathisch findet, was Gerrit überhaupt nicht gefiel. Und als sie meinte, Bianca Diekmann sei viel zu schade für den, hat Gerrit gemeint, Bianca sei eine Schlampe.«

»Ach«, entwich es den drei Frauen am Tisch gleichzeitig, und alle mussten grinsen.

Kathrins Lachen verschwand als erstes. »Und wieso hält er sie für eine Schlampe?«, mischte sie sich erstmalig ein. Sie blickte Willi an wie eine Frauenbeauftragte, die gerade einen verheerenden Verstoß gegen ein Frauenrecht aufgedeckt hatte.

Willis Gesichtsausdruck war nicht besser. »Er hat sie am Strand erwischt, wo sie angeblich mit Brand rumgeknutscht hat«, gab er patzig zurück.

»Das hat mir die Diekmann auch erzählt«, bestätigte Pia. »Sie hat Brand am Freitag im Hotel besucht und sich am Samstag nach der Arbeit mit ihm im *Matrix* getroffen. Und als sie sich am Strand gerade küssen wollten, stand auf einmal Gerrit Hartog vor ihnen.«

Heiter griff nach der Akte auf dem Tisch und blätterte wild darin herum, so dass Pia ganz aus dem Konzept kam. »Und wo ist der Bericht dazu?«, fragte er ungeduldig. »Das ist mir ja ganz neu.« Den abgelutschten Stiel des Lutschers legte er neben seine Teetasse.

Pia kam sich augenblicklich selbst ganz klebrig vor, denn der Vorwurf haftete zu Recht an ihr. »Den muss ich noch schreiben. Tut mir leid, bin gestern nicht mehr dazu gekommen«, sagte sie so freundlich wie möglich, doch es änderte nichts mehr. Heiter war sauer.

Er stand auf und verkündete: »Ich will innerhalb der nächsten Stunde alle Berichte auf meinem Schreibtisch haben.« Dann wandte er sich an Pia: »Kommst du bitte mit in mein Büro?« Und schon lief er los.

Pia nippte ein letztes Mal an ihrem Tee, bevor sie sich erhob. »Willi, hast du die Handy-Ortung veranlasst?«, fragte sie schnell.

Der schaute zu Firek, der sofort den Kopf schüttelte und enttäuscht den Mund verzog. »Nichts zu machen. Zuletzt war das Handy logischerweise zur Tatzeit hier auf Borkum eingeloggt, aber danach gibt es keine weiteren Daten. Entweder hat der Täter es zerstört, es ins Meer geworfen oder den Akku entfernt.«

Alle Augenpaare waren auf Pia gerichtet. Kommentarlos verließ sie den Raum. Ein gutes Gefühl hatte sie nicht.

Fräulein Mencke:
Meine Rudelführerin scheint total durch den Wind zu sein. Entgegen ihrer Gewohnheit läuft sie derzeit allen Rüden hinterher. Ich bin ihr völlig egal. Gut ist nur, dass das Weibchen mit dem Wurstbrötchen sich ganz nett um mich kümmert, sonst würde ich glattweg verhungern.

36.

Als könne Heiter seine Hände nur im Zaum halten, indem er sie ganz tief in seine Hosentaschen steckte, marschierte er voraus in sein Büro. Pia fühlte seine Wut wie eine herannahende Sturmflut. Um dem bevorstehenden Ausbruch ihres Chefs entgegenzuwirken, schloss sie betont leise die Tür und sah ihn reumütig an. Sie kam sich vor wie ein Hund, der gerade auf den besten Teppich des Hauses gepinkelt hatte.

Doch auf einmal schlug die Stimmung um. Heiter nahm die Hände aus den Taschen und wies auf den Stuhl vor seinem Schreibtisch, bis Pia sich gesetzt hatte. Erst dann nahm er selber Platz. Seine Ellenbogen legte er auf die Lehnen und formte mit seinen Händen eine Merkel-Raute vor dem Bauch.

Er holte tief Luft, bevor er in ruhigem Ton sagte: »Pia, wo liegt das Problem? Brauchst du Unterstützung? Wo du dich nachts rumtreibst, geht mich nichts an, aber ich erwarte, dass du pünktlich zur Arbeit erscheinst, alle Informationen sofort weitergibst und umgehend die Berichte schreibst.«

Pia nickte. »Mach ich sofort«, sagte sie kleinlaut. Dann streckte sie selbstbewusst ihr Kinn vor und hob die Augenbrauen. »Bevor wir allerdings Hilfe anfordern, möchte ich erst die Ergebnisse der Blutproben abwarten – die müssten heute Mittag hier sein. Und aufgrund des Zeitungsartikels werden wahrscheinlich einige Anrufe aus der Bevölkerung erfolgen. Ute und Kathrin werden sich darum kümmern. Falls zu viele Hinweise eingehen, können wir immer noch um Unterstützung bitten. Ich bin mir aber sicher, dass wir das alleine schaffen.«

Ein Nicken. Heiters Wut schien verflogen. »Okay. Dann mach dich an die Arbeit.«

Pia stand auf und war froh, die Höhle des Löwen unbeschadet verlassen zu können. Sie ging direkt in ihr Büro, um endlich den vermaledeiten Bericht zu verfassen.

Fräulein Mencke lag zusammengerollt auf ihrem Schreibtischstuhl und am anderen Tisch saß Willi. Während Fräulein Mencke sie gar nicht beachtete, sah er sie mit erstaunten Augen an. »Der Kopf ist ja noch dran.«

»Ja, das schon, aber wenn wir nicht bald was vorzuweisen haben, will Heiter die Mannschaft aufstocken und davon halte ich gar nichts«, sagte Pia und ging zu ihrem Stuhl.

Willi grinste. »Nee, du machst lieber alles im Alleingang. Ist schon klar.«

Sie sah ihn genervt an. »Viele Köche verderben nur den Brei. Ich hab keinen Bock, mich mit noch mehr Leuten absprechen zu müssen.« Vorsichtig hob sie die schlafende Hündin hoch und setzte sich. Das warme Bündel legte sie sich auf den Schoß. Fräulein Mencke seufzte, hatte aber keine weiteren Einwände und schloss sofort wieder die Augen.

Willi lehnte sich bequem zurück. »Du könntest aber wenigstens mich ins Bild setzen. Ich wüsste zum Beispiel gerne, was du heute Nacht im Hafen gemacht hast.«

Stefan Firek huschte ins Zimmer und schloss schnell und lautlos die Tür hinter sich, als wolle er sich vor etwas verstecken. »Bevor ich auch noch einen Anschiss kriege …«, sagte er leise, »ich hab vergessen zu erwähnen, was Kutschen-Bruns gesagt hat, als wir wegen der Blutprobe bei ihm waren.« Er näherte sich Pias Schreibtisch und sah sie eindringlich an, sprach aber nicht weiter.

»Ja? Und was ist das?«, bohrte sie nach.

Firek warf einen Blick zur Tür und schluckte, bevor er flüsterte: »Also, Bruns hatte im letzten Jahr schon mal Ärger mit Edzard Brand. Der hat nämlich mehrfach an Kutschfahrten teilgenommen und allem Anschein nach die Mitfahrer gezählt. Als Bruns das auffiel, hat er Brand zur Rede gestellt. Danach hat der sich zwar nicht mehr blicken lassen, aber Bruns fühlte sich trotzdem noch überwacht und hat deshalb sogar seine Tour umgelegt.«

Pia staunte. »Wieso das denn?«

»Na ja, er fuhr früher immer am Rathaus vorbei. Das macht er jetzt nicht mehr. Er glaubt, dass Brand oder jemand anderes von Amts wegen am Fenster sitzen und registrieren könnte, wie viele Fahrgäste tatsächlich auf seinem Wagen sitzen.«

»Was für ein Quatsch!«, ereiferte sich Willi. Er stand so schnell auf, dass sein Stuhl nach hinten rollte und gegen ein Regal stieß. Fräulein Mencke fuhr hoch und bellte alarmiert, bis sie feststellte, dass es keinen Grund dazu gab.

Pia hielt die Hündin, die wacklig auf ihrem Schoß stand, fest und blies ihr beruhigend ins Fell, ließ Willi aber nicht aus den Augen. »Was ist denn daran nun wieder Quatsch?«, fragte sie über Fräulein Menckes Kopf hinweg. »Wenn er es sagt, wird es ja wohl stimmen. Auf jeden Fall hat Bruns damit zugegeben, dass er nicht alle Fahrgäste ordnungsgemäß angibt, und das ist Steuerhinterziehung.«

Willi lief rot an und schob den Stuhl zurück an seinen Platz. »Ich kenne Jan Bruns schon seit der Schulzeit. Mag sein, dass er hier und da ein paar Euro am Staat vorbeischmuggelt, aber mit dem Mord an Brand hat er garantiert nichts zu tun.«

Firek strich sich nervös durchs Haar und zuckte mit den Schultern. »Ich weiß nicht. Auf mich hat er einen komischen Eindruck gemacht.«

Pia reichte es. »Willi, ich glaube, du bist viel zu eng mit den Verdächtigen verbandelt. Dir fehlt es an nötigem Abstand und ich bin mir nicht mehr sicher, ob es gut ist, dass du in diesem Fall ermittelst.«

Fräulein Mencke sprang mit einem überraschenden Satz von Pias Schoß und verkroch sich unter den Tisch, als wolle sie nicht zwischen die Fronten geraten. Firek schien es genauso zu gehen. Er verließ ohne ein weiteres Wort ebenso leise den Raum, wie er gekommen war.

Willi starrte Pia an. »Was soll das denn heißen? Willst du mich von dem Fall abziehen, weil ich die Borkumer besser kenne als ihr?«

Sie hob besänftigend die Hände und rollte näher an ihren Computer ran, den sie mit einem Knopfdruck einschaltete. Sofort flimmerte das Logo der Polizei auf. »Du weißt, wie sehr ich dich schätze und es liegt mir fern, dich vom Fall abzuziehen, aber ich appelliere an deinen Verstand. Wenn du nicht mehr objektiv sein kannst, solltest du dich ausklinken. Denk mal drüber nach.«

Sie öffnete ein Programm. »Und jetzt lass mich bitte in Ruhe meinen Bericht schreiben, bevor Heiter mir wieder aufs Dach steigt.«

Die Luft war raus. Willi sagte nichts mehr. Er nahm seine Jacke und stapfte zur Tür hinaus.

Fräulein Mencke:
Menschen streiten völlig anders als Hunde. Bei uns gibt es ganz klare Ansagen: Ein Ohrenanlegen, ein Schwanzaufrichten und ein kurzes Knurren reichen aus, um die Position klarzumachen, und im Notfall wird mal zugebissen. Menschen hingegen sind körperlich sehr unterentwickelt. Sie haben keinen Schwanz, können ihre Ohren nicht bewegen und ihre Schnauze ist zum Beißen nicht geeignet. Hinzu kommt, dass sie vom Knurren keine Ahnung haben und sich lediglich

stundenlang anblaffen. Mich verunsichert dies Verhalten sehr und ich halte mich lieber raus. Auf mein Frauchen bin ich allerdings sehr stolz. Sie hat es geschafft, mit ihrem Gebell den Kollegen aus ihrem Revier zu vertreiben.

37.

Um halb elf war Pias Bericht fertig. Sie lehnte sich zurück, streckte ihre Arme weit in die Höhe und gähnte. Fräulein Mencke unter dem Schreibtisch ließ sich davon anstecken und ahmte sie nach. Sie streckte alle vier Beine zur Seite, bis sie vor Anspannung zitterten, nahm den Kopf zurück und riss ihr Maul weit auf. Ein genüssliches Fiepen war zu hören und die Zunge rollte sich. Dann sprang sie auf und wedelte Pia an.

»Na? Ausgeschlafen?«, fragte sie die Hündin, die ihren Kopf schieflegte, als wolle sie fragen, was als Nächstes anstand.

»Wir werden jetzt einen schönen Spaziergang zur Knappschaftsklinik machen und die Diekmann fragen, wie es sein kann, dass ihre *Noosa*-Knöpfe unter der Leiche im Sand lagen«, erklärte ihr Pia, während sie sich die Jacke anzog und dabei einen unangenehmen Geruch unter ihren Achseln feststellte. »Aber vorher gehen wir schnell nach Hause. Du kriegst was zu essen und ich eine Dusche.«

Fräulein Mencke schüttelte ihr Fell zurecht und gemeinsam verließen sie das Büro.

Da sich Pia nicht länger aufhalten lassen wollte, marschierte sie an Ute vorbei, die hinter dem Tresen saß und telefonierte – obwohl sie mitbekam, dass es bei dem Gespräch um den

Mord ging. Ute hob sogar den Arm, als solle Pia kurz stehen bleiben, aber sie ignorierte das, winkte zum Gruß und steuerte eiligen Schrittes zur Tür hinaus.

Fräulein Mencke hüpfte vorweg und wirkte sehr ausgelassen. Mit einem riesigen Satz und viel Gebell verscheuchte sie eine Möwe, die mitten auf der Straße saß. Pia lachte über das Gehopse und fühlte sich plötzlich selber ganz fidel.

Sie dachte an die letzte Nacht, die sie bei Hans an Bord verbracht hatte und war sehr erleichtert, dass sie es endlich geschafft hatte, mit ihm zu reden. Obwohl reden nicht der richtige Ausdruck war. Es war mehr ein Lallen und Gestikulieren gewesen, ein Stolpern über Worte, die wie ein Schwall auf hoher See aus ihr herausgeplatzt waren und über die sich Hans köstlich amüsiert hatte. Sie konnte sich zwar nicht mehr an alles erinnern, was sie von sich gegeben hatte, aber darauf kam es auch gar nicht mehr an. Letztendlich hatten sie sich hervorragend unterhalten. Hans hatte eine Flasche Küstennebel aus den Tiefen seiner Backskiste gekramt und mit ihr angestoßen, bis sie mitten in einem wichtigen Satz zur Seite gekippt und eingeschlafen war. Fräulein Mencke war zu ihr aufs Sofa im Salon gekrochen und Hans hatte eine Decke über sie beide ausgebreitet, bevor er selber in seine Koje gekrabbelt war.

Den Küstennebel fühlte Pia immer noch in ihrem Kopf, aber das störte sie nicht sonderlich. Sie war glücklich, weil Hans endlich verstanden hatte, dass sie nichts mehr von ihm wollte. Lediglich die Verabschiedung war ein wenig holprig ausgefallen, was an dem missglückten Abschiedskuss gelegen hatte. Pias Ansicht nach hatte der zu viel Gefühl beinhaltet, weshalb sie fluchtartig von Bord gesprungen war.

Mit einem Kopfschütteln befreite sie sich von den Gedanken an ihren Ex und schloss die Wohnung auf.

Als Erstes füllte sie Fräulein Menckes Napf mit Trockenfutter, doch die Hündin schnupperte nur kurz an den kleinen runden Dingern und starrte enttäuscht in die Schüssel, als könne sie nicht fassen, was man ihr da vorsetzte.

»Keinen Hunger?«, fragte Pia erstaunt. Die Hündin senkte den Schwanz und wandte sich angewidert ab. Pia versuchte mit hoher, lockender Stimme, sie für das Futter zu begeistern, aber Fräulein Mencke weigerte sich, auch nur noch einen Blick darauf zu werfen. Pia gab auf.

»Wer nicht will, der hat schon«, sagte sie matt und ging ins Bad.

Die heiße Dusche tat ihr so gut wie nie. Pia fühlte sich wie neu geboren und ärgerte sich lediglich darüber, dass sie sich nicht auch von innen waschen konnte. Der Nebel in ihrem Kopf klebte wie der heiße Dampf auf dem Spiegel. Pia wischte ihn ab und erschrak, als sie sich sah. Die Ränder unter ihren Augen sahen aus wie bei einem erschöpften Huhn und ihre Hautfarbe hatte einen graugelben Touch. Sie versprach ihrem Spiegelbild hoch und heilig, heute Abend früh ins Bett zu gehen und mindestens zehn Stunden zu schlafen.

Aus dem Schrank zupfte sie ihr Lieblingsshirt und darüber zog sie ihre Lieblingsjacke, ein knapp geschnittenes Teil aus hellem Cord, in dem sie sich immer sehr sexy vorkam. Bevor sie das Haus verließ, griff sie zu ihrer Sonnenbrille.

Der Frühlingswind blies ihr die Haare trocken, die bald so locker wehten wie das Fell von Fräulein Mencke, und als sie durch die Stadt liefen, pfiff ihnen ein recht interessant aussehender Typ hinterher. Fräulein Mencke wedelte und Pia schenkte ihm einen Blick über den Brillenrand sowie ein Zucken der Augenbrauen. Sie kam sich ziemlich cool vor.

Regelrecht überkandidelt kamen sie bei der Knappschaftsklinik an, wo Pia schweren Herzens Fräulein Mencke die Leine anlegte und sie an einem Fahrradständer befestigte. Sie würde es kurz machen und sich beeilen, versprach sie der Hündin und tatsächlich war sie nach drei Minuten wieder draußen.

»Die Diekmann hat sich krank gemeldet«, teilte sie Fräulein Mencke mit, die vor Freude so sehr zappelte, dass Pia Schwierigkeiten hatte, die Leine abzufummeln. »Wir besuchen sie zu Hause. Upholmstraße 20, das ist ein schöner Spaziergang.«

Durch die Norddünen gingen sie Richtung Campingplatz, wo die Upholmstraße begann. Fräulein Mencke schnüffelte sich durch die Landschaft und auch an einigen Blumen, die hier und da blühten. Im Frühling war Borkum besonders schön, da musste Pia Tante Lotte recht geben.

Nummer zwanzig war Gott sei Dank eines der ersten Reihenhäuser. Pia war außer Atem und durstig, weil sie die Strecke unterschätzt hatte. Bereits auf halbem Weg hatte sie bereut, nicht ihr Fahrrad mitgenommen zu haben.

Die Anordnung der Klingelknöpfe zeigte, dass Bianca Diekmann in einem der oberen Stockwerke wohnte. Pia läutete und öffnete gleichzeitig die unverschlossene Eingangstür des Mehrparteienhauses. Im Flur war es angenehm kühl. Pia atmete durch und schaute nach oben. Im zweiten Stock sah sie das blasse Gesicht der Pflegerin übers Geländer blicken und beim ersten Augenkontakt ruckartig verschwinden.

Fräulein Mencke raste die Treppe hinauf, als sei sie gerufen worden. Pia folgte ihr ziemlich träge. Ihre Beine waren schlapp und zittrig.

Mit Hängen und Würgen erreichte sie die Wohnungstür, die einen Spalt offen stand. Sie hörte die dünne Stimme von Bianca Diekmann, die allem Anschein nach mit Fräulein Mencke sprach.

»Hallo? Kann ich reinkommen?«, rief Pia und schob die Tür weiter auf.

Sie war angenehm überrascht. Ein wohltuendes Licht flutete die Wohnung, alles war cremeweiß und wirkte frisch und sauber.

Fräulein Mencke kam auf sie zu getrippelt, gefolgt von Bianca Diekmann, die einen weißen Bademantel und weiße Frotteeschuhe trug, als käme sie gerade aus der Sauna. Das lange kastanienbraune Haar überdeckte das halbe Gesicht und floss über Schultern und Brüste. Fräulein Mencke stand neben ihr, als gehöre sie zu der Saunafrau und wedelte Pia an.

»Moin, Frau Diekmann.« Pia streckte ihr die Hand entgegen.

Bianca senkte den Kopf, so dass ihr Haar noch weiter nach vorne fiel, und hielt mit beiden Händen den Ausschnitt des Bademantels fest geschlossen, als wolle sie sich vor der Kälte schützen, die vom Flur hereinkroch. »Ich bin krank. Können Sie ein andermal wiederkommen?«, bat sie leise, als Fräulein Mencke plötzlich kehrtmachte und in die Wohnung zurücklief. Beide sahen ihr nach. Bianca lächelte verlegen. »Ich frühstücke gerade und ich glaube, sie hat es auf mein Wurstbrot abgesehen.«

Sie drehte sich um und folgte der Hündin. Pia schloss die Tür und ging hinterher.

Tatsächlich stand Fräulein Mencke vor dem hübsch gedeckten Tisch, in dessen Mitte eine Vase mit gelb leuchtenden Osterglocken stand, und wedelte aufgeregt. Sie konnte die Wurst zwar unmöglich sehen, aber auch Pia zog der typische Geruch in die Nase, den sie gar nicht mehr gewohnt war. Sofort tat ihr Fräulein Mencke leid, denn als Hund hatte die mit einer Vegetarierin nicht gerade das beste Los gezogen.

Bianca nahm mit spitzen Fingern eine Scheibe vom Tellerchen, rollte sie auf und hielt sie Fräulein Mencke entgegen, die trotz aller Ungeduld den Leckerbissen ganz vorsichtig ins Maul nahm und ihn ohne zu kauen laut glucksend hinunterschluckte. Danach schleckte sie sich mehrfach die Nase, als wolle sie Geruch und Geschmack vermengen.

»Die scheint echt Hunger zu haben«, stellte Bianca amüsiert fest. »Darf ich ihr noch eine Scheibe geben?«

Pia nickte. »Nur zu, wir sind beide etwas unterfüttert. Es geht im Moment etwas turbulent zu und da kommen wir nicht immer zum Essen.«

Bianca machte große Augen. »Ach so. Wollen Sie auch eine Scheibe Wurst?«

Beide lachten.

»Nein, im Ernst. Kann ich Ihnen was anbieten?« Bianca zeigte auf einen Stuhl. »Setzen Sie sich doch.«

Heilfroh, dass die anfängliche Abneigung in pure Freundlichkeit umgeschlagen war, zog Pia ihre Jacke aus und nahm das Angebot an.

Ein Gedeck wurde nachgelegt und Tee eingeschenkt. Die Sonne schien über den Tisch und spielte mit dem Dampf, der den Tassen entwich. Alles strahlte. Das Blümchengeschirr und die hellgrüne Tischdecke waren abgesehen von den Osterglocken die einzigen Farbkleckse. Der Rest der Küche war weiß. Alles sah ganz anders aus als bei Pia zu Hause, wo es vergleichsweise schmuddelig und unaufgeräumt wirkte. Vielleicht liegt das am Beruf, dachte Pia. Sie glaubte, dass die meisten Menschen, die in Krankenhäusern oder Kliniken arbeiteten, ständig auf Reinlichkeit achteten und deshalb auch im privaten Bereich steril und pingelig waren.

Bianca, die ihr gegenüber Platz genommen hatte, reichte den Brotkorb herüber. Selbst biss sie in ihr Wurstbrot und schaute dabei auf Fräulein Mencke hinunter. »Soll ich ihr auch ein Brot schmieren? Ich kann es nicht sehen, wenn jemand Hunger hat.«

»Meinetwegen ...« Pia nahm sich eine Scheibe Käse. »Ihr absoluter Favorit ist das da.« Sie zeigte auf die Kalbsleberwurst.

Bianca schien voll in ihrem Element. Eilig wickelte sie mit ein paar gekonnten Schlägen ihr langes Haar im Nacken locker zusammen und machte sich daran, das Hundebrot zu schmieren.

Pia trank ihren Tee, biss in das Käsebrot und sah zu, wie enthusiastisch Biancas zierliche Hände ihre Arbeit taten und wie Fräulein Mencke sie nicht aus den Augen ließ. Sie musste an ein indianischen Sprichwort denken, das besagte: Sei meines Hundes Freund, und du bist auch der meine.

Beim nächsten Schluck Tee schaute sie in das schmale Gesicht, das ohne die störenden Haare schon etwas runder wirkte. Sofort fiel ihr der blaue Fleck auf, der wie ein kalter Schatten vom Ohr bis zum Wangenknochen reichte. Pia erschrak und sah gleich wieder weg.

Schnell stopfte sie den Rest des Käsebrotes in ihren Mund,

der am liebsten gefragt hätte, wer ihr das angetan hatte, und spülte mit Tee nach. Angestrengt überlegte sie, wie sie das Thema ansprechen sollte, ohne die Stimmung zu zerstören. Sie beschloss zu warten.

Als Fräulein Mencke das Brot vertilgt hatte, ging Bianca zur Spüle, um sich die Hände zu waschen. Von hinten sah sie aus wie ein kleines Mädchen. Sie setzte sich zurück an den Tisch und das Haar bedeckte wieder die Stelle.

»Möchten Sie noch Tee?«, fragte die Gastgeberin und schenkte gleichzeitig nach. Dann lehnte sie sich zurück, lächelte in Richtung Fußboden und klopfte auf ihren Schoß, so dass Fräulein Mencke darauf sprang und es sich in dem weichen Frottee des Bademantels gemütlich machte. »Einen tollen Hund haben Sie.«

»Ja, das finde ich auch«, sagte Pia stolz. »Ich hab sie aus dem Tierheim.«

»Ach«, staunte Bianca, »hat man sie ausgesetzt?«

»Das weiß ich nicht, vielleicht ist sie auch nur verlorengegangen. Auf jeden Fall war sie verletzt und kurz vor dem Verhungern. Sie muss wohl eine ganze Weile über die Insel gestreunt sein. Na ja, jedenfalls habe ich sie gesund gepflegt und nun ist sie gezwungenermaßen bei der Polizei.«

Pia lachte, doch bei dem Wort ›Polizei‹ verdüsterte sich Biancas Gesicht, als erinnere sie sich plötzlich daran, warum sie Besuch hatte. Sie verschränkte abwehrend ihre Arme. »Warum sind Sie eigentlich gekommen?«

»Ich hab noch eine Frage, die mich quält«, gab Pia zu. »Sie haben doch die Schmuckknöpfe von Herrn Brand geschenkt bekommen. Wie kann es dann sein, dass wir sie am Tatort gefunden haben?«

Bianca Diekmann biss sich auf die Unterlippe und schaute über den Tisch, als stünde die Antwort zwischen Nutella und Marmelade. Seufzend, als ringe sie um geeignete Worte, schaute sie Pia an – mit einem Augenaufschlag, der nicht nur Willi gefallen hätte. Die Pupillen waren geweitet. Das machte sie noch attraktiver. Pia musste sofort an schwarze

Tollkirschen denken, mit denen Frauen früher nachgeholfen hatten, ihre Pupillen zu vergrößern, um interessanter auszusehen. Ihr fiel sogar der Beiname ein, den die Tollkirsche deshalb bekommen hatte: Belladonna. Doch die *bella donna*, die vor ihr saß, hatte wohl kaum giftige Beeren gefrühstückt. Pupillen weiteten sich auch, wenn man erregt oder unsicher war – oder wenn ein Entscheidungsprozess anstand.

Bianca Diekmann senkte den Kopf tiefer und sagte leise: »Frank hat sie mir abgenommen.«

»Wann war das?«

Der Kopf hob sich unwesentlich. »Am Samstag. Nachdem uns Gerrit Hartog am Strand begegnet ist. Ich bin nach Hause gegangen und kurze Zeit später tauchte er hier auf.«

Fräulein Mencke grunzte zufrieden und spannte ihre Glieder, soweit es der winzige Liegeplatz zuließ. Bianca hielt ihre Hände reflexartig um sie, damit sie nicht hinunterfiel. Dann kraulte sie den Hals der Hündin und beugte sich ihr noch mehr entgegen.

»Er ist ein Arschloch. Das hab ich viel zu spät gemerkt«, flüsterte sie Fräulein Mencke ins Fell, die ihr daraufhin durchs Gesicht schleckte. Bianca fand das offensichtlich nicht unangenehm. Im Gegenteil, sie hob den Kopf und lächelte Pia an.

Die schwarzen Pupillen zogen sich zusammen. »Er war ziemlich sauer. Vor allem, als er die Chunks sah. Sie lagen hier auf dem Tisch. Wir haben uns heftig gestritten und er hat sie mitgenommen.«

»Glauben Sie, er hat Brand umgebracht?«

Bianca zuckte mit den Schultern, so dass ihr Bademantel sich etwas öffnete und das Nachthemd darunter hervorlugte. Ein rosa Meer aus Blüten. »Vielleicht. Vielleicht auch nicht. Ich weiß es nicht. Er behauptet, er hat Eddi den Schmuck zurückgegeben und nichts mit seinem Tod zu tun – was ja auch sein kann.«

»Haben Sie ihn drauf angesprochen?«, fragte Pia erstaunt.

Bianca klemmte ihr Haar hinters Ohr und drehte Pia die verfärbte Wange zu. »Das brauchte ich gar nicht. Er hat es mir eingebläut, wenn Sie verstehen, was ich meine.« Plötzlich brach ihre Stimme und schoss unkontrolliert in die Höhe: »Und wissen Sie, warum?«

Pia schüttelte den Kopf.

»Weil Sie ihm gesagt haben, dass ich Eddi heiraten wollte – und weil Sie ihn einen Stalker genannt haben.« Sie fing an zu weinen und Pia fühlte sich hundsmiserabel.

Wieder war es Fräulein Mencke, die die Situation rettete, indem sie leise winselte und Bianca verwirrt ansah.

»Ach du, du kannst doch nichts dafür«, wurde sie schniefend getröstet. »Ist schon wieder gut.« Bianca zog ein Papiertaschentuch aus der Bademanteltasche und putzte sich mit zittrigen Händen die Nase. Die Tränen versiegten, doch noch immer schwebte der Vorwurf im Raum.

»Frau Diekmann, es tut mir sehr leid, wenn meine Unterhaltung mit Herrn Platte zu all dem geführt hat. Das war gewiss nicht meine Absicht«, entschuldigte sich Pia.

Bianca nickte. »Das weiß ich. Aber versetzen Sie sich bitte mal in meine Lage. Es geht mir eh schon beschissen und nun hab ich auch noch meinen besten Freund verloren. Ich bezweifle inzwischen sogar, ob er jemals einer war.«

Sie steckte ihr Taschentuch zurück und sagte fest entschlossen, sie wolle nichts mehr mit Frank Platte zu tun haben. »Ich hab ihm mit einer Anzeige gedroht, falls er mich noch mal belästigen sollte.«

»Dies ist bereits eine Anzeige, Frau Diekmann. Ich werde dem nachgehen müssen. Dazu bin ich verpflichtet.«

Bianca wurde blass. Der blaue Fleck stach hervor und ihre geröteten Augen weiteten sich erschrocken.

»Kein Grund zur Beunruhigung«, sagte Pia schnell. »Machen Sie sich keine Sorgen. Ich werde ihn im Auge behalten und falls er doch hier auftaucht, verständigen Sie bitte sofort meine Kollegen – egal, ob Tag oder Nacht. 91860 oder einfach die 110. Und meine Visitenkarte hatte ich Ihnen ja auch gegeben, da steht meine Handynummer drauf. Sie können mich immer anrufen, ja?«

Zustimmend senkte Bianca den Blick.

Pia wartete noch ein paar Sekunden, dann stand sie langsam auf. »Wir müssen jetzt los. Und vielen Dank für das Frühstück, Frau Diekmann.«

Fräulein Mencke beobachtete genau, wie sie in ihre Jacke schlüpfte. Dann sprang sie mit einem Satz von Biancas Schoß, so dass der Bademantel sich einen Spalt öffnete und die nackten Beine der *bella donna* zu sehen waren. Rasch verschloss Bianca ihn und erhob sich. Den Gürtel zog sie noch fester um ihre schmale Taille, so dass es Pia vorkam, als verschwinde die kleine Person in all dem unschuldigen Weiß.

Beim Umdrehen fiel ihr Blick für einen Moment wie von selbst ins angrenzende Wohnzimmer. Durch die offen stehende Schiebetür sah sie lediglich einen Ausschnitt des Raumes, der vermuten ließ, dass auch hier alles weiß war. Wohl deshalb fiel ihr sofort das riesige Schwarzweißbild ins Auge, das über dem Sofa hing. Es zeigte das überdimensionale Gesicht einer Frau, die traurig flehend – oder verzweifelt – in Richtung Decke schaute. Ein eindrucksvolles und zugleich groteskes Bild, das dem Raum mit einem Schlag jegliche Leichtigkeit nahm. Obwohl Pia sich sofort abwandte, wusste sie, dass sie dieses Bild niemals vergessen würde.

Sie folgte Bianca Diekmann und Fräulein Mencke in den Flur, wo alle vor der Tür stehenblieben. Die Frauen sahen sich tief in die Augen und statt ihr die Hand zu reichen, berührte Pia mitfühlend Biancas Oberarm. In dem Moment fing Fräulein Mencke an zu bellen. Beide zuckten zusammen und erschraken noch mehr, als es klingelte.

Pia öffnete die Tür. Die Hündin schoss keifend hinaus in den Flur. Vor ihnen stand Frank Platte.

Fräulein Mencke war außer sich. Sie bellte wie verrückt und sprang auf den riesigen Mann zu. Pia befürchtete, sie würde ihm gleich ins Bein beißen. Sie drängelte sich zwischen die beiden. »Aus!« Das Bellen verwandelte sich in ein böses Knurren und der Eindringling wurde nervös umrundet.

Ein lauter Knall folgte. Bianca Diekmann hatte die Tür zugeschlagen. Alle hielten inne. Für ein paar Sekunden blieb sogar Fräulein Mencke das Knurren im Halse stecken.

Fräulein Mencke:
Der Tag fing so gut an. Ein langer Spaziergang im Sonnenschein und dann ein Leberwurstbrot. Besser konnte es nicht laufen. Doch plötzlich steht dieser riesige Rüde vor der Tür. Testosteron pur. Der Gestank von Dominanz und Angriffslust ist kaum auszuhalten. Die Leberwurst-Frau hat sofort die Tür zugeknallt. Richtig so.

38.

Frank Platte schaute perplex. »Wwwas machen Sie denn hier?«, stotterte er.

»Das wollte ich Sie auch gerade fragen. Sie wissen doch, dass Bianca Sie nicht mehr sehen will. Also. Kommen Sie mit.« Pia drückte ihn in Richtung Treppe.

Er warf einen letzten Blick auf die verschlossene Wohnungstür und setzte sich widerwillig in Bewegung. Fräulein Mencke bellte wie verrückt.

»Schsch…«, machte Pia genervt, aber die Hündin wollte sich nicht beruhigen. Den ganzen Weg nach unten hallte ihr Gebell durch das Treppenhaus.

Und draußen ging es weiter. Pia konnte sich nicht erklären,

was in die Hündin gefahren war. Sie packte sie am Halsband und zog ein paarmal daran, um deren Aufmerksamkeit auf sich zu richten. Fräulein Mencke sah sie entrüstet an, quiekte empört, befreite sich mit einem Ruck und sprang zur Seite. Das Bellen ließ sie bleiben, aber sobald sie Frank Platte ansah, knurrte sie.

Pia gab auf und ließ sie gewähren. Sie wandte sich Platte zu, der abwartend dastand und so rein gar nicht in die Borkumer Landschaft passte. Sein blau-weiß kariertes Hemd und die Träger seiner schwarzen Breitcordhose ließen ihn aussehen, als wolle er nach München zum Oktoberfest. Unattraktiv fand Pia die Aufmachung allerdings nicht, denn sie passte irgendwie zu seinem Spitzbubengesicht.

Sie lächelte. »Begleiten Sie mich bitte in mein Büro? Ich muss mit Ihnen reden«, sagte sie und marschierte los. Ohne Worte folgte Frank Platte, und ganz entgegen ihrer Art schloss sich Fräulein Mencke als Letzte dem Tross an.

Nach einigen Schritten verstummte das Knurren und Pia drehte sich um. Sie wartete, bis Platte neben ihr war und scheuchte die Hündin vor sich her. »Was wollten Sie bei Frau Diekmann?«

»Nur mal nach ihr sehen«, behauptete er mit einem charmanten Lächeln. Der Ring am linken Ohr blinkte in der Sonne.

Doch Pia ließ sich davon nicht beirren und schaute ihm direkt in die blauen Augen. »Oder wollten Sie gucken, wie sehr man die Verletzung sehen kann, die Sie ihr zugefügt haben?«

Seine buschigen Augenbrauen sprangen nach oben. Die Falte über der Nasenwurzel glättete sich. »Was für eine Verletzung?«

Pia wollte gerade einen härteren Ton anschlagen, als die *Tatort*-Melodie ertönte und ihr Handy vibrierte. Reflexartig zog sie es aus ihrer Tasche. Heiter. Sie nahm das Gespräch an.

Kurz und knapp forderte er, sie solle umgehend ins Büro kommen, die Ergebnisse der Blutuntersuchungen seien da. Und schon unterbrach er die Verbindung. Pia legte auf und einen Schritt zu.

Frank Platte, der neben ihr her hetzte, fragte: »Was wollen Sie eigentlich von mir? Und was meinen Sie mit Verletzung?«

Pia blieb stehen. »Herr Platte, verkaufen Sie mich nicht für blöd. Sie haben Bianca Diekmann geschlagen. Sie hat einen unübersehbaren blauen Fleck im Gesicht.« Dann marschierte sie weiter.

Platte nahm seine Hände aus den Hosentaschen und versuchte, Schritt zu halten. »Ich habe sie nicht geschlagen! Wann merken Sie eigentlich, was mit Bianca ist?«

»Wieso? Was ist denn mit ihr?« Unbeeindruckt schaute Pia im Vorbeigehen auf die gelb leuchtenden Blumen, die beim alten Leuchtturm auf den Gräbern der Piraten wuchsen. Die eingemeißelten Totenköpfe grinsten ihr zu – mit Lücken zwischen den Zähnen, die längst nicht so hinreißend aussahen wie Plattes.

Er griff an ihre Schulter, bis sie ihn ansah und zuhörte. »Sie ist krank. Sie fühlt sich ständig verfolgt und bildet sich Sachen ein. Sie ist vollkommen durcheinander. Ich bin ihr bester Freund, doch selbst mir vertraut sie nicht mehr.«

»Vielleicht liegt das daran, dass Sie sie schlagen«, gab Pia ironisch zu bedenken und ging weiter.

Platte überholte sie mit zwei großen Schritten und stellte sich ihr in den Weg, so dass sie vor ihm stehen bleiben musste. Fräulein Mencke baute sich neben Pia auf.

Sein Lächeln war fort. Seine Augen guckten traurig. »Frau Seemann, ich weiß nicht, was Bianca Ihnen erzählt hat, aber Sie sollten wissen, dass sie nicht ganz richtig tickt. Sie war sogar mal in der Klapse, wenn Sie verstehen, was ich meine.« Sein rechter Zeigefinger malte neben seiner Schläfe kleine Kreise. »Sie ist nach einer angeblichen Vergewaltigung nach Borkum geflohen, weil sie an Angstzuständen leidet. Ob es aber je eine Vergewaltigung gegeben hat, steht gar nicht fest. Fragen Sie doch mal Ihre Kollegen in Gelsenkirchen. Die können Ihnen dazu sicher was erzählen.«

Er holte Luft, als wolle er noch etwas hinzufügen. Fräulein Mencke bellte empört.

Pia sah erst ihn und dann die Hündin streng an. Beide verstummten. Dann stiefelte sie weiter. Ihren Blick heftete sie fest auf die Japanischen Kirschen, die sie bereits in der Ferne sehen konnte.

Tausend Fragen polterten durch ihren Kopf. Was war, wenn er recht hatte? War Bianca Diekmann tatsächlich psychisch gestört? Sie erinnerte sich daran, dass sie die Frau bei ihrem ersten Gespräch äußerst merkwürdig gefunden hatte, ja geradezu unheimlich. Vielleicht hätte sie mehr auf ihre erste Intuition vertrauen sollen?

Böse schaute sie sich zu Frank Platte um. »Und woher hat sie dann den blauen Fleck? Bildet sie sich den auch nur ein?«

»Keine Ahnung. Vielleicht ist sie ungünstig gefallen, was weiß ich.« Platte klang ziemlich ratlos.

Pia verdrehte die Augen. »Ich verbiete Ihnen hiermit jeglichen Kontakt zu Bianca Diekmann. Es liegt eine Anzeige gegen Sie vor.«

Platte schüttelte den Kopf. »Sie machen einen großen Fehler«, sagte er ruhig.

»Das mag sein, aber Vorsicht ist die Mutter der Porzellankiste.« Ein besserer Spruch war ihr leider nicht eingefallen. Der Typ brachte sie völlig durcheinander.

Gott sei Dank waren sie endlich am Ziel. Pia riss die Tür auf, ließ Platte den Vortritt und winkte auch Fräulein Mencke durch, bevor sie selber das Polizeigebäude betrat.

Aus dem Besprechungszimmer drangen Stimmen in den Flur. Pia öffnete die Tür einen Spalt weit und lugte hinein. Die große Runde. »Ich bin sofort da«, flüsterte sie und ließ Fräulein Mencke ins Zimmer schlüpfen, bevor sie die Tür wieder schloss.

Dort konnte sie Platte nicht mit reinnehmen. Also führte sie ihn die Treppe hinunter. Die Gewahrsamszellen waren beide frei.

Platte zögerte kurz, doch dann betrat er den kleinen Raum, in dem lediglich eine Gummi-Matratze auf einem kahlen Betonsockel lag. Normalerweise wurden hier betrunkene Randalierer verwahrt.

»Sie sperren mich ein? Dürfen Sie das überhaupt?«, fragte er verunsichert.

»Ich halte Sie nur kurz fest. Ingewahrsamnahme nennt man das«, erklärte Pia. »Das ist keine Verhaftung, sondern eine reine Vorsichtsmaßnahme, ich hole Sie gleich wieder raus«, fügte sie grinsend hinzu und verschloss die Tür.

Alle Augen richteten sich auf Pia, als sie das Besprechungszimmer betrat. Heiter warf enttäuscht die Akte T.O.M. auf den Tisch und sagte müde: »Negativ. Bei den Proben gab es keine Übereinstimmung mit dem Blut an Brands Hose. Wir können ganz von vorne anfangen.« Er schüttelte den Kopf.

»Mist«, entfuhr es Pia. Sie setzte sich in die Runde und legte ihr Handy auf den Tisch. »Wenn der §81 endlich geändert und die Erlaubnis einer genetischen Analyse erweitert werden würde, wüssten wir bereits wesentlich mehr über den Täter. Haarfarbe, Augenfarbe, Herkunft und Alter zu bestimmen ist heute kein Hexenwerk mehr – das würde uns echt weiterhelfen. In den Niederlanden ist das schon seit zehn Jahren erlaubt«, ärgerte sie sich.

Firek haute sofort in die gleiche Kerbe. »Ja, in den Niederlanden, aber Deutschland legt ja bekanntlich mehr Wert auf Datenschutz als darauf, die Täter zu fassen. In ein paar Jahren ist es wahrscheinlich sogar möglich, aus einem einzigen Blutstropfen eine genaue Physionomie zu erstellen. Dann hätte man ein Gesicht, nach dem man fahnden könnte.« Es regte ihn sichtlich auf, dass es hierzulande noch immer verboten war, ohne genetisches Vergleichsmaterial einer bestimmten Person die DNA-Analyse anzuwenden, nicht mal in einem Mordfall.

»Hätte, hätte, Fahrradkette«, meinte Heiter. »Mir hätte es schon genügt, wenn wenigstens eine von den Proben übereingestimmt hätte. Und ehrlich gesagt hatte ich auch fest damit gerechnet.«

Willi, der mit verschränkten Armen neben ihm saß, räusperte sich. »Ich hab ja gleich gesagt, dass die *Borkumer*

Burschen nichts damit zu tun haben«, grummelte er und vermied es, Pia anzusehen. Seinen Triumph spürte sie jedoch genau.

Sie schaute zu Kathrin und Ute. »Und was ist mit Hinweisen aus der Bevölkerung? Ist was Brauchbares eingegangen?«

Ute, die trotz Schminke ziemlich blass um die Nase war und irgendwie schmaler wirkte als gewöhnlich, rückte näher an die Tischplatte. Sie stützte ihre pummeligen Unterarme darauf, die Pia genau unter die Lupe nahm. Waren die dünner als vorher? Pia dachte an das Telefonat mit Utes Göttergatten Johann. Machte sie tatsächlich eine Diät oder hatten die Frühlingsgefühle auch bei ihr zugeschlagen?

Die Anruferliste, die vor ihr lag, war lang, doch ihr Bericht fiel sehr kurz aus. Viele meinten, Brand gesehen zu haben, allerdings nur im allgemeinen Inselgetümmel: im Hotel, am Strand, im *Matrix*, in der Fußgängerzone und auf der Promenade. Doch am Samstagabend zur Tatzeit hatte ihn niemand beobachtet – auch nicht am Osterfeuer.

Ute schob die Auflistung zu Pia herüber. »Sind übrigens alles Urlauber.«

Pia überflog die Namen, die ihr gänzlich fremd vorkamen. Wahrscheinlich stammten sie aus dem Ruhrpott. Dieser Schlag Menschen war auf Borkum dafür bekannt, viel Worte um nichts zu machen, aufgefordert oder unaufgefordert, berechtigt oder unberechtigt, wichtig oder unwichtig – sie hörten sich einfach gerne reden.

»Na ja, einen Versuch war es wert«, sagte sie matt und legte den Zettel auf den Tisch. Im gleichen Moment brummte, piepste und leuchtete ihr Handy. Eine klitzekleine Eins war neben dem Symbol des Briefumschlags aufgetaucht. Sie hatte eine SMS bekommen. Von wem, konnte sie nicht sehen und sie wollte nicht vor der versammelten Mannschaft mit ihrem Telefon rumspielen, aber sie hatte ein ungutes Gefühl und steckte nervös das Handy in ihre Jackentasche.

Plötzlich hob Kathrin die Hand. »Auf Facebook gibt es eine ganze Reihe Kommentare zu dem Mord. Die Namen sprechen dafür, dass es sich dabei um Einträge von Borkumern handelt.« Sie sortierte ein paar Blätter und suchte offensichtlich nach geeigneten Beispielen. Willi verdrehte die Augen. Seine Arme wirkten verkrampft.

Pia dachte an die SMS in ihrer Jackentasche. Ob sie von Marten war? Sie hatte ein schlechtes Gewissen. Gestern hatte er siebenmal versucht, sie zu erreichen und sie hatte sich nicht zurückgemeldet.

»Also hier«, fing Kathrin an vorzutragen, »›Bobby-Borkum‹ schreibt: *Wer trauert schon um einen Finanzbeamten? Der war doch flüssiger als flüssig, also überflüssig!* Und ›Insel-Mann‹ meint daraufhin: *Richtig. Der hat es nicht anders verdient. Weg mit dem Gesocks!* ›Meeresbrise‹ antwortet mit: *Genau! So ein Arschloch! Hoffentlich hat der Tod lange gedauert!*, worauf hin ›Wut & Wellen‹ kommentiert: *So ein kleiner Korinthenkacker. Typisch Finanzamt. Die sollen sich lieber um die großen Fische kümmern und uns kleinen Insulaner in Ruhe lassen.* Und dann kommt der Brüller: ›Tee-Nase‹ schreibt: *Man sollte die ganzen Wichser vom Finanzamt ans Kaap baumeln. Bin gerne bereit, mitzuhelfen. Ein großes Dankeschön an den, der es getan hat.*« Kathrin sah auf. »Das geht doch echt zu weit, oder?«

Pia hatte nicht richtig zugehört und schrak aus ihren Gedanken.

Heiter streckte seinen Arm aus. »Gib mal her«, sagte er empört. Kathrin überreichte ihm die gesammelten Werke. »Mal sehen, ob man die Verfasser ermitteln kann. Auf jeden Fall wird das ein Nachspiel haben. Ich kümmere mich darum.«

Er legte die Zettel zur Seite und wandte sich an Pia. »Und wie geht es jetzt weiter?«

»Ehrlich gesagt hatte ich ebenfalls gehofft, dass das Blut von einem der drei stammt, aber so?«, kam sie zum Ausgang des Gesprächs zurück und berichtete von ihrem Besuch bei Bianca Diekmann und ihrer anschließenden Unterhaltung mit Frank Platte.

»Er streitet vehement ab, dass er sie geschlagen hat, und

behauptet, Bianca sei psychisch krank und bilde sich alles nur ein. Auch die angebliche Vergewaltigung, wegen der sie nach Borkum gezogen ist, hat niemals stattgefunden, sagt er.«

Sie wandte sich an Willi. »Magst du das mal überprüfen? Der Fall muss in Gelsenkirchen aktenkundig sein. Frag da mal nach. Wäre echt interessant zu wissen, wie glaubwürdig Frau Diekmann ist.«

Er schaute skeptisch, nickte zögernd und machte sich eine Notiz.

Pia fuhr fort: »Die Diekmann sagte übrigens, dass Platte ihr die *Noosa*-Knöpfe abgenommen hat. Ich werde ihn gleich dazu befragen. Ich hab ihn in Gewahrsam genommen.«

Die erstaunten Blicke sahen vorwurfsvoll aus.

»Ja, was hätte ich denn sonst tun sollen?«, verteidigte sie sich. »Ich werde ihn jetzt rauslassen und ihm nochmals auf den Zahn fühlen.«

Heiter schüttelte den Kopf, stapelte seine Unterlagen und erhob sich. Er sah müde aus, sagte aber trotzdem: »Ich nehme an dem Gespräch teil. Ich will mir ein eigenes Bild von Platte machen. Aber dennoch bleibt die Frage, wessen Blut an der Leiche klebt. Wer käme denn sonst noch in Frage?«

Alle standen auf, schauten ratlos von einem zum anderen und rückten ihre Stühle zurecht.

Firek machte einen Vorschlag: »Ich könnte zu Gerrit Hartog gehen. Bislang haben wir nur das Blut von seinem Bruder untersucht. Vielleicht gibt er mir ja freiwillig eine Probe, wenn ich ihn lieb bitte.«

Heiter nickte. »Gute Idee, aber lieb zu bitten brauchst du ihn nicht. Mach ihm klar, dass es verdächtig ist, wenn er sich verweigert.« Er verließ den Raum. Die Kollegen folgten.

Nur Willi zögerte und sah Pia an. »Vielleicht ist die Diekmann ja tatsächlich durchgeknallt. Und sie war es.«

»Das glaubst du doch wohl selber nicht. Wie soll sie das denn gemacht haben? Die wiegt doch höchstens fünfzig Kilo.« Sie ließ ihn einfach stehen und verließ den Raum. Im

Gehen holte sie ihr Handy hervor und strich darüber. Sie starrte auf die wenigen Worte und bekam eine Gänsehaut.

Fräulein Mencke, die tief und fest unter dem Tisch schlief, wurde von allen vergessen.

39.

Pia passte es gar nicht, dass Heiter bei der Befragung dabei war, und sie fasste sich so kurz wie möglich.

Platte saß ihr gegenüber und Heiter zwischen ihnen an der langen Seite des Tisches. Bislang hielt er sich geflissentlich zurück und hörte nur zu. Aber er starrte Frank Platte an, als habe dieser drei Köpfe, was Pia immens störte.

Auch Platte wirkte etwas irritiert. »Am Samstag habe ich den Schmuck tatsächlich mitgenommen. Das stimmt«, gab er zu. »Aber Bianca hat mir die Knöpfe gegeben«, stellte er klar und blickte Heiter an, der stumm nickte.

Das wertete Platte wohl als Zustimmung, denn er fuhr fort und erklärte glaubwürdig, dass Bianca ihn gebeten hatte, Brand den Schmuck zurückzugeben. »Und das hab ich auch getan«, sagte er abschließend.

»Und wann war das?«, erkundigte sich Pia, die alles notierte.

Platte lugte auf ihren Block. »Nicht sofort. Wir hatten ja so viel mit dem Osterfeuer zu tun. Ich hatte mir das für Sonntag vorgenommen, aber dann ergab es sich von selbst. Als das Feuer schon fast runtergebrannt und nicht mehr viel los war – ich denke, das war so um halb elf –, fiel mir ein Mann auf, der unter der Laterne in der Nähe der *Dünen-Klause* stand. Als ich erkannte, dass es Brand war, hab ich mich von der Seite angeschlichen.« Platte schaute schuldbewusst von einem zum anderen. »Das klingt vielleicht verdächtig, aber ich wollte ihn nur erschrecken, ihm ein bisschen Angst einjagen.« Sein schelmisches Woody-Harrelson-Lächeln dazu war brillant.

Jetzt starrte Pia ihn genauso an wie Heiter.

»Auf jeden Fall habe ich ihm den Schmuck zurückgegeben und ihm gesagt, er solle sich verpissen. Dann bin ich zurück zum Feuer. Das ist alles, ich schwöre. Ich hab ihm nichts getan«, versicherte Platte nachdrücklich und formte eine Schwurhand.

Pia schrieb etwas auf, während Heiter nachhakte: »Also kein Streit, kein Kampf, kein Mord. Sie erzählen uns hier allen Ernstes, dass sie zur Tatzeit auf das Opfer gestoßen sind und alles ganz friedlich abgelaufen ist. Finden Sie das nicht etwas befremdlich? Und warum haben Sie uns nicht gleich davon erzählt? Was würden Sie an unserer Stelle jetzt denken?«

Platte schlug die Augen nieder und bat um Verzeihung.

Pia legte den Kuli zur Seite und schüttelte den Kopf. »Gibt es dafür Zeugen? Ich meine dafür, dass Brand nach Ihrem Zusammentreffen noch gelebt hat?«

Ein besorgter Blick traf Pia. »Ich glaube nicht. Es ging ja alles ganz schnell und es war schon dunkel.«

»Und was ist mit Gerrit Hartog? Der ist doch immer an Ihrer Seite. Hat der davon nichts mitbekommen?«

Platte ließ sich an die Stuhllehne sinken. »Gerrit? Nein, der war längst hacke und hat gar nichts mehr mitgekriegt. Ich glaube, der war am Bierzapfen.«

Plötzlich erhob sich Heiter. Er stemmte die Hände auf den Tisch und beugte sich Platte entgegen. Der wich automatisch so weit zurück, wie die Stuhllehne es zuließ, und guckte überrascht aus seinem karierten Hemd.

In unerwartet ruhigem Ton sagte Heiter: »Gut, ich glaube Ihnen. Nicht zuletzt deshalb, weil das Blut an der Hose des Mordopfers nicht von Ihnen stammt. Aber Sie dürfen die Insel bis auf weiteres nicht verlassen und müssen für weitere Fragen zur Verfügung stehen. Sie können jetzt gehen.«

Sichtlich erleichtert nickte Platte, stand auf und verließ erhobenen Hauptes den Raum.

»Aber halten Sie sich von Bianca Diekmann fern!«, rief Pia ihm noch hinterher, doch die Tür war bereits ins Schloss gefallen.

Pia sah zu Heiter auf. »Was sollte das denn jetzt?«

»Wieso?«

»Hallo …? Er war zur Tatzeit quasi am Tatort und hat es nicht für nötig gehalten, uns das früher zu erzählen?«

Heiter sah auf sie herab. »Ja, und warum? Weil ihn die Aussage belastet hätte, Pia. Das ist doch ganz normal. Von Gesetz wegen muss er gar keine Aussage machen – schon gar nicht ohne Anwalt. Wir haben keinen Grund, ihn festzuhalten. Das Blut stammt nicht von ihm.«

»Du glaubst ihm also?«

Heiter zuckte mit den Achseln und steckte seine Hände in die Hosentaschen. »Es gibt genügend Fälle, in denen verrückt gewordene Frauen die Schuldigen sind und den Männern alles in die Schuhe schieben. Du musst doch zugeben, dass die Diekmann recht sonderbar ist. Allein schon die Geschichte mit der angeblichen Vergewaltigung.«

Pia formte ihre Augen zu Schlitzen. »Überfall. Sie hat von einem Überfall gesprochen – nicht von einer Vergewaltigung. Das hat Platte gesagt.«

»Okay, okay. Pia, wir warten jetzt erst mal den Bericht der Polizei in Gelsenkirchen ab und gucken, ob wir eine Blutprobe von Gerrit Hartog bekommen. Dann sehen wir weiter. Ich mach jetzt Mittag. Mahlzeit.«

Hinter der Tür ertönte ein Winseln. Als Heiter sie öffnete, hopste Fräulein Mencke herein. Sie wedelte wie verrückt und bellte zweimal. Sofort vergaß Pia all ihren Ärger. »Hast ja recht, Süße«, sagte sie zur Hündin. »Wir machen auch Mittag. Komm.«

Die Hitze draußen haute Pia fast aus den Socken. Die Luft stand wie in einer Sauna. Sogar die Blüten der Bäume ließen erschöpft die Köpfe hängen. All die Frische und die schönen Gerüche von heute Morgen waren weg. Die Leute um sie herum liefen barfuß oder in Latschen, trugen nur noch das Nötigste und versteckten sich hinter Sonnenbrillen.

»Das ist ja wie im Hochsommer«, stöhnte Pia und zog ihre Jacke aus. Sie lief nach Hause und zog sich ein kurzärmliges T-Shirt an, während Fräulein Mencke den Wassernapf leerschlabberte. Dann packte sie die Hündin und einen Tennisball in den Fahrradkorb am Lenker, klemmte ihre Jacke auf den Gepäckträger und radelte durch die Neue Straße und die Von-Freese-Straße Richtung Nordsee-Aquarium.

Fräulein Mencke streckte erwartungsvoll ihre Nase in den Fahrtwind und ließ die Ohren flattern.

Pia dachte den ganzen Weg an die SMS. Sie war von Hans gewesen. *Käufer für Boot gefunden. Plane letzten Törn am Wochenende. Willste mit?* Pia fragte sich, warum ihr diese Nachricht eine Gänsehaut verursachte. Eigentlich war es doch eine ganz nette Frage. Aber irgendetwas störte sie. Hatte Hans immer noch nicht aufgegeben? Oder war sein Angebot tatsächlich rein freundschaftlich gemeint? Ein Wochenende auf dem Wasser wäre natürlich super, aber mit Hans allein? Sie schüttelte den Kopf und sagte laut: »Das geht natürlich gar nicht.«

Fräulein Mencke sah sie erstaunt an.

Pia lachte. »Ich kann doch nicht Marten sagen, dass er mich in Ruhe lassen soll und gleichzeitig das Wochenende mit Hans übers Meer schippern«, erklärte sie. »Das wäre ja wohl mega unfair.«

Fräulein Mencke wusste offensichtlich nicht, worum es ging. Sie stand plötzlich auf, verlagerte ihr Gewicht im Fahrradkorb und schaute Richtung Nordsee. Alles geriet ins Wanken, der Hundeschwanz streifte Pias Gesicht und das Rad machte einen Schlenker. Pia hatte alle Hände voll zu tun, nicht umzufallen und wieder ins Gleichgewicht zu kommen. Sie schaffte es zwar, aber ihre Gedanken purzelten weiter durcheinander. Lass mich bitte in Ruhe, hämmerte es in ihrem Kopf. Hatte sie das tatsächlich so zu Marten gesagt? War das der letzte Satz, den sie an den Mann gerichtet hatte, den sie liebte? Wie lange war das eigentlich her? Alles schien so weit weg. Und warum hatte sie ihn nicht zurückgerufen? Hatte er jetzt das Interesse an ihr verloren? Ihr wurde ganz schlecht.

»Warum kann im Leben nicht einmal was einfach sein?«, schimpfte sie schweißüberströmt, als sie das Nordsee-Aquarium erreichte.

Zwei Herren schauten interessiert zu ihr herüber und unterbrachen ihre Unterhaltung. Pia nickte kurz zum Gruß.

Die Fahrradständer waren alle besetzt. Sie stellte ihr Rad an eine Mauer und hob vorsichtig Fräulein Mencke aus dem Korb, die sich zappelnd befreite und ins nächstgelegene Gebüsch hüpfte. Pia schloss ihr Fahrrad ab und sah sich um.

Die beiden Männer beobachteten die Hündin skeptisch. Pia zog gut sichtbar eine Hundekottüte aus der Tasche und wartete geduldig. Nachdem Fräulein Mencke den Tatort verlassen hatte, sammelte sie die weiche, warme Hinterlassenschaft ein.

Trotz aller Liebe zu Fräulein Mencke fand sie diesen Teil ihrer Freundschaft nicht gerade erbaulich. Es war nicht der Geruch, der sie störte, sondern die Haptik. Es kostete sie jedes Mal Überwindung, den Haufen mit ihren Händen zu umschließen. Was vor allem an den hauchdünnen Tütchen lag. Permanent hatte sie das Gefühl, sie griffe direkt in die Scheiße. Angewidert warf sie den Beutel in den Mülleimer. Als Erstes würde sie ihre Hände ins Meer stecken, dachte sie.

Die Herren wandten sich zufrieden ab.

Vorschriftsmäßig nahm Pia die Hündin an die Leine und griff nach ihrer Jacke. Als Letztes nahm sie den Tennisball aus dem Korb. Dann marschierte sie los.

Die Promenade war rappelvoll, trotz Mittagszeit, doch am Hundestrand war alles überschaubar.

Dieser Strand war der schönste Borkums – jedenfalls für Hundefreunde. Die meisten Urlauber saßen in den Strandkörben und hielten Siesta. Die dazugehörigen Hunde lagen daneben und beobachteten, wie Pia den Tennisball ins Wasser warf und Fräulein Mencke todesmutig in die Fluten hechtete. Das hatte die Hündin früher nie gemacht, aber seit kurzem schien sie ihre Liebe zum Meer entdeckt zu haben. Mit hochgereckter und fest verschlossener Schnauze schwamm sie dem Ball hinterher, fischte ihn heraus und brachte ihn an Land. Dort ließ sie ihn in den Sand fallen, hustete das Salzwasser aus und schüttelte sich.

Pia zog Schuhe und Strümpfe aus, schlug die Hosenbeine hoch und stellte schnell fest, warum alle Leute in ihren Strandkörben saßen und nicht im Meer schwammen. Das Wasser war eisig.

Trotzdem lief sie ein Stück am Rand entlang, bis ihre Füße die Kälte nicht mehr spürten. Dann setzte sie sich in den warmen Sand und schaute zu, wie Fräulein Mencke mit einem vorbeikommenden Hund spielte.

Sie überlegte, was sie Hans schreiben könnte und wollte auch Marten anrufen, doch das Himmelblau und das eintönige Rauschen der Wellen lullten Pia ein. Es dauerte nicht lange, bis sie ihre Jacke zu einem Kissen umfunktionierte, ihren Kopf darauf legte und in die weißen Schäfchenwolken schaute, bis ihr die Augen zufielen.

Die *Tatort*-Melodie riss sie aus dem Schlaf. Ruckartig setzte sie sich auf, wovon ihr sofort schwindelig wurde. Sie erkannte zwar, wo sie war, aber ihr Traum lief noch im Hintergrund weiter. Marten, Hans und Bianca Diekmann auf einem Segelboot, das im Meer nach Edzard Brands Leiche suchte. Ziemlich absurd.

Sie kramte das Handy aus der sandigen Jacke. Unbekannter Anrufer. In der festen Annahme, am anderen Ende sei Bianca Diekmann, die ihre Hilfe benötige, nahm sie ab.

Es war tatsächlich eine Frau, aber nicht Bianca.

Fräulein Mencke:
Was für ein Spaß. Mein Frauchen macht heute alles richtig. Wir sind zum Strand gefahren, haben Ball gespielt und dann hat sie sich in den Sand gelegt und ein Nickerchen gemacht – ganz wie ein Hund. Ich bin mächtig stolz auf sie.

40.

»Wo bist du denn, Pia-Kind?«, rief Tante Lotte so laut in den Hörer, als befände sie sich auf den Malediven und nicht auf derselben Insel.

»Am Hundestrand.« Verdattert nahm Pia kurz das Telefon vom Ohr und las die Uhrzeit ab. Es war gleich drei. Sie hatte also mehr als eine Stunde geschlafen.

»Was ist denn?«, fragte sie verärgert und hörte gar nicht mehr hin, weil sie nach Fräulein Mencke Ausschau hielt, die sie nirgends entdecken konnte. Ob sie einem anderen Hund gefolgt war? Pia rappelte sich auf und wollte gerade losrennen, als sie bemerkte, dass die Hündin direkt hinter ihr in einer Sandmulde lag, wie eine hübsche Muschel, die das Meer angespült hatte. Ihr Fell passte sich der Strandfarbe perfekt an und wenn sie nicht ihren Kopf gehoben hätte, wäre sie ihr wohl gar nicht aufgefallen.

Pia entspannte sich, versuchte Tante Lottes Geplapper zu folgen, was ihr nicht gelang, und klopfte sich nebenbei den Sand von der Kleidung. Fräulein Mencke schnappte sich den Tennisball und lief los. Pia folgte ihr, bis ein Mann in einem Strandkorb ihr zuwinkte, als wolle er sie etwas fragen. Sie blieb stehen.

»Sie haben es vielleicht nicht mitbekommen, aber ihr Hund«, er zeigte auf Fräulein Mencke, die ebenfalls stehen geblieben war und jetzt den Tennisball vor dem Herrn ablegte, »hat sich vorhin in den Dünen vergnügt, wenn Sie verstehen, was ich meine.« Ein Grinsen breitete sich auf dem Gesicht des circa Dreißigjährigen aus.

»Hä?« Pia ließ die Hand mit Tante Lottes Stimme sinken und sah auf Fräulein Mencke hinab.

»Ein schwarzer Rüde war der Glückliche, ich glaube, ein Schnauzer. Da vorne war das.« Der Mann zeigte auf eine nahegelegene Sanddüne. Er zuckte mit den Schultern. »Ich mein nur, nicht, dass Sie sich wundern, wenn sich bald Nachwuchs einstellt.«

Pia wusste nicht, wie sie reagieren sollte. Also nahm sie den Hörer wieder ans Ohr, drehte sich um und ging einfach weg.

Vollidiot, dachte sie. Fräulein Mencke ist ja gar nicht läufig. Obwohl, sicher war sie sich nicht.

Verzweifelt versuchte sie sich auf Tante Lotte am anderen Ende der Leitung zu konzentrieren, deren Stimme ganz aufgekratzt klang. »... sie soll ein Verhältnis mit dem Toten gehabt haben. Kapitän Neelen meinte auch, stille Wasser sind tief – und schmutzig.« Tante Lotte lachte.

Pia verstand nur Bahnhof. »Stopp mal, ich hab den Anfang nicht mitbekommen. Wer ist denn Kapitän Neelen?«

»Aber das hab ich doch gerade erzählt. Hörst du denn gar nicht zu? Was ich sagen will ist, dass die Pflegerin ein Verhältnis mit dem Finanzamt-Typen hatte, der tot am Kaap hing. Hallo! Mit deinem Mordopfer!«

Pia wurde sauer. »Tante Lotte, nun mal halblang. Wo bist du denn jetzt?« Sie klemmte ihr Telefon zwischen Schulter und Ohr und hob Fräulein Mencke samt Tennisball in das Fahrradkörbchen.

»Wir sitzen in der *Dünen-Klause* und essen Kuchen.«

»Okay, dann komm ich da jetzt hin. Bestell mir schon mal einen Kaffee.« Kopfschüttelnd steckte sie ihr Handy ein und schob ihr Rad bis zum Fahrradweg. Dort stieg sie auf und radelte so schnell es ging Richtung Klause.

Den ganzen Weg beobachtete sie Fräulein Mencke, die ganz und gar unverändert wirkte. Aber konnte man es einem Hund ansehen, wenn er gerade ein Schäferstündchen hinter sich hatte? Sollte sie lieber einen Schwangerschaftstest mit ihr machen? Gab es das überhaupt für Hunde?

Kurz nach drei betrat Pia das gut besetzte Café. Fräulein Mencke freute sich wie verrückt, als sie Tante Lotte entdeckte und begrüßte auch den älteren Herrn, der ihr gegenüber saß. Er trug trotz der hohen Temperaturen ein dunkelblaues Jackett mit goldenen Knöpfen über einem weißen Hemd. Das musste der Kapitän sein, von dem Tante Lotte gesprochen hatte. Ein grauer Bart umrahmte sein Kinn, der Oberlippenbart fehlte, womit er eine gewisse Ähnlichkeit mit Käpt'n Ahab hatte.

Er stand auf, gab Pia die Hand und deutete eine Verbeugung an. Ein Holzbein hatte er nicht, aber ein Gehstock mit goldenem Knauf lehnte an der Wand neben ihm. »Neelen, Klaus Neelen, angenehm«, sagte er ernst und setzte sich wieder.

Tante Lotte strahlte und wies auf ein Stück Sanddorntorte und eine Tasse Kaffee. Sie selbst und der Kapitän tranken Tee. Fräulein Mencke wurde mit Schlagsahne von Tante Lottes Kuchen gefüttert. Pia setzte sich und griff nach dem Kaffee, wobei sie Käpt'n Ahab beäugte.

Ein gutaussehender Herr um die siebzig. An seinem Ringfinger steckten zwei goldene Ringe. Also ein Witwer, dachte sie. Er schaute ähnlich grimmig wie Schauspieler Gregory Peck in der Rolle des hasserfüllten Moby-Dick-Jägers, aber auch das schmeichelnde Lächeln steckte in seinen Mundwinkeln. Lediglich die lange Narbe fehlte in seinem Gesicht.

Erst als Fräulein Mencke unter dem Tisch lag, wandte sich Tante Lotte an Pia und erzählte, dass sie Kapitän Neelen am Vormittag zu einem Vortrag über Asthma in die Knappschaftsklinik begleitete hatte. Herr Neelen leide nämlich unter Atembeschwerden, seit er nicht mehr zur See führe, erklärte sie.

Pia sah in das traurige Gesicht von Käpt'n Ahab und nickte mit vollem Mund. Gott sei Dank ersparte Tante Lotte ihr nähere Details der Atemwegserkrankungen und kam gleich zum wesentlichen Teil, den sie flüsternd vortrug.

Während einer Vortragspause waren die beiden Zeugen einiger Gespräche geworden, die sich ausschließlich um den Toten am Großen Kaap gedreht hatten. Und weil Tante Lotte Pia behilflich sein wollte, hatten sie ihre Ohren gespitzt und herausgefunden, dass eine Pflegerin der Klinik sich heute Morgen plötzlich krank gemeldet hatte, obwohl sie gestern noch putzfidel gewesen sei. Eine Tatsache, die eine Kollegin der angeblich Kranken dazu veranlasst hatte, ein Geheimnis preiszugeben. Nämlich, dass genau diese Pflegerin ein Verhältnis mit dem Ermordeten gehabt haben sollte. Sie behauptete sogar zu wissen, dass der jetzt tote Finanzbeamte auf die Insel gekommen war, um der Besagten einen Heiratsantrag zu machen.

Tante Lotte guckte Pia an. »Na, was sagste jetzt?«, fragte sie stolz.

Pia verschluckte sich, hustete und nahm einen Schluck Kaffee. »Was ich dazu sage?«, krächzte sie leise. »Ich finde es sehr nett, dass ihr beide mir helfen wollt, aber ich habe entschieden was dagegen, dass ihr wie Miss Marple und Mister Stringer unterwegs seid. Wir befinden uns hier nicht in irgendeinem Roman von Agatha Christie.«

Tante Lotte brach in Lachen aus. »Kapitän Neelen hat mich auch schon Miss Marple genannt. Offensichtlich habe ich Talent«, quiekte sie laut.

Pia sah sich um. Hoffentlich hört jetzt keiner zu, dachte sie. Doch niemand schien auf sie zu achten.

Käpt'n Ahab fiel nicht in das Lachen ein. Seine Augen, die so blau waren wie ein Gletscher des nördlichen Eismeeres, starrten die Komplizin an. »Ich glaube, sie meint, dass wir uns nicht einmischen sollen«, gab er zu bedenken.

Seine Stimme klang tief wie das Grollen sich auftürmender Eisschollen.

Miss Marple verteidigte sich: »Aber wir haben uns doch gar nicht eingemischt. Wir haben nur zugehört, was geredet wird und das ist ja wohl nicht verboten.« Empört griff sie zu ihrer Tasse Tee, die aber bereits leer war, und setzte sie scheppernd zurück auf das Tellerchen.

Pia legte eine Hand auf ihre. »Schsch. Ist schon gut, Tantchen. So hab ich das nicht gemeint. Was habt ihr denn sonst noch rausbekommen?« Die Betonung lag auf dem Wort ›rausbekommen‹ und verlieh ihm eine lächerliche Bedeutung.

Tante Lotte zog die Hand weg. »Nenn mich nicht ›Tantchen‹ und rede nicht mit mir wie mit einer Bekloppten, sonst sag ich gar nichts mehr«, zischte sie.

Pia sah sich erneut um. Fräulein Mencke kam unter dem Tisch hervor, setzte sich zwischen die beiden Frauen und sah von einer zur anderen. Beide atmeten durch. Miss Marple fuhr leise fort: »Es war rauszuhören, dass der Ermordete nicht ihr einziger Verehrer war. Es soll den einen oder anderen Patienten geben, dem sie hübsche Augen macht, und einen festen Freund soll sie obendrein haben.« Tante Lotte hielt kurz inne. »Weiter sind wir nicht gekommen, weil die Pause zu Ende war, und nach der Veranstaltung sind alle gleich weggegangen.«

»Ihr glaubt also, dass es die Pflegerin war?«, murmelte Pia mit Blick auf Fräulein Mencke, die sich genüsslich die Genitalien leckte.

»Wer denn sonst? Wenn ein Mann einer Frau einen Heiratsantrag macht und gleich danach tot ist, wird das doch wohl in einem Zusammenhang stehen, oder meinst du nicht?« Tante Lottes Stimme war lauter geworden und als der Kellner unerwartet hinter ihnen auftauchte, erschraken alle.

Fräulein Mencke nutzte den Moment und lief quer durchs Lokal zu einem Pudel, der sich verhielt wie ein balzender Pfau und dazu winselte. Fräulein Mencke schien tief beeindruckt.

Pia sprang auf. Blitzschnell klemmte sie sich die Hündin

unter den Arm und verließ das Café mit den Worten: »Ich warte draußen auf euch.«

Tante Lotte folgte ihr sofort. Der Kapitän kümmerte sich derweil um die Rechnung.

Hastig leinte Pia ihre liebestolle Hündin an und zog dann Tante Lotte zur Seite. »Lotte, in Anwesenheit von Käpt'n Ahab möchte ich weder über den Mord noch über Verdächtige sprechen. Du weißt, dass ich darüber nicht reden darf. Also bring mich nicht in Schwierigkeiten und hör auf, Miss Marple zu spielen, ja?«

Obwohl ihr Ton sehr unwirsch war, lachte Tante Lotte. »Käpt'n Ahab! Das ist ja ein lustiger Vergleich. Aber du hast recht, er hat tatsächlich Ähnlichkeit mit ihm.«

Pia verdrehte die Augen. »Lotte, ich meine das ernst. Ich will, dass ihr euch da raushaltet. Verstanden? Keine weiteren Ermittlungen. Ich will nichts mehr davon hören.« Sie packte sie an beiden Schultern und schüttelte daran, bis Tante Lotte nickte.

»Aber du gehst der Sache nach, oder?«, fragte Tante Lotte kleinlaut.

»Ja, ja.«

»Ja, ja heißt meistens nein«, zeigte sich Tante Lotte enttäuscht. »Können wir nicht heute Abend noch mal unter vier Augen darüber sprechen?«

Pia stöhnte, hatte aber eine Idee. »Okay. Komm gegen sieben zu mir nach Hause, dann koch ich uns was – aber nur unter einer Bedingung.«

Tante Lotte merkte auf. »Und die wäre?«

Pia drückte ihr die Hundeleine in die Hand. »Hier. Geh mit ihr zum Tierarzt und lass prüfen, ob sie schwanger ist. Und wenn ja, dann sorg dafür, dass sie ›die Pille danach‹ bekommt. Ich will auf keinen Fall, dass sie Junge kriegt.«

Als habe Tante Lotte nur den ersten Teil verstanden, rief sie entzückt: »Sie ist trächtig? Das ist ja prächtig. Herzlichen Glückwunsch, Fräulein Mencke.«

»Nein, das ist nicht prächtig, Tante Lotte. Das ist eine Katastrophe. Die Tierheime sind voller Hunde, da muss man nicht noch mehr produzieren.«

In dem Moment kam Käpt'n Ahab aus der *Dünen-Klause* und Tante Lotte richtete ihren Blick auf ihn. Unsanft griff Pia nach ihrem Arm. »Kann ich mich auf dich verlassen?«

»Ja, ja.« Tante Lotte schaute sie verständnislos an.

»Ja, ja, heißt was?«

»Ja, wird erledigt, versprochen.«

»Und lass sie keinen Moment von der Leine, hörst du?«

Tante Lotte nickte.

Pia beugte sich zur Hündin hinunter, ermahnte sie, lieb zu sein, und verabschiedete sich auch vom Kapitän. Sie griff nach ihrem Fahrrad und fuhr davon.

Fräulein Mencke:

Menschen halten sich für außergewöhnlich und sind stolz auf ihre Benimmregeln, doch gegen den Frühling sind sie machtlos. Sogar das alte Alphaweibchen zeigt sich paarungsbereit. Unter dem Tisch hat sie einen alten Rüden mehrfach angestupst. Leider etwas verhalten und daher nicht von Erfolg gekrönt. Wir Hunde sind da nicht so zögerlich, wir greifen spontan zu, wenn sich die Gelegenheit bietet.

41.

Auf dem Weg zur Polizeistation überlegte Pia, was sie für Tante Lotte kochen sollte. Der Sinn stand ihr schon wieder nach Nudeln. Ihr Leibgericht. Die hatte sie immer im Haus, aber Nudeln mit Schmierkäse konnte sie Tante Lotte nicht vorsetzen. Also stellte sie ihr Fahrrad vor der Polizeistation ab und ging schnell in den Bio-Laden an der Ecke. Sie kaufte Zuckererbsen, Champignons, geraspelten Bergkäse und Rucola. Daraus würde sie einen phantastischen Nudelauflauf basteln. Beim Gedanken an die Käsekruste lief ihr bereits das Wasser im Mund zusammen.

Die Ware klemmte sie auf den Gepäckträger und ging mit Blick auf die Uhr ins Polizeigebäude. Es war kurz nach vier. Heute würde sie sich an ihren Vorsatz halten und früh ins Bett gehen. Also nur kurz im Büro bleiben, das Essen vorbereiten, Tante Lotte abfüttern und dann endlich ab in die Heia.

»Wo ist denn Fräulein Mencke?«, fragte Ute, die hinter dem Tresen saß.

»Die hab ich an Lotte ausgeliehen. Gibt's was Neues?« Pia blieb bei ihr stehen und lugte auf die Arbeitsfläche. Dort herrschte ein heilloses Durcheinander.

»Na ja, wie man es nimmt. Neben dem üblichen Kram wie Falschparker, Ladendiebe, einem Unfall und einem Einbruch sind diverse Päckchen aus dem Meer angespült worden. Hier.« Ute zeigte auf einen Plastikbehälter unter dem Tresen. Darin lagen mehrere ziegelsteingroße Pakete, die in schwarze Folie gewickelt waren.

»Ach du Scheiße. Ist es das, was ich denke?«

Ute lachte. »Ja, wahrscheinlich, aber wir nennen es ›Päckchen mit einer chemischen Substanz‹. Hier ist die Pressemitteilung der Staatsanwaltschaft Emden dazu. Hab es gerade an die Zeitungen gegeben.«

Pia überflog den kurzen Bericht unter der Überschrift *Gefährliches Treibgut auf Borkum entdeckt*. Es wurde vor dem Inhalt gewarnt, da es zu erheblichen gesundheitlichen Problemen kommen könne, und somit forderte man Insulaner wie Touristen auf, gefundene Päckchen immer sofort bei der Polizeidienststelle auf Borkum abzugeben. »Sehr schön!«, lachte Pia. »Hoffentlich halten sich alle dran.«

»Ja, das hoffe ich auch. Heiter hat bereits Überstunden angeordnet, alle verfügbaren Kollegen suchen schon die Strände ab. Und apropos Strand: Zwei Urlauber waren hier und haben ein verwaistes und heulendes Seehundbaby gemeldet.« Ute hob die Augenbrauen. »Ich weiß nicht, was die gesehen haben, aber ich hab ihnen erklärt, dass Seehunde erst im Juni geboren werden.«

Pia schüttelte den Kopf. Sie wollte nicht an Geburten denken – weder von Seehunden noch von Landhunden. »Eigentlich meinte ich, ob es was Neues zum Mordfall gibt.«

»Ach so, ja, Firek hat die Blutprobe von Gerrit Hartog bekommen. Er hat sie schon aufs Festland fliegen lassen. Morgen früh könnte das Ergebnis vorliegen.«

»Super.« Pia hielt einen Daumen hoch. »Ist Willi noch da?«

»Jaaa. Er sitzt in seinem Büro.«

»Was ist?«, fragte Pia.

»Ach, nichts.« Ute schaute in Richtung Flur und schaltete in den Flüstermodus. »Ich hab nur den Eindruck, dass er ein bisschen neben der Spur ist. An einem Tag ist er super gut gelaunt, dann wieder auf hundertachtzig. Ist dir das noch nicht aufgefallen? Heute Morgen hat er erwähnt, dass er sich mit Gertrud gezankt hat. Vielleicht hat er Eheprobleme.«

Pia hasste es, über Kollegen zu sprechen, wenn sie nicht dabei waren. »Na ja, kennst ihn ja, das renkt sich bestimmt wieder ein. Wie steht es denn um deine Ehe? Hat Johann sich wieder beruhigt?«

Ute wurde blass. »Woher weißt du davon?«

»Ich hab gestern Abend bei dir angerufen, weil ich wissen wollte, was mit Fräulein Mencke war, aber du bist im Fitnessstudio gewesen und ich hatte Johann an der Strippe. Der hat sich ziemlich über dich ausgelassen.«

Hektische Flecken breiteten sich auf Utes Hals und Dekolleté aus. Sie schluckte. »Was hat er denn gesagt?«

Um die peinliche Situation zu entspannen, lachte Pia und legte eine Hand auf Utes Schulter. »Er sagte, du machst eine Diät, trinkst Smoothies, statt zu essen, und bist nur noch am Turnen, statt zu kochen. Außerdem hast du ein Verhältnis mit einem Typen, der dir bereits Schmuck schenkt.« Sie wies auf ihr *Noosa*-Armband.

Zögernd fiel Ute in das Lachen ein. »Johann ist in der Midlifecrisis, der sieht sofort Rot, wenn sich der Tagesablauf mal ändert und das Essen nicht pünktlich auf dem Tisch steht. Sei froh, dass du nicht so ein Exemplar zu Hause hast.«

»Bin ich, glaube mir. Aber jetzt, wo du es sagst … Ich muss heute Abend für Tante Lotte kochen.« Sie schaute demonstrativ auf ihre Uhr. »Muss mich beeilen. Hab einen schönen Feierabend und viel Spaß beim Sport!« Mit einem breiten Grinsen ließ sie Ute stehen und ging in ihr Büro.

»Hi«, rief sie fröhlich und erschreckte damit offenbar Willi, der hinter seinem Schreibtisch saß. Er sah kurz auf, grüßte genauso knapp und bewegte seine Maus so hektisch, als müsse er etwas vom Bildschirm verschwinden lassen.

Pia setzte sich. »Und? Was sagt Gelsenkirchen?«

»Gelsenkirchen? Ach so, ja. Hab ich dir geschickt. Ist alles auf deinem Rechner.« Willi stand auf. Sein Computer knisterte leise, er schloss seinen Schreibtisch ab und griff zu seiner Jacke. »Tut mir leid, aber ich habe noch einen wichtigen privaten Termin. Bis morgen.« Und schon war er weg.

»Ja, Tschüss, dir auch einen schönen Feierabend«, murmelte Pia und fuhr ihren Rechner hoch. Ute hatte recht, er war wirklich etwas merkwürdig. Spätestens morgen würde sie mal ein Gespräch unter vier Augen mit ihm führen.

Die Mail von Willi hatte drei Anhänge: eine Stellungnahme der Polizei Gelsenkirchen, einen ärztlichen Untersuchungsbericht und ein psychologisches Gutachten über Bianca Diekmann.

Der Überfall auf sie war damals erst ein paar Tage nach

der Tat gemeldet worden, daher hatte die Polizei nicht mehr viel ausrichten können. Zeugen hatte es keine gegeben und gestohlen worden war ebenfalls nichts. Weil das angebliche Opfer einen sonderbaren Eindruck hinterlassen hatte, hatte man eine Untersuchung durch den Amtsarzt angeordnet. Der hatte einige blaue Flecken festgestellt und bescheinigt, sie seien typische Anzeichen von Gewalteinwirkung. Eine Vergewaltigung lag allerdings nicht vor. Es könne sich auch um einen Fall häuslicher Gewalt handeln, hatte der Amtsarzt geschrieben und ein psychologisches Gutachten vorgeschlagen.

Dieses war mit wissenschaftlich anerkannten Methoden und Kriterien von einem zertifizierten Rechtspsychologen mit Erfahrung auf dem Gebiet der Psychiatrie angefertigt worden. Das Ergebnis war, dass es einen Übergriff – welcher Art auch immer – gegeben haben musste, denn die Klientin litt unter exzessiver und übertriebener Angstreaktion. Man hatte eine diffuse, unspezifizierte Phobie bescheinigt und eine Psychotherapie empfohlen, um die Furcht in den Griff zu bekommen.

Bianca Diekmann hatte daraufhin eine Therapie begonnen, sie allerdings nach einem halben Jahr abgebrochen, und war nach Borkum verzogen.

Die Polizei Gelsenkirchen hatte in dem Bereich, wo der Überfall stattgefunden haben sollte, kurzzeitig die Polizeipräsenz erhöht, aber nichts Auffälliges festgestellt.

Pia druckte die Berichte aus und heftete sie in die T.O.M.-Akte. Dann öffnete sie das Outlook-Programm.

Ihr Herz blieb fast stehen, als sie im Mail-Eingang circa fünfunddreißig Nachrichten von Marten Tielemann entdeckte. Die Betreffleiste zeigte immer dasselbe Wort: *LEBENSZEICHEN!*

Sie öffnete alle. *BITTE MELDE DICH!* war in jeder Mail zu lesen und zwar so groß geschrieben, dass die drei Worte den vollen Bildschirm einnahmen. Nur bei der jüngsten Nachricht, die heute Vormittag um 10.10 Uhr versandt worden war, standen unter den riesigen Buchstaben ein paar klitzekleine: *Wenn du dich nicht bis sechzehn Uhr gemeldet hast, nehme ich die letzte Fähre und besuche dich.* Dahinter hüpfte ein gelber Smiley mit Herzaugen.

In Pias Körper entflammte ein Feuer. Sie sah auf die Uhr. Es war viertel vor fünf. »Nein!«, rief sie verzweifelt. »Der Katamaran fährt gerade ab!«

Mit zitternden Händen zog sie ihr Handy aus der Tasche. Ihre letzte Chance, Martens Überfahrt noch zu verhindern, war, dass der Katamaran Verspätung hatte. Wieso hatte sie ihn nicht vorhin vom Strand aus angerufen oder zumindest sofort ihre Mails überprüft? Wahrscheinlich war jetzt alles zu spät. Schweiß rann über ihren Rücken.

Das Freizeichen erklang, doch niemand nahm das Gespräch entgegen. Das Tuten am anderen Ende der Leitung klang unheilvoll und versetzte Pia in noch größere Panik.

Sie war den Tränen nahe.

42.

Obwohl ihr der Appetit gänzlich vergangen war, setzte Pia Wasser für die Nudeln auf, schnitt die Champignons, wusch die Zuckererbsen und würfelte Zwiebeln für den Rucola-Salat. Zwischendurch versuchte sie ein bisschen aufzuräumen und ihre Wohnung auf Vordermann zu bringen. Nur gut, dass Fräulein Mencke nicht im Weg war.

Ihrem Schicksal ergeben hoffte sie, dass Marten sich gleich nach seiner Ankunft bei ihr einfinden würde. Das hieße, dass sie ihn vor Tante Lottes Erscheinen bereits wieder los sein könnte. Dieser Plan beruhigte sie ein wenig und sie hörte auf zu schwitzen.

Gerade als sie sich ein frisches T-Shirt anzog, klingelte es. Sie zuckte zusammen. Nun musste sie nur noch die richtigen Worte finden.

Pia sprintete die Treppe hinunter und öffnete die Haustür. Vor ihr standen Tante Lotte und Fräulein Mencke. »Was wollt ihr denn schon hier?!«

»Na, das ist ja eine nette Begrüßung!« Tante Lotte sah ziemlich fertig aus. Sie hatte Schweißflecken unter den Armen und ihre Haare klebten am Kopf. »Hunde sind im Hotel verboten, das weißt du doch. Wo sollte ich denn sonst hin?«

Fräulein Mencke hing die Zunge aus dem Hals, sie schien genauso mit den Kräften am Ende zu sein. Pia blieb nichts anderes übrig, als sie reinzulassen. Verstohlen sah sie auf ihre Uhr. Der Countdown lief.

»Oder wollen wir doch essen gehen?«, schlug sie auf dem Weg nach oben vor.

Tante Lotte tippte sich an die Stirn und hechelte: »Das kannst du vergessen. Ich geh keinen Meter mehr.« Sie ließ sich auf den erstbesten Stuhl plumpsen, stellte ihre Tasche ab und wischte sich den Schweiß mit einem Tuch von der Stirn, während Fräulein Mencke das gesamte Wasser aus dem Napf schlabberte. »Es riecht doch phantastisch hier, warum sollten wir also essen gehen?«

Pia gab auf und warf die Nudeln ins Wasser. Sollte doch passieren, was wollte. Ihr war jetzt alles egal. Sie füllte ein Glas mit Wasser, stellte es vor Tante Lotte ab und setzte sich. »Und? Was hat der Tierarzt gesagt?«

Tante Lotte trank das Glas leer, bevor sie antwortete. »Tut mir leid, aber es ist zu spät. Sie bekommt in ungefähr einer Woche acht oder neun Junge. Es können auch zehn werden, das konnte der Arzt nicht genau sagen.«

»Was?«, schrie Pia. »Das kann doch wohl nicht wahr sein!«

Tante Lotte brach in Lachen aus. »War nur ein Witz, Kindchen. Lass dich doch nicht ins Bockshorn jagen. Das wäre dir doch sicher aufgefallen, wenn sie schon so weit wäre.«

Pia stöhnte. Ihre Nerven waren dem Zerreißen nahe. »Was soll das denn jetzt heißen? ›Wenn sie schon so weit wäre‹? Ist sie trächtig oder nicht?«

Das Nudelwasser kochte mit lautem Zischen über. Pia sprang auf, schob den Topf zur Seite und schaltete den Herd runter. »Lotte!«, rief sie. »Was ist denn jetzt?!«

»Der Arzt war sich nicht sicher, aber er hat ihr vorsorglich eine Spritze gegeben. Wie kommst du überhaupt darauf?«

Der Stein, der Pia vom Herzen fiel, war so groß wie ein Komet und hätte beim Sturz ins Meer mindesten so eine Schweinerei veranstaltet wie das übergekochte Nudelwasser. Sie wischte die Salzlache vom Herd und überprüfte die Bissfestigkeit der Nudeln. Ein paar Minuten brauchten sie noch. Diese Zeit nutzte sie, um den Tisch zu decken und Tante Lotte von dem Typen am Strand zu erzählen, der behauptet hatte, dass Fräulein Mencke sich mit einem Rüden in den Dünen vergnügt hatte.

Tante Lotte sah die Hündin streng an. »*Sex on the beach* also, was? Das hatte ich deinem Frauchen geraten und nicht dir, mein Fräulein.« Mahnend erhob sie den Zeigefinger.

Fräulein Mencke schlich an ihr vorbei zur Tür und legte sich langgestreckt auf die kühlen Fliesen.

Als Pia die Auflaufform gefüllt hatte und die Backofentür zuschnappen ließ, klingelte es. Sie erstarrte, Fräulein Mencke sprang auf und Tante Lotte guckte erstaunt. »Erwartest du noch Besuch?«

»Das wird Marten sein. Du weißt schon, DER Marten. Ich hab auf seine Anrufe nicht reagiert und nun steht er wahrscheinlich vor der Tür. Also benimm dich bitte«, forderte sie und ging die Treppe hinunter.

Sie öffnete die Tür und obwohl sie ja mit ihm gerechnet hatte, war sie überrascht, ihn zu sehen. Leibhaftig und in voller Größe stand er da und grinste. »Hi«, hauchte er.

Ihre Beine wurden weich, ein Lächeln war schwierig.

Hinter seinem Rücken zog er einen Blumenstrauß hervor

und streckte ihn ihr entgegen. Pia nahm ihn automatisch an und stammelte: »Das wäre nicht nötig gewesen.«

»Keine Ursache. Du bist mein persönlicher Frühling und das ist nur ein kleiner Frühlingsgruß.« Auf sein Wortspiel schien er mächtig stolz.

Pia wurde ernst. »Ich meinte eigentlich dein Kommen.«

Sein enthusiastisches Lachen verschwand. »Pia, ich werde nicht eher gehen, bevor wir miteinander geredet haben. Lässt du mich bitte rein?«

»Das ist gerade schlecht. Ich hab nämlich Besuch.«

»Ach so.« Er spähte die Treppe hoch, als wolle er sehen, wer in ihrer Wohnung war.

Sie machte sich so breit wie möglich. »Du kannst hier nicht einfach auftauchen und erwarten, dass sich alles um dich dreht. Ich hatte dich nicht eingeladen.«

Plötzlich sprang Fräulein Mencke wie aus dem Nichts herbei und begrüßte den Gast überschwänglich.

»Na, wenigstens eine, die sich freut, mich zu sehen«, stellte Marten fest.

Pia schaute die Treppe hoch. Oben am Absatz stand Tante Lotte, die sich offensichtlich ertappt fühlte, und rief: »Nun kommt doch rauf, Kinder, der Auflauf ist gleich fertig.«

Marten grinste breit. »Komm schon, gib deinem Herzen einen Ruck«, bettelte er.

Widerwillig ging sie beiseite und ließ ihn durch.

Der Abend verlief ganz anders, als Pia es sich gedacht hatte.

Den Nudelauflauf aß sie fast alleine. Marten behauptete, er habe auf der Fähre bereits etwas gegessen und deshalb nicht so viel Hunger. Tante Lotte meinte, sie könne bei der Hitze nicht so viel vertragen, und hielt sich überwiegend an den Salat.

Der Hauptgrund für die Appetitlosigkeit lag aber wohl darin, dass Marten und Lotte sich phantastisch verstanden und sich so prächtig unterhielten, dass sie gar keine Zeit zum Essen fanden. Der Vorteil war, dass dadurch eine große Portion für Fräulein Mencke übrigblieb.

Pia mischte sich kaum in die Unterhaltung. Es entspannte sie ungemein, den beiden einfach zuzuhören und zuzusehen. Zwischendurch schaute Marten sie an und zwinkerte verschmitzt. Sie genoss es.

Gleich nach dem Essen holte Tante Lotte eine Flasche Sanddorn-Likör aus ihrer Tasche und Pia schenkte ein. Aber nur für die beiden Besucher. Sie selber blieb abstinent und erklärte, der Alkohol von gestern stecke ihr noch in den Knochen. Tante Lotte fragte Marten, ob er Pia gestern im Fernsehen gesehen habe.

Ab da philosophierten die beiden nur noch über den Mord und prosteten sich zwischendurch immer wieder zu. Pia war so satt und müde, dass sie kaum noch hinhörte. Ihr fielen ständig die Augen zu.

Sie horchte erst wieder auf, als Tante Lotte sagte: »Ich glaube, es wird Zeit fürs Bett. Kümmerst du dich um Pia?«

Pia fragte sich, seit wann die beiden sich duzten. Ihr Blick fiel auf die fast leere Likörflasche. Mühsam rappelte sie sich auf. Sie konnte sich kaum auf den Beinen halten. »Um mich braucht sich niemand zu kümmern«, nuschelte sie schlaftrunken, hob eine Hand zur Verabschiedung und torkelte ins Schlafzimmer, als habe sie selbst die Flasche geleert.

So wie sie war, ließ sie sich ins Bett fallen, zog mit letzter Kraft die Decke über sich und spürte nur noch, dass Fräulein Mencke sich an sie kuschelte. Dann war sie weg.

Fräulein Mencke:
Menschen übertreiben gerne. Im Allgemeinen sowieso und im Speziellen mit den Besuchen beim Weißkittelmann. Regelmäßig werde ich zu ihm gebracht, damit er alles Mögliche an mir durchzählt. Zähne, Augen, Ohren, Beine, Pfoten, Schwanz und sogar die Rippen – als sei schon jemals etwas abhandengekommen. Aber nun, wenn es die Menschen beruhigt …

Apropos beruhigt: Mein Frauchen ist die Ruhe selbst und

befindet sich im Tiefschlaf. Sie hat nicht mal gemerkt, dass der Rüde, der neuerdings um sie herumscharwenzelt, zu uns ins Körbchen gekrabbelt ist.

Ich hab es ihm erlaubt, weil er in der Hierarchie weit hinter mir steht und ziemlich einsam scheint.

Ein Hund ist eben nur so stark wie sein Rudel.

43.

Um zwei Uhr nachts wachte Pia das erste Mal auf. Von ihrer vollen Blase geweckt, schlurfte sie durch die Dunkelheit ins Bad. Sie wunderte sich darüber, dass sie noch ihre Jeans trug, zog sie an Ort und Stelle aus und wanderte in T-Shirt und Slip zurück ins Bett. Fräulein Mencke grunzte zufrieden, als sie unter die Decke schlüpfte. Sofort schlief sie wieder ein.

Das zweite Mal erwachte sie, weil sie kaum noch Luft bekam. Irgendetwas schien schwer auf ihrer Brust zu liegen und drohte sie zu ersticken. Ihr Herz schlug verzweifelt um sich. Mit einem lauten Schrei bäumte sie sich auf und befreite sich von der Last. Fräulein Mencke bellte alarmiert.

Hektisch tastete Pia nach dem Licht und erschrak ein zweites Mal, als sie Marten entdeckte. Er saß kerzengerade neben ihr und schaute sie entgeistert an. »Was ist? Hattest du einen Albtraum?«

»Was machst du denn hier?« Entsetzt zog sie sich die Decke bis zum Hals. Fräulein Mencke drängelte sich zwischen die beiden und wedelte beruhigend.

Marten ließ sich in die Kissen zurückfallen und nuschelte: »Wie spät ist es denn?«

Pia schaute auf den Wecker. »Gleich fünf.«

»Und wann musst du aufstehen?«

»Um sechs.«

»Dann haben wir ja noch eine Stunde«, gähnte er und streckte sich. Die Hündin schob er dabei sanft, aber bestimmt, zur Seite, womit Pia freie Sicht auf seinen nackten Oberkörper hatte.

Eine verführerische Wärme ging von ihm aus, die sich in Hitze verwandelte, als er seinen Arm in ihre Richtung ausstreckte. Die Geste war ruhig und einladend. Und auch sein Blick wirkte schläfrig und harmlos, dennoch hatte Pia das Gefühl, gleich würde etwas brennen. Trotzdem – oder gerade deshalb – ließ sie sich auf seinen Arm sinken.

Er schaute ihr in die Augen und strich langsam eine Haarsträhne aus ihrem Gesicht. Dann hauchte er: »Na, meine Schöne.«

Fräulein Mencke, die am Fußende lag, quietschte laut beim Gähnen. Beide lugten zu ihr hinüber. Marten grinste zufrieden. »Ein gemütliches Zuhause hast du.«

»Ja, das finde ich auch.« Mit dem Zeigefinger wagte sie, über seine Brust zu streicheln. »Ich hoffe, du hast wenigstens untenrum was an«, flüsterte sie.

»Du kannst ja mal nachsehen«, bot er an und hob die Decke ein kleines Stück. Von da an gab es kein Halten mehr. Sie fielen übereinander her wie zwei Ertrinkende.

Fräulein Mencke verließ das Bett und suchte sich ein ruhigeres Plätzchen, doch das bemerkten die Liebenden nicht mehr.

Fräulein Mencke:
Menschen haben ein merkwürdiges Paarungsverhalten. Sie winden sich wie Schlangen, hecheln, stöhnen und klagen wie Sterbende und bellen so heiser wie junge Füchse, die nach ihrer Mutter rufen. Das kann man kaum mit anhören.

44.

Während Pia duschte, ging Marten mit Fräulein Mencke Brötchen holen. Danach deckte er den Tisch und gemeinsam genossen sie ein wunderbares Frühstück. Die Stimmung war phantastisch, und keiner von beiden hatte Lust, in alten Wunden herumzustochern. Sie sahen sich verliebt an, berührten sich, so oft es ging, und gaben sich hier und da einen Kuss. Fräulein Mencke bekam ein Leberwurstbrot.

»Wann musst du denn wieder los?«, fragte Pia beiläufig, als sie den Tisch abräumte. Sie ging davon aus, dass er morgen wieder zur Arbeit musste.

»Spätestens Sonntag. Ich hab den Rest der Woche Urlaub«, setzte er sie ins Bild.

Ein Bild, das sie sich nicht vorstellen konnte. »Was?! Das geht aber nicht. Ich muss arbeiten. Du kannst doch nicht die ganze Zeit hier auf mich warten.«

Marten nahm sie in den Arm. »Wieso denn nicht? Heute ist schon Donnerstag und morgen fängt das Wochenende an. Das ist doch hier auf Borkum auch so, oder nicht?« Er lachte.

Pia fühlte sich überrumpelt. Sie hasste es, wenn jemand so mir nichts, dir nichts über ihre Zeit bestimmte. Sie nahm seine Hände von ihrem Körper. »Ich muss einen Mord aufklären und hab echt keine Zeit für so was.«

Seine Miene verdunkelte sich. »Für so was …?« Die Ernüchterung stand ihm ins Gesicht geschrieben.

Pia fühlte sich wie eine Spielverderberin. »Na ja, vielleicht bis morgen«, versuchte sie die Situation zu retten. Sein Gesicht hellte sich auf. »Ich bin spät dran. Lass uns heute Abend darüber sprechen, ja? Ein Zweitschüssel liegt auf der Fensterbank.«

Sie zog ihre Jacke an, warf ihr Haar nach hinten und griff nach Sonnenbrille und Hundeleine. Ein letztes Mal drehte sie sich zu ihm um.

»Toll siehst du aus«, stellte er fest.

Pia lief rot an und ging.

Sie schob ihr Rad langsam neben sich her. Heute empfand sie es nicht als förderlich, nur einen Häuserblock vom Büro entfernt zu wohnen. Sie hätte gerne ein bisschen mehr Zeit gehabt, um von privat auf geschäftlich umzuschalten.

Ihre Gedanken waren immer noch bei Marten, als Heiter sie in ihr Büro drängte und das *Inselblatt* auf den Schreibtisch fallen ließ. »Ich weiß nicht, ob du es mitbekommen hast, aber diese Sache da könnte uns leicht über den Kopf wachsen.« Er wies auf einen Artikel. »Erst der Mord und jetzt auch das noch.«

Pia sah auf die Zeitung. Poldi hatte den Bericht verfasst und die Pressemitteilung der Staatsanwaltschaft etwas aufgebauscht. Die Überschrift hieß nun *Gefährliches Treibgut auf Borkum entdeckt. Päckchen-Inhalt ungeklärt.*

Darunter stand zu lesen: *Nach dem Fund von gefährlichem Treibgut in Form von ziegelsteingroßen Päckchen, die in schwarze Folie gewickelt sind, dauert die Suche nach weiteren mysteriösen Päckchen auf Borkum an. Die Polizei sei verstärkt zur Kontrolle der Strände im Einsatz, sagte eine Sprecherin am Mittwoch in Leer. Der genaue Inhalt der kleinen Pakete mit einer chemischen Substanz werde noch untersucht. Zu Spekulationen, es handele sich um angeschwemmte Drogen, könne sie nichts sagen. Die Polizei warnt, der Inhalt könnte zu erheblichen gesundheitlichen Problemen führen. Insulaner und Touristen werden aufgefordert, Fundstücke immer bei der Borkumer Polizei abzugeben.*

Pia schmunzelte. Heiter nicht. »Fast alle Kollegen sind unterwegs und suchen nach diesen blöden Dingern. Ich hab auch Willi und Firek an den Strand geschickt.«

»Echt? Warum hast du denn keine Verstärkung aus Leer angefordert?«, wollte Pia wissen.

Heiter setzte sich auf Willis Stuhl, ihr direkt gegenüber. »Die Wasserschutzpolizei übernimmt das ab heute Nachmittag. So lange musst du auf die beiden verzichten. Wie kommst du denn voran?«

Pia räusperte sich. »Ich werde nochmals zu Bianca Diekmann gehen. Die Aussage von Frank Platte deckt sich ja nicht mit ihrer und bei der Gelegenheit werde ich auch den Überfall in Gelsenkirchen ansprechen.« Sie nahm die Akte T.O.M. zur Hand und gab sie Heiter. »Hast du schon das psychologische Gutachten über sie gelesen? Sie scheint wirkliche Probleme zu haben.«

Er nickte. »Ja, wobei ich den Bericht von Firek interessanter finde. Gerrit Hartog hat sich ja ganz schön angestellt, bevor er ihm eine Blutprobe gegeben hat.«

Obwohl Pia das Protokoll noch gar nicht gelesen hatte, nickte sie. »Hauptsache, wir haben das Blut. Schauen wir mal, was dabei rauskommt. Ute meinte, das Ergebnis kommt heute Vormittag.«

Heiter stand auf. »Hoffen wir mal.« Auf dem Weg zur Tür blieb er vor Fräulein Mencke stehen, die mitten im Zimmer lag und ihn erwartungsvoll anschaute. »Vielleicht sollten wir sie auch zum Strand schicken«, sinnierte er. Fräulein Mencke sprang auf und wedelte. »Pakete suchen statt Ostereier. Da könntest du dich endlich mal nützlich machen«, sagte er zur Hündin, die daraufhin äußerst interessiert ihren Kopf schief legte.

»Kommt gar nicht in Frage. Sie bleibt bei der Mordkommission. Du hast ja schon Willi und Firek«, lachte Pia. »Wir können aber auf dem Weg zur Diekmann am Strand vorbeigehen und gucken, wie die Jungs vorankommen.«

Gemeinsam verließen sie das Büro. Mit hoch erhobener Nase stolzierte Fräulein Mencke vorweg, als wolle sie dem Chef zeigen, wie engagiert und brauchbar sie war.

Pia schwang sich aufs Rad und fuhr zur Promenade. Dort stieg sie ab und schob ihr Vehikel. Mit einer Hand beschattete sie ihre Augen und blickte über den Strand. Obwohl es noch relativ früh war, tummelten sich hier schon Unmengen von Touristen. Einige Kinder bauten bereits an ihren Burgen vom

Vortag weiter, und die Mütter saßen in den Strandkörben. Die Herren der Schöpfung wanderten mit hochgekrempelten Hosenbeinen am Meeresrand entlang und hielten ihre Köpfe gesenkt, als suchten sie nach Muscheln. Hier und da bückte sich jemand, hob etwas auf und ließ es wieder fallen. Einige trugen Tüten bei sich.

»Oh Gott«, stöhnte Pia. Sie hätte nicht gedacht, dass die ominösen Päckchen so begehrt waren.

»Heeey, Frau Seemann!«, hörte sie plötzlich eine Stimme. Es war Poldi. Sein rotes Haar leuchtete gefährlich in der Morgensonne und wehte um sein aufgeregtes Gesicht. Er lief etwas windschief auf sie zu, was an der Tasche liegen mochte, die schwer an seiner Schulter hing.

»Wie Quasimodo«, flüsterte Pia und setzte ein Grinsen auf. Fräulein Mencke hopste ihm fröhlich entgegen.

»Na, ihr zwei Hübschen. Sucht ihr auch nach den Schätzen, die uns das Meer beschert?«, fragte er gut gelaunt, strich über Fräulein Menckes Fell und eine Strähne seiner eigenen Haarpracht zur Seite, bevor er Pia die Hand reichte.

»Morgen. Kannst ja mal einen Poldi-Artikel über angeschwemmtes Strandgut schreiben. Das interessiert die Kinder bestimmt.«

»Oh, nicht nur die Kinder. Guck dir das doch mal an.« Mit einem Kopfnicken zeigte er zum Hauptstrand und schmunzelte. »Nun mal unter uns Pastorenkindern, was ist denn jetzt in den Paketen?«

Pia lachte. »Das musst du schon selber rauskriegen. Ist nicht meine Baustelle.« Sie griente ihn an und hob entschuldigend eine Hand.

»Apropos deine Baustelle: Was macht die Mordermittlung? Heiter weicht mir ständig aus, wenn ich ihn anrufe, und du meldest dich auch nie.« Seine Stimme klang vorwurfsvoll.

»Es gibt nichts Neues. Wir sind mitten in den Ermittlungen und wenn du mich noch länger aufhältst, wird der Fall nie gelöst.« Demonstrativ schaute Pia auf ihre Uhr. »Ich muss weiter.«

Er ging einen Schritt zur Seite, um für ihr Fahrrad und Fräulein Mencke Platz zu machen. »Ruf mich an, wenn du was für mich hast, ja?«

»Jaha«, trällerte Pia im Gehen, schwang sich in den Sattel und fuhr Richtung Knappschaftsklinik. Fräulein Mencke flitzte voraus. Den Strand ließ Pia nicht aus den Augen. Hier waren zwar weniger Leute unterwegs als am Hauptstrand, aber trotzdem mehr als gewöhnlich.

Ihr fielen einige Gruppen von Jugendlichen auf. Waren die immer noch hinter Pokémons her oder suchten sie jetzt auch nach backsteingroßen Päckchen? Heiter hatte recht. Die Pakete waren wirklich ein Problem.

Kurz vor der Knappschaftsklinik entdeckte sie tatsächlich Willi und Firek am Wassersaum. Sie zogen einen kleinen Handwagen hinter sich her und sahen aus, als würden sie an einer Boßeltour teilnehmen. Pia stellte ihr Rad ab und rannte zu ihnen. Fräulein Mencke war begeistert.

Genau wie Willi und Firek, die breit grinsten. Firek zeigte auf den Bollerwagen. Es lagen bereits mehrere schwarze Pakete darin, aber auch eine tote Möwe, einige Plastikflaschen und anderer Müll. »Wir räumen bei der Gelegenheit gleich den Strand ein bisschen auf«, erklärte er lachend und hob kurz seine Mütze, um sich am Kopf zu kratzen.

Willi trug ebenfalls seine Polizeiuniform und war genauso guter Laune. So fröhlich hatte Pia ihn lange nicht gesehen. Sie wunderte sich, dass den beiden diese Arbeit offensichtlich mehr Spaß bereitete, als einen Mörder zu suchen.

»Soll ich euch Fräulein Mencke hierlassen?«, bot sie an, doch sie erntete wieder nur Gelächter.

»Nee, lass mal. Die macht höchstens mit ihren Zähnen die Folie kaputt und dann fliegt das ganze Zeug noch über die Insel«, feixte Willi. Firek klopfte ihm vor Begeisterung auf die Schulter.

»Euch geht's ja offensichtlich prima«, stellte Pia fest. »Habt ihr schon davon genascht?«

Willi setzte ein ernstes Gesicht auf. »Frau Seemann, nur zu Ihrer Information: Dieses ›gefährliche Treibgut‹ kann zu erheblichen gesundheitlichen Problemen führen, weshalb wir es selbstverständlich sofort zur Hauptdienststelle nach Leer schicken. Ungeöffnet, versteht sich.« Er nickte und Firek tat es ihm nach. Danach brachen sie wieder in Lachen aus.

Pia schüttelte den Kopf und wollte sich gerade abwenden, als Willi meinte: »Wir können den Kram aber auch gleich an den Leeraner Kollegen Marten Tielemann übergeben, der ist nämlich schon vor Ort. Ich hab ihn heute Morgen beim Bäcker gesehen. Stimmt's, Fräulein Mencke?«

Er wuschelte der Hündin das Fell, wobei er es vermied, Pia anzusehen.

Fräulein Mencke:
Hunde spiegeln die Stimmung ihrer Menschen wider. Das fällt mir heute nicht schwer, denn mein Frauchen ist wie ausgewechselt, seit ihr Lieblingsrüde bei uns eingezogen ist. Allerdings geriet ihre Hochstimmung aus dem Takt, als wir zwei Kollegen am Strand trafen. Sie stöberten in den schönen Sachen herum, die das Meer anschwemmt. Das ist übrigens auch mein Lieblingshobby, aber sie wollten uns nicht dabeihaben. Mein Frauchen ist ganz schön sauer. Ich auch.

45.

Verärgert stapfte Pia durch den Sand zu ihrem Fahrrad zurück. Erst dort zückte sie ihr Handy und wählte Martens Nummer. Sie atmete tief durch.

Nach einem einzigen Klingeln war er dran. »Hast du schon Sehnsucht nach mir?«, fragte er, was sie nur noch mehr aufregte.

»Nein«, sagte sie, »ich möchte bloß wissen, warum du mir nicht erzählt hast, dass du heute Morgen Willi beim Bäcker getroffen hast.« Mit einem Fuß kickte sie wütend den Fahrradständer hoch und folgte Fräulein Mencke, die immer wieder sehnsüchtig zum Strand blickte.

»Ich hab ihn nicht getroffen«, verteidigte sich Marten.

»Er hat dich aber gesehen.«

»Tja, das kann ja sein, aber ich hab ihn nicht gesehen. Und was sagt das schon aus? Ist doch egal. Schließlich gehört ihm Borkum ja nicht allein. Ich kann hier doch Urlaub machen, oder?«

Pia stöhnte. »Mit Fräulein Mencke zusammen, oder was?«

Stille am anderen Ende.

Sie horchte verzweifelt in den Hörer. Das Schieben des Fahrrades mit einer Hand war extrem schwer, weil so viel Sand auf dem Radweg lag. »Marten? Bist du noch da?«

»Pia, ich glaube du übertreibst es ein bisschen. Über kurz oder lang kriegt Willi doch sowieso mit, dass wir zusammen sind. Und was ist schon dabei?«

Sie konnte es nicht fassen. »Was dabei ist?! Du weißt doch selber, dass Beziehungen unter Kollegen verboten sind. Willst du, dass ich meinen Job verliere?«

Marten lachte. »Na, es wird uns schon keiner den Kopf abreißen und manchmal muss man sich eben entscheiden, Liebe oder Job.«

Pia blieb stehen. »Das ist jetzt nicht dein Ernst, oder? Dann überleg schon mal, wofür du dich entscheidest. Ich gebe meinen Beruf jedenfalls nicht auf.«

In diesem Moment lief eine Horde Männer an Pia vorbei. Sie machten Lärm wie Seefahrer bei einer Meuterei und sich ziemlich breit auf dem schmalen Weg. Ihr rutschte das Fahrrad aus der Hand und auch das Handy fiel zu Boden. Auf ihr Schimpfen reagierte die Gruppe nicht.

Das Handy war sandig und die SIM-Karte hatte sich verschoben. Die Verbindung war hinüber. Zu allem Überfluss fing Fräulein Mencke an zu bellen und folgte den Männern.

Pia steckte das Telefon ein, schwang sich aufs Rad und nahm die Verfolgung auf. Die Männer machten Platz, als sie klingelte, so dass sie überholen konnte. Ohne Vorwarnung brachte sie ihr Rad zum Stehen und versperrte ihnen den Weg. Fräulein Mencke baute sich neben ihr auf und knurrte.

»Bleiben Sie bitte kurz stehen? Polizei.« Ihre Erkennungsmarke hielt sie ihnen direkt vor die erstaunten Gesichter. Zwei davon erkannte sie sofort: Gerrit Hartog und Frank Platte.

»Warum?«, fragte der Mann, der ihr am nächsten war.

Ihn kannte sie nicht. Er trug uralte braune Stiefel, die über einer verwaschenen Jeans bis zum Knie reichten und Pia an einen Piraten erinnerten, sowie ein blau-weiß gestreiftes Fischerhemd mit passendem Halstuch. Als sei es ihm bereits zu heiß geworden, hatte er sich seines dicken blauen Pullovers entledigt und ihn lässig über seine Schulter geworfen. In Stirnhöhe prangte ein goldener Anker auf einer Strickmütze. Leicht angegraute Locken lugten darunter hervor und verdeckten teilweise den goldenen Ring am linken Ohrläppchen. Nervös schaute er sich zu seinen Freunden um und schielte auf zwei Reisetaschen, die sie dabei hatten.

»Was ist da drin?« Pia zeigte auf die Taschen.

Niemand sagte etwas.

»Können Sie die bitte kurz öffnen?«

Der hintere Mann war der erste, der die Flucht ergriff. Eine der Taschen fiel zu Boden. Dann rannte der zweite weg. Fräulein Mencke bellte empört und war drauf und dran, hinterherzurennen. Pia konnte sie gerade noch am Halsband erwischen, legte ihr die Leine an und zwickte sie energisch in die Schulter. Dadurch hatte sie sofort ihre volle Aufmerksamkeit. Wachsam sah die Hündin sie an.

Ebenso stumm starrten die drei verbliebenen Männer zu ihr herüber. Gerrit Hartog und Frank Platte hielten verkrampft die zweite Tasche zwischen sich fest. Die Strickmütze in vorderster Reihe ergriff das Wort: »Was wollen Sie denn von uns?«, fragte er unsicher.

Frank Platte stellte die Tasche ab, die offensichtlich recht schwer war, und lenkte ein. »Lass mal, Jan, das ist Hauptkommissarin Seemann. Die sucht den Mörder von dem Typen, den man ans Große Kaap gehängt hat.«

Strickmützen-Jan steckte seine Hände tief in die Hosentaschen und grinste. »Ach so. Denken Sie, wir waren das?« Er gab ein spöttisches Schnalzen von sich und schüttelte den Kopf. »Ja klar, und da drinnen steckt schon die nächste Leiche«, lachte er und wies auf die Taschen. Sich etwas vorbeugend, verriet er vertraulich: »Wir haben sie diesmal zerstückelt und wollen sie am Strand vergraben.«

Pia hob eine Augenbraue und sah ihm in seine seegrünen Augen. »Sie halten sich wohl für sehr witzig, was? Ich möchte jetzt wissen, was da drin ist. Oder haben Sie damit ein Problem?«

»Ja, damit hab ich eins.« Er streckte seinen Brustkorb hervor. »Sie können nicht einfach unbescholtene Menschen anhalten und den Inhalt ihrer Taschen kontrollieren. Wo kommen wir denn da hin? Dazu muss doch wohl ein triftiger Grund vorliegen.«

»Keine Sorge, der liegt vor. Und jetzt öffnen Sie bitte die Taschen.«

Jan rührte sich nicht, aber Gerrit Hartog hielt es nicht mehr aus. Er trug im Gegensatz zu dem recht attraktiven Jan grüne Gummistiefel und eine billige Kopie einer Wachsjacke, in der er fast versank, als er sich bückte, um den Reißverschluss der Tasche zu öffnen.

Pia gab sich alle Mühe, konnte aber nichts erkennen.

»Sch-sch-Strandgut gehört doch dem, der es findet, oder?«, stotterte Gerrit, der stark schwitzte. Die Warze auf seiner Stirn glänzte knallrot, als er den Spalt etwas weiter öffnete. Die Tasche war vollgepackt mit schwarzen Päckchen.

Frank Platte rempelte ihn mit dem Ellenbogen an. »So ein Quatsch«, sagte er. »Wir sind natürlich auf dem Weg zur Polizei, um den Fund abzugeben«, erklärte er grinsend. Seine Zahnlücke lugte spitzbübisch hervor.

Heute sah er aus wie ein Zimmermann auf Wanderschaft. Er trug eine Zunftjacke mit Goldknöpfen und dazu die passende robuste Arbeiterhose mit zwei parallel aufgesetzten Reißverschlüssen, die sein Geschlecht umrahmten. Grobe Arbeitsschuhe rundeten das Bild ab. Doch der wesentliche Hingucker war der schwarze Zimmermannshut, mit dem er aussah wie ein Cowboy.

Jan streifte sich die Strickmütze vom Kopf und strich sich durchs Haar. »Ja, genau«, stimmte er seinem Kumpel zu.

Pia drehte ihr Fahrrad um. »Na, dann ist ja alles gut. Ich begleite Sie.«

Gerrit verschloss die Tasche und hob sie auf ihren Gepäckträger. Frank Platte und Jan nahmen die andere.

Auf dem Weg behielt Fräulein Mencke vor allem Gerrit Hartog im Auge, der direkt hinter ihr lief, und knurrte leise, sobald er ihr zu nahe kam. Ansonsten sagte niemand etwas. Jeder einzelne schien nachzudenken – über was auch immer.

Dann meldete sich Gerrit in seiner unnachahmlichen langsamen Art zu Wort: »Was ist eigentlich mit dem Strandrecht?«, sagte er, ohne zu stottern. »Mein Opa hat immer gesagt, was die Meeresströmung und die Tide an die Strände spülen, gehört dem Finder. Früher war das für die Küstenbewohner sogar eine richtige Einnahmequelle.«

Pia sah ihn an. »Ja, das stimmt. Laut Strandrecht fiel dem Finder das Strandgut zu, sofern es keine Überlebenden gab, die es beanspruchten – wofür der Finder mitunter auch selbst sorgte. Die Küstenbewohner versetzten sogar absichtlich Leuchtfeuer, um Schiffe in Seenot zu bringen. Dann brauchten sie nur noch am Strand auf das Treibgut zu warten. Das war fast an allen europäischen Küsten so. Früher. Aber heute eben nicht mehr, Herr Hartog. Für Strandgut gilt heutzutage das Fundrecht. Und das besagt, dass Sie den Fund erst einmal abgeben müssen.«

Jetzt mischte sich Strickmützen-Jan ein: »Das heißt also, wenn sich innerhalb einer bestimmten Frist kein Besitzer meldet, gehört es dem Finder. Stimmt's?«

Noch bevor Pia antworten konnte, jubelte Frank Platte und lugte unter seiner Hutkrempe hervor. »Wenn das so ist, bekommen wir die Sachen ja wahrscheinlich noch vor Weihachten zurück«, mutmaßte er.

Der Vorfreude war es wohl geschuldet, dass die drei Männer Pia zu vergessen schienen, obwohl sie inmitten ihrer Gruppe lief. Sie unterhielten sich wie aufgeregte Schuljungen und malten sich hervorragende Chancen aus, das Strandgut letztendlich doch zugesprochen zu bekommen – notfalls mit Hilfe eines Anwaltes.

Erst unter den Japanischen Kirschblüten kurz vor der Polizeistation verklangen ihre Worte und ihre Mienen verdüsterten sich ein wenig.

Pia befreite Fräulein Mencke von der Leine und half Gerrit beim Tragen der Tasche. Jan und Frank schleppten die andere hinein. Vor dem Empfangstresen, hinter dem Ute saß und über das Auftauchen der Gruppe staunte, setzten sie das Strandgut ab. Fräulein Mencke legte sich auf ihren Platz, als sei ihre Arbeit für heute getan.

»Diese netten Herren haben bei der Suche nach dem Treibgut geholfen«, erklärte Pia. »Würdest du ihnen zum Dank einen Tee machen, ihre Personalien aufnehmen und die genaue Anzahl der Pakete ermitteln? Dann können wir gleich klären, wann sie die Fundsachen wiederbekommen können.«

Pia zwinkerte Ute zu. Die *Borkumer Burschen* bekamen

davon nichts mit. Sie warfen sich siegessichere Blicke zu und konnten ihr Glück kaum fassen.

Ute schaltete schnell und fragte nicht weiter nach. Sie schickte die Männer samt Taschen ins kleine Besprechungszimmer. Dort sollten sie das Treibgut fein säuberlich auf dem Tisch ausbreiten.

Während die Männer ihrer Anweisung folgten, flüsterte Pia Ute zu, sie möge die Herren so lang wie möglich hinhalten und sie in dem Glauben lassen, dass durchaus eine Möglichkeit bestehe, rechtmäßige Besitzer der angeschwemmten Ware zu werden. »Zieh alles in die Länge und verplempere so viel Zeit, wie du kannst.«

Ute nickte. »Darin bin ich Spezialistin«, lächelte sie und drehte sich um.

Pia lief in Heiters Büro.

Das Zimmer war total verqualmt. Als sie eintrat, nahm Heiter sofort den Glimmstängel aus dem Mundwinkel und schaute sie böse an.

»Ich versuche andauernd, dich zu erreichen. Warum nimmst du denn nicht ab?«, blaffte er und stand auf.

Pia kramte ihr Telefon heraus und erklärte, es sei ihr runtergefallen und sie habe deshalb keine Verbindung mehr. Heiter verfolgte genau, wie sie die Klappe öffnete, die SIM-Karte entfernte, in den Apparat pustete und die Karte wieder einsetzte. Nebenbei erzählte sie ihm von ihrem zufälligen Fang der *Borkumer Burschen*.

Dann piepte ihr Telefon mehrfach. Eine ganze Reihe von verpassten Anrufen wurde angezeigt. Die meisten waren von Marten, eine von Hans und drei von Heiter. »Und weshalb hast du mich angerufen?«, fragte sie.

Heiter ging über die Frage hinweg und wurde ganz hektisch. Er setzte sich zurück an seinen Schreibtisch und drückte nebenbei die Zigarette aus. »Gerrit Hartog ist auch dabei?«, fragte er aufgeregt. Seine Miene hellte sich erheblich auf. Er konzentrierte sich auf seinen PC und bedeutete ihr mit zuckendem Zeigefinger, sie möge zu ihm kommen. Pia stellte sich hinter ihn und schaute über seine Schulter auf den Bildschirm. Die Mail, die er öffnete, zeigte das Ergebnis des Bluttests.

»Bingo!«, rief Heiter. »Gerrit Hartogs Blut stimmt zu 99 % mit dem an Brands Hose überein.« Schwungvoll rollte er mit dem Stuhl zur Seite und sah Pia an.

»Wow.« Mehr fiel ihr nicht ein.

»Jetzt brauchst du nur noch ein Geständnis aus ihm rauszuquetschen«, lachte Heiter, verschränkte seine Hände hinter dem Kopf und schob die Brust vor. Beim nächsten Atemzug bekam er einen Hustenanfall.

Fräulein Mencke:
Bei den Menschen geht es sehr ungerecht zu. Während die einen sich am Strand vergnügen dürfen und einen Mordsspaß haben, musste ich mit meinem Frauchen ein Rudel Rüden stellen und es in unser Revier treiben. Wozu das gut ist, begreife ich nicht.

Am ungerechtesten ist aber, dass die Kollegin mich nicht mit in die Küche genommen hat. Ich höre genau, dass sie am Keksschrank ist.

46.

Als Pia das Besprechungszimmer betrat, schauten die drei Strand-Piraten andächtig zu, wie Ute ein Formular ausfüllte. Vor jedem stand eine Tasse Tee und in der Mitte des Tisches ein Teller Kekse. Pia schmunzelte und setzte sich in die Runde. Einen Aktendeckel mit ein paar Ausdrucken legte sie vor sich.

Frank Platte grinste sie an. Sein Hut lag auf seinem Schoß. Die Stimmung im Raum war hervorragend. Noch.

Als Ute den Kuli zur Seite legte, öffnete Pia die Mappe und hielt sie so, dass niemand hineinsehen konnte. »Ich hab mich zwischenzeitlich mal ein bisschen schlaugemacht«, verkündete sie und tat so, als lese sie etwas ab. »Um rechtmäßiger Besitzer angespülten Strandgutes zu werden, kommt es auf zwei Dinge an.« Sie machte eine Pause und sah kurz in die Runde, um sich zu vergewissern, ob alle genau hinhörten.

»Also«, fuhr sie fort, »erstens muss geprüft werden, ob der ursprüngliche Besitzer ermittelt werden kann, was allerdings in diesem Fall sehr schwierig sein wird – aber nicht unmöglich.« Sie hob den Zeigefinger. »In dem Fall gibt es natürlich einen nicht unerheblichen Finderlohn.«

Die Herren grienten.

»Und zweitens – und das ist wohl weitaus wichtiger – besagt Paragraph 959 des Strandrechtes, dass auf einer Insel angeschwemmtes Treibgut aus dem offenen Meer lediglich von einem Finder beansprucht werden kann, der nachweislich gebürtiger Insulaner ist.«

Frank Platte schlug auf den Tisch, dass sein Hut vom Schoß fiel und die Teetassen schepperten. »Was ist das denn für ein Blödsinn! Ständig diese Extrawürste für Insulaner. Das kann doch wohl nicht wahr sein!« Verärgert angelte er seinen Hut zurück.

Strickmützen-Jan und Gerrit Hartog wechselten verschwörerische Blicke.

Pia ließ den Deckel zufallen und stützte sich mit den Ellenbogen auf die Papiere. »Tja, so ist es aber«, behauptete sie. »Es tut mir leid, Herr Platte, aber als Zugezogener wird Ihnen das Strandgut wohl nicht zugesprochen werden.«

»Uns aber? Oder?«, fiel Strickmützen-Jan ihr ins Wort und erklärte, dass all seine Vorfahren auf Borkum geboren worden waren, genau wie die von Gerrit Hartog.

Frank Platte sah wütend von einem zum anderen.

Pia nickte und wunderte sich über die Leichtgläubigkeit der Männer, die ihr den Unsinn allem Anschein nach abnahmen. »Ja, wenn dem so ist, würde das Strandgut nach einer Wartezeit von circa sechs Monaten in Ihren Besitz übergehen – allerdings müssten Sie dann eine kleine Gebühr entrichten«, ergänzte sie ernsthaft und wagte es nicht, Ute anzusehen, weil sie Angst hatte, in Lachen ausbrechen zu müssen.

Es lief genauso, wie sie es sich ausgemalt hatte. Die Strandpiraten gerieten in eine heftige Diskussion darüber, wer nun Ansprüche geltend machen könne und wer nicht. Die Insulaner Gerrit und Jan bildeten dabei eine Einheit und ließen den zugezogenen Frank außen vor. Der wiederum war nicht bereit, den anderen seinen Anteil kampflos zu überlassen.

Irgendwann schimpfte er: »Das könnt ihr vergessen! Ich werde so lange klagen, bis ich das bekomme, was mir zusteht.« Sein drohender Blick fiel auf Gerrit Hartog. »Und du, grins nicht so blöd, sonst kannst du dir unsere Geschäftsidee gleich von der Backe schmieren. Ich komm auch ganz gut ohne dich klar.«

Gerrit verschränkte seine Arme. »Ja?«, fragte er überheblich. »An deiner Stelle würde ich den Mund nicht so voll nehmen, sonst könnte es sein, dass du tatsächlich kriegst, was dir zusteht – und zwar schneller, als dir lieb ist.« Gerrit verstummte, als habe er sich verplappert. Sein Fuß unter dem Tisch fing an zu wippen, so dass sein ganzer Körper zitterte. Pia wartete, ob er noch verraten würde, was er damit meinte.

Tat er aber nicht, weil Frank Platte ihn mit eisigem Blick durchbohrte. »Pass auf, was du sagst, du Idiot!«

»N-n-nenn mich nicht Idiot«, stotterte Gerrit und sprang auf. »D-d-der Idiot bist du selber. Und hö-hö-hör auf, mir zu drohen, s-s-sonst …« Er beendete den Satz nicht, sondern schritt fluchtartig in Richtung Tür.

Platte rief ihm hinterher: »Sonst was, du Feigling?«

Gerrit drehte sich um, wollte etwas erwidern, aber Strickmützen-Jan versuchte, die Situation zu retten, und forderte die Streithähne auf, vernünftig zu sein. Eher hilflos plädierte er dafür, den Fund, sofern er irgendwann in barer Münze vorläge, brüderlich zu teilen. Alle schauten ihn an, aber niemand ging darauf ein.

Stattdessen machte Gerrit da weiter, wo er stehengeblieben war. Die Türklinke fest umschlossen, als wolle er jeden Moment den Raum verlassen, stotterte er aufgebracht: »Ich und f-f-feige? D-d-das musst du gerade sagen. Wenn hier jemand f-f-feige ist, dann ja wohl du, du-du-du Mö-mö-mö-möchtegern.«

»Jetzt reicht's!« Frank Plattes Stuhl landete mit einem lauten Knall auf dem Fußboden, als er hochschnellte. Sein Hut kullerte unter den Tisch.

Gerrit riss an der Tür, aber sie öffnete sich nicht. Er rüttelte wie verrückt daran, doch sie blieb verschlossen.

Pia stellte sich Platte in den Weg, der mit einer geballten Faust herumfuchtelte. »Genau, jetzt reicht's.« Sie hielt ihre Hände hoch und drängte ihn zurück.

Ute kam ihr zur Hilfe und stellte sich neben Gerrit, der sich immer noch an den Türgriff klammerte. »Lassen Sie mich raus! Der will mich umbringen«, flehte er.

»Hier bringt niemand jemanden um«, erwiderte Pia, während sie Platte zum Tisch zurückschob. Jan hob den Stuhl für ihn auf.

Derweil drückte Ute Gerrit von der Tür weg. »Und Sie setzen sich auch schön wieder hin.«

»D-d-das ist Freiheitsberaubung«, beschwerte er sich und zeigte auf die Tür.

»Ja, genau«, stimmte Pia zu. »Man kann es auch Festnahme nennen.«

»F-f-festnahme? Wieso das denn?«, stammelte Gerrit.

Die Männer, die jetzt alle wieder am Tisch saßen, warfen sich entsetzte Blicke zu. Sie schienen nicht recht zu verstehen, wie es zu dieser dramatischen Wendung hatte kommen können. Gerrit fing wieder mit dem Fußgewippe an. Der Gummistiefel gab schmatzende Geräusche von sich.

»So, meine Herren, jetzt reden wir mal Tacheles«, begann Pia. »Vergessen Sie mal kurz Ihr Strandgut und hören mir zu. Wir wissen inzwischen, von wem das Blut an der Hose des Mordopfers am Großen Kaap stammt. Die Person sitzt an diesem Tisch.«

Abrupt verstummte das Stiefelgeschmatze und man hörte, wie Frank Platte ausatmete, als habe er die ganze Zeit die Luft angehalten. Er fuhr sich mit der Zunge genüsslich über die Lippen, bevor er verkündete: »Meins ist es nicht. Das hat mir Ihr Chef gestern Mittag schon verraten. Damit bin ich ja wohl raus.« Er grinste in Richtung seiner Kollegen, wobei die Zahnlücke ihm jetzt etwas Diabolisches verlieh.

Jan, der gewaltig schwitzte, knetete seine Strickmütze, die er sich vom Kopf gezogen hatte. »Meins kann es auch nicht sein. Ich hab mit dem Mord nichts zu tun«, versicherte er und schaute auf Gerrit, um von sich abzulenken.

Es glückte. Alle Blicke richteten sich auf den letzten in der Runde.

»D-d-das kann nicht sein. Ich war es nicht«, japste der. Seine Stirn legte sich in verzweifelte Falten.

Betont langsam öffnete Pia nochmals die Mappe, zog ein Schreiben hervor und stellte klar: »Die Untersuchung hat aber ergeben, dass es Ihr Blut ist, Herr Hartog.« Sie schob ihm das Schreiben zu. »Können Sie das erklären?«

Gerrit Hartog schielte zunächst auf das Blatt Papier und dann zu Frank Platte. Für einen Moment belauerten sie sich auf merkwürdige Art. Pia hätte gerne gehört, was die Blicke zu sagen hatten.

Dann schlug Gerrit die Augen nieder, stierte auf den Zettel und öffnete langsam den Mund. Doch bevor er einen Ton herausbrachte, räusperte Platte sich und behauptete: »Das Blut macht ihn aber noch nicht zum Mörder. Kann ja sein, dass es schon vorher an der Hose war, ich meine, bevor jemand Brand getötet hat.« Er lehnte sich zurück.

Gerrit riss verwundert die Augen auf.

Pia nickte interessiert.

Also machte Platte weiter. Er beugte sich Gerrit entgegen. »Überleg doch mal. Du bist doch Brand und Bianca am Strand begegnet.«

Gerrit nickte eifrig. »Ja, stimmt.«

»Kann es nicht sein, dass dabei dein Blut auf seine Hose gekommen ist?«

Gerrit zuckte mit den Schultern. »Weiß ich nicht. Vielleicht als ich ihn angerempelt habe?«

Kritisch schaute Pia ihn an. »So stark, dass Sie geblutet haben?«

Gerrit schüttelte den Kopf. Er sah aus wie ein Schüler, der an der Tafel versagt hatte.

»Du hattest doch diese Verletzung, du weißt schon, da«, Platte zeigte auf Gerrits linke Hand.

»Ach ja«, fiel es nun auch Gerrit ein. Er streckte seine Handfläche vor und zeigte Pia die Schnittwunde an der Innenseite der Handwurzel. Sie mochte ein paar Tage alt sein und war weitestgehend verheilt. »Ich hab mich beim Aufbau der Bude verletzt. Das war kurz bevor ich am Strand war.« Er lächelte ein bisschen.

»Das Blut war aber hier ganz unten an seiner Hose.« Pia wies auf den Saum ihrer Jeans. »Wie soll es denn dahin gekommen sein?«

Gerrit schluckte und schien ratlos, doch Platte hatte auch hierfür eine Erklärung. »Wahrscheinlich ist es dahin getropft. Schließlich war die Wunde noch frisch.«

Pia war erstaunt, wie heldenhaft er sich für seinen Freund ins Zeug legte, obwohl er ihn vor knapp zehn Minuten am liebsten noch vermöbelt hätte.

Sie schürzte ihre Lippen. »Es war kein Tropfen, sondern

verschmiertes Blut, woraus man schließen kann, dass Sie, Herr Hartog, Herrn Brand ganz unten an der Hose angefasst haben müssen. Und wollen Sie wissen, was ich glaube?« Sie holte Luft. »Entweder ist das beim Aufhängen der Leiche passiert oder vorher beim Kampf in den Dünen, wo Sie ihn getötet haben.«

Blass wie ein toter Fisch glotzte Gerrit sie an. Selbst die Warze auf seiner Stirn verlor an Farbe. Seine Lippen presste er fest aufeinander und sein Kinn bebte. Ruckartig sah er zu Platte, der auf seiner Unterlippe kaute.

»I-i-ich«, fing Gerrit an zu stottern, doch Platte sprang auf und unterbrach ihn.

»Ohne Anwalt sagen wir gar nichts mehr«, bestimmte er und machte eine abschließende Handbewegung. »Sie sind auf dem völlig falschen Dampfer, Frau Seemann. Von uns war es niemand. Und dass Gerrits Blut an der Hose gefunden wurde, ist noch lange kein Beweis dafür, dass er Brand erwürgt hat. Komm, Gerrit, wir gehen.«

Das war es, worauf Pia gewartet hatte. »Halt«, rief sie, »keiner verlässt das Zimmer.«

Der blasse Gerrit und der schwitzende Jan zuckten zusammen und blieben sitzen. Platte hob seinen Kopf.

Betont ruhig sagte Pia: »Sie haben vollkommen recht, Herr Platte. Gerrit Hartog hat Herrn Brand nicht umgebracht.« Sie sah ihn triumphierend an. »Er war wahrscheinlich nur der Handlanger, der beim Entsorgen der Leiche mitgeholfen hat. Das Erwürgen hat jemand anderes erledigt. Und ich weiß auch, wer.« Sie reckte ihm ihr Kinn entgegen.

»Ich?«, stieß er ungläubig hervor und zeigte auf sich selbst, wie ein kleines Kind. Dann brach er in Lachen aus.

Pia ließ ihn gewähren und wandte sich Gerrit zu. »Herr Hartog, machen Sie endlich den Mund auf und erzählen Sie, was passiert ist. Oder wollen Sie an seiner Stelle in den Knast wandern?« Mit dem Daumen wies sie auf Platte.

Gerrit schüttelte verzweifelt den Kopf und starrte seinen Kompagnon an.

Dem blieb das Lachen im Halse stecken. »Gerrit!«, rief er. »Lass dich nicht einschüchtern. Die können uns gar nichts.« Gerrit reagierte nicht.

Aus ihrer Hosentasche holte Pia den Zimmerschlüssel und schob ihn schwungvoll zu Ute über die Tischplatte. »Holst du schon mal die Handschellen?«, bat sie.

Das klirrende Geräusch katapultierte Gerrit aus seiner Starre. Schnell sah er zu Ute und stammelte: »I-i-ich hab das nicht gewollt. Aber er …« Mit einem Zucken seines Kopfes deutete er auf Frank Platte, dann schlug er sich die Hände vors Gesicht.

»Gerrit!«, warnte Platte ein letztes Mal, doch es zeigte keine Wirkung mehr.

Wie Popcorn in einer heißen Pfanne platzten erst vereinzelte Worte aus Gerrit Hartog hervor, dann ganze Sätze und schließlich ein Geständnis.

Frank Platte hörte fassungslos zu, wie Gerrit ihn beschuldigte, Brand umgebracht und ihn anschließend genötigt zu haben, ihm beim Wegschaffen der Leiche zu helfen. Reumütig gab Gerrit Hartog zu, dass es zwar seine Idee gewesen sei, sie ans Große Kaap zu hängen, doch den Mord habe er nicht begangen – das beteuerte er immer wieder.

»Du verdammter Lügner«, zischte Platte und warf ihm einen vernichtenden Blick zu. Dann wandte er sich an Pia und beschuldigte sie, Gerrit die Worte quasi in den Mund gelegt zu haben. »Sie machen es sich ganz schön einfach, Frau Seemann. Das ist doch absurd. Erst soll es Gerrit gewesen sein und nun plötzlich ich? Mein Blut war nicht an der Leiche! Damit kommen Sie nicht durch!«

»Absurd?«, fragte Pia. »Ich finde das überhaupt nicht absurd. Im Gegenteil, ich finde die Geschichte absolut glaubwürdig. Und soll ich Ihnen auch sagen, warum?«

Platte senkte den Kopf wie ein Stier kurz vor dem Angriff.

»Sie haben sich selber verraten, Herr Platte. Außer Ihnen wusste bislang niemand, dass Herr Brand erwürgt worden ist.« Pia grinste. Siegesgewiss.

Platte zeigte auf Gerrit. »Er hat es mir erzählt. Es war genau anders herum. Gerrit hat Brand umgebracht und ich habe ihm dabei geholfen, die Leiche an das Kaap zu hängen, was ich übrigens für eine ganz blöde Idee hielt. Aber Gerrit war sturzbetrunken und bestand darauf.«

Bevor Gerrit sich verteidigen konnte, klopfte es an der Tür und alle verstummten. Ute schloss auf und Heiter lugte ins Zimmer. Ein sehr blassen Heiter. »Frau Seemann, kommen Sie bitte kurz raus? Es gib neue Erkenntnisse.«

Sobald sie die Tür hinter sich verschlossen hatte, packte Heiter Pia an den Schultern. Seine Heftigkeit überraschte sie.

»Wir haben es, Pia«, rief er völlig überkandidelt. »Es wurde eingeschaltet!«

»Was?«

»Das Handy von Brand. Es ist vor zehn Minuten eingeschaltet worden. Es konnte geortet werden.« Er ließ ihre Schultern los und guckte so stolz wie ein Angler auf den Fang seines Lebens.

»Wie bitte?«

»Ja. Wir sind so nah davor, den Fall aufzulösen.« Die Lücke, die er mit Zeigefinger und Daumen wies, war winzig.

»Aber ich …« Sie zeigte auf die verschlossene Tür, hinter der ihre Verdächtigen saßen.

Heiters Blick folgte ihrer Hand. »Nichts ›aber‹. Vergiss es. Die waren es nicht. Firek und Willi sind gleich hier, sie begleiten dich.«

»Wohin?«

»Upholmstraße 20.«

47.

Die drei Strandpiraten sperrte Pia in die Gewahrsamszellen im Keller und entschuldigte sich für die unangenehme Maßnahme. Strickmützen-Jan und Gerrit Hartog mussten sich eine Arrestzelle teilen, Frank Platte wanderte in die andere. Proteste gab es keine.

»Nutzen Sie die Zeit, um Ihre Aussagen zu überdenken«, riet Pia den Insassen, bevor sie eine weitere Tür verschloss und die Treppe hinauflief.

Fräulein Mencke, die ein Betretungsverbot für den Keller hatte, stand am oberen Treppensatz und freute sich so sehr, Pia wiederzusehen, als sei es nicht selbstverständlich, jemals aus den Katakomben zurückzukehren.

Firek saß auf dem Beifahrersitz, Willi klemmte sich hinters Steuer und Pia rutschte mit Fräulein Mencke auf den Rücksitz. Die Hündin schaute so erwartungsvoll aus dem Fenster, als ginge es in den Urlaub. Und tatsächlich war die Stimmung im Auto so unternehmungslustig wie lange nicht.

Aufgeregt fing Firek an zu plappern. Er war völlig fasziniert davon, dass das verschwundene Handy des Toten sage und schreibe fünf Tage nach dem Mord plötzlich wieder eingeschaltet worden war. »Das Merkwürdige daran ist, dass man zunächst den Akku entnommen haben muss, denn es gab ja bis eben kein Signal, und nun, zack, haben wir sogar die GPS-Daten. Also muss irgendjemand das Akku wieder eingesetzt haben – und zwar gerade eben erst.« Er hielt ein Schriftstück hoch. »Upholmstraße zwanzig. Ist zwar ein Mehrfamilienhaus, aber Bianca Diekmann wohnt da. Stimmt's?«

Pia nickte. Sie konnte sich partout keinen Reim darauf machen, wie das Handy des Toten in die Wohnung von Bianca Diekmann gelangt war. Und sie wollte es partout nicht glauben, dass die zierliche Frau, die so hingebungsvoll

Wurstbrote für Hunde schmierte, eine Mörderin war. »Haben wir einen Durchsuchungsbeschluss?«

Lächelnd gab Firek ihr das amtliche Schreiben und rief begeistert: »Wir haben sogar einen Haftbefehl!«

Willi stöhnte und schaute zum Seitenfenster hinaus.

Als die Fahrt nach ein paar Minuten beendet war, staunte Fräulein Mencke nicht schlecht, doch sie hopste fröhlich aus dem Wagen und steuerte zielgenau die Eingangstür des Hauses Nummer zwanzig an. Wahrscheinlich in der Annahme, man würde sich wie gestern ein Leberwurstbrot organisieren.

Die Haustür war wieder nicht verschlossen. Pia und ihre Kollegen verzichteten unten auf das Klingeln und gingen einfach die Stufen in den zweiten Stock hinauf. Die Hündin war nicht zu halten und als erste vor der Wohnungstür.

Pia drückte auf die Klingel und baute sich neben Fräulein Mencke auf. Willi und Firek stellten sich wie Bodyguards hinter sie.

Bianca Diekmann, die diesmal keinen Bademantel trug und ganz und gar nicht verschlafen aussah, erschrak sichtlich und hätte um ein Haar die Tür reflexartig wieder geschlossen. Doch Fräulein Mencke drängelte sich vor und sie hielt in ihrer Bewegung inne. Die Hündin trippelte wie selbstverständlich in Richtung Küche. Bianca sah ihr nach und schaute dann wesentlich freundlicher die Polizisten an.

»Ich hab schon gefrühstückt. Tut mir leid, wenn Sie deswegen gekommen sind«, witzelte sie sogar.

Pia lachte. »Nein, deswegen sind wir nicht hier. Können wir trotzdem kurz reinkommen?«

Mit einem Seufzer wurde die Tür geöffnet und Bianca ging voraus in die Küche, wo Fräulein Mencke brav Sitz machte und mit ihrem Schwanz den Fußboden fegte.

Bianca, die in Jeans und weißer Bluse genauso dezent und aufgeräumt wirkte wie ihre Wohnung, steuerte barfuß auf den Kühlschrank zu. Sie griff nach einer Tupperdose, die sie umständlich öffnete, um für Fräulein Mencke eine Scheibe Wurst daraus hervorzufummeln.

Pia sah sich um. Auf dem Tisch standen lediglich die Osterglocken und eine Schale Obst. Von einem Handy war nichts zu sehen.

»Worum geht es denn?« Bianca verschloss die Dose, ließ sie aber auf der Spüle stehen, als wolle sie sich die Möglichkeit offenlassen, die Fütterung fortzusetzen. Wahrscheinlich spürte Fräulein Mencke das, denn sie ließ die Frau nicht aus den Augen. Deren Blick hingegen flackerte zwischen der Hündin und den drei Personen, die so unerwartet in ihr Reich eingedrungen waren, hin und her.

»Wir sind auf der Suche nach dem Handy von Edzard Brand. Wissen Sie, wo es ist?«, fragte Pia.

Bianca schluckte und biss sich auf die Unterlippe, womit sie aussah wie Lolita höchstpersönlich. Ein Wesen zwischen Kind und Frau, unschuldig und doch irgendwie berechnend. Pia meinte, ein Zittern wahrzunehmen, als die Pflegerin den Kopf schüttelte.

Die langen Haare hatte sie heute hochgesteckt, doch der lockere Knoten drohte sich aufzulösen. Den blauen Fleck an der Schläfe hatte sie wegzuschminken versucht, aber er blieb erkennbar, wie die verschwommene Silhouette eines Fisches unter der Wasseroberfläche.

»Wir haben Kenntnis davon erhalten, dass sich das Handy in Ihrer Wohnung befindet.« Pia zückte ihr eigenes. Sie suchte nach der eingespeicherten Nummer von Brand, was Bianca misstrauisch beobachtete.

Als Pia auf den grünen Hörer drückte, ertönte nach zwei Sekunden der Standard-Klingelton des Herstellers. Es waren die Takte dreizehn bis sechzehn aus der 1902 geschriebenen Solo-Gitarrenkomposition *Gran Vals* des spanischen Komponisten Francisco Tárrega. Diese weltweit am häufigsten gehörte Melodie war der bekannteste Klingelton überhaupt. Pia hatte gelesen, dass er über 1,8 Milliarden Mal pro Tag ertönte, was 20 000 Mal pro Sekunde entsprach. Normalerweise hasste sie ihn wegen seiner Durchschnittlichkeit und Langeweile, doch jetzt klang er spannender als alle Klingelzeichen dieser Welt.

Jeder im Raum richtete seinen Blick auf die Schiebetür, hinter der die Musik anschwoll. Sogar Fräulein Mencke spitzte die Ohren und trippelte dem Geräusch entgegen.

Bianca erstarrte.

Pia schaltete das Telefon ab. Eine unheilvolle Stille breitete sich aus.

»Frau Diekmann«, sagte sie schließlich, »wir haben einen Durchsuchungsbeschluss. Holen Sie bitte das Handy.« Pia zog das amtliche Schriftstück hervor und hielt es Bianca entgegen, die sich in ihr Schicksal ergab und langsam zu Fräulein Mencke ging, deren Nase am Schlitz der Schiebetür zu kleben schien. Sie schob die Tür zur Seite und die Hündin quetschte sich als erste in den Raum. Allem Anschein nach war sie überrascht, dass niemand darin war, denn sie schaute sich zu allen Seiten um.

Pia, Willi und Firek folgen Bianca ins Wohnzimmer. Auf dem Tisch lagen das Handy, eine Plastiktüte und ein Block. Bianca griff zum Handy und reichte es Firek, der einen kleinen Beutel hervorstreckte, mit dem er das Gerät in Empfang nahm. Er wickelte es ein und steckte es weg. »Das ist beschlagnahmt«, teilte er mit und zeigte auf die Tüte auf dem Tisch. »Und was ist damit?«

»Da war das Handy drin, und der Akku.«

Firek verstaute auch die Tüte in einem Beutel, während Pia auf die Sitzgelegenheiten wies.

»Setzen Sie sich bitte, Frau Diekmann.«

Bianca ließ sich ins Sofa sinken – direkt unter das große Gemälde mit dem flehenden Frauengesicht, dessen Ausdruck ihrem sehr ähnelte.

»Frau Diekmann, wie sind Sie an das Telefon gekommen?«, begann Pia.

Zwischen den Rehaugen bildete sich eine böse Falte, die fast aussah wie ein Einschussloch. Bianca sah auf ihre nackten Füße und sagte nichts.

Willi schritt vorsichtig ein: »Hallo? Frau Diekmann? Sie stehen unter Mordverdacht. Ist Ihnen das klar? Wir haben einen Haftbefehl dabei. Wenn Sie nicht kooperieren, werden wir Sie mitnehmen müssen.«

Erstaunt sah Bianca ihn kurz an, wandte sich beim Sprechen allerdings an Pia: »Ich wollte nur sehen, was Frank gelesen hat«, fing sie zögernd an und als sie die fragenden Blicke sah, erklärte sie: »Frank Platte. Er hat mich gestern Abend angerufen und mir gedroht, er würde mich fertigmachen, wenn ich ihn weiter belasten würde. Er sagte, er habe alles gelesen, was ich Brand geschrieben habe und würde das gegen mich verwenden, wenn ich nicht meine Klappe halten würde.«

»Und was war das?«

Bianca zuckte mit den Schultern und zeigte auf Firek. »Das wollte ich gerade rausbekommen, aber Sie haben mich unterbrochen.« Sie verschränkte ihre Arme. »Im Nachhinein weiß ich gar nicht, warum ich überhaupt darauf reingefallen bin.« Sie lehnte sich zurück. »Ich habe mir nichts vorzuwerfen.«

Fräulein Mencke hüpfte auf ihren Schoß. Bianca kraulte sie.

Natürlich interessierte Pia, was Bianca Diekmann Belastendes geschrieben haben könnte, doch am wichtigsten war die Frage, wie sie an das Handy gekommen war. »Wir werden die Nachrichten natürlich auswerten, aber als Erstes möchte ich wissen, woher Sie das Telefon haben.«

Bianca zog die Hündin nah an sich, so dass sie fast hinter ihr verschwand. »Ich hab's mir aus der Wohnung von Frank geholt. Vor circa einer Stunde«, gab sie kleinlaut zu.

»Aha. Woher wussten Sie denn, dass es da war?«

Die Hündin zappelte und Bianca lockerte den Griff. »Ist doch logisch, dass er es hat, wenn er mich damit erpresst.«

Das klang tatsächlich schlüssig. »Okay«, sagte Pia und stand auf. »Wie sind Sie in die Wohnung gekommen?«

Fräulein Mencke sprang vom Schoß und alle erhoben sich.

»Ich hab einen Schlüssel. Das Handy war im Schlafzimmer. In der obersten Schublade seines Nachttisches. War nicht schwierig, es zu finden.«

»Gut, dann fahren wir jetzt zusammen dort hin und Sie zeigen uns den Fundort.«

Bianca verharrte. »Und wenn Frank da ist? Der bringt mich um, wenn er davon erfährt.«

Pia fasste sie am Oberarm und schob sie sanft in Richtung Küche. »Keine Bange. Platte wird nicht da sein. Der sitzt schon in Untersuchungshaft.«

»Wirklich?«

Bevor sie ins Auto stiegen, rief Pia Jens Heibült von der Spurensicherung an und bestellte ihn ebenfalls zur Wohnung von Frank Platte.

Bianca wurde zusehends ruhiger. Das mochte daran liegen, dass Fräulein Mencke während der Fahrt wieder auf ihrem Schoß Platz genommen oder dass man Frank Platte bereits eingesperrt hatte. Auf jeden Fall war ihr anzusehen, dass sie sich besser fühlte, obwohl es im Wagen elendig heiß war.

Jens stand bereits vor der Wohnung, als Willi den Wagen in der Kaapdelle parkte.

Schwitzend, aber ohne zu zögern, schloss Bianca die Tür auf und lief direkt ins Schlafzimmer, wo sie auf das besagte Nachtschränkchen wies. Jens drängelte sich vor und zog die Schublade heraus, in der sich ein heilloses Durcheinander befand. Er machte sich daran, jedes einzelne Teil einzutüten. Firek und Willi halfen ihm. Fräulein Mencke sprang aufs Bett und sah wedelnd zu.

Pia ging mit Bianca in die Küche. Sie setzten sich an den Tisch und schauten aus dem Fenster. Es war angenehm kühl und ruhig. Nur die Kuckucksuhr tickte. Bianca schien erschöpft. Ihre Rehaugen wirkten matt und traurig.

»Ich weiß, dass das alles nicht einfach für Sie ist«, begann Pia. »Frank wird behaupten, dass Sie lügen. Er wird alles abstreiten und sagen, dass er das Telefon nie besessen hat. Und wenn wir keine Fingerabdrücke von ihm darauf finden, steht Aussage gegen Aussage.«

Unbeeindruckt sah Bianca weiterhin aus dem Fenster. Ihre

Lippen waren fest verschlossen. Pia sah ein Ehepaar mit zwei Kleinkindern und einer vollgepackten Strandtasche Richtung Meer schlendern. Sie lehnte sich zurück und atmete tief durch. Dabei fiel ihr das *Inselblatt* ins Auge, das auf dem Tisch lag. Aufgeschlagen war Seite drei: Poldis Bericht über die Pressekonferenz.

Der Kuckuck sprang aus seiner Behausung und hörte gar nicht wieder auf zu rufen. Beide Frauen zuckten zusammen und starrten den hölzernen Schreihals an, bis er sich in seine Uhr zurückzog. Es war elf.

»Ich hasse dieses Ding«, sagte Bianca ohne jegliche Betonung und schaute auf die Zeitung.

Pia war genervt. »Frau Diekmann, ich will ehrlich zu Ihnen sein. Wir brauchen mehr Beweise. Egal, was wir Frank Platte bislang vorgeworfen haben, er hatte stets eine plausible Antwort parat und seine Aussagen klangen sehr überzeugend. Sogar mein Chef hat ihm geglaubt. Sie hingegen haben mich immer und immer wieder belogen.« Pia überlegte, ob sie den Fall in Gelsenkirchen und das psychologische Gutachten erwähnen sollte, doch Bianca reagierte gar nicht. Abwesend starrte sie auf das *Inselblatt*. Vielleicht war sie tatsächlich nicht ganz zurechnungsfähig. Pia bekam Mitleid.

»Frau Diekmann?«

Bianca sah auf, machte aber keinen wachen Eindruck. Irgendetwas arbeitete in ihr, das sah Pia ganz genau. Sie beugte sich vor. »Ich würde Ihnen gerne glauben, aber wir brauchen mehr Beweise«, wiederholte sie eindringlich.

Bianca nickte. »Frank und ich«, fing sie an, »wir waren ein gutes Team. Er war immer für mich da, auch in meinen schlimmsten Zeiten. Ich hatte immer den Eindruck, dass ich mehr von unserer Freundschaft profitierte als er, bis ...« Sie verstummte. Tränen traten in ihre Augen, die sie hastig wegwischte, als Jens Heibült das Zimmer betrat.

»Pia, wir haben das hier gefunden.« Er legte ein Tütchen auf den Tisch.

Pia schob es zu Bianca rüber. »Ist das die Geschenkbox der *Noosa*-Knöpfe?«

Ein langsames Nicken. »Ja, aber jetzt sagen Sie sicher, dass ich sie dort versteckt habe.«

Jens Heibült schaute irritiert. »Haben Sie?«

»Nein, natürlich nicht, aber man glaubt mir ja sowieso kein Wort.« Sie schaute Pia an. »Sie brauchen doch mehr Beweise, oder?«

»Mehr Beweise sind immer gut«, meinte Jens.

Bianca griff zur Zeitung und tippte auf das Bild des Seils, mit dem man Brand ans Kaap gehängt hatte. »Schauen Sie mal im Keller nach. Da liegt so ein Ding.«

Willi, Firek, Jens Heibült und auch Fräulein Mencke machten sich sofort auf den Weg ins Untergeschoss. Der Hündin schien die Sucharbeit großen Spaß zu machen.

Pia lächelte Bianca zu. »Warum haben Sie das denn nicht eher gesagt?«

»Ich hab das Bild ja gerade erst gesehen. Ich lese das *Inselblatt* immer nur auf der Arbeit und weil ich seit zwei Tagen zu Hause bin, hab ich keine Zeitung zu Gesicht bekommen.«

»Und woher wissen Sie, dass da unten so ein Seil liegt?«

Bianca schüttelte den Kopf. »Sie glauben es mir ja doch nicht, aber als Frank hierher gezogen ist, hab ich ihm beim Einzug geholfen und die Kartons ausgepackt. Mindestens drei davon sind in den Keller gewandert, weil sie randvoll mit Tauwerk waren. Ich erinnere mich so gut, weil wir uns deswegen gestritten haben. Es gab viel zu viel unnötiges Zeug, was er vorher hätte ausmisten können, aber Frank wollte alles behalten. Männer eben. Können sich von nichts trennen. Der ganze Keller ist voll mit so einem Gerümpel.«

Es dauerte nur zehn Minuten, da kamen die Kollegen und Fräulein Mencke in die Küche zurück. Die Hündin scharwenzelte um Firek herum, der einen riesigen Fender hereinschleppte. Er grinste zufrieden. »Hier, das haben wir sichergestellt.«

»Und was soll das sein?«, fragte Pia.

»Ein Fender. Den hängt man an die Reling eines Schiffes, um ein Anstoßen an die Kaimauer oder den Steg zu verhindern. Aber um den geht es gar nicht. Erkennst du das Tau nicht?« Er zeigte auf die Leine, die schlapp am länglichen Fender befestigt war. Sie war schwarz und darin verwoben war ein roter Faden.

Fräulein Mencke:
Menschen sind keine echten Spürnasen. Sie durchwühlen stundenlang Schubladen und beschäftigen sich ausgiebig mit winzigen Gegenständen, die sie in knisternde Tütchen stecken. Wenn sie mir vorher gesagt hätten, dass sie auf der Suche nach einer riesigen Plastikwurst sind, wäre die ganze Suchaktion in null Komma nichts erledigt gewesen. Aber egal, es ist immer wieder lustig, den Menschen zuzusehen.

48.

Wie Hühner auf der Stange saßen sie eng an eng und schauten in dieselbe Richtung. Die Segelboote, die noch fest an den Stegen vertäut waren, klapperten, quietschten und gluckten, weil die auflaufende Flut sie nach und nach aus dem Schlick hob. Die kleinsten Boote, die am wenigsten Tiefgang hatten, fingen bereits an zu schaukeln, als seien sie froh, endlich wieder schwimmen zu können. Die Bootseigner, die sich zum Auslaufen bereit machten, liefen geschäftig hin und her, und zupften hier und da an Leinen und Segeln. Es herrschte eine angenehme Aufbruchsstimmung, die ihre Blicke anzog.

Riesige Silbermöwen glitten majestätisch über funkelndes Wasser, als genössen sie die Strahlen der Mittagssonne auf ihren Flügeln. Die viel kleineren Küstenseeschwalben, die gerade erst aus der Antarktis zurückgekehrt waren, wirkten wesentlich aufgeregter. Sie schossen laut piepend zwischen den Masten hindurch, als wollten sie die Schiffe auffordern, endlich ihre Segel zu setzen.

Pia fand, dass Segelboote eine Mischung aus Vögeln und Fischen waren, und vermutete, dass darin das Geheimnis ihrer großen Anziehungskraft lag. Sie hätte stundenlang hier sitzen können.

Von See her flatterte ein schrill kreischender Austernfischer auf sie zu, als beschwere er sich über das Verschwinden der Sandbank, die vor dem Hafen langsam im Meer versank. Jetzt wurde es wirklich Zeit. Pia stand auf.

Fräulein Mencke guckte sie fragend an, als wolle sie wissen, welche Richtung sie einschlagen solle. Ihr Fell flatterte im Wind.

»Lass sie doch hier bei mir«, bettelte Tante Lotte und erhob sich von der Bank, wie alle anderen auch. Es war ihr letzter Versuch, Pia davon abzuhalten, die Hündin mit an Bord zu nehmen. Immer wieder hatte sie erklärt, dass Segeln nichts für Hunde sei und sie es Pia nie verzeihen würde, wenn Fräulein Mencke ins Wasser fiele und ertrinken würde.

Aus ihrer riesigen blau-weiß gestreiften Strandtasche holte Pia eine kleine Schwimmweste hervor und hielt sie Tante Lotte vors Gesicht. »Damit kann nichts passieren.« Sie machte sich daran, der Hündin das orange leuchtende Ding anzuziehen. Fräulein Mencke zappelte noch aufgeregter, so dass es nicht einfach war, die Verschlüsse zu schließen, ohne das Fell darin einzuklemmen.

»Wir passen gut auf sie auf«, mischte sich jetzt Marten ein, der Tante Lotte die Hand zum Abschied reichte. »Mach dir keine Sorgen. Du wirst sie unbeschadet wiedersehen.« Er zog sie zu sich heran, um sie in die Arme zu schließen.

Tante Lotte wehrte sich. »Ach, ihr …! Ihr habt doch keine Ahnung.« Schutzsuchend stellte sie sich neben Kapitän Neelen und hakte ihren Arm unter seinen.

Käpt'n Ahab schien das zu gefallen. Er klemmte sie sacht an sich und klopfte beruhigend auf ihre Hand. »Wir hatten auch immer einen Hund an Bord, und der ist nie abhandengekommen.«

Sie warf ihm einen strafenden Blick zu, der sich jedoch schnell in ein mildes Lächeln verwandelte.

Pia gab ihr einen Kuss auf die Wange und baute sich vor dem Kapitän auf. »Lassen Sie Miss Marple nicht aus den Augen, Mister Stringer, und halten Sie sie von schwarzen Päckchen fern!«

Käpt'n Ahab nickte ernsthaft wie ein Seemann, der von höchster Stelle einen Befehl erhalten hatte.

Als der Ruf »Alle Mann an Bord, bitte!« vom Hafen heraufwehte, drehte sich jeder um.

Marten nahm Pia die vollbepackte Tasche ab und scheuchte sie vor sich her. Fräulein Mencke rannte wie eine Leuchtboje auf vier Pfoten vorweg.

An Bord wurde es ziemlich eng. Fräulein Mencke flüchtete ganz nach vorne zum Bug und hielt ihre Nase in den Wind. Sie sah aus wie eine Galionsfigur.

Pia und Marten verstauten ihre Sachen unter Deck und kraxelten die steile Treppe wieder hinauf in die Plicht. Dort ließen sie sich von Hans zwei Schwimmwesten geben, für die er tief in eine der Backskisten greifen musste.

Willi sah interessiert zu, wie Hans das machte und auch Gertrud, die hinter ihm stand, guckte erstaunt. »Ist ja doch ziemlich viel Stauraum auf so einem kleinen Bötchen«, stellte sie erfreut fest.

Willi sah sie schief an. »Da kommt aber nur rein, was man an Bord wirklich braucht. Fender, Rettungsinsel, Ersatzsegel, Werkzeug und all so was – also kein unnötiger Schnickschnack.«

Sie legte ihre Arme um seinen runden Bauch. »Ach, ich freu mich so!«

Dass ausgerechnet Willi die *Pas de deux* von Hans gekauft hatte, war für Pia eine riesige Überraschung gewesen. Sie hatte Hans gefragt, ob sie zu dem geplanten Segeltörn auch einen Freund mitbringen dürfe, und er hatte zunächst so getan, als würde sie damit seine romantischen Pläne durchkreuzen. Doch dann war er in schallendes Gelächter ausgebrochen und hatte gesagt, dass Willi und Gertrud als die neuen Eigner auch an Bord seien und es daher auf eine Person mehr oder weniger nicht ankäme.

Als die Schwimmwesten endlich da saßen, wo sie hingehörten, beugte er sich nochmals in die aufklappbare Sitztruhe und förderte drei Bierdosen und eine Flasche Prosecco zutage. »Jetzt stoßen wir erst mal an!« Er schenkte den Frauen Schaumwein in Plastikgläser. Den Männern reichte er das Bier. Es zischte und sprudelte und dann sagte er feierlich: »Herzlichen Glückwunsch zum Kauf der *Pas de deux*. Lasst euch von den Winden treiben, von der Sonne bescheinen und von den Wellen wiegen. Zieht mit den Fischen und flieht mit den Möwen. Ebbe und Flut soll euer Odem sein. Prost.«

»Und immer eine Handbreit Wasser unter dem Kiel«, fügte Marten hinzu. Pia erhob ihr Glas und sagte: »Mast- und Schotbruch!«

Gertrud wischte eine Träne der Rührung fort und sah Willi an, dem ein Kloß im Hals zu stecken schien. Mit einem kräftigen Schluck Bier spülte er ihn hinunter. »Kann's jetzt endlich losgehen?«, fragte er und dann ging es wirklich los.

Fräulein Mencke kläffte, als die Männer die Leinen lösten und das Boot sich vom Steg entfernte. Pia rief sie zu sich in die Plicht, setzte sie auf ihren Schoß und hielt sie ganz fest, damit sie Marten, Willi und Gertrud nicht im Weg war, die die Festmacherleinen und die Fender verstauten.

Hans saß an der Pinne und lächelte Pia an, während sie aus dem Hafen tuckerten. »Große Liebe, was?«

Pia nickte eifrig und küsste Fräulein Mencke demonstrativ auf den Kopf. »Sie ist das Beste, was mir je passiert ist«, sagte sie stolz.

»Ich meinte eigentlich den da.« Er wies mit dem Kopf auf Marten, der sich etwas wackelig an der Reling festhielt.

Pia wurde rot. »Muss sich noch rausstellen, aber vielleicht?«

Hans sah ihr tief in die Augen. »Viel Glück, Pia«, sagte er leise. Es klang wie ein Abschied.

Gut war, dass die Crew nach Achtern kam und Hans das Großsegel setzen konnte. Als der Wind hineinblies, krängte das Schiff. Alle hielten sich fest und juchzten begeistert.

Drei Stunden waren sie auf der Nordsee unterwegs. Zur Übung wurden diverse Segel gesetzt und gewechselt, und Hans erklärte dabei die Unterschiede zwischen Fock, Genua, Spinnaker und Blister. Die *Pas de deux* zerschnitt die Wellen, als seien sie aus Butter. Nur Marten ging es nicht so gut. Er war ziemlich blass um die Nase, was auch Hans nicht entging.

»Tut der Skipper luvseits kotzen, fängt die Crew leicht an zu motzen«, machte er sich lustig.

»Igitt«, beschwerte sich Gertrud. »Können wir bitte das Thema wechseln?«

Marten starrte krampfhaft auf den Horizont. »Warum ankern wir eigentlich nicht ein bisschen vor der Insel?«

Willi war begeistert. »Gute Idee. Wie war das noch mal? Geankert wird immer gegen den Strom oder gegen den Wind, stimmt's?«

»Stimmt«, lobte Hans, »und was noch?«

»Ankerball setzen«, sagte Gertrud schnell und sah so stolz aus, als habe sie gerade die Bootsprüfung bestanden.

Für die letzte Stunde des Ausflugs blieben sie in der Bucht vor dem Hauptstrand liegen. Fräulein Mencke vertrat sich die Pfoten auf Deck und legte sich irgendwann hin, um die Seehunde auf der gegenüberliegenden Sandbank zu beobachten. Marten gesellte sich dazu und kraulte ihr das Fell.

Die anderen beschäftigten sich derweil mit Gertruds selbstgebackenem Mandarinenkuchen und tranken Tee. Hans und Willi redeten über Windstärken und diskutierten das ›Mann über Bord‹-Manöver, während Pia und Gertrud sich über Beziehungen unterhielten – kurz über ihre eigenen und lang über die des Altkanzlers Schröder.

Gertrud wusste allerhand über die prominenten Inselgäste und war sich sicher, dass Gerhard und Doris sich bereits getrennt hatten. »Stell dir vor, nach neunzehn Jahren Zweisamkeit. Das ist doch kaum zu glauben, oder?«, nuschelte sie mit vollem Mund, »und das während der Osterferien. Na ja, Ferien sollen ja die reinsten Ehekiller sein. Ich hab gelesen, dass in den Monaten März und August die meisten Scheidungen eingereicht werden. Wusstest du das?« Sie kratzte den letzten Rest Sahne vom Teller und griff zu ihrem Tee.

Pia schüttelte den Kopf. Sie war wahrscheinlich die Allerletzte, die sich für eine Scheidungsstatistik interessierte. Sie war ja nicht mal verheiratet und wusste auch nicht, ob sie das überhaupt jemals sein wollte. Und wie es mit Marten weitergehen würde, stand auch noch in den Sternen.

Zwangsläufig schaute sie zur Spitze des Bootes, wo Marten und Fräulein Mencke saßen und in dieselbe Richtung blickten. Heimlich schoss sie mit ihrem Handy ein Foto.

Gertrud rückte näher an sie heran. »Doris soll ja was mit Boris haben«, flüsterte sie, »Boris Pistorius. Du weißt schon, der Minister, der mal Bürgermeister von Osnabrück war.«

Pia ging das Getratsche langsam zu weit. »Doris und Boris – klingt doch vielversprechend«, unkte sie beiläufig und war froh, als Marten in die Plicht kam und die Unterhaltung unterbrach. Seine ursprüngliche Farbe war zurückgekehrt und er sah recht entspannt aus, als er sich neben sie setzte.

»Wollt ihr das Schiff eigentlich umtaufen?«, fragte Hans plötzlich.

Willi legte seine Hand auf Gertruds Knie und schaute sie wie ein frischverliebter Backfisch an. »Wir könnten es doch Trudi nennen«, schlug er vor, doch Getrud schob empört seine Hand von ihrem Bein.

»Bist du verrückt geworden? Es bringt Unglück, ein Boot umzutaufen«, fuhr sie ihn an. »Der Name bleibt, wie er ist.«

Als sei das Thema damit beendet, wandte sie sich abermals Pia zu. »Apropos Unglück. Erzähl du uns lieber von dem unglückseligen Mord. Ich kann kaum glauben, dass es dieser gutaussehende Frank Platte gewesen sein soll. Der sieht doch so charmant und nett aus. Allein sein Lächeln, das finde ich irgendwie … unerhört …«

»… blöd«, ergänzte Willi. »Frank Platte ist unerhört blöd – das ist alles. Und deshalb sitzt er jetzt auch im Gefängnis.« Er lachte und erntete dafür einen gespielt strengen Blick von Gertrud.

»Siehste, das meine ich: Mit Willi kann man nicht ernsthaft über das Mordmotiv sprechen. Ich will doch nur wissen, warum so ein unerhört fescher Mann, der mit seinem Casanova-Lächeln jede Frau um den Finger wickeln kann, plötzlich einen Finanzbeamten umbringt. Es ging doch nur um ein paar Steuern, die hätte er doch locker nachzahlen können. Für so was begeht man doch keinen Mord und ruiniert sich die ganze Zukunft.«

Pia nickte. »Ja, Frank Platte hat durchaus was Charismatisches. Das finde ich auch. Durch seine Zahnlücke wirkt er manchmal so harmlos und lausbubenhaft, und dann plötzlich ungehorsam und rebellisch, wie ein romantischer Held, der einen gleich auf sein Pferd ziehen und mit sich reißen will. Aber der kann auch ganz anders. Ich würde ihn mit Jack Nicholson vergleichen: auf einer Seite der gefällige, verführerische Typ und auf der anderen der grausig teuflische Superschurke mit dem Killergrinsen.«

Willi schüttelte den Kopf, schnalzte mit der Zunge und tippte sich mit dem Finger an die Stirn. »Du hast sie ja nicht alle. Ihr Frauen interpretiert immer viel zu viel in alles hinein. Der Typ ist einfach nur schnell reizbar, hatte was getrunken und Edzard Brand war im falschen Moment am falschen Ort. Das ist alles.« Er lachte Pia an und zwinkerte kurz.

Pia verstand. Die weiterreichenden Gründe waren nicht für

die Öffentlichkeit bestimmt – auch nicht für Gertrud. Dass Frank Platte krankhaft eifersüchtig war und er Brand einzig und allein deshalb umgebracht hatte, weil der sich an die Frau rangemacht hatte, die Frank selbst nicht kontrollieren und beherrschen konnte, war in keiner Zeitung zu lesen gewesen. Selbst Poldi hatte von Steuerschulden und der Verkettung unglücklicher Umstände berichtet. Der Name Bianca Diekmann war nirgends genannt worden.

Pia hatte das schwarzweiße Bild in deren Wohnzimmer vor Augen. Ihrer Meinung nach war Bianca ein weiteres Opfer von Frank Platte. Eine traurige Geschichte, die nicht in diese Stimmung passte.

Also fiel sie in Willis Lachen ein: »Tja, ein weiterer Beweis dafür, wie simpel Männer sind.«

Marten beugte sich zu ihr herüber, als wolle er ihr etwas ins Ohr flüstern, doch er wurde von Hans unterbrochen. »Ich glaube, wir müssen los, sonst läuft uns noch das Wasser weg.« Die Ebbe hatte bereits eingesetzt. »Willi, du holst den Anker rauf, Gertrud, du kümmerst dich um den Ankerball, Pia, du räumst das Geschirr weg und Marten, du kommst an die Pinne – da wird einem am wenigsten schlecht.«

Niemand gab Widerworte. Alle rappelten sich auf. Das Schiff geriet dabei ins Schaukeln, und Fräulein Mencke begann laut zu kläffen. Mit hängenden Ohren und stocksteifer Rute starrte sie ins Wasser neben das Boot, als würde dort ein Hai schwimmen. Alle guckten über die Reling. Dort trieb tatsächlich etwas Schwarzes, allerdings war es kein Hai, sondern ein backsteingroßes Päckchen.

Hans holte blitzschnell die Pütz aus der Backskiste und warf sie ins Wasser. Geschickt bugsierte er das Treibgut in den Eimer. »Wie war das mit dem Fundrecht?«, lachte er und zog die Beute herauf.

Willi nahm das Päckchen an sich. »Das ist beschlagnahmt. Du hast ja sicher heute Morgen die Zeitung gelesen. Es handelt sich um hochwertiges Kokain. Mehr als eine Tonne wurde schon aus der Nordsee gefischt.«

»Echt? Wie viel ist so was denn wert?«, wollte Hans wissen. Staunend besahen sich alle das schwarze Ding.

Marten nahm es Willi aus der Hand und schätzte das Gewicht. »Na ja, dies mögen zwei Kilo sein, das würde auf dem Drogenmarkt ungefähr hundertzwanzigtausend Euro bringen.«

»Wow«, stieß Trudi hervor, »dafür muss eine alte Frau aber lange stricken.«

Hans schaute auf die See. »Wie viele solcher schönen Päckchen mögen da draußen wohl noch rumschwimmen?«

Alle folgten seinem Blick.

»Mist«, fuhr Hans fort, »und ich Idiot hab mein Boot verkauft.«

Fräulein Mencke:
Menschen sind auch nur Rudeltiere. Seit der Rüde zu uns gestoßen ist, läuft alles rund und mein Frauchen scheint außergewöhnlich glücklich. Sie behauptet zwar ständig, der Hund sei das Spiegelbild des Menschen, aber ich denke, es ist umgekehrt.

Borkum …

… ist die westlichste und mit knapp 31 km² die größte der sieben bewohnten Ostfriesischen Inseln. Teile der Insel und das angrenzende Watt gehören zum Nationalpark Niedersächsisches Wattenmeer.

Wie alle anderen Ostfriesischen Inseln führte Borkum bis zum Aufkommen des Badewesens im 19. Jahrhundert ein Schattendasein. Eine Ausnahme bildete der Walfang, der der Insel im 18. Jahrhundert zu einigem Wohlstand verhalf, aber 1782 eingestellt werden musste. Die darauf folgende wirtschaftliche Depression dauerte mehrere Jahrzehnte.

Erst der ab zirka 1830 einsetzende Badetourismus, der 1870 größere Ausmaße annahm, hat diese Situation ins Gegenteil verkehrt. Die Insel ist seitdem nahezu vollständig vom Tourismus abhängig, der den Einwohnern ein beständiges Auskommen ermöglicht. Jedes Jahr besuchen ca. 250 000 Urlauber die Insel.

Borkum hat von allen Ostfriesischen Inseln den größten Artenreichtum.

Borkum in Zahlen:

Größe:	30,74 km²
Länge:	10 km
Breite:	max. 7 km
Entfernung zu NL:	Luftlinie ca. 12 km
Entfernung zu D:	ca. 20 km
Strand:	26 km Sandstrand
Rad/Wanderwege:	130 km
Einwohner:	ca. 5.500
Polizisten:	15
Seehunde + Robben:	bis zu 1.200 rund um Borkum
Urlauber:	ca. 250 000 / Jahr
Übernachtungen:	ca. 2,3 Mio. / Jahr
Kirchen:	3
Leuchttürme:	3 (erbaut 1817, 1879 und 1891)
Seezeichen:	4 (Großes und Kleines Kaap, Ostbake, Kugelbake)
Musikpavillon:	1 (seit 1911)
Heimatmuseum:	1 (Dykhus)
Aquarium:	1 Nordseeaquarium
Häfen:	2 (Segelboothafen und Schutzhafen)
Flughafen:	1
Bahnhof:	1 (Schmalspurbahn/ Inselbahn)
Krankenhaus:	1
Jugendherberge	1
Schwimmbad	1 (Erlebnisbad Gezeitenland)
Hotels:	ca. 30
Gaststätten/Cafes:	ca. 50
Wald:	ca. 60 ha (Moorbirken, Schwarzerlen)
Grünland:	25% der Inselfläche
Flora:	Farn/Blütenpflanzen: 837 Arten

Moose:	173 Arten
Flechten:	142 Arten
Fauna:	5000 nachgewiesene Tierarten 27 Säugetierarten 18 Süßwasser-Fischarten 120 Brutvogelarten

Wappen:

Zwei silberne Wale und ein roter Leuchtturm auf blauen Wellen. Spruchband: »Ruhig inmitten der Wogen«

Ostfriesenland

Ganz oben im Norden, am äußersten Rand,
wo die Landschaft sich ergießt, zerfließt in feinkörnigen Sand,
und der Strand sich verwandelt in Meeresgrund,
als habe das Meer einen riesigen Schlund,
hier oben im Norden, am äußersten Rand,
da steh ich am liebsten an der Waterkant.

Und schau übers Meer, in die endlosen Weiten,
wo Wolken sich türmen, spalten und gleiten,
wie Schiffe im Himmel aus Fantasie,
wohin sie segeln, begreif ich wohl nie,
deshalb steh ich so gern an der Waterkant,
ganz oben im Norden, im Ostfriesenland.

Hier macht mir keiner was vor, alles ist wie es ist,
und es kommt wie es kommt, ob ich will oder nicht,
hier fühl ich mich selber wie Ebbe und Flut,
und es tut mir innerlich unendlich gut,
wenn über plattgrünem Land und der Waterkant
sich ein salziger Bogen aus Winden spannt,

so dass die Wellen sich bäumen zu wilder Gischt
und die tiefblaue See sich in den Horizont mischt.
Dann ist alles eins und ich mittendrin
weiß plötzlich, wie klein ich eigentlich bin,
bis endlich die Wellen sich glätten am Rand
und schlecken und lecken an Füßen und Sand.

Dann streckt sich die Seele, um die Weite zu spüren,
und es ist, als könnt‘ ich den Himmel berühren,
oder den Meeresgrund und sein Getier,
was schlängelt, fließt, strömt und sich windet hier
ganz oben im Norden an der Waterkant
in meinem geliebten Ostfriesenland.

(Birgit Rutenberg)

Birgit Rutenberg

Jahrgang 1962, wurde in Aurich geboren und wuchs in der Kleinstadt Weener im Rheiderland (Ostfriesland) auf. Abgesehen von einem dreijährigen England-Aufenthalt (Norwich), ist die Sekretärin ihrem Heimatort zwischen Fluss und Nordsee treu geblieben und lebt dort mit ihrem Mann direkt hinterm Deich. Rutenberg ist Mitglied des *Arbeitskreises Ostfriesischer Autoren* sowie des *Schrieverkrings Weser-Ems* und verfasst Kurzgeschichten und Gedichte in platt- und hochdeutscher Sprache. Ihr Kriminalroman *Vier Pfoten und ein Todesfall* ist 2015 im Leda-Verlag veröffentlicht und vom ekz-Bibliotheksservice »breit empfohlen« worden. Nun liegt der zweite Kriminalfall vor: *Vier Pfoten im Dünensand* spielt auf der Nordseeinsel Borkum, wo Hauptkommissarin Pia Seemann mit Hilfe ihrer vierbeinigen Spürnase Fräulein Mencke den nächsten Fall löst. Wie auch im ersten Roman, meldet sich die Hundedame nach jedem Kapital auf ihre ganz besondere Art zu Wort. Ein Leseschmaus für Hundeliebhaber!

Birgit Rutenberg
Vier Pfoten und ein Todesfall
978-3-86412-089-3

Volker Feldkamp
Blut-Leer
Kriminalroman
978-3-86412-066-4

Volker Feldkamp
LeerGeld
Kriminalroman
978-3-86412-208-8

Heike Gerdes
Sturm im Zollhaus
Kriminalroman
978-3-934927-77-3

Wolfgang Santjer
Emsgrab
Kriminalroman

978-3-86412-064-0

Peter Gerdes
Ostfriesische Verhältnisse
Kriminalroman
978-3-86412-077-0